Lebensgefährlich schön

Ein Cornwall-Krimi von

Rebecca Michéle

DRYAS

Das für dieses Buch eingesetzte Papier ist ein Produkt
aus nachhaltiger Forstwirtschaft.

1. Auflage 2018

Herausgeber: Dryas Verlag, Frankfurt am Main,
gegr. in Mannheim.

Herstellung: Dryas Verlag, Frankfurt am Main
Lektorat: Ilse Wagner, München
Korrektorat: Andreas Barth, Oldenburg
Umschlaggestaltung: © Guter Punkt, München (www.guter-punkt.de)
unter Verwendung von Motiven von iStock und Thinkstock
Satz: Dryas Verlag, Frankfurt am Main
Gesetzt aus der Aldus Nova Pro
Druck: GGP Media GmbH, Pössneck

Bibliografische Information der Deutschen Bibliothek:
Die Deutsche Bibliothek verzeichnet diese Publikation in der Deutschen Nationalbibliografie, detaillierte bibliografische Daten sind im Internet über http://dnb.ddb.de abrufbar

ISBN 978-3-940258-88-5
www.dryas.de

EINS

Blanville House, Cornwall,
Frühling 2007

Sie sah dem Wagen nach, bis die Rücklichter in der anbrechenden Dämmerung nicht mehr zu erkennen waren, dann legte sie eine Hand auf ihre fieberheiße Stirn, mit der anderen zog sie den Kragen des Bademantels am Hals zusammen. Obwohl sie innerlich glühte, war ihr schrecklich kalt. 39,2 Grad hatte das Fieberthermometer vorhin angezeigt.

»Nimm ein Bad, trink einen heißen Tee mit Zitrone und dann ab ins Bett«, hatte ihr Mann gesagt und sie besorgt angesehen. »Es ist niemandem damit gedient, dass du mich begleitest und die anderen ansteckst. Die Frau meines Chefs erwartet in wenigen Wochen ihr erstes Kind. Da kann sie einen grippalen Infekt nicht gebrauchen.«

Sie seufzte. Ihr Mann hatte recht. Mit einer solch starken Erkältung gehörte sie ins Bett, auch wenn sie sich auf den Abend gefreut hatte. Vor drei Monaten war ihr Mann zum Betriebsleiter ernannt worden, und heute gab sein Vorgesetzter eine Cocktailparty, zu der alle höheren Angestellten samt Gattinnen eingeladen waren. Sie war extra nach Plymouth gefahren, um sich für diesen Anlass ein neues Kleid zu kaufen. Vor drei Tagen war sie auch noch beim besten und teuersten Friseur Truros gewesen und hatte sich einen dezenten Rotstich in ihre braunen, langen Haare färben lassen. Nun hatte diese verflixte Erkältung sie praktisch über Nacht erwischt.

In ihrer geschwollenen und geröteten Nase kribbelte es, und sie musste mehrmals hintereinander kräftig niesen. Ein Hustenanfall bemächtigte sich ihrer, und eine neue Welle des Schüttelfrosts ließ sie erschauern. Langsam, eine Hand an das Geländer geklammert, als wäre sie eine alte Frau und nicht erst vierunddreißig, schleppte sie sich die Treppe in den ersten Stock hinauf, ließ warmes Wasser in die Badewanne laufen und gab einen großzügigen Schuss eines ätherischen Öls hinzu. Als sie in der Wanne lag, entspannte sie sich, und der Schüttelfrost wich. Nach zwanzig Minuten trocknete sie sich ab, schlüpfte in ihren Pyjama und ging noch einmal in die Küche hinunter, um sich eine Tasse Tee aufzubrühen. In ihrem Kopf pochte es schmerzhaft, und sie hatte nur noch den Wunsch zu schlafen. Wenn das Fieber morgen nicht gesunken war, wollte sie den Arzt in Lower Barton aufsuchen und ihn bitten, ihr Medikamente zu verschreiben, damit aus dem Infekt nicht eine richtige Grippe wurde. Als sie wenige Minuten später im Bett lag, bemerkte sie, wie die Müdigkeit von ihr Besitz begriff. Ihre Großmutter hatte immer gesagt: Schlaf ist die beste Medizin. Sie löschte das Licht und rollte sich zusammen.

Sie wusste nicht, wie lange sie geschlafen hatte, als sie durch ein Geräusch geweckt wurde. Zuerst dachte sie, geträumt zu haben, dann aber hörte sie ein Klirren und Schritte im Erdgeschoss. Auf der Leuchtziffernanzeige des Weckers sah sie, dass es kurz nach zehn Uhr war. Ihr Mann konnte nicht so früh zurückgekommen sein, außerdem hätte er Licht gemacht. Der Flur lag aber im Dunkeln. Sie stand auf, schlüpfte in ihre Pantoffeln und den Bademantel, schlich auf den Flur und spähte über das Treppengeländer nach unten. Der Schein einer Taschenlampe geisterte durch das Wohnzimmer; es hörte sich an, als würden Schubladen aufgezogen und durchwühlt. Sie wusste sofort, dass ein Einbrecher im Haus war. Ihr Herz pochte heftig. Was sollte sie jetzt tun? Das Telefon befand sich unten in der Diele, oben gab es keinen zweiten Anschluss, und ihr Handy lag in der Küche. Das Fenster öffnen und schreien war sinnlos, der nächste Nachbar wohnte fünfhundert Yards entfernt. Sie hatten das Haus extra wegen der einsamen und ruhigen Lage gekauft, jetzt wünschte sie sich, inmitten einer belebten Stadt zu sein.

Ich muss mich im Schlafzimmer einschließen und beten, dass er nicht nach oben kommt, dachte sie mit einem Anflug von Panik. Sie hoffte, dass der Einbrecher sich mit dem, was er im Erdgeschoss erbeutete, zufriedengeben und verschwinden würde, ohne sie zu entdecken. In diesem Moment musste sie kräftig niesen. Das Geräusch hallte durch das Haus und dröhnte ihr in den Ohren. Die Taschenlampe erlosch, dann hörte sie in der nun völligen Dunkelheit schwere Schritte auf der Treppe. Durch das Fieber geschwächt, war sie zu langsam, um das Schlafzimmer rechtzeitig zu erreichen und sich einzuschließen. Es vergingen zwei, drei Sekunden, dann schlangen sich kräftige Arme um ihren Oberkörper und drückten sie zu Boden. Sie öffnete den Mund, um zu schreien, bevor aber ein Ton herauskam, erhielt sie einen Schlag auf den Kopf. Dann legte sich etwas um ihren Hals. Sie versuchte, ihre Finger zwischen den Stoff und ihre Haut zu bekommen, um den Druck zu lockern, war aber zu schwach. Die Luft wurde knapp, bunte Kreise tanzten ihr vor den Augen, dann schwanden ihr die Sinne.

ZWEI

Lower Barton, Cornwall,
Herbst 2018

Ihre Finger krallten sich so fest um das Lenkrad, dass die Knöchel weiß hervortraten.

»Sie machen das sehr gut, Sandra«, raunte die Frau auf dem Beifahrersitz ihr zu. »Entspannen Sie sich, Sie können es.«

Sandra Flemming nickte und starrte konzentriert auf die vor ihr liegende Straße. Sie näherte sich einem Kreisverkehr, blinkte und wechselte auf die rechte Spur. An der Haltelinie stoppte sie, überzeugte sich, dass von rechts kein anderes Auto kam, dann gab sie Gas, und erst kurz vor der Ausfahrt schaltete sie den Blinker auf links. Sie wagte einen flüchtigen Blick in den Rückspiegel. Die Mimik des Mannes im Fond war ausdruckslos, weder zustimmend noch ablehnend. Bisher hatte sie aber keinen Fehler gemacht.

Die Straße wurde enger und war von etwa drei Meter hohen, bewachsenen Trockensteinmauern begrenzt. Als ihr der Bus 101 entgegenkam, verkrampfte sich Sandra für einen Moment und bremste etwas zu hart ab.

»Alles ist gut, Sandra«, sagte Monica Grain ruhig. »Wir haben das ausführlich geübt.«

Die Fahrlehrerin hatte Sandra auf solche Situationen vorbereitet und ihr auch mitgeteilt, dass der Prüfer die Führerscheinanwärter regelmäßig über die schmale Landstraße fahren ließ, die St Austell und das Dorf Luxulyan verband und über das Eden Project führte. Gerade weil die Straße eng und gewunden war und ein reger Busverkehr herrschte. Überhaupt hatte Sandra Monica Grain viel zu verdanken, denn die sympathische Mittvierzigerin hatte viel Verständnis gezeigt und nie die Geduld verloren, als Sandra anfangs immer wieder, insbesondere beim Anfahren am Berg, den Motor abwürgte und sehr langsam durch die Straßen schlich.

»Wir haben Zeit, Sandra«, hatte Monica gesagt. »So einen Führerschein macht man nicht mal nebenbei. Wir üben das gleich noch einmal.«

Gegenüber Monica Grain konnte Sandra ihre Furcht vor dem Autofahren eingestehen. Als Jugendliche hatte sie, ohne im Besitz einer Fahrerlaubnis zu sein, einen schweren Unfall verursacht, bei dem sie und ihre Freunde verletzt worden waren. Seitdem hatte sie sich nie wieder hinter das Steuer eines Autos gesetzt. Im ländlichen Cornwall aber war ein Wagen unabdingbar. Es gab zwar ein gut ausgebautes, öffentliches Nahverkehrsnetz, Sandra benutzte auch gern ihr Fahrrad, aber als Managerin eines Landhotels musste sie flexibel und mobil sein.

Sandra legte den Rückwärtsgang ein und setzte langsam, die Mauern in den Seitenspiegeln im Blick, so lange zurück, bis sie eine Ausweichstelle erreichte. Dort hielt sie an und ließ den doppelstöckigen Bus passieren. Mit einer Handbewegung bedankte sich der Busfahrer.

Viele Straßen Cornwalls waren nur einspurig befahrbar,

in regelmäßigen Abständen gab es Ausweichstellen, sodass ein ständiges Vor- und Zurückfahren nötig wurde. Busse sowie Lastwagen stießen niemals zurück, das mussten die PKW-Fahrer leisten. Sandra fuhr wieder an, aber in diesem Moment kam ihr ein Jeep entgegen, der seinerseits zurücksetzte und Sandra passieren ließ. Wieder ein freundliches Handzeichen, und nach wenigen Minuten erreichten sie die ersten Häuser von Luxulyan.

»Fahren Sie bitte auf den Platz neben dem Pub und parken Sie rückwärts ein«, wies der Prüfer Sandra an.

Sie setzte den Blinker, bog nach links auf den Parkplatz des *Kings Arms* ein und dort rückwärts zwischen zwei stehende Autos.

»Schalten Sie den Motor ab«, sagte der Prüfer, nahm ein Klemmbrett zur Hand, machte sich auf dem Zettel Notizen, sah dann auf und sagte: »Meinen Glückwunsch, Ms Flemming. Die Fahrerlaubnis kann ich Ihnen ausstellen.«

Vor Erleichterung hätte Sandra am liebsten laut gejubelt, sie lächelte aber nur und sagte: »Danke, das freut mich sehr. Soll ich jetzt nach St Austell zurückfahren?«

»Ja«, antwortete Monica Grain, zufrieden darüber, einen weiteren Anwärter problemlos durch die Prüfung gebracht zu haben. »Sie können jetzt ganz entspannt sein, die Prüfung liegt nun hinter Ihnen.«

Während der rund zwanzigminütigen Fahrt war Sandra zwar konzentriert und vorsichtig, aber nicht länger angespannt. Vor der Fahrschule wartete bereits der nächste Führerscheinanwärter: ein junger Mann, sehr blass und nervös an einer Zigarette ziehend. Sandra schmunzelte. In ihrem Kurs war sie die Älteste gewesen. Die anderen machten zwar einen auf cool, meinten, eine Fahrprüfung sei ein

Klacks, die Anspannung des jungen Studenten war indes nicht zu übersehen.

Der Prüfer verabschiedete Sandra mit Handschlag, Monica Grain umarmte sie, küsste sie auf die Wange und sagte: »Herzlichen Glückwunsch, Sandra. Der Führerschein wird Ihnen in zwei oder drei Tagen per Einschreiben zugestellt.«

Beschwingt lief Sandra die Straße zur Bushaltestelle hinunter. Heute musste sie noch mit dem Bus nach Lower Barton fahren, demnächst wollte sie sich aber einen kleinen Gebrauchtwagen anschaffen. Ein entsprechendes Modell hatte sie schon bei einem Händler in Bodmin gesehen.

Eine Stunde später verließ sie den Bus an der Haltestelle in der High Street. Just in diesem Moment lugte die Sonne hinter den Wolken hervor, ein Strahl traf Sandra mitten ins Gesicht. Sie lachte laut.

»So fröhlich, Sandra?«

Sie drehte sich um und sah in ein Paar grüne Augen.

»Ich habe auch allen Grund dazu, Christopher«, erwiderte Sandra und platzte heraus: »Ich komme gerade aus St Austell und habe vor einer Stunde meine Fahrprüfung bestanden!«

»Das ist ja wunderbar! Ich wusste nicht, dass Sie sich entschlossen hatten, den Führerschein zu machen.« Als einer der wenigen war der Chief Inspector über Sandras Vergehen, für das sie eine Jugendstrafe erhalten hatte, informiert. »Es ist gut, dass Sie sich dazu überwunden haben.«

»Ach, ich könnte die ganze Welt umarmen!«, rief Sandra und drückte Christopher Bourke an sich. »Im Moment nehme ich eben mit Ihnen vorlieb.«

»Äh ... ja ...« Er räusperte sich, sein Lächeln war verkrampft, sein Hals und seine Ohren färbten sich rosa.

Sandra wusste, dass ihr spontaner Gefühlsausbruch ihn

in Verlegenheit gebracht hatte. DCI Christopher Bourke war ein sympathischer, freundlicher Mensch, als Polizeibeamter kompetent, mit einer ruhigen Vorgehensweise, er überlegte erst, bevor er handelte. Der Chief Inspector hatte nur ein Problem: Er errötete sehr schnell. Man könnte glauben, dass sich das auf seine Arbeit negativ auswirken würde, das Gegenteil war der Fall. So mancher Verdächtige hatte Bourke deshalb nicht ernst genommen, dann aber feststellen müssen, dass unter seinem roten Haarschopf ein glasklarer und scharfer Verstand steckte. In den eineinhalb Jahren, in denen Sandra und der DCI sich nun schon kannten, war zwischen ihnen eine lockere Freundschaft entstanden. Anfangs hatte Bourke Sandra des Mordes verdächtigt und ihr das Leben schwer gemacht. Doch das war längst verziehen, und heute freute sich Sandra aufrichtig, dem Chief Inspector zu begegnen.

»Niemand wusste von meinen Fahrstunden«, erklärte Sandra. »Die Zeit dafür abzuknapsen war jedoch schwierig, Sie wissen ja, in meinem Job ...«

»Ich verstehe, Sie wollten vermeiden, dass jemand davon erfährt, sollte es nicht auf Anhieb klappen.« Er zwinkerte ihr zu, sogar ohne rot zu werden. »Ihre Befürchtungen haben sich nicht bewahrheitet, und ich freue mich aufrichtig für Sie.«

»Haben Sie einen neuen Fall?« Sandra wechselte das Thema.

»Nichts Aktuelles.« Er winkte ab. »Die Verbrecher halten sich von Lower Barton fern. Wir haben jedoch von oben die Anweisung erhalten, alte ungeklärte Fälle durchzugehen und zu versuchen, neue Erkenntnisse zu finden.«

»Das hört sich nach trockener Büroarbeit an.«

»So ist es«, bestätigte Bourke. »Ich bin auf dem Weg zu jemandem, der in einem lang zurückliegenden Fall das Opfer war. Allerdings verspreche ich mir von meinem Besuch nicht viel. Vor Jahren wurde alles getan, um den Täter zu finden, aber die damals gesicherten Spuren führten bis heute zu keinem Ergebnis.«

»Wenn ich Ihnen dabei helfen kann ...«

»Nichts da, Sandra!«, unterbrach Bourke sie laut. »Sie haben hoffentlich nicht vergessen, was im letzten Jahr geschehen ist, als Sie Ihre Nase in Dinge steckten, die Sie lieber der Polizei überlassen hätten. Ich glaube, mit der Leitung von Higher Barton sind Sie vollständig ausgelastet. Man hört ja so einiges. Wann kommen Ihre illustren Gäste denn an?«

»Heute Nachmittag wird das Team der Jury erwartet, morgen die Mädchen«, erklärte Sandra. »Daher muss ich mich jetzt auch beeilen, Eliza Dexter und ich möchten die Gäste persönlich begrüßen.«

»Leider kann ich Ihnen nicht anbieten, Sie nach Higher Barton zu fahren, da ich dienstlich unterwegs bin.«

»Das ist okay, Christopher«, antwortete Sandra. »Was immer Sie derzeit auch beschäftigt – wenn Sie Fragen haben, wenden Sie sich gern an mich«, fügte sie grinsend hinzu, wohl wissend, dass das nicht geschehen würde. Es machte ihr aber Spaß, den DCI ein wenig zu necken.

»Ich werde es mir merken«, antwortete er, »und sicher nicht darauf zurückkommen.« Den zweiten Teil des Satzes hatte er mit einem verschmitzten Lächeln unterstrichen.

DCI Christopher Bourke freute sich aufrichtig, dass Sandra die Führerscheinprüfung bestanden hatte. Sie war eine aufgeschlossene, spontane, oft etwas impulsive Person, die ihr Herz auf der Zunge trug, gleichzeitig aber genau wusste, was sie wollte, und sich durchsetzen konnte. Das war in einem Unternehmen wie dem Higher Barton Romantic Hotel, das gewinnbringend geführt werden musste, auch vonnöten. Sandra musste sich auf die vielschichtigen Gäste mit ihren unterschiedlichen Charakteren und Wünschen ebenso einstellen wie auf das Personal, das untereinander nicht immer einer Meinung war. Dafür war eine starke Hand erforderlich, trotzdem war Sandra stets freundlich und bemühte sich, gerecht zu sein.

Als Christopher Bourke in die schmale Straße am westlichen Rand Lower Bartons einbog, schob er die Gedanken an Sandra beiseite und konzentrierte sich auf das bevorstehende Gespräch. In der Miners Lane reihte sich ein Haus an das andere: zweistöckig, im Sprachgebrauch *two-up two-down* genannt, da sich unten und oben je zwei Zimmer befanden. Erbaut im 19. Jahrhundert, waren es die Häuser der Bergarbeiter, die in den Zinn- und Kupferminen auch für das Herrenhaus Higher Barton gearbeitet und den Eigentümern Wohlstand und Ansehen eingebracht hatten. Diese glorreiche Zeit Lower Bartons lag aber lange zurück. Heute waren die Häuser Sozialunterkünfte, hier lebten die weniger Begünstigten von Lower Barton.

Eine davon war Diane Keyham. Bourke drückte auf den Klingelknopf. Es verging einige Zeit, bis er hinter der Tür schlurfende Schritte vernahm.

»Wer ist da?«

»Ich bin Detective Chief Inspector Bourke vom Polizeiposten Lower Barton und möchte mich mit Ihnen unterhalten.«

»Worüber?«

»Das besprechen wir besser nicht durch die Tür, Mrs Keyham.«

»Wenn Sie wegen damals kommen ...« Bourke hörte einen Seufzer. »Schieben Sie Ihren Ausweis unter dem Türspalt durch.«

Er tat wie gewünscht und verstand, dass Diane Keyham vorsichtig war. Zwei Riegel wurden zurückgeschoben und der Schlüssel im Schloss gedreht. Die Tür öffnete sich, und Bourke trat in einen düsteren Korridor mit unverputzten Wänden. Hastig schloss die Frau die Tür hinter ihm und schob die Riegel sogleich wieder vor.

»Mrs Diane Keyham?«, vergewisserte sich Bourke.

Sie nickte. Die Arme vor der Brust verschränkt, fragte die nicht mehr junge Frau: »Was gibt es?«

»Können wir hineingehen?«

Sie seufzte ein weiteres Mal, öffnete dann aber die Tür zu ihrer rechten Seite und ging voran ins Wohnzimmer. Bei jedem Schritt stützte sie sich schwer auf einen Stock und zog ein Bein nach. Im Fernseher lief *The Chase,* eine beliebte Quizsendung, die Christopher Bourke auch gern verfolgte, wenn es seine Zeit erlaubte.

Diane Keyham schaltete den Apparat aus und deutete auf den einzigen Sessel.

»Nehmen Sie Platz, Sir.«

Sie selbst setzte sich auf das Sofa, das mit einem billigen roten Stoff bezogen war. Der Raum strahlte Armut aus, war aber aufgeräumt und einwandfrei sauber.

»Mrs Keyham, in der Tat möchte ich mit Ihnen über damals sprechen ...«

Abwehrend hob sie die Hände und rief: »Wozu soll das

gut sein? Außer, Sie wären gekommen, um mir mitzuteilen, dass Sie das Schwein endlich gefasst haben.«

»Leider nein, Mrs Keyham«, gab Bourke bedauernd zu. »Aber ich habe mir Ihren Fall noch einmal genau angesehen und werde versuchen, etwas zu finden, das damals vielleicht übersehen worden ist.«

»Und was soll ich jetzt noch dazu beitragen?« Spöttisch zog sie eine Augenbraue hoch. »Ich kann heute nicht mehr sagen als vor elf Jahren. Ich habe weder den Einbrecher erkannt, noch kann ich ihn beschreiben oder sonst einen Hinweis auf ihn geben. Warum rollen Sie die Sache wieder auf? Der Täter ist längst über alle Berge.«

Bourke nickte verständnisvoll, forderte Diane Keyham dennoch auf: »Bitte, erzählen Sie mir genau, woran Sie sich erinnern können. Ich weiß, das ist für Sie belastend, doch vielleicht ...«

Eine Hand auf die hölzerne Tischplatte gestützt, stemmte sie sich hoch und fragte: »Tee, Sir?«

»Ich möchte Ihnen keine Umstände machen.«

»Das tun Sie ohnehin, deswegen brauche ich ja einen starken Tee«, antwortete Diane Keyham. »Sie wissen doch: Keep calm und drink tea. Ich habe aber nur die Beutel vom Discounter, einen besseren Tee kann ich mir nicht leisten.«

Bourke sah ihr nach, während sie das Zimmer verließ und in die gegenüberliegende Küche hinkte. Vor elf Jahren war Diane Keyham in ihrem einsam gelegenen Haus überfallen worden. Ihr Ehemann ging damals allein zu einem Geschäftsessen, da Diane eine starke Erkältung hatte und das Bett hüten musste. Der Einbrecher drang über die Terrassentür ein. Als er von Diane überrascht wurde, hatte er sie zuerst mit einer bronzenen Statuette niedergeschlagen, sie dann bis zur Bewusstlosigkeit gewürgt, danach in aller Ruhe sämtliche Wertgegenstände an sich gerafft und war unerkannt entkommen. Diane Keyham erlitt lebensgefährliche Kopfverletzungen und wurde von ihrem Mann erst Stunden später gefunden. Sie überlebte, lag aber fünfzehn Monate im Wachkoma.

Dieses Falls hatte sich Bourke erneut angenommen, obwohl Diane recht hatte: Was sollte sich heute Neues ergeben? Der Täter hatte Handschuhe getragen, es waren lediglich ein paar Baumwollfasern gesichert worden, die zu jedem x-beliebigen T-Shirt gehören konnten, und auch die gefundenen DNA-Spuren hatten zu keinem Ergebnis geführt. Damals hatte es im Umkreis Lower Bartons eine Reihe von Einbrüchen gegeben, die alle nach demselben Muster verübt worden waren: Einsam gelegene Häuser, wohlhabende Bewohner, doch mit Ausnahme von Diane Keyham war nie jemand anwesend gewesen. In ihrem Fall wurde also nicht nur wegen Einbruchs, sondern auch wegen Mordversuchs ermittelt. Die Vermutung, der Täter habe die Objekte ausspioniert und gewartet, bis die Bewohner ihre Häuser verlassen hatten, lag nahe. Bei den Keyhams hatte er den Fehler begangen, nicht zu bemerken, dass Dianes Mann allein fortgefahren war.

Der Tee schmeckte überraschend gut, was Bourke Diane auch sagte.

»Es muss nicht immer teuer sein, um zu schmecken«, antwortete sie. »Ich habe gelernt, mich auch mit einem kleinen Budget gesund zu ernähren. Es bleibt mir nichts anderes übrig.«

»Mrs Keyham, damals sagten Sie aus, Sie hätten Geräusche gehört, als Sie im Bett gewesen waren.«

Sie runzelte die Stirn und erwiderte: »Wenn Sie es partout noch einmal hören wollen: Ich hatte ein heißes Bad genommen, mir einen Kräutertee mit Zitrone gemacht und war gerade eingeschlafen, als ich das Klirren von Glas hörte. Heute weiß ich, dass es sehr dumm von mir war, das Zimmer zu verlassen, um nachzusehen, anstatt mich völlig ruhig zu verhalten. Ich ahnte sofort, dass ein Einbrecher im Haus war. Bevor ich mich aber in meinem Zimmer einschließen konnte, hatte er mich bemerkt und dann ...« Sie verstummte und trank einen Schluck Tee.

»Sie haben nichts gesehen oder gehört, das einen Hinweis auf den Täter geben könnte?«, hakte Bourke nach.

»Nein, das sagte ich damals schon, und bis heute hat sich daran nichts geändert. Auf der Treppe waren Schritte zu hören, ich wurde gepackt, und dann weiß ich nichts mehr. Ich kann mich nicht einmal an den Schlag auf den Kopf erinnern, was wohl gut ist, denn der Typ hat mir um ein Haar die Schädeldecke zertrümmert und mich dann noch zusätzlich mit einem Seil gewürgt. Auch daran kann ich mich nicht mehr erinnern. Wenn Sie die Akten genau studiert haben, Inspector, wissen Sie, dass ich lange Zeit im Koma lag. Die Ärzte hatten mich schon aufgegeben, doch ich wachte wieder auf, musste aber alles wie ein Baby neu lernen: Laufen, Sprechen, Lesen, Schreiben, sogar das Essen. Bis heute leide ich unter den Folgen, wie Sie unschwer sehen können. Die Kosten meiner Pflege verschlangen unser ganzes Geld. Wir mussten Blanville House schließlich verkaufen. Mein Mann, anfangs voller Verständnis, konnte eine behinderte Frau schlussendlich nicht mehr ertragen. Er brannte mit meiner Physiotherapeutin durch. Wegen der ständigen Nervenschmerzen, die nur mit starken Medikamenten einigermaßen zu ertragen sind, und der dadurch bedingten motorischen Ausfälle des Bewegungsapparates verlor ich meinen Job als Sekretärin. Bis heute kann ich keiner geregelten Arbeit nachgehen. Der geringe Unterhalt, den mein Ex-Mann mir bezahlen muss, reicht vorn und hinten nicht. Ich kann nur mithilfe des Staates überleben. Manchmal denke ich, es wäre besser gewesen, der Einbrecher hätte damals fester zugeschlagen ...«

»Mrs Keyham, das dürfen Sie nicht sagen, nicht einmal denken!«, rief Bourke. »Immer wieder werden noch nach Jahren Verbrechen aufgeklärt und die Täter überführt. Immerhin wurde die gestohlene Statuette sieben Monate später in Wales entdeckt.«

»Das weiß ich alles, auch, dass die Sache im Sand verlief«, erwiderte Diane Keyham bitter. »Der Verkäufer behauptete, die Figur bei einem Car boot sale in Cardiff erworben zu haben, und niemand konnte ihm das Gegenteil beweisen.«

Bourke schwieg betroffen, ihre Worte entsprachen der Wahrheit. Aus den Akten wusste er, dass dem privaten Verkäufer in Wales nichts nachzuweisen war. Es handelte sich um einen unauffälligen Bankangestellten, der nie mit dem Gesetz in Konflikt gekommen war. Weiteres Diebesgut war auf dem Markt nicht gefunden worden. Der Täter hatte es wahrscheinlich im Ausland verkauft.

Bourke stand auf. »Danke für den Tee, Mrs Keyham, und für Ihre Zeit.«

»Von der ich mehr als genug habe«, entgegnete sie, die Mundwinkel heruntergezogen. »Das Einzige, an das ich mich auch heute erinnere, ist der Geruch nach frischer Erde. So, als hätte der Mann zuvor im Garten gearbeitet oder wäre direkt aus dem Wald gekommen – hier auf dem Land ist das aber nicht außergewöhnlich.«

Auch das wusste Bourke. Da Diane Keyham diese Aussage aber erst nach Monaten hatte machen können, war es nicht hilfreich gewesen. Entgegen seinen Worten bezweifelte er, dass der Täter jemals zur Verantwortung gezogen werden würde. Selbst wenn – Diane Keyham würde niemals wieder ein schmerzfreies Leben führen können. Manchmal wünschte sich Christopher Bourke, er hätte einen anderen Beruf gewählt.

DREI

Sandra Flemmings Hochstimmung und Stolz, sich endlich den Schatten der Vergangenheit gestellt und die Fahrprüfung abgelegt zu haben, wurden noch größer, als das altehrwürdige Herrenhaus Higher Barton in Sicht kam. Unter dem Tor der Einfahrt mit den geöffneten schmiedeeisernen Flügeln verharrte sie. Erbaut aus dem typischen grauen Granit der Gegend, mit zwei Voll- und einem Dachgeschoss, mit den Spitzgiebeln, zwei Dutzend Kaminen und Steinpfostenfenstern mit bleiverglasten Scheiben, stellte das Haus perfekt den Inbegriff eines cornischen Landhotels dar und trug den Namen *Higher Barton Romantic Hotel* zu Recht. Vor fast fünfhundert Jahren war das Haus in Form eines imposanten E zur Huldigung der beliebten Königin Elisabeth I. erbaut worden. Seitdem hatten es Generationen der Familie Tremaine zwar immer wieder umgebaut und erweitert, das Haus hatte sich aber stets den Charme vergangener Jahrhunderte bewahrt. Auch der Umbau und die Modernisierung zu einem Hotel, das den Ansprüchen der heutigen Gäste entsprach, hatten den Charakter des Hauses nur geringfügig verändert. Die Leute, die in diese Gegend kamen, suchten fern von überfüllten Stränden und touristischen Dörfern Ruhe und Erholung. Es war Sandras größtes Anliegen, den Gästen einen angenehmen Aufenthalt mit historischem Flair zu bieten, ohne Verzicht auf den Komfort der Gegenwart. Die Arbeit forderte ihre ganze Kraft, war oft nervenaufreibend, und so manche Nacht fand Sandra nur wenige Stunden Schlaf. Ihr diplomatisches Geschick, mit Menschen umzugehen, wurde zwar regelmäßig auf die Probe gestellt, trotzdem wollte Sandra keinen anderen Job machen und nirgendwo anders leben.

An der offenen Tür blieb Sandra stehen und beobachtete ihre Mitarbeiterin an der Rezeption, Eliza Dexter. Die fast Fünfzigjährige hatte ihre hellblonden Haare, in die sich immer mehr graue Strähnen mischten, zu einem lockeren Haarknoten aufgesteckt. Mit der Lesebrille und der hochgeschlossenen senffarbenen Bluse wirkte Eliza Dexter auf den ersten Blick wie eine strenge Gouvernante aus vergangenen Zeiten. Bisher hatte sie nicht bemerkt, dass sie beobachtet wurde, und Sandra lächelte still in sich hinein. Der Beginn ihrer Zusammenarbeit mit Eliza war holprig gewesen, die Frauen hatten sich sogar gegenseitig verdächtigt, einen Mord begangen zu haben. Eliza Dexter, voller Neid, dass eine Frau von auswärts ihr vor die Nase gesetzt worden war, obwohl sie selbst alles mitbrachte, um ein Hotel zu leiten, hatte Sandra den Anfang im Hotel schwer gemacht. Aber diese Zeit war vorbei, und heute wusste Sandra, dass die auf den ersten Blick herb wirkende Eliza ein gutes Herz hatte. Eliza Dexter war manchmal zwar etwas ruppig, den Gästen gegenüber aber stets freundlich. Sie verstand auch eine Menge von Bilanzen, was Sandra entgegenkam, da sie sich lieber mit Menschen als mit trockenen Zahlen beschäftigte.

I can't get no satisfaction ...

Sandra griff in ihre Handtasche und nahm ihr Handy heraus. Obwohl sie geboren worden war, als die Stones ihre Glanzzeiten bereits hinter sich hatten, war sie ein Fan dieser Rockgruppe. Durch das Klingeln war Eliza auf sie aufmerksam geworden und winkte Sandra kurz zu.

»Ann-Kathrin!«, rief Sandra erfreut.

»Und?«

»Tja, also ...« Sandra zögerte, schmunzelte und fügte dann hinzu: »Ja.«

Ein erleichtertes Seufzen am anderen Ende der Leitung, dann ein Lachen. »Ich wusste es! Herzlichen Glückwunsch.«

Ann-Kathrin Trengove, Sandras Freundin, war die Einzige, die in Sandras Vorhaben, den Führerschein zu machen, eingeweiht war, und sie hatte absolutes Stillschweigen bewahrt. Nicht einmal ihrem Mann gegenüber, dem erfolgreichen Anwalt Alan Trengove, hatte Ann-Kathrin ein Sterbenswörtchen verlauten lassen.

»Es war einfacher, als ich gedacht hatte«, murmelte Sandra.

»Das muss gefeiert werden!«, rief Ann-Kathrin. »Ich komme heute Abend vorbei und bringe eine Flasche Sekt mit ...«

»Das geht leider nicht, Ann-Kathrin. Wir erwarten heute die Leute wegen des Wettbewerbes, und morgen treffen die Mädchen ein.«

»Ach ja, ich vergaß«, erwiderte Ann-Kathrin enttäuscht. »Da wirst du vorerst kaum Freizeit haben, nicht wahr? Egal, wenn der Trubel bei euch vorbei ist, holen wir die Feier nach.«

»Versprochen!«, erwiderte Sandra und verabschiedete sich.

Eliza Dexter, die das Gespräch mit angehört hatte, sah

sie erwartungsvoll an und sagte: »Sie scheinen heute ja bester Laune zu sein, Sandra. Gute Nachrichten?«

»Sehr gute, in der Tat«, antwortete Sandra und konnte die Neuigkeit nicht länger für sich behalten: »Ich habe soeben meine Fahrprüfung bestanden!«

Elizas eigentlich schmale Augen wurden groß. »Deswegen waren Sie in den letzten Wochen so oft verschwunden«, sagte sie. »Ich dachte schon, Sie hätten sich einen Liebhaber zugelegt, den Sie vor uns verbergen wollen.«

Das war typisch Eliza Dexter: Sie sprach immer aus, was sie dachte, und nahm kein Blatt vor den Mund.

Sandra erwiderte schmunzelnd: »Wenn es einen Mann in meinem Leben gibt, werden Sie die Erste sein, die davon erfährt, Eliza.«

Die Rezeptionistin runzelte zweifelnd die Stirn und fragte sich, ob Sandra sie auf den Arm nehmen wollte.

Mit einem Blick auf ihre Uhr fuhr Sandra fort: »Wir haben noch etwa zwei Stunden Zeit. Sind alle versammelt?«

Eliza nickte. »Wir treffen uns in zwanzig Minuten im Personalzimmer.«

»Danke, ich mache mich schnell frisch und ziehe mich um.«

Sandra eilte durch den Park zu einem einstöckigen Cottage. Als Managerin wohnte sie nicht im Hotel, sondern in dem kleinen Haus mit zwei Zimmern, einer Wohnküche und einem Bad. Das Haus aus dem 19. Jahrhundert, einst der Wohnraum eines leitenden Angestellten der Tremaine-Zinnmine, war Sandras Rückzugsort und eine Oase der Ruhe, gleichzeitig war sie aber nur wenige Minuten vom Hotel entfernt und konnte bei Bedarf schnell zur Stelle sein.

Bei der Fahrprüfung hatte Sandra Bluejeans, einen Baumwollpullover und bequeme Sneakers getragen. Jetzt schlüpfte sie in einen mitternachtsblauen Hosenanzug mit einem schmal geschnittenen Blazer, in eine roséfarbene Bluse und Pumps mit halbhohen Absätzen. Die dunklen, schulterlangen Locken schob sie mit einem silbernen Haarreif aus der Stirn. Als sie das Hotel wieder betrat, war Sandra äußerlich ganz kompetente Geschäftsfrau.

Im Personalzimmer im Erdgeschoss hatten sich die Angestellten bereits versammelt, als Sandra eintrat.

Sie blickte in die Runde und fragte: »Alles klar?«

Die Antwort war ein einhelliges Nicken, lediglich ein kleiner, rundlicher Mann mit lichten, grauen Haaren bemerkte: »Die Spezialwünsche bezüglich der Menüs sind allerdings grenzwertig, Ms Flemming, das kann ich unmöglich als Essen bezeichnen, fast nur Gemüse und Salate, keine Nudeln, nur wenig Kartoffeln, kaum Fett, schon gar keine gute Butter und auf keinen Fall Mehlspeisen ... Wie soll ich daraus etwas zubereiten, das schmeckt?«

»Ich bin sicher, Sie werden das wunderbar hinbekommen, Monsieur«, erwiderte Sandra schmunzelnd. »Ein Koch von Ihrem Format scheut doch sicher nicht eine solche Herausforderung?«

»Natürlich nicht!« Der Koch warf sich in die Brust, Sandra hatte ihn bei seiner Ehre gepackt. »Ich meine ja nur, dass es schade ist, all die guten Zutaten ohne Fett und Salz auf den Tisch zu bringen.«

»Tja, Models müssen eben auf ihre Ernährung achten«, warf Eliza ein, »aber die Herren der Jury werden ein saftiges Steak sicher nicht ablehnen.«

Sandra und Eliza tauschten einen schnellen Blick, beide verkniffen sich ein Lächeln. Edouard Peintré war zwar ein hervorragender Koch, gleichzeitig aber eine etwas schwierige Persönlichkeit – wie so manches Genie. Drei Dinge waren Peintré von größter Wichtigkeit: In der Küche hatte ausschließlich er das Sagen; und auch wenn er sogenannte Hausmannskost zubereitete, musste diese stets einen Hauch von Exklusivität haben, und der dritte Punkt war der wichtigste: Er wollte stets mit Monsieur angesprochen und nicht für einen Franzosen gehalten werden. Er war Belgier und darauf sehr stolz. Das Leben hatte es nicht immer gut mit ihm gemeint, und auch wenn er mit seinen Qualifikationen in größeren Häusern hätte arbeiten können – er hatte sich in Higher Barton verliebt, obwohl er das niemals zugeben würde.

Als Hilfe stand Rosa Piotrowski, eine achtundzwanzigjährige Polin, dem Koch zur Seite. Vor zehn Jahren war Rosa aus ihrer Heimat nach Cornwall gekommen, um hier als Au-pair zu arbeiten. Nach ihrer letzten Anstellung bei einer Familie, deren Kinder mittlerweile erwachsen waren, hatte Rosa keinen neuen Job gefunden. Seit dem Referendum zum EU-Austritt im Sommer 2016 waren die Menschen Ausländern gegenüber skeptisch geworden, besonders die polnischen Mitbürger bekamen zu spüren, dass sie von vielen engstirnigen Zeitgenossen abgelehnt wurden.

Sandra und Eliza hatten Rosa eingestellt, gerade weil sie Polin war. Monsieur Peintré hätte als Küchenhilfe zwar lieber einen Mann gehabt, auf die Stellenausschreibung hatten sich jedoch nur Frauen beworben. So musste Peintré sich fügen, aber auch schnell zugeben, dass Rosa fleißig, pünktlich und immer guter Laune war. Eventuelle spitze

Bemerkungen des Kochs wischte Rosa mit ihrem hellen Lachen beiseite, konterte schlagfertig und machte ihrerseits Scherze mit ihm. Rosa Piotrowski war eine Bereicherung für das Hotel. Falls der Koch Bedenken hatte, wie es nach dem Brexit um seine Arbeitsstelle bestellt war, verbarg er dies. Sandra vermutete, der knurrige Belgier sei davon überzeugt, dass auf seine exzellenten Kochkünste ohnehin niemand verzichten konnte. Auch Sandra zerbrach sich nicht den Kopf darüber, was in einem Jahr sein würde. Sobald Großbritanniens Ausstieg aus der EU vollzogen war, würden sie alle weitersehen.

Sie setzte eine strenge Miene auf und wandte sich an die drei jüngeren Männer: »Lucas, Harry, David ... ich muss wohl nicht extra betonen, dass ihr euch den Mädchen gegenüber tadellos benehmt, nicht wahr? Ihr seid freundlich und zuvorkommend, aber keinen privaten Kontakt oder gar Versuche, mit ihnen zu flirten. Haben wir uns verstanden?«

»Klaro, Chefin«, sagte Harry grinsend. »Meine Freundin würde mir die Hölle heißmachen, wenn ich auch nur einen Blick auf eine andere werfe.«

»Und ich stehe auf solche Hungerhaken ohnehin nicht«, warf David, der Barkeeper, ein. »Für mich darf an einer Frau ruhig etwas zum Anfassen dran sein.« Bei den letzten Worten sah er zu Rosa hinüber, die leicht errötete.

Sandra rügte ihn nicht. Aus eigener leidvoller Erfahrung schätzte sie private Beziehungen am Arbeitsplatz absolut nicht, sie konnte den Angestellten aber nicht verbieten, untereinander Freundschaften zu knüpfen. Solange die Arbeit nicht darunter litt, drückte sie ein Auge zu.

Nun meldete sich auch Lucas, der zweite Kellner, zu Wort:

»Models sind eh hohl in der Birne und haben nur eines im Sinn: ihr Aussehen. Das ist nichts für mich.«

»Na, na, Lucas, mit solchen Klischees wollen wir gar nicht erst anfangen«, sagte Sandra streng. »Ihr werdet den Mädchen und dem ganzen Team ohne Vorurteile begegnen und euren Job machen.«

Als Nächstes waren die Zimmermädchen Holly, Sophie und Imogen an der Reihe. Sandra fragte: »Sind alle Zimmer in Ordnung?«

Holly nickte und erwiderte: »Nach Miss Dexters Aufteilung werden die Mädchen je zu dritt ein Zimmer bewohnen, Mrs Branson, Henry Jordan und Bill Grant erhalten die Zimmer im Westflügel im ersten Stock, Ms Amber Branson das Dachzimmer.«

»Das Dachzimmer?« Sandra runzelte überrascht die Stirn und sah Eliza fragend an. »Ms Branson ist doch nicht nur die Tochter von Sheila Branson, sondern auch deren Assistentin. Ich schlage vor, sie in einem der größeren Zimmer im ersten Stock unterzubringen.«

»Es war die strikte Anweisung von Sheila Branson.« Eliza zuckte mit den Schultern. »Gestern rief sie an und meinte, ihre Tochter stelle keine großen Ansprüche und das schlichteste und damit günstigste Zimmer würde für sie genügen.«

»Seltsame Mutter-Tochter-Beziehung«, murmelte Sandra, sagte dann lauter: »Das soll nicht unsere Sorge sein. Wie ihr wisst, bedeutet die Wahl der Miss South England und das vorherige Bootcamp nicht nur eine große Herausforderung für unser Haus, sondern auch eine hervorragende Werbung weit über Cornwall hinaus. Ich erwarte ein einwandfreies Verhalten von euch allen und einen reibungslosen Ablauf.

Vielleicht eilt Models der Ruf voraus, manchmal etwas schwierig oder gar zickig zu sein, denkt aber immer daran: Der Gast ist König, ein ›Wir können das nicht‹ möchte ich nicht hören, allenfalls ein ›Wir werden es versuchen‹«.

Die Angestellten nickten zustimmend, dann löste sich die Versammlung auf, und sie kehrten an ihre Arbeit zurück.

Sandra ging in das Büro hinter der Rezeption und studierte die Gästeliste zum inzwischen dritten Mal. Als vor vier Monaten die Anfrage gekommen war, ob das Higher Barton Romantic Hotel die Räumlichkeiten für ein Bootcamp, in dem zwölf junge Frauen auf die Wahl zur Miss South England vorbereitet werden sollten, zur Verfügung stellen könnte, war Sandra zuerst erstaunt gewesen. Vorrangig wurde das Hotel von älteren Personen gebucht, die Ruhe und Erholung inmitten einer wunderschönen Natur suchten. Selbstverständlich hatte Sandra zugesagt. Nicht nur, weil das Hotel bis auf das letzte Zimmer belegt und ein guter Preis ausgehandelt worden war, sondern auch wegen der Werbung, wie sie vorhin gesagt hatte. Misswahlen waren zwar nicht jedermanns Geschmack, Higher Barton rückte aber in den Fokus der entsprechenden Presse, und als Managerin musste Sandra in erster Linie die Finanzen berücksichtigen. Das Haus gehörte zu der in ganz Großbritannien bestehenden Hotelkette Sleep and Stay Gorgeous, SSG. Die Geschäftsleitung in Edinburgh ließ Sandra zwar freie Hand, war aber daran interessiert, dass das Hotel schwarze Zahlen schrieb. Außerdem war Sandra auf die illustren Gäste gespannt. Sheila Branson, Henry Jordan und Bill Grant waren Prominente, deren Namen regelmäßig in der Presse standen und die sie öfter im Fernsehen sah. Sheila Branson, ab Ende der

1980er-Jahre ein weltweit erfolgreiches Mannequin, wie es damals noch hieß, hatte ihr Geld gut angelegt und sich nach dem Ende ihrer Karriere eine Kosmetikfirma aufgebaut. Auch in Sandras Badezimmerschrank befanden sich Produkte aus dem Sortiment von Branson Bright, das von Körperpflege bis zu Make-up alles im Angebot hatte, was eine Frau für die tägliche Kosmetik benötigte. Darüber hinaus bildete Sheila Nachwuchsmodels aus und brachte ihnen alles bei, was für diesen Job notwendig war.

Bill Grant war der Herausgeber einer Modezeitschrift mit einer monatlichen Auflage von achthunderttausend Exemplaren, Eigentümer eines privaten Fernsehsenders, der den Wahlabend live übertragen würde, und Inhaber zweier Radiosender. In den letzten Jahren hatte er sich – ebenso wie Sheila – einen exzellenten Ruf in der Unterweisung junger Frauen, die ins Modegeschäft einsteigen wollten, erarbeitet. Bill Grant und Sheila Branson arbeiteten regelmäßig zusammen, vor einigen Jahren hatten sie sogar eine eigene Fernsehshow produziert. Der dritte im Bunde war der ebenfalls sehr bekannte Fotograf Henry Jordan. Er bekam die schönsten Models vor die Linse und arbeitete für Magazine auf der ganzen Welt. Dieses Trio war ein Teil der Jury, die in zehn Tagen die Miss South England wählen und im Vorfeld die jungen Frauen auf das Ereignis vorbereiten würde. Für die nächsten Tage würde der ehemalige Ballsaal im ersten Stock als Ausbildungsraum, bei der Wahl dann als Veranstaltungssaal dienen. Seit Wochen hatten Sandra und Eliza die Details besprochen und waren alles mehrmals durchgegangen, um einen reibungslosen Ablauf zu gewährleisten.

Sandra lehnte sich im Stuhl zurück und schloss die Augen. Während ihrer früheren Tätigkeiten in großen Hotels auch außerhalb des Landes hatte sie immer wieder bekannte Persönlichkeiten, darunter viele Musik- und Filmstars, getroffen. Schnell hatte sie festgestellt, dass auch diese Prominenten ganz normale Menschen waren, die ihr Geld damit verdienten, indem sie in der Öffentlichkeit auftraten. Natürlich war der eine oder andere auch mal exzentrisch oder zu sehr von sich eingenommen. Das traf allerdings auch auf nicht Berühmte zu. Im Laufe der Jahre hatte Sandra bei der *normalen* Bevölkerung viel mehr Arroganz und Überheblichkeit kennengelernt als bei Prominenten.

Sie sah mit Spannung und Freude den kommenden Tagen entgegen.

Sheila Branson traf als Erste ein, einer Königin gleich entstieg sie dem Taxi. Lucas half dem Fahrer, das umfangreiche Gepäck aus dem Kofferraum zu hieven und in die Hotelhalle zu bringen. Das ehemalige Model war groß, das brombeerfarbene Etuikleid schmiegte sich eng an ihre immer noch sehr schlanke Figur, endete kurz über dem Knie und gab den Blick auf zwei wohlgeformte Beine frei. Sie trug hochhackige Pumps, auf denen sie sich so sicher wie in Turnschuhen bewegte.

Sandra ging ihr entgegen und sagte: »Ich bin Sandra Flemming, die Managerin des Hauses, und heiße Sie im Namen aller auf Higher Barton herzlich willkommen.«

Sheila Branson nickte nur kurz, ihr Blick schweifte über die altehrwürdigen Mauern.

»Ich hoffe, die Räumlichkeiten sind moderner, als das Äußere des Gebäudes vermuten lässt«, sagte sie mit tiefer, rauchiger Stimme.

»Sie werden keinen Komfort vermissen«, erwiderte Sandra und behielt ihr professionelles freundliches Lächeln bei. »Ich zeige Ihnen nun Ihr Zimmer, Mrs Branson.«

Die Geschäftsfrau musterte Sandra aus blauen Augen und nickte zustimmend. Neidlos musste Sandra anerkennen, dass sie die Frau mindestens zehn Jahre jünger geschätzt hätte, wenn sie nicht gewusst hätte, dass Sheila bereits Anfang fünfzig war. Sie vermutete, dass sie das silberblonde Haar färbte und der Mangel an Gesichtsfalten eher regelmäßigen Botox-Behandlungen als guten Genen zuzuschreiben war.

»Liegt mein Zimmer nach hinten raus?«, fragte Sheila. »Ich habe extra um einen ruhigen Raum gebeten.«

»Selbstverständlich, Mrs Branson«, antwortete Sandra. »Es handelt sich um ein Eckzimmer mit einem wundervollen Blick über die Wiesen bis hin zu dem nahen Wald.«

Dass in dem genannten Raum vor langer Zeit jemand ermordet und eingemauert worden war, verschwieg Sandra geflissentlich. Die bewegte Geschichte Higher Bartons hatte einige Todesfälle und auch Spukgeschichten vorzuweisen. In Absprache mit dem Vorstand der Hotelkette wurden diese Ereignisse jedoch nicht publik gemacht, auch wenn es einige Stimmen gab, die meinten, ein paar Schauergeschichten würden noch mehr Gäste anziehen. Sandra war anderer Meinung. Sie führte ein Romantikhotel und kein Gespensterhaus, auch wenn zu fast jedem englischen Landhaus solch gruselige Legenden gehörten.

Über die Schultern hinweg rief Sheila: »Amber, wo bleibst du schon wieder? Trödle nicht herum und sieh zu, dass mein Gepäck in mein Zimmer gebracht wird.«

Erst jetzt bemerkte Sandra die zweite Person, die aus

dem Wagen gestiegen war. Hätte sie nicht gewusst, dass diese mollige junge Frau mit den aschblonden, dünnen Haaren die Tochter der schönen Sheila Branson war, sie hätte niemals eine verwandtschaftliche Beziehung vermutet. Amber Branson war dreiundzwanzig Jahre alt, sah aber mit dem wadenlangen, grauen Rock, einem ausgeleierten Pullover und ohne jeglichen Schmuck wie eine deutlich ältere Frau aus. Ihr rundes Gesicht mit den roten Wangen und einer flachen, breiten Nase war ungeschminkt, in den blass-blauen Augen stand ein Ausdruck von Ergebenheit.

Sandra hatte jetzt aber keine Zeit, sich um Sheilas Tochter Gedanken zu machen, und führte die elegante Dame in den ersten Stock hinauf.

»Gibt es hier keinen Lift?«, fragte Sheila und kräuselte missbilligend ihre zarte Stupsnase.

»Der Einbau eines Aufzugs hätte den Charakter des historischen Gebäudes zerstört«, antwortete Sandra unverbindlich.

»So viel zum Thema Komfort«, murmelte Sheila, laut genug jedoch, dass ein Schatten über Sandras Gesicht fiel. Sheila Branson schien eine kapriziöse und anstrengende Person zu sein und entsprach so ganz den Klischees, die man sich von solchen Leuten machte. Sie wollte aber nicht vorschnell urteilen, außerdem spielte der Charakter ihrer Gäste keine Rolle, solange sie sich anständig verhielten.

Mit dem Eckzimmer war Sheila zufrieden. Durch die zwei Fenster war der Raum lichtdurchflutet, hatte ein Himmelbett und in einem Alkoven eine Frisierkommode. Eine Sitzecke mit einem Sofa, einem Sessel und einem Glastisch, auf dem ein Obstkorb zur Begrüßung stand, machten das Zimmer heimelig.

»Es ist sehr ansprechend«, stellte Sheila fest und lächelte zum ersten Mal seit ihrer Ankunft.

Lucas und Amber Branson schleppten drei große Trolleys, eine Reisetasche und ein Beautycase ins Zimmer, und Amber sagte: »Soll ich dir beim Auspacken helfen, Mutter?«

»Das mache ich selbst, sonst finde ich wieder nichts«, antwortete Sheila abweisend. »Du würdest meine Blusen nicht nach Farben sortieren und die Hosen schief über die Bügel hängen.«

Amber nahm die Kritik teilnahmslos zur Kenntnis, lediglich ein Mundwinkel zog sich ein wenig nach unten.

Sandra spürte, dass die junge Frau an eine solche Behandlung durch ihre Mutter gewöhnt war. Betont freundlich sagte sie zu Amber: »Ich führe Sie jetzt in Ihr Zimmer, Ms Branson.«

»Das ist nicht nötig«, rief Sheila. »Sagen Sie ihr einfach die Nummer.«

»Bei uns wird jeder Gast gleich behandelt«, entfuhr es Sandra. Sogleich biss sie sich auf die Zunge. Sie hätte sich zu einer solchen Bemerkung nicht hinreißen lassen dürfen, aber manchmal ging das Temperament mit ihr durch. Ein Manko, an dem sie stetig arbeitete, denn als Managerin musste sie jedem Gast gegenüber gleichbleibend entgegenkommend sein.

Im Gegensatz zu dem umfangreichen Gepäck ihrer Mutter hatte Amber Branson lediglich einen Rucksack, eine Handtasche und ein längliches Futteral aus Leder bei sich. Falls sie mit dem engen Zimmer mit den Dachschrägen unzufrieden war, ließ sie es sich nicht anmerken.

Sandra nickte ihr freundlich lächelnd zu und kehrte in die Halle zurück. Inzwischen waren zwei Männer angekommen, die gerade die Formulare ausfüllten und von Eliza Dexter ihre Zimmerkarten entgegennahmen.

Der Medienmogul Bill Grant war groß und kräftig, mit einem Stiernacken und lichten, grauen Haaren. Neben ihm wirkte der kleinere, dunkelblonde Henry Jordan mit seiner schlaksigen Figur wie ein Lausbub. Sandra stellte sich den Herren vor, beide wirkten sympathisch und freundlich. Die Männer verzichteten auf eine Begleitung zu den Zimmern und trugen ihr Gepäck selbst hinauf.

Mit Eliza Dexter allein, sagte Sandra mit einem Augenzwinkern: »Die Männer scheinen ganz normal zu sein.«

»Mrs Branson ist etwas anstrengend, nicht wahr?«, sagte Eliza. »Nun ja, wir werden das schon hinbekommen.«

Sandra freute sich über das *wir.* Eliza und sie waren auf dem besten Weg, ein gutes Team zu werden.

VIER

Es war ungewöhnlich, dass Sandra Flemming schon um sechs Uhr an ihrem Schreibtisch saß, denn eigentlich stand sie immer erst auf den letzten Drücker auf, und vor sieben Uhr war ihre Anwesenheit nicht erforderlich. Dementsprechend überrascht war Eliza Dexter. Sie musterte Sandra und meinte: »Entschuldigen Sie meine offenen Worte, Sandra, Sie sehen furchtbar aus. Sind Sie okay?«

»Ich konnte nicht schlafen«, gab Sandra zu. Sie legte eine Hand auf ihre linke Wange und fuhr fort: »Ich habe Zahnschmerzen und fürchte, ich muss zum Arzt. Können Sie mir einen guten Zahnarzt empfehlen?«

»Ach herrje, das ist wirklich nicht angenehm«, rief Eliza. »Ich vertraue meine Zähne Doktor Everett an. Er hat seine Praxis in dem Gebäude, in dem sich auch der Polizeiposten befindet, behandelt aber nur Privatpatienten. Die staatliche Praxis befindet sich in der Budock Road in Lower Barton. Dort werden Sie heute sicherlich keinen Termin mehr bekommen.«

»Ich bezahle gern selbst, Hauptsache, ich werde die Schmerzen los.« Wie durch ihre Worte heraufbeschworen, meldete sich wieder Sandras Backenzahn. Sie stöhnte und bat Eliza: »Sind Sie bitte so freundlich, bei Doktor Everett einen Termin zu vereinbaren? Am besten noch heute Vormittag.«

Mit einem Blick auf ihre Uhr antwortete Eliza: »Die Praxis öffnet erst um acht, dann rufe ich gleich an. Ich nehme an, Sie haben noch nicht gefrühstückt, Sandra?«

»Ich bekomme keinen Bissen hinunter, nicht mal der Kaffee schmeckt mir.«

»Dann sind Sie wirklich krank«, stellte Eliza fest, denn Sandra liebte alle Arten von Kaffeegetränken, Tee hingegen trank sie eher selten. Eliza konnte das zwar nicht verstehen, Sandra aber war auch keine Engländerin, sondern stammte aus Schottland. Eliza, durch und durch nicht nur Engländerin, sondern in erster Linie cornisch, war zwar niemals weiter nördlich als im Lake District gewesen, trotzdem war sie überzeugt, dass die Menschen aus dem Norden mit denen im Süden wenig gemein hatten.

Wieder allein lehnte Sandra sich im Stuhl zurück und schloss die Augen. Heute Nacht hatte sie schon eine starke Schmerztablette genommen, auf nüchternen Magen wollte sie nicht noch mal eine riskieren. Es war viele Jahre her, als sie das letzte Mal Zahnschmerzen gehabt hatte, und sie ärgerte sich, dass sie die jährlich fällige Prophylaxe nicht wahrgenommen hatte. Seit sie in Cornwall war, hatte die Arbeit ihr keine Zeit für Vorsorgeuntersuchungen gelassen. Ein Fehler, den sie jetzt büßen musste.

Kurz nach sieben Uhr kamen erst Sheila Branson und ihre Tochter, wenige Minuten später Bill Grant und Henry Jordan zum Frühstück herunter. Sandra sah durch die geöffnete Bürotür, wie sie die Halle durchquerten, um das Speisezimmer aufzusuchen. Eine weitere halbe Stunde verging, in der Sandra versuchte, sich auf die Begleichung ausstehender Rechnungen zu konzentrieren, als Sheila durch die Halle stürmte und ins Büro platzte.

Ohne einen morgendlichen Gruß rief sie aufgeregt:

»Es war vereinbart, dass wir das Hotel für uns haben, Ms Flemming! Die Mädchen und ich können keine Ablenkung gebrauchen!«

»Ich fürchte, ich verstehe nicht, Mrs Branson ...«, nuschelte Sandra. Wegen der Schmerzen bekam sie ihre Zähne kaum noch auseinander.

Sheila schien nicht zu bemerken, dass es Sandra nicht gut ging, denn sie blaffte: »Da ist ein alter Mann, er meinte, er wohne hier.«

»Major Collins.« Sandra nickte verstehend und bemühte sich, deutlich zu sprechen. »Der Major ist Dauergast und wohnt bereits seit über einem Jahr in unserem Haus. Er ist ruhig, Sie werden ihn nicht bemerken.«

»Dauergast?« Skeptisch zog Sheila die Augenbrauen hoch. »Auf mich wirkt er nicht so, als könne er sich einen dauerhaften Aufenthalt hier leisten, aber das spielt auch keine Rolle. Ich ging davon aus, dass das Hotel ganz den Mädchen und der Jury zur Verfügung steht.«

»Es ist ausgeschlossen, Major Collins zu bitten, das Haus zu verlassen. Wie gesagt, Sie werden sich von ihm nicht gestört fühlen ...«

Unterbrechend winkte Sheila ab und erwiderte kühl: »Da wir an dieser unerfreulichen Lage vermutlich nichts ändern können, muss ich es wohl akzeptieren, auch wenn es freundlich gewesen wäre, über einen fremden Gast informiert zu werden. Sie werden uns entgegenkommen, was die Kosten betrifft, nicht wahr?«

Wegen dieses Ansinnens schnappte Sandra nach Luft,

ihr Gesichtsausdruck blieb aber neutral, als sie antwortete: »Ich werde das mit meiner Assistentin besprechen, Mrs Branson.«

Tatsächlich hatte Eliza Dexter die Buchung der Agentur für die Models und die Jurymitglieder gemanagt, und Sandra hatte nicht gewusst, dass das Team darauf bestand, im Hotel unter sich zu sein. Außer dem Major konnten sie sowieso keine weiteren Gäste unterbringen, da jedes Zimmer belegt war. Wenn es aber wirklich so vereinbart war, dann hatte Sheila Branson recht, und Sandra würde versuchen, einen Kompromiss zu finden. Zuerst musste sie jetzt aber diese verflixten Zahnschmerzen loswerden.

Fünf Minuten nach acht Uhr teilte Eliza ihr mit, sie könne sofort den Zahnarzt aufsuchen.

»Wenn Sie wollen, können Sie meinen Wagen nehmen«, schlug Eliza zu Sandras Überraschung vor. »Sie haben ja jetzt den Führerschein, und mit dem Bus brauchen Sie deutlich länger.«

»Das ist sehr freundlich«, nuschelte Sandra. »Ich bringe Ihnen das Auto auch unbeschädigt zurück.«

»Dafür wäre ich dankbar«, erwiderte Eliza. »Ich möchte mir nicht schon wieder einen neuen Wagen anschaffen müssen.«

Im vergangenen Jahr war Elizas Kleinwagen gestohlen und zu Schrott gefahren worden. Der Unfallverursacher war nicht versichert gewesen. So war Eliza auf den Kosten sitzen geblieben und hatte einen Kredit aufnehmen müssen, um sich ein neues Auto kaufen zu können. Es war sehr großzügig von ihr, den Wagen Sandra anzuvertrauen, die erst vor vierundzwanzig Stunden die Fahrprüfung bestanden hatte.

Der moderne Bau aus Glas und Stahl lag am Rand von Lower Barton, einer kleinen Ortschaft etwa sechs Meilen nördlich des alten Fischerdorfes Polperro an der Südküste. Während ab dem 19. Jahrhundert immer mehr Besucher nach Cornwall gekommen waren, diese aber die Badeorte mit ihren sandigen Stränden bevorzugten, hatte Lower Barton sich die ruhige Beschaulichkeit längst vergangener Zeiten bewahrt. Kreuzförmig angelegt, zogen sich die High Street und die Fore Street an niedrigen, weiß getünchten Häusern und Cottages entlang, Gässchen zweigten links und rechts ab, die zu Innenhöfen und lauschigen Plätzen führten. Wären nicht die Autos und die Straßenlaternen gewesen, hätte man meinen können, hier sei die Zeit vor zweihundert Jahren stehen geblieben. Der Einzelhandel hatte keine Existenzprobleme, die Einwohner schätzten es, noch persönlich bedient zu werden und sich dabei über Neuigkeiten auszutauschen. Vor zwei Jahrzehnten hatte am nördlichen Ortsrand die Supermarktkette Morrisons einen Laden eröffnet, ein weitläufiger Parkplatz war angelegt und wenige Jahre später gegenüber dem Supermarkt das vierstöckige, moderne Bürogebäude errichtet worden. Die Leute hatten sich an die Neubauten gewöhnt, und manchmal war es auch praktisch, bei Morrisons einzukaufen. Immerhin hatte der Markt jeden Tag bis Mitternacht geöffnet, ebenfalls sonntags für sechs Stunden, damit konnten die kleinen Geschäfte nicht mithalten.

Nachdem Sandra Elizas Wagen auf dem Parkplatz abgestellt hatte und auf das Bürogebäude zuging, spürte sie einen unangenehmen Druck im Magen, der sie für einen Moment ihre Zahnschmerzen vergessen ließ. In dem Bürogebäude befanden sich im Erdgeschoss nämlich auch die

Räumlichkeiten des Polizeipostens, und Sandra hatte dort einige Stunden erleben müssen, die sie lieber vergessen würde. Detective Chief Inspector Christopher Bourke und Constable John Greenbow waren zwar umgängliche Personen, aber nur, wenn man nicht beruflich mit ihnen zu tun hatte. Sandra dachte an die gestrige Begegnung mit DCI Bourke. Er hatte bedrückt gewirkt, und sie konnte sich vorstellen, wie langweilig es sein musste, alte Fälle durchzuarbeiten.

Sie betrat die Eingangshalle und fuhr mit dem Lift in den zweiten Stock, wo sich die Zahnarztpraxis befand.

Eine halbe Stunde später saß Sandra in dem Stuhl. Doktor Dean Everett, ein großer, athletisch gebauter Mann Anfang vierzig, nahm ihre Anamnese auf, und Sandra gab an, seit zwei Jahren keinen Zahncheck mehr gemacht zu haben.

»Die Arbeit ließ mir keine Zeit, und jetzt muss ich dafür büßen.«

»Na, so schlimm wird es wohl nicht werden«, erwiderte der Zahnarzt lachend. »Dann lehnen Sie sich mal entspannt zurück und öffnen Sie weit den Mund.«

Sandra hatte keine Angst vor Zahnärzten, entspannt fühlte sie sich aber nie in diesem Stuhl. Doktor Everett klopfte ihre Zähne ab. Als er in den hinteren oberen linken Bereich kam, zuckte sie zusammen und stöhnte.

»Da haben wir ja den Übeltäter«, sagte der Arzt. »Ein Loch an zwei sieben, das haben wir in Nullkommanichts behoben. Bestehen bei Ihnen Allergien gegen Betäubungsmittel?«

»Nicht dass ich wüsste«, nuschelte Sandra zwischen den Wattetupfern in ihrer Mundhöhle hindurch.

Doktor Everett wies seine Helferin an, eine entsprechende Ampulle aufzuziehen. Als sich die Nadel ihrem Mund näherte, verkrampfte sich Sandra ein wenig, aber der Einstich war so sanft, dass sie lediglich ein leichtes Druckgefühl spürte, als sich die Flüssigkeit im Kiefer verteilte. Die betäubende Wirkung setzte sofort ein, und Doktor Everett machte sich ans Werk.

»Ziemlich viel Trubel auf Higher Barton«, sagte er über das Geräusch des Bohrers hinweg. »Schließlich begegnet man nicht täglich solch illustren Personen wie Sheila Branson, Henry Jordan und den schönsten Mädchen aus Südengland.«

Sandra zwinkerte, anders konnte sie ihre Zustimmung nicht kundtun. Sie wunderte sich nicht, dass der Zahnarzt wusste, wer sie war. Die Eröffnung des Hotels im Frühjahr des vergangenen Jahres hatte hohe Wellen geschlagen, weil just an diesem Tag eine Leiche im Kühlraum gefunden worden war. In der Folge der weiteren Geschehnisse war Sandras Foto in den Zeitungen gewesen, außerdem sprach sich in dieser ländlichen Gegend ohnehin alles schnell herum.

Doktor Everett erwartete keine Antwort, sondern plauderte munter weiter, während er den nun aufgebohrten Zahn säuberte: »Für Sheila Branson muss es schwer sein, nach Lower Barton zurückzukommen, nach all dem, was geschehen ist. Nun ja, es ist Jahre her, aber zu vergessen ist das nie. Mrs Branson scheint allerdings eine starke Persönlichkeit zu sein. Mit der Vergangenheit hat sie inzwischen sicher abgeschlossen.«

Unwillkürlich runzelte Sandra die Stirn. Sie hatte keine Ahnung, worüber der Zahnarzt sprach. Es überraschte sie, dass Sheila Branson offenbar eine Beziehung zu der Gegend hatte, und wenn sie Everetts Worte richtig deutete, handelte es sich nicht um etwas Angenehmes.

Sandra musste sich noch eine halbe Stunde gedulden, bis der Zahnarzt seine Arbeit beendet hatte und die Tupfer wieder entfernt wurden. Ihre linke Gesichtshälfte war noch betäubt, so konnte sie nur undeutlich fragen: »Sie sagten, Sheila Branson wäre früher bereits hier gewesen?«

Doktor Everett beantwortete Sandras Frage aber nicht, sondern sagte: »Solange die Betäubung anhält, bitte nicht kauen und nur Wasser trinken. Ich habe das Loch provisorisch versorgt, damit es Sie nicht länger plagt, auf Dauer empfehle ich Ihnen ein Inlay. Dafür benötige ich aber mehr Zeit. Vereinbaren Sie bitte mit meiner Mitarbeiterin einen Termin in zwei oder drei Wochen.« Er nickte Sandra zu und verließ das Behandlungszimmer, um sich um den nächsten Patienten zu kümmern.

Sandra ließ sich einen Termin in drei Wochen geben, wenn die Arbeit ihr etwas Luft für eine Behandlung lassen würde.

Als sie das Gebäude verließ, kam DCI Bourke gerade um die Ecke.

»Sie wollen nicht etwa zur mir?«, fragte er. »Ich hoffe doch sehr, dass Sie nicht wieder über eine Leiche gestolpert sind, Sandra.«

Sie schüttelte den Kopf, wegen der Betäubung misslang jedoch ein Lächeln. »Zahnarzt.«

»Oje, das tut mir leid. Tut es sehr weh? Sie sehen nämlich gar nicht gut aus, Ihr Gesicht ist sehr verschwollen.«

»Danke für die Blumen, Christopher, es geht schon wieder.« Sandras Worte klangen immer noch undeutlich, und in Bourkes Blick stand aufrichtiges Bedauern. »Kennen Sie eigentlich Sheila Branson?«, fragte sie.

»Nur dem Namen nach und was man in den Medien so mitbekommt. Hat Ihre Frage einen besonderen Grund, Sandra?«

»Ach, nur so.«

Bourkes Blick bohrte sich in ihren. »Warum habe ich dann das Gefühl, da steckt mehr dahinter? Die Frau ist erst gestern im Hotel angekommen, Sie wird doch nicht schon etwas angestellt haben?«

»Nein, nein, alles okay«, versicherte Sandra. Ihre nächste Frage überraschte den Chief Inspector dann noch mehr: »Seit wann sind Sie eigentlich in Lower Barton?«

»Es sind jetzt gute neun Jahre«, antwortete er automatisch, runzelte dann aber die Stirn. »Sandra, ich denke nicht, dass Sie mir solche Fragen grundlos stellen.«

Trotz des tauben Gefühls in ihren Lippen grinste Sandra und erwiderte: »Sie sind wohl immer im Dienst, Christopher, weil Sie in einer harmlosen Plauderei gleich einen ernsten Hintergrund vermuten.«

Bourkes Ohrmuscheln röteten sich, unbefangen antwortete er jedoch: »Eigentlich alles, was bisher auf Higher Barton geschah, war zu ernst, um jetzt nicht hellhörig zu werden. Es ist wirklich alles in Ordnung, Sandra?«

»Aye, Sir, kein Einbruch, kein Diebstahl und erst recht keine Leiche«, antwortete sie munter.

»Hoffen wir, dass das so bleibt«, murmelte Christopher Bourke, dann deutete er auf Sandras Gesicht. »Sie sollten sich ausruhen und die Wange kühlen.«

»Danke für den Tipp, ich fürchte aber, die Arbeit ruft nach mir. Noch einen schönen Tag, und lassen Sie sich den nicht durch Gedanken an zukünftige Verbrechen verderben.« Sie zwinkerte ihm zu, was die Röte nun auch in sein Gesicht steigen ließ.

Sandra hatte die Zentralverriegelung von Elizas Wagen bereits geöffnet, als sie verharrte. Sie verschloss das Auto wieder, drehte sich um und verließ den Parkplatz über einen engen Fußweg zwischen den Häusern hindurch, der in die Fore Street führte. Nach wenigen Metern hatte sie die einzige Fleischerei des Ortes erreicht, direkt neben einem Floristen. Mrs Roberts, die das Geschäft seit dem frühen Tod ihres Mannes allein führte, trug nicht ohne Grund den Beinamen *Daily Mirror von Lower Barton,* denn die Metzgerin war der Dreh- und Angelpunkt von Neuigkeiten und jeder Menge Tratsch. Mrs Roberts hatte ein übersteigertes Interesse am Leben anderer, las die gängige Yellow Press und steckte ihre dickliche Nase gern in die Angelegenheiten Fremder. Einmal in ihre Fänge geraten, ließ Mrs Roberts ihr Gegenüber nicht mehr gehen, bevor sie nicht losgeworden war, wer gerade mit wem was am Laufen hatte. Obwohl Mrs Roberts das Hotel mit Fleisch- und Wurstwaren belieferte, ging Sandra der Frau lieber aus dem Weg. Sie mochte keinen Tratsch, auch wollte sie von niemandem etwas über Menschen hören, die sie nicht kannte, und wenn doch, dann machte sie sich lieber selbst ein Bild von demjenigen. Heute jedoch suchte Sandra die Metzgerin bewusst auf.

Eine altmodische, messingfarbene Glocke schlug an, als Sandra die Tür öffnete. Kunden befanden sich keine im Laden, nur ein gedrungener, junger Mann sortierte Waren ein.

»Guten Morgen, Ben«, grüßte Sandra freundlich. »Ist Mrs Roberts zu sprechen?«

»Telefon«, sagte Ben und deutete auf die Tür, die den Verkaufsraum von den hinteren Räumen trennte. »Was willst du? Ich kann es dir geben.« Er ging hinter die Theke, wischte sich die Hände an einem Lappen ab und sah Sandra erwartungsvoll an. »Frische Lammlachse im Angebot.«

»Danke, Ben, ich brauche nichts, möchte nur mit deiner Chefin sprechen«, sagte Sandra und sah die Enttäuschung auf dem runden Gesicht des jungen Mannes.

Ben Triggs ging Mrs Roberts stundenweise zur Hand. Vor zwei Jahren hatte er die Schule beendet, in der er auch gewohnt hatte. Seitdem suchte Ben nach einer festen Anstellung, denn einfache Tätigkeiten wie Lagerarbeiten konnte er problemlos erledigen, die meisten Menschen wollten einen wie ihn aber nicht einstellen. Ben Triggs litt nämlich an Trisomie 21, daher klangen seine Äußerungen manchmal auch etwas unfreundlich, er war aber ein herzensguter Mensch. Ob sie es wissen wollte oder nicht: Sandra hatte von der Metzgerin erfahren, dass Bens Vater die Familie im letzten Winter verlassen hatte.

»Seit Ben nach der Schule wieder hier lebte, kam Mr Triggs mit der Situation nicht zurecht«, hatte Mrs Roberts ihr anvertraut. »Er ist schließlich mit einer Jüngeren durchgebrannt, seitdem muss sich Linda Triggs allein um ihren Sohn kümmern. Sie kann natürlich nicht arbeiten, um Ben nicht allein lassen zu müssen, und mit Anfang sechzig noch einen Job zu finden ... Das Geld reicht jedenfalls vorn und hinten nicht.«

Peinlich berührt, von den finanziellen Umständen einer Fremden hören zu müssen, hatte Sandra damals die Unterhaltung schnell abgebrochen. Heute jedoch suchte sie den Kontakt bewusst, denn wenn jemand mehr über die Andeutungen des Zahnarztes über Sheila Branson wusste, dann Mrs Roberts.

Sandra musste nicht lange warten, da betrat die rundliche Metzgerin den Verkaufsraum, und Sandra kam gleich zur Sache, indem sie fragte: »Mrs Roberts, Sie werden von der Misswahl Ende der nächsten Woche im Romantic Hotel gehört haben, nicht wahr?«

»Selbstverständlich, Ms Flemming, ich liefere doch alles Notwendige für diesen Abend. Stimmt damit etwas nicht? Eliza und ich haben es ausführlich besprochen, wenn Sie aber andere Wünsche haben ...«

»Das ist alles in Ordnung«, warf Sandra ein, als die Metzgerin Luft holen musste. »Ich möchte Sie nur fragen, was Sie über Sheila Branson wissen. Mir ist zu Ohren gekommen, sie wäre früher schon einmal in der Gegend gewesen und dieser Aufenthalt wäre für sie nicht angenehm verlaufen.«

Mrs Roberts spitzte die Lippen, als sie leicht pikiert erwiderte: »Bisher wollten Sie nichts über andere hören, Ms Flemming, besonders nicht über lange zurückliegende Ereignisse.«

»Dann ist es also wahr?«, fragte Sandra, ohne Mrs Roberts Bemerkung zu kommentieren.

Mrs Roberts nickte. Sie war viel zu begierig, das, was sie wusste, loszuwerden, als sich über Sandras plötzliches Interesse zu wundern.

»Als ich in der Zeitung las, Sheila Branson würde ausgerechnet in ein Hotel in der Nähe Lower Bartons kommen, dachte ich mir, dass das traurige Erinnerungen aufwühlen wird, da ihr Mann doch hier begraben ist.«

»Ihr Mann ist tot?«, rief Sandra. »Ich wusste weder,

dass Sheila Witwe ist, noch, dass sie einmal hier gelebt hat.«

»Wer sagt, dass die Bransons hier gelebt haben?«, fragte Mrs Roberts erstaunt. »Damals wohnte die Familie in der Nähe von Birmingham, in den Ferien kamen sie aber regelmäßig nach Cornwall. Sie hatten im Hafen von Falmouth ein Segelboot liegen.«

»Was ist passiert?«

»Das weiß man bis heute nicht so recht.« Obwohl sie im Laden allein waren, senkte Mrs Roberts die Stimme und beugte sich zu Sandra vor. In ihren Augen funkelte Sensationslust. »Eines Morgens fuhr er hinaus, dabei hatte der Wetterbericht vor einem Unwetter gewarnt. Das Boot kam nicht zurück. Erst nach fünf Tagen wurden einige Planken geborgen, zwei Wochen später die Leiche des armen Mannes in Looe angeschwemmt. Was genau geschehen ist, weiß niemand, Sheila Branson geriet aber unter Verdacht, ihren Mann getötet zu haben.«

Scharf zog Sandra die Luft ein, dann stieß sie hervor: »Aus welchem Grund?«

Mrs Roberts zuckte mit den Schultern und meinte: »Branson soll eine hohe Lebensversicherung abgeschlossen haben, die Sheila zu einer reichen Frau machte. Von dem Geld baute sie ja dann auch die Kosmetikfirma auf.«

»Mrs Roberts, eines verstehe ich nicht: Wenn Bransons Leiche in Looe angetrieben wurde, das Boot in Falmouth lag und die Heimat der Familie in Nordengland war – warum wurde der Mann ausgerechnet in Lower Barton beerdigt?«

»Seine Frau meinte, er hätte das Meer und den Geruch nach Salz und Tang geliebt, deswegen wollte sie Branson hier zur letzten Ruhe betten. Die Orte direkt an der Küste erlaubten das aber nicht, deren Friedhöfe sind Einheimischen vorbehalten. Es wurde gemunkelt, die Branson hätte dem hiesigen Pfarrer ein nicht unerhebliches Sümmchen bezahlt, was dieser für die dringend notwendige Restaurierung des normannischen Taufbeckens gut gebrauchen konnte.«

»Besuchte Sheila das Grab ihres Mannes?«, fragte Sandra gespannt.

»Nein, jedenfalls haben weder ich noch andere sie seitdem hier gesehen. Manche Menschen haben zu Gräbern keinen Bezug, sie benötigen keinen Ort, um ihren verstorbenen Liebsten nahe zu sein. Für manche sind Friedhofsbesuche auch zu schmerzhaft. Wichtig ist doch, dass wir die Toten nie vergessen und in unseren Herzen weiterleben lassen.«

Diese Worte überraschten Sandra. Sie hatte Mrs Roberts nicht für so feinfühlig gehalten. Die Aussage barg aber viel Wahrheit und war eine gute Erklärung, warum Sheila Branson bisher gemieden hatte, wieder nach Cornwall zu kommen.

»Ich danke Ihnen, Mrs Roberts«, sagte Sandra und wandte sich zum Gehen.

»Begreifen Sie jetzt, dass es wichtig ist, zu wissen, mit wem man es zu tun hat, besonders in einem Hotelbetrieb?«, rief Mrs Roberts ihr nach.

In diesem Moment bimmelte die Ladenglocke, ein Kunde trat ein, und Sandra wurde der Antwort enthoben. Sie lächelte Mrs Roberts zu und verließ das Geschäft.

Obwohl Sandra im Hotel zurückerwartet wurde, konnte sie es nicht lassen, dem Friedhof einen Besuch abzustatten. Die Kirche mit ihren Grundmauern aus dem 12. Jahrhundert und dem gedrungenen, viereckigen Turm lag am Ende der

Fore Street. Im Kirchhof befanden sich Gräber, die teilweise zweihundert Jahre alt und deren Inschriften auf den verwitterten Grabsteinen nur noch schwer zu entziffern waren. Die Ruhestätten aus den letzten Jahrzehnten fand Sandra hinter der Kirche. Sie musste einige Zeit suchen, dann entdeckte sie den schlichten, grauen Stein mit der Gravur:

Taylor Branson
1963 – 2006

Kein persönliches Zitat, kein Schmuck, auf dem Stein wuchs Moos. Niemand kümmerte sich um dieses Grab. Sandra war es unverständlich, warum Sheila Branson die sterblichen Überreste ihres Mannes ausgerechnet in Cornwall und nicht dort, wo er beheimatet gewesen war, beigesetzt hatte. Hatte Branson keine weiteren Verwandten? Eltern oder Geschwister, die die Grabstelle gern in ihrer Nähe gehabt hätten. Sandra dachte auch an Amber, die beim Tod ihres Vaters noch ein Kind gewesen war. Sie ahnte, dass es für das Mädchen schwer gewesen sein musste, mit einer derart dominanten Mutter aufzuwachsen. Bis heute hatte Amber sich nicht abnabeln können, und es war anzunehmen, dass Sheila von ihrer Tochter die Mitarbeit einforderte, ohne auf deren Wünsche Rücksicht zu nehmen.

»Was geht´s dich an?«, murmelte Sandra, warf einen letzten Blick auf den Grabstein und verließ den Friedhof. In ein paar Tagen reisten Sheila Branson und ihr Team wieder ab, und das oberste Gesetz eines jeden Hotelangestellten war, sich niemals in die Privatangelegenheiten der Gäste einzumischen. Trotzdem empfand Sandra für Amber Mitgefühl.

FÜNF

Auf dem geharkten Kiesrondell mit den Blumenrabatten in der Mitte wimmelte es von jungen Frauen. Der Bus, der die Teilnehmerinnen vom Bahnhof bei Bodmin abgeholt und nach Higher Barton gebracht hatte, begegnete Sandra in der Zufahrt. Sie parkte Elizas Wagen und eilte zum Haus, denn jetzt wurde jede Hand gebraucht. Die zwölf schönsten jungen Frauen Südenglands trugen jeweils eine weiße Schärpe mit dem roten Sankt-Georgs-Kreuz, auf der die Grafschaften aufgedruckt waren, in denen die Damen die regionale Vorentscheidung gewonnen hatten.

»Das ist ja wie ein kleines Schloss!«, rief eine blonde junge Frau, deren Schärpe sie als Miss Surrey auswies. »Echt krass, vielleicht spukt es sogar?«

»Bloß nicht, dann bin ich gleich wieder weg«, erwiderte die Miss Devon, die Mundwinkel heruntergezogen. »Auch wenn es keine Geister und solchen Quatsch gibt – ich hoffe, das alte Gebälk ächzt nicht ständig und stört unseren Schlaf.«

»Keine Sorge, Jade, die Gespenster in diesem Haus sind schon lange ausgezogen«, sagte eine andere junge Frau mit hüftlangen, welligen kastanienbraunen Haaren und einer Stupsnase. Sie war die Lokalmatadorin, denn auf ihrer Schärpe prangte *Miss Cornwall.*

»Ich stimme Ihnen zu.« Sandra trat zu der Gruppe und sah freundlich in die Runde. »Ich bin Sandra Flemming und leite das Romantic Hotel.«

Miss Cornwall nickte lächelnd und sagte: »Hi, Sandra, freue mich, dich kennenzulernen. Ich bin Bethany, und da ich in der Nähe von St Agnes wohne, hab ich so einiges, was hier passiert ist, mitbekommen.«

»Was willst du damit sagen?«

Fünf Mädchen drängten sich um Bethany, die die Aufmerksamkeit genoss. Sie wollte zu weiteren Erklärungen ansetzen, Sandra erwiderte jedoch laut: »Ihr wollt euch bestimmt frisch machen. Bitte, kommt rein, damit wir die Zimmer verteilen können.«

Bethany klappte ihren Mund zu. Es war ihr anzusehen, dass sie über die Unterbrechung wenig erfreut war.

Eliza Dexter hatte die Zimmerzugangskarten schon bereitgelegt. Immer drei der jungen Frauen teilten sich ein Zimmer. Sofort kam es zu Unstimmigkeiten.

»Ich will aber nicht mit der dummen Pute aus Sussex zusammenwohnen.«

»Und ich nicht mit dir, damit du es gleich weißt.«

»Danielle schnarcht bestimmt, da kann ich ja kein Auge zumachen.«

»Du schnarchst selbst, oder du knirschst mit den Zähnen.«

»Ruhe!« Scharf unterbrach Sheila Branson das Gezeter, und schlagartig verstummten alle. »Ihr werdet die Zimmer mit denjenigen, die euch zugeteilt sind, kommentarlos teilen«, fuhr Sheila fort. »In einer halben Stunde treffen wir uns im Ballsaal zur Besprechung, daher solltet ihr euch beeilen, eure Sachen auszupacken.«

Die jungen Frauen trugen ihr Gepäck selbst in die Räume. Als die letzte die Halle verlassen hatte, sagte Sheila zu Sandra und Eliza: »Es ist leichter, einen Stall Hühner zu beaufsichtigen als diese Mädchen.«

»Ihnen gegenüber, Mrs Branson, zeigen Sie Respekt«, sagte Sandra.

»Nennen Sie mich doch bitte Sheila«, bot sie Sandra an. »In unserer Branche geht es zwanglos zu.«

»Das habe ich soeben festgestellt«, erwiderte Sandra lächelnd, da sie von Bethany einfach geduzt worden war.

»Ist alles klar für unser erstes Meeting?«, fragte Sheila.

»Der Raum ist bestuhlt, Getränke und Obst stehen bereit«, antwortete Eliza, die sich darum gekümmert hatte. »Sie wollen wirklich keinen Lunch zu sich nehmen? Unser Koch könnte eine leichte Suppe zubereiten ...«

»Obst und Gemüsesticks sind vollkommen ausreichend, danke«, unterbrach Sheila. »Die Mädchen sind schließlich nicht hier, um fett zu werden.«

Sandra und Eliza tauschten verstohlen einen Blick, in Elizas Augen lag ein missbilligender Ausdruck – aber der Gast war König.

Bill Grant und Henry Jordan, die das Gespräch aus dem Hintergrund verfolgt hatten, traten zu Sandra, nachdem Sheila gegangen war.

Grant sagte: »Also, ich hätte gegen ein anständiges Steak nichts einzuwenden.«

»Ich ebenfalls nicht«, bemerkte Jordan und klopfte sich auf seinen flachen Bauch. »Ich bin schließlich nicht auf Diät. Wenn der Koch vielleicht so freundlich wäre ...?«

»Ich bin sicher, er wird Ihnen gern eine kräftige Mahlzeit zubereiten«, antwortete Sandra. »Ich spreche gleich mit ihm.«

Sandra war überrascht, Amber Branson in der Küche vorzufinden. Sie war in ein Gespräch mit Rosa vertieft und errötete, als sie Sandra bemerkte.

»Verzeihen Sie, Ms Flemming, ich weiß, ich sollte mich hier nicht aufhalten, aber ich ...«

Sandra sah das angebissene Käsesandwich in Ambers Hand.

»Sie hatten Hunger, und Rosa war so freundlich, Ihnen ein Sandwich zu machen«, schlussfolgerte Sandra. »Sie brauchen dafür nicht extra in die Küche zu kommen, was Gästen eigentlich schon aus hygienischen Gründen untersagt ist. Sie können jederzeit einen unserer Kellner um eine Mahlzeit bitten, Ms Branson.«

»Das wusste ich nicht, vielen Dank«, erwiderte Amber leise und mit hochrotem Kopf. »Ich konnte heute Morgen nicht frühstücken, weil ich wichtige Mails für meine Mutter beantworten musste. Als ich herunterkam, war das Büfett bereits abgeräumt, und Mutter meinte, mal zu fasten würde mir nicht schaden, da ich eh viel zu dick bin.«

Amber sprach so emotionslos, als würde sie über das Wetter plaudern, unterschwellig hörte Sandra jedoch sehr wohl Bitterkeit heraus. Es stimmte: Amber Branson war vollschlank, im Vergleich zu den überschlanken jungen Frauen wirkte sie sogar dick. Dass aber die eigene Mutter so unsensibel mit ihrer Tochter sprach, weckte in Sandra Abneigung gegenüber Sheila. Sie wollte sich ein wenig um die eingeschüchterte Amber kümmern, schließlich gehörte es zu ihrer Aufgabe, dass sich alle Gäste wohlfühlten.

Während die jungen Frauen und Sheila am Mittag im Ballsaal Obst und dünn geschnittene Gemüsesticks aßen, ließen sich Grant und Jordan je ein fingerdickes Rinderfilet in Portweinsoße mit gedünsteten Champignons schmecken. Bill Grant hatte Major Collins aufgefordert, sich zu ihnen zu setzen, und die drei Männer waren die einzigen Gäste im Restaurant. Monsieur Peintré zeigte sich hocherfreut, etwas Anständiges auf die Teller bringen zu können.

»Männer wissen eben, was für den Körper gut ist«, hatte er gerufen. »Soll dieses verhungerte Weibsvolk doch an rohem Kohlrabi nagen, die werden schon sehen, was sie davon haben.«

»Behalten Sie Ihre Meinung bitte für sich, Monsieur«, wies Sandra den Koch zurecht, »zumindest sollten Ihre Worte die Küche nicht verlassen.«

»Ms Flemming, es entspricht nicht meiner Berufsauffassung, rohes Gemüse anzubieten, so ganz ohne Soße und ...«

»Monsieur Peintré!« Sandra hob die Stimme, im Blick Entschlossenheit. »Unseren Gästen erfüllen wir, sofern möglich, jeden Wunsch. In zehn Tagen sind sie abgereist, dann können Sie sich in der Küche wieder nach Belieben austoben. Im Augenblick möchte ich aber keine Kritik hören, Monsieur. Haben wir uns verstanden?«

»Sie sind die Chefin ...«, nuschelte er und wich Sandras Blick aus.

Edouard Peintré war ein ausgezeichneter Koch. Früher hatte er zwei Michelin-Sterne gehabt, diese aber durch eine gemeine Intrige verloren. Nachdem er sich zuerst zurückgezogen hatte, um sein Leben wieder in Ordnung zu bringen, hatte er in dem neu eröffneten Higher Barton Romantic

Hotel angefangen und überraschte die Gäste immer wieder mit Köstlichkeiten, die in der ländlichen Abgeschiedenheit nicht vermutet wurden. Allerdings hielt sich Peintré für eine Art Küchengott, ließ sich nicht in seine Arbeit und noch weniger in seine Kreationen hineinreden. Professionell kochende Frauen ignorierte er, und gegenüber Kritik an seiner Arbeit war er nahezu resistent. Mit ihrer ruhigen Art nahm Sandra ihm jedoch den Wind aus den Segeln und fand Kompromisse, die beide Seiten zufriedenstellten. Sandra hätte zwar problemlos einen anderen Koch gefunden, der unkomplizierter war, doch trotz seiner anstrengenden Art empfand sie Sympathie für den kleinen Belgier. Am Herd war Peintré wirklich ein Genie. Man durfte es ihn nur nicht zu deutlich merken lassen.

Das Telefon an der Rezeption klingelte, und Sandra nahm ab.

»Wissen Sie, wo sich meine Tochter aufhält?«, fragte Sheila Branson. »Hat sie das Haus verlassen?«

»Nicht, dass ich wüsste.«

»Amber hätte längst hier sein sollen, ich brauche sie«, fuhr Sheila verärgert fort. »Ich habe schon in ihrem Zimmer angerufen, sie meldet sich aber nicht, und ihr Handy ist mal wieder abgeschaltet.«

Sandra hörte Sheila schwer seufzen.

»Ich werde sehen, ob ich Ms Amber finde«, bot Sandra an.

»Sagen Sie ihr, sie soll mit den Unterlagen in mein Zimmer kommen und nicht wieder herumtrödeln«, erwiderte Sheila und legte ohne Dank auf.

Zu den Aufgaben einer Hotelmanagerin gehörte es zwar

nicht, Gäste zu suchen, Sandra wollte aber jede Missstimmung vermeiden und stieg selbst ins Dachgeschoss hinauf. Im Ostflügel befanden sich die Zimmer von Eliza Dexter, Edouard Peintré und Rosa Piotrowski. Die Zimmermädchen, Kellner und der Barkeeper wohnten nicht im Hotel, da sie alle aus der Gegend stammten. Im Westflügel gab es noch drei kleine Gästezimmer, die in erster Linie an Durchreisende, die nur eine Nacht blieben, vermietet wurden. Auf dem Treppenabsatz hörte Sandra Musik. Es klang, als würde jemand Flöte spielen. Sandra war überrascht, festzustellen, dass die Töne aus Amber Bransons Zimmer kamen. Sie klopfte an. Als die Musik nicht verstummte, klopfte sie lauter. Jetzt brach das Flötenspiel ab, und Amber rief: »Ja, bitte?«

Sandra öffnete die Tür und trat ein. Die junge Frau hielt eine Querflöte in den Händen, Notenblätter lehnten an dem Spiegel über der Frisierkommode.

»Verzeihen Sie, Amber, aber Ihre Mutter sucht Sie«, sagte Sandra. »Sie scheinen das Telefon überhört zu haben.«

Amber legte das Musikinstrument aufs Bett und sah zur Uhr. »Ach herrje, schon so spät, die Mittagspause ist längst vorbei. Wenn ich spiele, vergesse ich immer die Zeit.«

»Ich kam nicht umhin, Sie spielen zu hören, es klang sehr schön«, sagte Sandra anerkennend.

Amber senkte verlegen den Blick und murmelte: »Ach, meine Kenntnisse sind dilettantisch, es ist nur ein Hobby.«

»Respekt, Ms Amber, ich kenne niemanden in Ihrem Alter, der Querflöte spielt.«

»Ich auch nicht«, gab Amber zu, und Sandra sah sie zum

ersten Mal lächeln. »Dieses Musikinstrument ist in der jüngeren Generation nicht gerade populär.«

»Ian Anderson hat es mit der Querflöte zu Weltruhm gebracht.«

»Ian wer?«

»Ian Anderson«, wiederholte Sandra. »Der Frontman von Jethro Tull.« Sie sah, dass Amber auch mit diesem Namen nichts anfangen konnte, und fügte lächelnd hinzu: »Die Erfolge dieser Rockgruppe waren vor Ihrer Zeit, eigentlich auch vor meiner, ich höre aber gern Rock- und Popmusik aus den Siebzigern.«

»Ich bevorzuge klassische Musik«, erklärte Amber, nahm einen auf dem Schreibtisch liegenden Aktenordner und klemmte sich diesen unter den Arm. »Das Stück, das ich gerade geübt habe, stammt aus dem Flötenkonzert von Vilém Blodek. Meine Mutter ist der Meinung, ich verschwende nur meine Zeit, sie wollte mir die Flöte sogar wegnehmen.« Beinahe trotzig sah sie Sandra an. »Mit den Angestellten ihrer Firma kann Mutter vielleicht so umspringen, aber ich lasse mir von ihr diese kleine Freude nicht verderben!«

Sandra erwiderte diplomatisch: »Sie werden Ihren Weg gehen, Amber.«

»Tja, die Firma werde ich ohnehin niemals leiten«, stieß Amber hervor. »Nicht nur, dass Mutter mich für viel zu dumm für eine solche Tätigkeit hält – die Chefin eines Kosmetikunternehmens sollte auch einigermaßen gut aussehen, sie ist schließlich das Aushängeschild. Diesbezüglich bin ich eine einzige Enttäuschung.«

»Äh ... sagen Sie das nicht ... Amber«, stammelte Sandra. »Sie sollten Sheila nicht länger warten lassen.«

»Ja, das sollte ich besser nicht tun, niemand sollte Sheila Branson warten lassen.« Amber wandte sich zur Tür. »Bitte, sagen Sie meiner Mutter nicht, dass ich Flöte gespielt habe, Ms Sandra. Ich bin froh, dass mein Zimmer in diesem Haus etwas abgelegen liegt, so kann sie mich nicht hören.«

»Natürlich nicht«, sagte Sandra unvermittelt. Es rührte sie zwar, dass Amber sie ins Vertrauen zog, gleichzeitig fühlte sie sich peinlich berührt, diese privaten Angelegenheiten zu erfahren. Amber gegenüber würde sie besser nicht erwähnen, dass sie vom Segelunfall ihres Vaters erfahren hatte und sogar an dessen Grab gewesen war. Sie hatte wahrlich anderes zu tun, als sich für die Familienverhältnisse zu interessieren oder sich gar in diese einzumischen.

Der große Saal im ersten Stock hatte ursprünglich aus drei nebeneinanderliegenden Räumen bestanden: der Salon, das Rauchzimmer, in dem sich in früheren Zeiten die Herren nach dem Dinner zu Brandy und Zigarren zurückgezogen hatten, und das Billardzimmer. Beim Umbau zu einem Hotel waren Wände entfernt worden und ein mit Parkett ausgelegter Saal entstanden. Bestuhlt bot er für rund fünfzig Personen Platz. Eine hinter der hölzernen Wandtäfelung verborgene Musikanlage, eine Leinwand, die nach Bedarf heruntergelassen werden konnte, ein Beamer und der WLAN-Anschluss machten den Saal für alle Arten von Veranstaltungen, von Hochzeiten bis Firmenmeetings, perfekt.

Was heute hinter der verschlossenen Tür geschah, erfuhren Sandra und Eliza nicht. Als die jungen Frauen aber gegen sieben Uhr zum Dinner, das aus gegrillter Dorade und nur mit Zitronensaft angemachtem Salat bestand, herunterkamen, wirkten alle erschöpft, Sheila Branson jedoch schien zufrieden zu sein.

Sandra hörte, wie Sheila zu Bill Grant sagte: »Es ist immer wieder erstaunlich, was sich die jungen Dinger einbilden, wenn sie einmal eine Misswahl in der Provinz für sich entscheiden konnten. Sie meinen, die ganze Welt stehe ihnen nun offen, und halten sich jetzt schon für große Stars.«

»Dass der Modelberuf keine Dauerparty, sondern harte Arbeit ist, hast du ihnen deutlich klargemacht«, erwiderte Grant grinsend. »Hast du bemerkt, wie der Unterkiefer von Miss Dorset heruntergeklappt ist, als du erklärt hast, dass das, was im TV zu sehen ist, nur selten der Realität entspricht?«

»Und Miss Kent hörte offenbar zum ersten Mal, dass Alkohol ein absolutes No-Go ist, da man die Models auf irgendwelchen Feiern häufig mit einem Champagnerglas in der Hand sieht.«

Sheila schüttelte verständnislos den Kopf, und Jordan erwiderte: »Sei nicht so streng, Sheila, und gib den Girls eine Chance. Für die meisten waren die lokalen Wahlen die ersten größeren Wettbewerbe, sie müssen in dieses Metier erst hineinwachsen.«

»Aus diesem Grund machen wir das Bootcamp«, antwortete Sheila. »Die Mädchen müssen beweisen, dass sie einer solchen Chance, die der Titel Miss South England ihnen bietet, auch gewachsen sind. Immerhin wird die Siegerin das Gesicht meines neuen Make-ups werden und an Hunderten von Plakatwänden im ganzen Land prangen, dazu die Magazine und Werbespots. Ah, Henry ...« Sie wandte sich an den Fotografen. »Hast du den morgigen Wetterbericht verfolgt? Können wir das Shooting wie geplant im Park machen?«

»Es soll keinen Regen geben«, antwortete Henry Jordan, »allerdings ist das in Cornwall nie so genau vorauszusagen.«

»Wir beginnen mit den Aufnahmen um acht Uhr«, erklärte Sheila in einem Tonfall, der keinen Widerspruch duldete. »In zwei Stunden müssen die Fotos im Kasten sein, damit wir mit den Proben der Präsentation anfangen können.«

Die drei begaben sich in den Speisesaal, und Eliza sagte zu Sandra: »Manchmal bin ich froh, dass das Schicksal mir die Chance verwehrt hat, mich an solchen Wettbewerben zu beteiligen.«

Es war selten, dass Eliza über ihr Äußeres sprach, noch dazu mit einem ironischen Unterton. Eliza Dexter, Ende vierzig, war groß und hager, mit wenig weiblichen Rundungen, einer zu langen Nase und einem fliehenden Kinn. Am auffälligsten aber war ihr Überbiss, den sie auch nicht mit einer inzwischen neuen Haarfarbe und einer schicken Friseur verbergen konnte. Sandra, die ihrerseits attraktiv war, bewunderte die ältere Frau insgeheim, wie auch Amber Branson. Beide haderten nicht mit ihrem Äußeren. Sandra vermutete aber, dass sich Eliza inmitten dieser vielen hübschen Mädchen ein wenig verloren vorkam.

Nach einem, nach Ansicht von Monsieur Peintré, spartanischen Frühstück am nächsten Morgen, an dem die Sonne hell vom Himmel strahlte, wurden die Aufnahmen im Park gemacht. Da das Hotelgelände frei zugänglich war, hatten sich einige Leute aus Lower Barton und der Umgebung eingefunden, um das Geschehen zu beobachten. Sie blieben auf Abstand und verhielten sich ruhig, den Mädchen machte es aber Spaß, sich vor Publikum zu präsentieren.

Major Collins stützte sich auf seinen Gehstock mit dem ziselierten, silbernen Knauf; den Blick auf das bunte Getümmel auf dem Rasen gerichtet, sagte er zu Sandra:

»So jung und unbedarft sollte man noch einmal sein. Als ich in dem Alter war, begann ich gerade mit meiner Ausbildung drüben in Devonport. Das waren Zeiten, Ms Flemming, ach, da könnte ich Ihnen allerhand erzählen.«

»Ihr Leben war sehr interessant«, antwortete Sandra diplomatisch, »und gelegentlich setzen wir uns bei einem Glas Wein zusammen, und Sie erzählen mir von Ihrer Ausbildung.«

»Ihr jungen Leute wollt ja doch nichts mehr von der Vergangenheit hören«, sagte Major Collins mit einem verständnisvollen Lächeln. »Sie und die Menschen in diesem Hotel sind anders, deswegen fühle ich mich hier auch so wohl.«

Major Collins liebte es, über seine Einsätze, die ihn über vierzig Jahre rund um die Welt geführt hatten, zu berichten. Sandra hatte das Personal angewiesen, ihm im Rahmen ihrer Zeit zuzuhören, denn der Major war nicht nur ein gut zahlender Dauergast, er konnte auch anschaulich erzählen, wobei Sandra oft dachte, dass er seine Geschichten wohl ziemlich ausschmückte. Major Collins stand allein auf der Welt, und Sandra bedauerte ihn auch ein bisschen.

»Die Dame hat sich wieder beruhigt, obwohl ich hier wohne«, fuhr der Major fort und zwinkerte Sandra zu.

»Sie befürchtete wohl, ich alter Knacker würde mich auf das junge Gemüse stürzen, wobei ich zugeben muss: Die Mädchen sind schon ein angenehmer Anblick. Henry und Bill haben aber keine Probleme mit mir, wir haben Freundschaft geschlossen, weil die Männer auch nicht auf das welke Grünzeug stehen, sondern dicken, saftigen Steaks den Vorzug geben.«

»Das freut mich«, erwiderte Sandra. »Übernächste Woche ist es vorbei, dann geht hier wieder alles seinen gewohnten Gang. Wenn Sie mich nun bitte entschuldigen würden, Major, die Arbeit ruft.«

»Ich höre zwar nichts«, scherzte der Major, »aber ich möchte Sie nicht länger aufhalten.«

In den nächsten zwei Tagen bekamen Sandra und Eliza die Gäste kaum zu Gesicht. Nach dem Frühstück zogen sie sich in den Ballsaal zurück, nach dem Lunch schlenderten sie durch den Park, und am Abend machten die jungen Frauen einzeln oder in Gruppen Spaziergänge rund um das Hotel. Alle gingen früh zu Bett, lediglich Sheila Branson saß noch länger an der Hotelbar und trank zwei oder drei Gläser Rotwein, um den Tag ausklingen zu lassen.

Mit der Planung des Abends, an dem die Misswahl stattfinden würde, hatten Sandra und Eliza alle Hände voll zu tun. Mit Monsieur Peintré musste das Essen besprochen, von der Brauerei in St Austell ausreichend Getränke geordert und die Sitzordnung für die geladenen Gäste erstellt werden. Bill Grants Fernsehsender würde die Wahl in ganz Südengland live ausstrahlen, dabei durfte es keine Panne geben.

Inzwischen hatte auch Eliza Amber Flöte spielen hören.

Elizas Zimmer befand sich ebenfalls im Dachgeschoss des Ostflügels, und an einem Abend vernahm sie die Töne, ging ihnen nach und war überrascht, die wohlklingende Melodie aus Ambers Raum zu hören.

»Ich hoffe, das Mädchen hat Sie nicht gestört«, sagte Sandra, als Eliza davon erzählte und auch, dass Sheila Branson das Hobby ihrer Tochter missbilligte.

»Im Gegenteil, ich höre gern gute Musik«, antwortete Eliza. »Jetzt verstehe ich auch, warum Amber froh ist, ein abgelegenes Zimmer zu haben.«

»Sheila scheucht ihre Tochter ziemlich herum«, sagte Sandra. »Heute Morgen hörte ich, wie sie Amber nachrief, sie wäre langsam wie eine Schnecke und was sie, um Gottes willen, verbrochen hätte, mit einer solchen Tochter geschlagen zu sein.«

»Sheila Branson mag zwar eine schöne und erfolgreiche Frau sein, einen guten Charakter hat sie nicht. Ich verstehe nicht, warum Amber sich keine andere Arbeit sucht und ihren eigenen Weg geht.«

»Eliza, es steht uns nicht zu, über unsere Gäste zu urteilen«, sagte Sandra mit einem tadelnden Unterton. »Prominente sind häufig ein wenig anstrengend. Auch wenn Amber mir leidtut, müssen wir uns raushalten.«

In diesem Moment kam Amber wie aufs Stichwort in die Hotelhalle. Ihre Wangen waren gerötet, sie atmete schwer, als wäre sie schnell gelaufen, und ihr Blick irrte suchend umher. Dann sank sie in einen Sessel und schlug die Hände vors Gesicht.

»Sind Sie in Ordnung, Amber?«, fragte Sandra und trat an ihre Seite. »Kann ich Ihnen helfen?«

»Nein, nein, ich bin okay.« Sie hob den Kopf und starrte Sandra an, als würde sie sie heute zum ersten Mal sehen.

Sandra sah, dass Ambers Hände zitterten. »Soll ich Ihnen ein Glas Wasser bringen?«

»Ich sagte doch, mir geht es gut«, stieß Amber ungewöhnlich harsch hervor. »Wo ist meine Mutter?«

»Mit den anderen im Ballsaal«, antwortete Sandra.

Amber sprang auf und rannte die Treppe hinauf, als wäre der Leibhaftige hinter ihr her.

»Was war das jetzt?«, fragte Eliza.

Sandra zuckte mit den Schultern. »Ich habe mitbekommen, wie Sheila Amber aufgefordert hat, im Ort etwas abzuklären oder zu besorgen. Vielleicht hat das nicht geklappt, und Amber fürchtet, von ihrer Mutter gescholten zu werden. Wie gesagt, es soll uns nicht interessieren.« Sandra trat wieder hinter die Rezeption und nahm eine schmale Akte zur Hand. »Gehen wir jetzt bitte noch einmal die Sitzordnung durch, Eliza. Sheila reißt uns den Kopf ab, wenn da etwas schiefgehen sollte«, fügte sie grinsend hinzu, und die beiden Frauen vertieften sich in die Listen.

SECHS

Sandra fuhr das Programm herunter und schaltete den Computer aus. Es war nach zweiundzwanzig Uhr, für heute wollte sie Feierabend machen und früh schlafen gehen. Sie trat gerade aus dem Büro, als sich die Eingangstür öffnete und Sheila Branson in Begleitung von drei der jungen Frauen in die Hotelhalle kam. Sandra vermutete, sie hatten einen abendlichen Spaziergang gemacht, und wollte ihnen gerade eine gute Nachtruhe wünschen, als Sheila aufgeregt rief: »Gut, Sie sind noch wach! Sie müssen die Polizei verständigen! Auf der Stelle!«

»Ist etwas passiert?«, rief Sandra erschrocken und dachte im selben Moment: Bloß nicht wieder ein Mord, bitte!

»Ob etwas geschehen ist?«, fauchte Sheila, die Augen vor Wut blitzend. »Meine Mädchen sind belästigt worden, ich konnte den Angreifer gerade noch abwehren.«

»Belästigt?«, fragte Sandra überrascht. »Was meinen Sie mit ... belästigt? Wo und von wem?«

»Hier, im Park des Hotels, als wir uns die Beine vertreten und frische Luft schnappen wollten. Wer es war? Das herauszufinden ist Sache der Polizei. Rufen Sie jetzt an, oder soll ich es tun?« Sheila nahm ihr Handy aus der Jackentasche.

»Bitte, beruhigen Sie sich!«, flehte Sandra. »Was genau ist denn geschehen?«

»Ein Typ hat sich uns in den Weg gestellt und dummes Zeug geredet«, erklärte Sheila grimmig. »Als ich ihm sagte, er solle uns in Ruhe lassen und verschwinden, packte er Alicia am Arm.«

»Das stimmt, er wollte mich sogar küssen«, rief Alicia, die Miss Hampshire. »Na, dem habe ich eine Ohrfeige verpasst, an die er noch lange denken wird!«

»Er wollte aber nicht abhauen und versuchte dann, auch mich anzufassen«, fuhr Sheila fort. »Ich sah mich gezwungen, ihn mit aller Kraft von mir zu stoßen. Er fiel auf den Rücken, dann sind wir so schnell wie möglich zum Haus gelaufen.«

»Das ist in der Tat ein sehr unerfreulicher Vorfall«, erwiderte Sandra. »Es tut mir leid, dass ein Fremder auf das Hotelgelände gekommen ist. Wissen Sie, wer es war?«

»Wie denn, wir kennen hier ja niemanden«, fauchte Sheila zornig, aber Miss Kent, Paige, fügte hinzu: »Ich glaube, er war nicht ganz richtig im Kopf. Es war ja dunkel, aber im Schein der Lampe, die neben dem Weg steht, habe ich sein rundes, irgendwie blödes Gesicht gesehen.«

»Das ist richtig«, meldete sich Laura, die Miss der Grafschaft Wiltshire, zu Wort und tippte sich gegen die Stirn. »Der war voll behindert, hat auch ganz komisch geglotzt und gequatscht.«

Für einen Moment schloss Sandra die Augen, öffnete sie schnell wieder und meinte: »Ich ahne, wer das gewesen sein könnte. In Lower Barton lebt ein junger Mann, der mit Trisomie einundzwanzig geboren wurde. Er ist völlig harmlos und tut niemandem etwas.«

»Nennen Sie es etwa harmlos, wenn er versucht, ein Mädchen gegen seinen Willen zu küssen?«, rief Sheila empört. »Ob behindert oder nicht – das geht nicht!«

»Ich stimme Ihnen zu, Sheila«, sagte Sandra, »bitte Sie aber dennoch, die Polizei außen vor zu lassen. Morgen werde ich mit dem jungen Mann persönlich sprechen und ihm sagen, er möge sich vom Hotel fernhalten.«

Sheila zögerte, sah die jungen Frauen an, und Alicia nickte schließlich.

»Ich möchte mit der Polizei nichts zu tun haben«, sagte sie. »Die Cousine einer meiner Freundinnen wurde auch so geboren, und ich weiß, dass diese Menschen anders sind. Außerdem habe ich mich schon häufig gegen Typen wehren müssen, die meinten, mich begrapschen zu können. Und wenn er uns künftig in Ruhe lässt ...«

»Nun gut«, stimmte Sheila mit einem eindringlichen Blick Richtung Sandra zu. »Wenn es bei diesem einmaligen Vorfall bleibt, wollen wir es vergessen. Sobald sich der Mann aber wieder einem meiner Mädchen nähert, werde ich ihn bei der Polizei anzeigen.« Sheila wandte sich an die jungen Frauen und wies sie an: »Alicia, Paige, Laura – geht auf eure Zimmer! Morgen habt ihr einen anstrengenden Tag vor euch und braucht euren Schönheitsschlaf.«

Die Mädchen trollten sich, und Sheila suchte die Bar auf, um sich bei einem Glas Rotwein von dem Erlebnis zu erholen.

Für Sandra gab es keinen Zweifel, dass Ben Triggs, der als Aushilfe bei Mrs Roberts arbeitete, die jungen Frauen und Sheila angesprochen hatte. In Lower Barton und der Umgebung kannte sie sonst niemanden, auf den die Beschreibung passte. In Sandras Magen zwickte es unangenehm, denn Sheila hatte recht: Eine geistige Behinderung war kein Grund, anderen Menschen nicht den gehörigen Respekt und Anstand entgegenzubringen. Sandra konnte den Vorfall nicht auf sich beruhen lassen. Sie wollte das persönliche Gespräch mit dem jungen Mann suchen und ihm ins Gewissen reden. Sie hoffte, er würde verstehen, dass er um das Hotelgelände künftig einen großen Bogen machen musste. Sandra zweifelte nicht daran, dass Sheila ihre Drohung, die Polizei zu informieren, wahr machen würde. Und wenn Sandra eines nicht gebrauchen konnte, war das ein Eingreifen von Christopher Bourke.

»Gestern Abend gab es einen unschönen Zwischenfall.« Mit diesen Worten begrüßte Eliza Dexter am nächsten Morgen Sandra. »Nach vier Gläsern Rotwein erzählte Sheila Branson den Vorfall in aller Ausführlichkeit dem Barkeeper. David teilte es mir eben mit und meinte, Sheila wäre nicht mehr nüchtern gewesen, als sie gegen Mitternacht die Bar verlassen hat. Denken Sie, es war Ben, oder hat Sheila übertrieben?«

Sandra nickte. »Es spricht leider alles dafür. Ich werde nachher mit dem jungen Mann reden.« Sie berichtete Eliza, wie aufgeregt Sheila gewesen war und dass sie mit der Polizei gedroht hatte. »Ich hatte aber den Eindruck, die Mädchen nahmen den Vorfall recht gelassen.«

»Ben tut niemandem etwas«, sagte Eliza überzeugt. »Er hat es sicher nicht böse gemeint. Es ist nett von Ihnen, dass Sie nicht die Polizei einschalten.«

»Das möchte ich unter allen Umständen vermeiden. Die Polizei im Haus zu haben können wir uns kein zweites Mal erlauben.« Sandra musterte ihre Mitarbeiterin und fügte hinzu: »Haben Sie schlecht geschlafen, Eliza? Sie sind ziemlich blass, hoffentlich werden Sie nicht krank.«

Eliza lächelte zwar, antwortete aber mit einem bitteren Unterton: »Mein Bruder heiratet heute. Der Termin stand in der Zeitung.«

Sandra nickte verstehend und widmete sich der Arbeit, denn dieses Thema wollte sie nicht vertiefen. Sie wusste, dass Elizas einziger Verwandter deren älterer Bruder war. Er war vermögend, hatte sein Herz aber an eine Frau verloren, die – nach Elizas Ansicht – lediglich auf sein Geld scharf war. Da Eliza sich strikt gegen diese Ehe aussprach, war es im letzten Jahr zum Bruch zwischen den Geschwistern gekommen. Eliza hatte dies Sandra in knappen Sätzen berichtet und so getan, als wäre ihr das Schicksal ihres Bruders gleichgültig, Sandra spürte jedoch, dass das Zerwürfnis sie sehr belastete. Eliza Dexter war aber kein Mensch, der Hilfe annahm, und Mitleid wollte sie schon gar nicht.

»Wann werden Sie Ben aufsuchen?«, fragte Eliza und kehrte zu ihrem ursprünglichen Thema zurück.

»Wenn die Gäste ihr Frühstück beendet haben. Ich denke, ich werde Ben bei Mrs Roberts antreffen.«

»Möchten Sie wieder meinen Wagen haben?«

»Das ist sehr freundlich, Eliza, aber bei dem schönen Wetter nehme ich das Rad. Ein wenig Bewegung tut mir gut. Sobald im Hotel wieder etwas Ruhe einkehrt, werde ich mir ein gebrauchtes Auto kaufen.«

Eliza nickte ihr zu, dann ging Sandra mit den Unterlagen, die sie am Morgen vorbereitet hatte, in die Küche, um mit dem Koch den heutigen Speiseplan zu besprechen. Nach einer halben Stunde war auch dieser Punkt erledigt, und Sandra lief zu den Garagen, um ihr Fahrrad zu holen. Sie wollte das Rad gerade hinausschieben, als sie hörte, wie Sheila fragte: »Wo hast du dich gestern Nachmittag wieder herumgetrieben? Wenn ich nicht wüsste, dass ein Mann dich nicht einmal mit der Kneifzange anfassen würde, könnte ich glauben, du hast dir einen Liebhaber zugelegt.« Sheila lachte höhnisch. »Ich wünsche, dass du dich bei mir abmeldest, wenn du das Hotel verlässt.«

Sandra trat einen Schritt zurück, damit Sheila sie nicht bemerkte. Es überraschte sie nicht, nun die Stimme von Sheilas Tochter zu hören.

»Du hast mir gar nichts mehr zu sagen!«, zischte Amber zornig. »Gerade du solltest den Ball flach halten.«

»Amber! Wie kannst du es wagen, in einem solchen Ton mit mir zu sprechen!«

Verächtlich stieß Amber die Luft aus. »Ich spreche mit dir, wie es mir passt ... Mutter. Von dir lasse ich mich nicht länger schikanieren, ich habe es satt, der Spielball deiner Launen zu sein.«

»Aber Amber ... warte doch!«

Sandra hörte die knirschenden Schritte beider Frauen auf dem Kies. Vorsichtig sah sie um die Ecke und verließ die Garage erst, als Sheila und Amber im Haus verschwunden waren. Sie wunderte sich über Ambers plötzliche Auflehnung, zollte ihr aber Respekt. Sandra hoffte, der jungen Frau würde es gelingen, sich von ihrer Mutter zu lösen.

Mrs Roberts war allein in der Fleischerei. Als Sandra eintrat, zwinkerte sie ihr vielsagend zu.

»Guten Tag, Ms Flemming. Was gibt es Neues in Higher Barton? Fliegen schon die Fetzen?«

Für einen Moment runzelte Sandra unwillig die Stirn,

sagte sich aber, dass Mrs Roberts von dem gestrigen Vorfall unmöglich Kenntnis haben konnte, und antwortete mit einem unverbindlichen Lächeln: »Es ist alles im grünen Bereich, Mrs Roberts.«

»Es überrascht mich, das zu hören.« Sandra sah das ihr inzwischen bekannte sensationsgierige Funkeln in den hellgrauen Augen der älteren Frau. »Verstehen Sie mich bitte nicht falsch, Ms Flemming, und ein Mord muss nun wirklich nicht wieder geschehen, aber ...«

»Aber?«, hakte Sandra nach, in dem Bewusstsein, dass, wenn Mrs Roberts etwas loswerden wollte, sie nicht ruhen würde, bis sie dies auch getan hatte.

Obwohl sie allein im Verkaufsraum waren, senkte Mrs Roberts die Stimme zu einem Flüstern. »Es ist ja allgemein bekannt, dass der Jordan die Branson auf den Tod nicht leiden kann, was ich durchaus verstehe. Wenn ich Jordan wäre, dann würde ich mit der aufgetakelten Frau auch kein Wort mehr sprechen, und noch weniger mit ihr zusammenarbeiten. Es hat mich überrascht, zu erfahren, dass die beiden in dem Team sind.«

Sandra dachte, sie sollte einfach nach Ben fragen und dann das Geschäft verlassen, ohne sich weiteren Klatsch anzuhören. Sie konnte aber nicht ignorieren, dass die fabulösen Andeutungen der Metzgerin ihr Interesse weckten.

»Ich habe nicht den Eindruck, dass zwischen *Mrs* Branson und *Mr* Jordan« – Sandra betonte die Anreden – »eine Disharmonie besteht«, antwortete sie, woraufhin Mrs Roberts wissend lächelte.

»In der Öffentlichkeit lassen sie sich natürlich nichts anmerken, wegen der Presse und so. Die Show habe ich damals aber selbst gesehen. Der Gesichtsausdruck Jordans sprach Bände! Wenn er die Möglichkeit gehabt hätte – ich glaube, er hätte Sheila Branson auf der Stelle eigenhändig erwürgt.«

»Aus welchem Grund, und von welcher Show sprechen Sie?«

»Sie haben es nicht im Fernsehen gesehen wie Millionen anderer oder die Schlagzeilen gelesen?« Mrs Roberts seufzte und sah Sandra so mitleidig an, als würde sie sich Sorgen um sie machen, weil sich Sandra für solche Geschichten nicht interessierte. »Es war vor vier, vielleicht sind es auch schon fünf, Jahren, die Branson und der Jordan waren zu einer Talkshow der BBC eingeladen, um welches Thema es ging, habe ich inzwischen vergessen. Jedenfalls ... und warum das Thema überhaupt zur Sprache kam ... das weiß ich auch nicht mehr, aber die Branson fragte Henry Jordan, ob er seinen langjährigen Freund heiraten würde, wenn gleichgeschlechtliche Ehen in unserem Land möglich wären.«

»Na und?« Sandra schüttelte verständnislos den Kopf.

Mrs Roberts Augen weiteten sich, sie starrte Sandra verwundert an und rief: »Niemand wusste, dass Henry Jordan schwul ist! Er hat es immer geheim gehalten, ja, er war sogar einmal mit einer Frau verlobt, um sein Image zu wahren, und dann kommt die Branson und posaunt es vor einem Millionenpublikum raus!«

»Sie erwähnten, es wäre erst vor ein paar Jahren gewesen«, merkte Sandra an. »Homosexualität ist in unserem Land doch längst kein Makel mehr. Schon länger besteht die Möglichkeit, eine gleichgeschlechtliche Lebenspartnerschaft einzugehen und ...«

»Jordan war doch der Schwarm vieler Frauen.« Mrs Roberts schnitt Sandra das Wort ab. »Er ist ja nicht nur

Fotograf, sondern war ein regelmäßiger Gast in verschiedenen Talkshows und anderen TV-Formaten. Wenn Jordan im Fernsehen zu sehen war, schossen die Einschaltquoten nach oben, und in der Öffentlichkeit flirtete er ständig mit den Frauen. Plötzlich als schwul geoutet zu werden, das warf Jordan in der Sympathie zahlreicher Frauen um Meilen zurück.«

»Nun ja, er wird wohl viele neue, männliche Fans hinzugewonnen haben«, bemerkte Sandra ironisch. Diese angebliche Neuigkeit der Metzgerin amüsierte sie, sie musste sich beherrschen, nicht laut zu lachen. Sie lebten in einer Zeit und in einem Land, in dem die sexuelle Orientierung eines Menschen längst keine Rolle mehr spielte. »Mr Jordan hat es auf jeden Fall nicht geschadet«, fuhr Sandra fort. »Er ist nach wie vor ein sehr gefragter Fotograf.«

»Vor laufender Kamera verließ Jordan damals das Studio und zog sich dann für Wochen aus der Öffentlichkeit zurück«, fuhr Mrs Roberts unbeirrt fort. »Auf jeden Fall war er mächtig sauer auf Sheila Branson, und ich kann mir nicht vorstellen, dass er ihr dieses unfreiwillige Outing verziehen hat.«

»Das soll nun wirklich nicht unsere Sorge sein«, sagte Sandra. »Von einer eventuellen Missstimmung zwischen den beiden kann ich jedenfalls nichts bemerken.«

Mrs Roberts, sichtlich erleichtert, diese für sie brisante Mitteilung losgeworden zu sein, besann sich auf die Frage, warum Sandra gekommen war, und erkundigte sich: »Stimmt mit der gestrigen Lieferung etwas nicht?«

»Es ist alles bestens, Mrs Roberts«, versicherte Sandra. »Ich möchte eigentlich nur mit Ben sprechen.«

»Ben?«

»Ja, Mrs Roberts«, antwortete Sandra mit einem nachdrücklichen Nicken. »Ist er heute nicht bei Ihnen?«

»Nein, ich habe ihn vorhin nach Hause geschickt. Der Junge kam völlig übermüdet zur Arbeit und war unkonzentriert. Das kommt bei ihm öfter vor. Wir können eben nicht in seinen Kopf schauen und erkennen, was darin vor sich geht. Dann ist es besser, er geht wieder nach Hause, bevor er hier noch was durcheinanderbringt.« Mrs Roberts neigte den Kopf zur Seite und musterte Sandra fragend. »Warum wollen Sie mit Ben sprechen, Ms Flemming? Der Junge hat doch hoffentlich nichts ausgefressen?«

»Nein, nein, es ist nicht so wichtig«, versicherte Sandra schnell. Auf keinen Fall würde sie der geschwätzigen Metzgerin ihren Verdacht auf die Nase binden. »Ich möchte mich nur mal mit ihm unterhalten. Wenn Sie so freundlich wären, mir seine Adresse zu geben?«

»Ben und seine Mutter wohnen in der Miners Lane, das ist im Osten von Lower Barton«, antwortete Mrs Roberts und fügte hastig hinzu: »Da will kaum jemand wohnen, und seit Bens Vater abgehauen ist, geht es ihnen gar nicht gut. Mrs Triggs findet keine Arbeit, und ich kann Ben auch nicht als vollwertigen Angestellten bezahlen, dafür ist zu wenig zu tun. Ach, ich wünschte, der Junge könnte eine richtige Ausbildung machen.« Auf einmal schien Mrs Roberts eine Idee durch den Kopf zu schießen. Erwartungsvoll fragte sie: »Wollen Sie Ben vielleicht anstellen? Er ist kräftig und kann zupacken. Brauchen Sie nicht so einen Mann im Hotel?«

»Derzeit leider nicht, ich werde es aber im Hinterkopf behalten.«

Ein Nicken, ein weiteres Lächeln, dann verließ Sandra das

Geschäft. Auf der Straße atmete sie auf. Den restlichen Tag würde Mrs Roberts bestimmt darüber nachdenken, warum die Managerin des Romantic Hotels Ben sprechen wollte. Auf keinen Fall durfte die Frau etwas von den Vorwürfen erfahren.

Sandra war zuvor noch nie in der Gegend Lower Bartons, wo die Miners Lane lag, gewesen. Im Gegensatz zu dem schmucken, mittelalterlichen Ortskern trat der Denkmalschutz hier nicht in Erscheinung. Die einstigen Wohnhäuser der Minenarbeiter waren Mitte des 19. Jahrhunderts erbaut und wirkten, als wären sie seitdem nur notdürftig instand gehalten worden. Während in anderen Städten auch diese alten, einst ärmlichen Behausungen liebevoll renoviert und zu hohen Preisen verkauft oder vermietet wurden, lag über dieser Straße der Hauch der Verwahrlosung. Die Miners Lane, deren Name nicht passender hätte sein können, wurde von rund zwei Dutzend baugleichen, zweistöckigen Reihenhäusern gesäumt. Die Vorgärten waren mit Beton ausgegossen, es standen Mülltonnen, Fahrräder, kaputte Eimer und vor einem Haus sogar ein ausrangiertes Sofa herum. Nur vor drei Häusern hatten die Bewohner Kübelpflanzen aufgestellt, die den Anblick etwas schöner machten. Sandra ärgerte sich, Mrs Roberts nicht nach der Hausnummer der Triggs gefragt zu haben, jetzt würde sie an eine Tür klopfen und sich nach Ben erkundigen müssen.

Der Plymouth City Bus Nummer 73, der die Ortschaften Liskeard und Polperro miteinander verband, hielt an der Ecke. Die Tür öffnete sich, eine Frau stieg aus und stützte sich dabei schwer auf einen Gehstock. Ein aufmerksamer Fahrgast reichte ihr einen dunklen Einkaufstrolley hinaus, dann schloss sich die Tür, und der Bus fuhr weiter. Sandra schmunzelte, denn sie erinnerte sich daran, wie ihre Großmutter diese rollbaren Einkaufstaschen immer als *Hackenporsche* bezeichnet hatte.

Die Unbekannte umklammerte den Griff des Wagens, mit der anderen Hand den Stock, und humpelte den Gehsteig entlang. Nur mühsam setzte sie einen Fuß vor den anderen.

Spontan ging Sandra auf sie zu, grüßte und fragte: »Kann ich Ihnen behilflich sein?«

Die Frau mit dem braungrau gesträhnten Haar sah Sandra überrascht an, zögerte, sagte dann aber: »Ich wäre Ihnen sehr dankbar. Ich wohne gleich da drüben.« Mit der Stockspitze deutete sie auf das vierte Haus auf der rechten Seite der Straße.

Sandra nahm ihr den schweren Trolley ab. Die Fremde meinte, Sandra eine Erklärung schuldig zu sein, und sagte: »Morrisons in Liskeard hat Baked Beans und eingelegte Grapefruitsegmente im Angebot, da habe ich mir einen Vorrat zugelegt. Ich verstehe nur nicht, warum nicht alle Filialen die gleichen Angebote haben. Hier in Lower Barton kosten die Bohnen fast das Doppelte.«

»Die Preispolitik versteht kaum jemand«, antwortete Sandra. »Wie gut, dass der Bus direkt vom Supermarkt in Liskeard nach Lower Barton fährt.«

Die Frau richtete ihre hellen Augen auf Sandra und fragte: »Sie sind nicht von hier, nicht wahr? Ich habe Sie in dieser Gegend noch nie gesehen.«

Sandra wunderte sich nicht über diese Offenheit. Die Menschen in Cornwall machten aus ihrem Herzen keine Mördergrube und sprachen aus, was sie dachten.

»Ich bin Sandra Flemming und leite das Higher Barton Romantic Hotel.«

»Ach ja, das neue Hotel?« Sie nickte. »Ich habe davon gehört, war aber noch nie dort draußen. Für Leute wie mich ist ein Aufenthalt in einem solchen Haus ohnehin unerschwinglich. Mein Name ist übrigens Diane Keyham, und Sie sind sehr freundlich, mir behilflich zu sein.«

Die Frau wohnte zwar in einer wenig schönen Gegend, und ihre Kleidung stammte vom Discounter, aber sie drückte sich gewählt aus. Sandra spürte, dass Diane Keyham einst bessere Tage gesehen und das Leben es wohl nicht gut mit ihr gemeint hatte. Ihr Haus war eines mit den schmückenden Blumenkübeln, und gelb-rote Trompetenblumen verliehen der Tristesse des Vorgartens ein wenig Farbe.

Während Diane in der Jackentasche nach dem Schlüssel kramte, fragte Sandra: »Soll ich Ihnen beim Einräumen behilflich sein?«

Diane sah sie verwundert an und erwiderte: »Danke, das geht schon, Sie haben bestimmt etwas anderes zu tun.« In ihrem Blick stand die stumme Frage, was eine Frau wie Sandra in dieser Gegend zu suchen hatte.

»Können Sie mir sagen, wo die Familie Triggs wohnt?«, fragte Sandra. »Der Sohn ist knapp zwanzig ...«

»Ich kenne Mrs Triggs und Ben«, unterbrach Diana sie prompt. »Eine arme Frau, da will ich über meine ... Beeinträchtigung nicht klagen. Schlimm, wenn der Mann einfach abhaut, weil sein eigen Fleisch und Blut nicht so ist, wie er es sich vorgestellt hat.« Mit einer Handbewegung deutete Diane auf die gegenüberliegende Straßenseite. »Es ist das Haus mit der grünen Tür, Ms Flemming. Jedenfalls war der Anstrich einmal grün, jetzt ist es eher ein schmutziges Grau.«

»Sie kommen wirklich zurecht?«, fragte Sandra sicherheitshalber.

»Danke, es muss gehen.«

Sie verabschiedeten sich mit einem Kopfnicken. Während Sandra die Straße überquerte, dachte sie, wie dankbar sie war, unter einem schönen Dach und in finanzieller Sicherheit zu leben. Viele hielten das Herzogtum Cornwall für wohlhabend, weil Jahr für Jahr Millionen von Touristen in diesen Landstrich kamen, jede Menge Geld hier ließen und die Hauspreise zu den höchsten in ganz Großbritannien gehörten. Die meisten Städte und Ortschaften waren herausgeputzt, es gab prachtvolle herrschaftliche Häuser und Gartenanlagen, die auf der britischen Insel ihresgleichen suchten. Das war aber nur der äußere Schein. Arbeit außerhalb der Tourismusbranche gab es kaum, und diese Jobs waren so begehrt, dass auf eine Stellenausschreibung immer viele Bewerber kamen. Mit der Land- und Viehwirtschaft konnte kaum noch ein Farmer seine Familie durchbringen, und der Fischfang war fast vollständig zum Erliegen gekommen. Die Ecken, in denen die Armut sichtbar war, zum Beispiel rund um die Städte Redruth, Camborne und St Austell, wurden in keinem Reiseführer erwähnt, und wenn die Touristen diese Städte passierten, hielten sie nur selten an. Die Menschen wollten in die malerischen Orte an den Küsten und in die ländliche Beschaulichkeit des Landes, wo sich saftige Weiden und Wiesen meilenweit dahinzogen – bereit, auf gut gepflegten Wegen durchwandert zu werden. Auch in Sandras Heimat Schottland gab es abseits der touristischen Höhepunkte Armut, und der Austritt aus der EU würde die Lage sicher nicht verbessern, im Gegenteil. Sandra hatte für einen Verbleib gestimmt und war über das Ergebnis entsetzt gewesen. Leider schien Nicola Sturgeon sich gebeugt und sich von dem Gedanken einer Abspaltung Schottlands von Großbritannien verabschiedet zu haben.

Sandra wischte sich über die Stirn, um solch trübe Gedanken zu vertreiben. An der in London gemachten Politik konnte sie nichts ändern, sie konnte aber zu den Menschen stets freundlich und hilfsbereit sein, so wie eben zu Diane Keyham. Ihre Freundin Ann-Kathrin Trengove sagte immer:

»Auch mit Kleinigkeiten können wir dazu beitragen, dass diese Welt eine schönere wird.«

Linda Triggs war eine zierliche, grauhaarige Frau, die Sandra nur bis zur Schulter reichte. Sandra nannte ihren Namen und fragte: »Ist Ihr Sohn zu Hause? Ich würde gern mit ihm sprechen.«

Wie aufs Stichwort tauchte der gedrungene junge Mann hinter seiner Mutter in der schmalen Diele auf. Beim Anblick Sandras leuchteten seine Augen, und er rief: »Sandra! Wie geht es dir?«

»Ben! Wirst du Ms Flemming wohl respektvoll begegnen!«, wies Linda Triggs in zurecht.

»Das ist in Ordnung, Mrs Triggs«, sagte Sandra lächelnd. »Ben und ich kennen uns über Mrs Roberts, und ich duze ihn ja auch.«

Mit einer Handbewegung bat Linda Sandra herein, und Sandra bemühte sich, sich ihr Erschrecken über die offensichtliche Armut nicht anmerken zu lassen. Die Tapete war verblichen, kein Läufer bedeckte den Dielenboden, und der Schirm der gelben Deckenlampe war an zwei Stellen eingerissen.

»Was wollen Sie von meinem Sohn?«, fragte Linda und musterte Sandra skeptisch. »Er hat doch nichts angestellt?«

»Das bespreche ich am besten mit Ben unter vier Augen.«

Ablehnend verschränkte Linda die Arme vor der Brust. »Sie wissen, dass er im Kopf nicht wie andere ist«, erwiderte Linda, »und ich trage die Verantwortung für ihn. Daher möchte ich wissen, warum Sie sich extra zu uns bemühen.«

»Sandra ist nett«, rief Ben dazwischen. »Willste einen Tee? Ich kann gut Tee machen.«

»Das wäre sehr freundlich von dir, Ben.« Sandra lächelte ihm zu, und Ben verschwand hinter einer Tür, die vermutlich in die Küche führte.

»Also, worum geht es?«, beharrte Linda. »Es gibt nichts, was Sie nicht auch mit mir besprechen können.«

»Es ist besser, wenn ich mich zuerst mit Ben allein unterhalte, Mrs Triggs, oder ist es Ihnen lieber, wenn die Polizei es tut?«

Linda wurde kalkweiß und wich erschrocken zurück. »Ben hat nichts getan!«, rief sie empört. »Er kann keiner Fliege etwas zuleide tun!«

»Beruhigen Sie sich bitte, Mrs Triggs«, sagte Sandra. »Es ist nichts Schlimmes passiert, aber ich möchte mit Ben ein paar Dinge klarstellen. Mein Eindruck von ihm ist, dass er durchaus versteht, was man ihm sagt, und Regeln auch begreifen kann.«

Linda Triggs war nun so erschrocken, dass sie Sandra

wortlos in die Küche führte, in der Ben gerade kochendes Wasser in die Kanne goss, und dann die beiden allein ließ. Sandra vermutete allerdings, dass Linda an der Tür lauschen würde, wofür sie Verständnis zeigte. Als Mutter hatte man es nicht leicht, vor allem nicht als Mutter eines behinderten Kindes, auch wenn dieses Kind inzwischen ein erwachsener Mann war.

»Ben, du darfst nicht einfach Mädchen ansprechen, erst recht darfst du sie nicht anfassen.« Sandra kam gleich zur Sache. »Das ist kein gutes Benehmen, und da die Mädchen meine Gäste sind, machst du mir damit großen Ärger.«

Erstaunt sah er sie mit seinen hellgrauen Augen an und erwiderte: »Sie sind doch so schön ...«

»Ja, Ben, sie sind alle sehr hübsch.« Beruhigend legte Sandra die Hand auf seinen Arm. »Es ist egal, wie ein Mensch aussieht, ob er schön oder hässlich ist – du willst doch auch nicht, dass fremde Menschen dich einfach anfassen, oder?«

Nachdenklich zog Ben die Unterlippe zwischen die Zähne, Sandras Worte schienen ihn zu erreichen.

»Ich wollte nur ein bisschen sprechen«, murmelte er. »Die Frau hat mich aber so dolle geschubst, dass ich gefallen bin.« Er drehte sich um und streckte Sandra seinen Po entgegen. »Meine Hose ist kaputtgegangen. Mum hat mich ganz arg ausgeschimpft, und mein Arsch ist blau. Das tut weh.«

Sandra verkniff sich ein Lächeln. Äußerlich ein ausgewachsener Mann, war Ben im Kopf wie ein kleines Kind, dem so manche Regel nicht bewusst war. Er schenkte den Tee in zwei Becher, fügte einen Schuss Milch hinzu und reichte einen Becher Sandra. Sie nippte an dem heißen Tee, der wirklich genau richtig war – nicht zu stark und nicht zu schwach.

»Ben, du hältst dich von dem Hotel und den Mädchen fern«, sagte sie bestimmt. »Wenn du jemanden zufällig siehst, gehst du einfach auf die andere Straßenseite. Versprichst du mir das?«

Er nickte mehrmals, und Sandra hoffte, dass er sie verstanden hatte. Die Küchentür öffnete sich, und Linda Triggs trat ein. Auch sie schenkte sich eine Tasse Tee ein, trank einen Schluck und sagte dann zu Sandra: »Das mit der Polizei war doch nicht ernst gemeint, nicht wahr?«

Sie hatte also gelauscht, dachte Sandra amüsiert, und erwiderte: »Ich konnte Mrs Branson davon abhalten, die Polizei zu verständigen, habe ihr aber versprechen müssen, dafür zu sorgen, dass Ihr Sohn den Mädchen nicht mehr zu nahe kommt.«

Linda seufzte verhalten, warf einen Blick auf Ben, der einen Löffel Zucker in seinen Becher gab, konzentriert umrührte, bis sich der Zucker aufgelöst hatte, und dann die nächste Portion hineingab. Leise sagte sie: »Seit mein Mann weg ist, werde ich mit dem Jungen einfach nicht mehr fertig. Er ist ja nicht böse oder so, bitte, das dürfen Sie nicht glauben, und ich liebe ihn über alles. Manchmal denke ich aber, ein entsprechendes Heim, wo er weiter lernen und eine Ausbildung machen kann, wäre für Ben besser.«

Sandra wusste, dass Ben viele Jahre in einer Einrichtung für Behinderte, die auf seine Besonderheit spezialisiert war, gelebt hatte. Dort wurden die Kinder und Jugendlichen ihren Fähigkeiten gemäß gefördert und auf ein eigenständiges Leben vorbereitet. Der Staat übernahm die Kosten aber nur bis zur Volljährigkeit eines Kindes, und Mrs Triggs verfügte nicht über die finanziellen Mittel, Ben eine weitere Unterbringung zu ermöglichen.

Plötzlich flammte ein greller Blitz auf. Sandra erschrak, und Linda rief: »Ben, ich habe dir schon hundertmal gesagt, du sollst fremde Leute nicht einfach fotografieren!«

Bens Interesse an dem Zucker war verflogen, er hielt jetzt sein Mobiltelefon vors Gesicht, die Kameralinse auf Sandra gerichtet, und drückte erneut auf den Auslöser.

»Das ist schon okay«, sagte Sandra. »Er mag es anscheinend, zu fotografieren?«

»Sein Vater hat ihm das Handy, einen Computer und einen Drucker zum letzten Geburtstag geschenkt«, antwortete Linda. »Da hat er sich mal wieder darauf besonnen, einen Sohn zu haben. Dafür scheint der Lump Geld zu haben, anstatt regelmäßig den Unterhalt zu bezahlen. Selbst wenn ich eine Arbeit finden würde – ich kann Ben nicht allein lassen, und die paar Stunden, in denen er in der Metzgerei aushilft und ich arbeiten könnte ... Für diese Zeit bekomme ich nicht einmal einen Job als Kassiererin im Supermarkt«, sagte Linda.

»Es ist doch gut, wenn Ben ein Hobby hat«, erwiderte Sandra.

»Er fotografiert alles, was ihm vor die Linse kommt, und sitzt stundenlang vor dem PC«, erwiderte Linda. »Das Fotografieren und den Umgang mit dem Computer lernte er in der Einrichtung, und Ben zeigt damit eine mir vorher nicht bekannte Begabung. Diese Freude will ich ihm nicht nehmen, und den Jungen am Abend einsperren kann ich auch nicht. Die Ärzte sagen, ich solle ihn ganz normal behandeln und ihn gewähren lassen. Was, wenn er wieder ein Mädchen anquatscht oder sogar ...«

Lindas Lippen zuckten, und Sandra sagte beruhigend: »Ich glaube, Ben hat verstanden, und ich werde mit Mrs Branson und den jungen Frauen reden.«

»Danke, Ms Flemming«, flüsterte Linda, und Sandra sah, wie ihre Augen feucht wurden. »Es tut mir sehr leid, dass Sie wegen uns Ärger bekommen haben. Solange die Mädchen in Ihrem Hotel sind, werde ich auf den Jungen aufpassen.«

Sandra wandte sich zum Gehen, denn es war alles gesagt. Sie hatte Mitleid mit Linda Triggs und wollte bei Gelegenheit Mrs Roberts bitten, ob sie sich nicht öfter um Ben kümmern könnte, damit Linda vielleicht doch einen Job annehmen konnte.

Während Sandra nach Higher Barton radelte, fragte sie sich, ob sie nicht genug zu tun hatte und sich auch noch um die Belange anderer kümmern musste. Sie hatte aber noch nie die Augen vor den Sorgen anderer verschlossen und konnte eben nicht aus ihrer Haut.

In der Mittagspause nahm sie Sheila Branson zur Seite, berichtete von ihrem Besuch bei Ben Triggs und sagte: »Der Junge hat das Gemüt eines Kindes und kann zwischen richtig und falsch nur schwer unterscheiden. Ich habe den Eindruck, Ben hat verstanden, dass er den Mädchen aus dem Weg gehen muss. Das Hotelgelände wird er nicht mehr betreten.«

Sheila runzelte skeptisch die Stirn und erwiderte: »Ihr Bemühen in allen Ehren, Sandra, aber für die Mädchen trage ich die Verantwortung. Gerade in der heutigen Zeit dürfen solche Ereignisse nicht heruntergespielt werden. Meiner Ansicht nach ist eine Behinderung kein Freischein für eine sexuelle Belästigung ...«

»Nun übertreiben Sie aber!«, fiel Sandra Sheila ins Wort. »Den Vorfall spiele ich keineswegs herunter. Dass Ben versucht hat, das Mädchen zu küssen, ist auch unter Berücksichtigung seiner Behinderung nicht in Ordnung. Trotzdem sollten Sie ein gewisses Verständnis für den jungen Mann aufbringen, denn er lebt in seiner eigenen Welt.«

Mit schmalen Lippen zischte Sheila verärgert: »Ich wusste vom ersten Tag an, dass wir das falsche Hotel gewählt haben. Nie zuvor habe ich erlebt, dass ein Manager sich nicht hinter seine Gäste stellt. Nun, bringen wir es über die Bühne, Sie dürfen aber nicht erwarten, dass ich Ihr Haus weiterempfehlen werde. Sollte dieser Typ es noch einmal wagen, sich meinen Mädchen zu nähern, werde ich die Polizei einschalten. Einen schönen Tag noch, Sandra.«

Sheila rauschte davon, zurück blieb nur der Duft ihres schweren Parfums. Mit dem Handrücken fuhr Sandra sich über die Stirn. Sheila Branson hatte ja nicht unrecht. Sie, Sandra, musste alles tun, damit sich die Gäste wohlfühlten, alles Unangenehme von ihnen fernhalten und Sheilas Drohung ernst nehmen. Unter keinen Umständen wollte Sandra die Polizei im Haus haben. Sie konnte nur hoffen, dass ihre mahnenden Worte Ben wirklich erreicht hatten und dass Linda Triggs ihren Sohn nicht aus den Augen ließ.

SIEBEN

In den folgenden Tagen war Sandra so angespannt, dass ihre Nervosität den anderen nicht verborgen blieb.

»Sie sind für Ben nicht verantwortlich«, versuchte Eliza Sandra zu beruhigen. »Es ist Aufgabe der Mutter, auf den jungen Mann aufzupassen, und Mrs Roberts meint, in der Metzgerei ließe er sich nichts zuschulden kommen.«

»Ich weiß, Eliza«, erwiderte Sandra und lächelte gezwungen, »und ich hoffe, ich konnte Ben ins Gewissen reden. Allerdings zweifle ich nicht daran, dass Sheila ihn bei einer Wiederholung anzeigt. Sie wissen genau, dass wir es uns nicht leisten können, erneut mit der Polizei zu tun zu haben. Ach« – Sandra seufzte –, »das Einzige, was ich möchte, ist doch nur in aller Ruhe dieses Hotel führen und den Gästen einen schönen Aufenthalt bescheren.«

»Ihr Ehrgeiz in Ehren, Sandra, Sie sollten aber nicht so verbissen sein, sondern den Dingen einfach ihren Lauf lassen.«

»Ich bin doch nicht verbissen!«, brauste Sandra auf, dann sah sie das belustigte Funkeln in Elizas Augen. Trotzdem wusste sie nicht, ob Eliza nicht doch meinte, dass sie, Sandra, mit ihrer Position überfordert war. Ihre anfänglichen Differenzen waren zwar überwunden, Sandra konnte die ältere Frau aber immer noch nicht richtig einschätzen.

Ihre Unterhaltung wurde durch ein lautes Scheppern mit anschließendem Aufschrei aus der Küche unterbrochen.

»Was ist denn jetzt schon wieder los?«, rief Sandra und lief durch die Tür, die von der Halle in die Wirtschaftsräume führte. Im Korridor kam Rosa ihr entgegen.

»Ms Flemming, Monsieur hat sich verbrüht und die Suppe ist hin!«, rief sie aufgeregt.

In der Küche sah Sandra das Malheur: Ein Topf lag auf dem Boden, Karotten, Kohlrabi und Lauch verteilten sich auf den Fliesen, und der Koch ließ sich kaltes Wasser über seinen linken Unterarm laufen.

»Was ist passiert? Soll ich einen Arzt rufen, Monsieur?«, fragte sie besorgt.

Der Koch sah auf, das Gesicht schmerzverzerrt, aber er behauptete: »Das ist nicht nötig, kaltes Wasser und eine Brandsalbe reichen. Die Suppe allerdings ...« Er runzelte die Stirn und sagte verärgert: »Der Henkel brach ab, als ich den Topf vom Feuer nehmen wollte. Das war nicht meine Schuld! Wie soll ich anständig arbeiten können, wenn ich nur marodes Material zur Verfügung habe? Und was soll ich jetzt heute Abend auf den Tisch bringen?«

»Ausnahmsweise hat er recht«, raunte Rosa Sandra zu. »Ich habe gesehen, wie der Stiel der Kasserolle einfach abgebrochen ist, als wäre er aus Pappe. Monsieur konnte nicht verhindern, dass sich die kochend heiße Suppe über seinen Arm ergoss.«

Sandra sah sich den Kochtopf an. Die Bruchstelle war glatt, wahrscheinlich durch Materialermüdung entstanden, dabei war der Topf noch gar nicht alt, wurde jedoch häufig verwendet.

»Beruhigen Sie sich bitte, Monsieur«, sagte Sandra sanft. »Zuerst werde ich Ihnen den Arm verbinden, und du, Rosa, wischst bitte auf. Wir müssen etwas anderes zum Dinner servieren.«

»Die Branson bestand aber auf Gemüsesuppe«, brummelte Edouard Peintré. »Heute Vormittag gab sie mir eigenhändig das Rezept und meinte, ich solle es mir nicht einfallen lassen, etwas daran zu verändern.«

»Mrs Branson hat was getan?« Sandra schüttelte ungläubig den Kopf. »Wie kommt sie dazu, einfach in die Küche zu gehen und solche Anweisungen zu erteilen?«

»Nun ja, sie hat schon eine sehr überzeugende Art«, sagte Rosa grinsend, griff dann zu Scheuerlappen und Eimer, um das Malheur zu beseitigen.

Ganz ruhig, sagte Sandra sich. Niemandem war damit gedient, wenn sie jetzt die Beherrschung verlor, zumal weder Peintré noch Rosa dafür verantwortlich zu machen waren, dass Sheila Branson ihnen Anweisungen erteilte.

»Ich sagte ihr, sie solle das mit Ihnen oder Ms Dexter absprechen«, erklärte der Koch. »Die Branson meinte aber, sie wäre für die Ernährung der Mädchen verantwortlich und ließe sich von niemandem Vorschriften machen.«

Aus einer Schublade holte Sandra den Verbandskasten, in dem auch immer eine Tube Brandsalbe vorhanden war. Als sie sich aber Peintrés Unterarm ansah, zog sie scharf die Luft ein. Vom Handrücken bis zum Ellbogen war die Haut gerötet und warf Blasen, an zwei daumennagelgroßen Stellen war sogar das rohe Fleisch zu sehen. Auch wenn der Koch versuchte, sich nichts anmerken zu lassen, zeigten seine schweißnasse Stirn und das Zittern seiner Hände, dass er große Schmerzen hatte.

»Sie müssen unverzüglich zum Arzt, Monsieur!« Sandras Tonfall duldete keinen Widerspruch. »Eine solche Verbrühung darf nicht auf die leichte Schulter genommen werden.«

»Ach, das heilt von allein ...«

»Keine Widerrede!«, fiel Sandra ihm ins Wort. »Ich bin für das Wohl meiner Mitarbeiter verantwortlich. Unter keinen Umständen lasse ich Sie mit einer solchen Verletzung arbeiten.«

»Wer soll dann heute Abend kochen?«

»Monsieur, eine neue Suppe bekomme ich schon hin«, sagte Rosa. »Sie können mir vertrauen.«

Trotz der Schmerzen musterte Peintré seine Küchenhilfe skeptisch und seufzte tief, sah aber ein, dass seine Wunden wirklich ärztlich versorgt werden mussten.

»Ich fahre Sie«, schlug Sandra vor, »das heißt, wenn Sie mir nicht unterwegs kollabieren. Vielleicht ist es besser, den Rettungsdienst anzurufen?«

»Keine Sorge, Ms Flemming, ich schaffe das schon«, antwortete Peintré. »Wir wollen doch vermeiden, dass ein Krankenwagen mit Blaulicht und Sirene vorfährt, da denken die Leute, es wäre etwas Schlimmes passiert. Allerdings ...« Er zögerte, suchte nach den richtigen Worten und fuhr dann fort: »Vielleicht sollte Ms Dexter fahren.«

Sandra erwiderte lächelnd: »Sie brauchen keine Angst zu haben, Monsieur Peintré, ich habe die Führerscheinprüfung auf Anhieb bestanden und traue mir zu, Sie in einem Stück ins Krankenhaus und auch wieder zurückzubringen.«

Verlegen wich der Koch Sandras Blick aus. Sie nahm ihm die Skepsis nicht übel. Für das Personal war es noch ungewohnt, dass Sandra selbst Auto fuhr, da sie es ein Jahr zuvor noch vehement abgelehnt hatte, sich jemals wieder hinter das Steuer eines Wagens zu setzen.

Sandra wartete im Vorraum der Notaufnahme des Krankenhauses in Bodmin. Bevor Edouard Peintré in das Behandlungszimmer geführt worden war, hatte der Arzt einen Blick auf die Verbrühung geworfen und bestätigt, dass hier eine fachgerechte ärztliche Behandlung auf jeden Fall notwendig war. Sandra blätterte in einer Zeitschrift, sah sich aber nur die Bilder an, auf die Texte konnte sie sich nicht konzentrieren. Hoffentlich würde der Koch morgen wieder arbeiten können, denn sie wollte sich nicht ausmalen, was geschehen würde, wenn Peintré die nächsten Tage nicht kochen könnte. Sandra dachte, dass es wie verhext war. Erst der Vorfall mit Ben Triggs und jetzt auch noch das, vor allem, da Sheila Branson auf besondere Speisen bestand. Nur gut, dass die beiden Männer Bill Grant und Henry Jordan unkompliziert waren. Sandra neigte nicht zur Schwarzmalerei, ihre Lebenseinstellung war grundsätzlich positiv, in diesem Moment jedoch befürchtete sie, dass ihre Probleme noch nicht ausgestanden waren.

Es war bereits dunkel, als sie das Krankenhaus verließen. Edouard Peintrés linker Arm war bandagiert und lag in einer Schlinge, gegen die Schmerzen hatte er eine Spritze erhalten und für die nächsten Tage einen Blister mit Tabletten mitbekommen.

»In zwei Tagen muss der Verband gewechselt werden«, erklärte er und fügte hinzu, bevor Sandra fragen konnte: »Ich werde morgen aber wie gewohnt meine Arbeit machen. Das, wofür ich zwei Hände brauche, kann Rosa nach meinen Anweisungen übernehmen. Sie ist glücklicherweise eine Frau, die sich nicht ständig in alles einmischt oder gar meine Kompetenz infrage stellt.«

»Niemand im Haus würde das wagen«, erwiderte Sandra. »Wir wissen alle, was wir an Ihnen haben. Wenn Sie aber Schmerzen bekommen, ruhen Sie sich aus. Das ist eine dienstliche Anweisung, Monsieur.«

Er lächelte zufrieden und lehnte sich bequem im Sitz zurück.

Nach knappen dreißig Minuten passierte Sandra Lower Barton. Mit Ausnahme des Supermarktes hatten die Geschäfte bereits geschlossen, nur noch wenige Leute waren unterwegs, hinter den meisten Fenstern brannte Licht. Eine halbe Meile westlich des Ortes wurde die Straße so schmal und war beidseitig mit begrünten Trockensteinmauern gesäumt, dass nur ein Auto passieren konnte. Sandra war froh, dass ihr kein Fahrzeug begegnete, denn im Rückwärtsfahren war sie noch nicht sehr geübt. Der Weg führte am Rand von Roger's Wood vorbei, einem Wäldchen, das bei Spaziergängern sehr beliebt war. Es war stockdunkel, Sandra sah nicht mehr als das, was von den Scheinwerfern beleuchtet wurde.

Plötzlich tauchte wie aus dem Nichts ein Schatten direkt vor der Kühlerhaube auf. Reflexartig trat Sandra mit aller Kraft auf das Bremspedal. Das Heck des Wagens brach aus, das Auto schlingerte und rutschte mit dem linken Hinterrad in den Straßengraben. Sandra und Peintré schrien gleichzeitig auf, und obwohl es nur ein Bruchteil einer Sekunde gewesen war, erkannte Sandra die Person, die hastig davonrannte und sogleich aus dem Lichtkegel der Scheinwerfer verschwunden war: Amber Branson.

Sandra stellte den Motor ab, sah zu dem Koch und fragte: »Sind Sie in Ordnung?«

»Tout va bien«, murmelte er in seiner Muttersprache, dann fragte er: »War das nicht die Tochter von der Branson?«

»Sie haben Amber auch erkannt«, sagte Sandra. Sie stieg aus und rief in die Dunkelheit: »Amber, wo sind Sie? Ist Ihnen etwas geschehen?«

Nur ein Käuzchen antwortete mit seinem Ruf, von Amber war nichts mehr zu sehen. Für einen Moment lehnte Sandra sich an den Wagen, um ihr heftig pochendes Herz zu beruhigen. Auch wenn nichts passiert war, der Vorfall brachte die Erinnerung an den früheren Unfall zurück.

»Sie können nichts dafür, Ms Flemming.« Peintré, der ebenfalls ausgestiegen war, schien zu wissen, wie Sandra sich fühlte. »Die Frau ist uns direkt vors Auto gerannt. Haben Sie gesehen, wie panisch sie wirkte? So, als habe sie etwas Schreckliches gesehen oder erlebt.«

Sandra schüttelte den Kopf, dafür war ihr keine Zeit geblieben. Sie begutachtete das Rad, das im Graben steckte, und meinte: »Zum Glück ist hier keine Mauer, sonst wäre mehr passiert.«

»Ich lenke und Sie schieben«, bot Peintré an. »Mit einer Hand geht das schon.«

Der Koch hatte recht, und nach drei Versuchen standen alle vier Räder wieder auf der Straße.

»Können Sie nach Hause fahren?«, fragte er mit einem besorgten Blick. »Das schaffe ich nämlich nicht. Vielleicht sollten wir Ms Dexter anrufen?«

»Ich komme klar, danke, Monsieur Peintré«, antwortete Sandra und setzte sich wieder hinter das Steuer. »Mit Amber

Branson werde ich aber ein ernstes Wort sprechen müssen! Sie hat nicht aufgepasst, und dann einfach abzuhauen ist nicht gerade freundlich.«

Zurück im Hotel, fanden sie die Rezeption verwaist vor. Es war inzwischen nach zehn Uhr abends, und alle Mitarbeiter waren entweder nach Hause gegangen oder hatten sich in ihre Zimmer zurückgezogen. Edouard Peintré dankte Sandra, dann ging auch er nach oben. Sandra überlegte, ob sie Amber Branson erst morgen früh auf den Vorfall ansprechen sollte, stieg dann aber doch ins Dachgeschoss hinauf. Wer weiß, was am folgenden Tag geschehen würde, da war es besser, die junge Frau gleich zu fragen, was passiert war und warum sie einfach weggelaufen war.

Auf dem Korridor hörte Sandra das Flötenspiel. Na, die hat Nerven, dachte sie grimmig. Ich habe sie beinahe überfahren, und jetzt spielt sie Flöte, als wäre nichts geschehen. Sandra klopfte laut an Ambers Tür. Die Musik brach ab, die Tür blieb aber zu.

»Amber, bitte öffnen Sie!«, rief Sandra. »Ich weiß, dass Sie da sind, und wir müssen reden.«

Aus dem Zimmer kam kein Geräusch. Sandra wagte es nicht, den Knauf zu drehen, um zu prüfen, ob die Tür unverschlossen war. Sie hatte kein Recht, unaufgefordert das Zimmer eines Gastes zu betreten.

»Geht es Ihnen gut, Amber?«, fragte sie laut, überzeugt, Amber könne sie hören. »Dem Koch und mir ist nichts geschehen, aber ich würde trotzdem gern wissen, warum Sie mir vor den Wagen gelaufen sind. Ihnen ist doch nichts passiert, oder?«

»Ich habe keine Ahnung, wovon Sie sprechen«, antwortete Amber. »Gehen Sie und lassen Sie mich in Ruhe!«

Sandra blieb nichts anderes übrig, als den Vorfall für heute auf sich beruhen zu lassen. Wenn Edouard Peintré Amber nicht ebenfalls erkannt hätte, würde sie glauben, sich geirrt zu haben. Sie fragte sich, was die junge Frau derart aus der Fassung gebracht hatte, und warum Amber leugnete, im Wald gewesen zu sein.

Der Schreck des Beinaheunfalls ließ Sandra nicht zur Ruhe kommen. Mitternacht war bereits vorüber, sie lag wach im Bett und starrte in die Dunkelheit. Immer wieder kamen ihr die Bilder von damals in den Sinn. Sechzehn Jahre alt war sie gewesen, ihre Freunde waren betrunken, deswegen war sie gefahren. Eine einsame Landstraße, plötzlich die gelben Augen eines großen Tieres vor dem Wagen, sie riss das Steuer herum, ein Baum kam auf sie zu, ein unbeschreibliches Krachen – dann nichts mehr. Es war glimpflich ausgegangen, alle waren nur leicht verletzt, und Sandra war mit der Ableistung von Sozialstunden davongekommen.

»So was wie heute Abend passiert immer wieder«, sagte Sandra laut, um sich zu beruhigen. Weder sie noch Monsieur Peintré waren verletzt worden, Elizas Auto hatte nicht einmal einen Kratzer davongetragen, und Amber, die wie ein kopfloses Huhn auf die Straße gestolpert war, war ebenfalls nichts passiert. Sie seufzte und stand auf. In der Küche machte sie sich einen Becher mit warmer Milch und fügte einen Löffel Honig hinzu. Gedankenverloren rührte sie in der Milch und schaute aus dem Fenster. Ihr Cottage lag etwa hundert Yards vom Hotel entfernt. Dort war alles ruhig und dunkel, über dem Portal brannte eine Lampe, die nur einen schwachen Lichtschein warf. Sandra gähnte, dann lächelte sie. Die Milch zeigte offenbar Wirkung. Sie stellte den leeren Becher in das Spülbecken und wollte gerade wieder zu Bett gehen, als sie sah, dass jemand aus dem Hotel trat und mit schnellen Schritten die Einfahrt hinunterging. Sandra war zu weit entfernt, um mehr als einen Schatten erkennen zu können, auch nicht, ob es ein Mann oder eine Frau war. Nun, jeder, ob Gast oder Angestellter, konnte das Hotel auch in der Nacht verlassen. Die Tür schloss automatisch, wollte man wieder hinein, musste man den Codestreifen der Zimmerkarte durch das Lesegerät neben dem Eingang ziehen. Offenbar konnte noch jemand nicht schlafen und machte in der milden Herbstnacht einen Spaziergang durch den Park. Da dieser aber nicht beleuchtet war, hoffte Sandra, dass er oder sie nicht über eine Wurzel oder einen Stein stolpern würde. Weitere Katastrophen konnte sie wahrlich nicht gebrauchen! Der Schatten war inzwischen verschwunden. Sandra ging ins Bett zurück, kuschelte sich unter die Decke und dachte nicht länger an die Vergangenheit.

»Hast du Sheila heute Morgen schon gesehen?«, fragte Bill Grant, als er zusammen mit Henry Jordan aus dem Frühstücksraum kam.

»Warum sollte ich?« Jordan sah Grant überrascht an, der daraufhin die Schultern zuckte und meinte: »Sheila ist doch sonst eine der Ersten beim Frühstück, weil sie keine Minute verschwenden will. Von den Mädchen wurde sie heute auch noch nicht gesehen.«

»Sie wird joggen sein«, sagte Bill Grant. »Du weißt doch, dass Sheila häufig schon bei Sonnenaufgang durch die Gegend rennt. Dabei hat sie wohl die Zeit vergessen. Wir können auch ohne sie anfangen.«

Henry Jordan lachte spöttisch und erwiderte: »Das wird Sheila aber gar nicht gefallen.«

»Dann soll sie pünktlich sein«, erklärte Grant kühl, wandte sich dann an Sandra, die das Gespräch von der Rezeption aus verfolgt hatte. »Ms Flemming, würden Sie bitte in Sheilas Zimmer anrufen? Vielleicht hat sie verschlafen.«

Sandra nickte, griff zum Hörer und wählte die Nummer. Sie ließ es lange läuten, legte dann auf und sagte: »Es tut mir leid, Mrs Branson meldet sich nicht.«

»Haben Sie sie das Haus verlassen sehen?«, fragte Henry Jordan.

»Nein«, antwortete Sandra. »Seit ich vor zwei Stunden gekommen bin, habe ich Mrs Branson nicht gesehen. Vielleicht weiß ihre Tochter ...«

Wie aufs Stichwort kam Amber die Treppe herunter. Sie war blass, hatte dunkle Schatten unter den Augen und schaute verständnislos von einem zum anderen.

»Suchen Sie auch meine Mutter?«, fragte Amber, die Sandras Worte gehört hatte. »Ich war gerade bei ihrem Zimmer, sie meldet sich aber nicht, und die Tür ist abgeschlossen.«

»Wir sollten nachsehen«, schlug Bill Grant vor. »Ms Flemming, Sie haben doch einen Generalschlüssel für alle Zimmer.«

»Das kann ich nicht machen«, erwiderte Sandra. »Wir dürfen nur zum Reinigen die Gästezimmer betreten, das aber nicht vor zehn Uhr. Ich bin sicher, Mrs Branson macht nur einen Spaziergang und wird jeden Moment zurück sein.«

Sandra erinnerte sich an die Person, die mitten in der Nacht das Hotel verlassen hatte. Von den Konturen her hätte es durchaus Sheila Branson gewesen sein können. Was, wenn sie gestürzt war und nun irgendwo im Park lag, vielleicht mit einem gebrochenen Bein, unfähig, sich bemerkbar zu machen?

»Ich werde einen Mitarbeiter bitten, sicherheitshalber den Park abzusuchen«, sagte Sandra. »Ms Amber, darf ich Sie bitte kurz sprechen?«

»Ich habe Hunger und werde jetzt frühstücken«, entgegnete Amber bestimmt. »Danach unterweisen wir die Mädchen in der Präsentation ihrer Badebekleidung, das wird wohl den ganzen Tag dauern. Bill, Henry« – Amber sah die Männer an – »geht schon mal vor, ich komme in zwanzig Minuten nach.«

Sie betrat den Frühstücksraum, ohne den Männern einen weiteren Blick zu schenken. Sandra sah ihr nach. Über die unerklärliche Abwesenheit ihrer Mutter sorgte sich Amber anscheinend nicht. Sandra erinnerte sich an Ambers harsche Worte zu Sheila und spürte instinktiv, dass zwischen Mutter und Tochter etwas vorgefallen sein musste. Sie ging in den Aufenthaltsraum des Personals, wo Eliza Dexter eine kurze Teepause machte und in einer Zeitschrift blätterte.

»Eliza, würden Sie bitte die Rezeption übernehmen?«, bat Sandra.

Eliza nickte und stellte die Tasse zur Seite. »Ich habe gehört, dass Sheila Branson sich verspätet. Ist es nicht übertrieben, eine Suchaktion zu starten?«

»Eliza, haben Sie heute Nacht gegen halb eins das Haus verlassen?«, fragte Sandra.

»Natürlich nicht, um diese Zeit schlafe ich. Warum fragen Sie?«

»Ich habe jemanden gesehen, der in den Park gegangen

ist«, erklärte Sandra. »Es könnte Mrs Branson gewesen sein, vielleicht ist ihr wirklich was passiert.«

»Malen Sie den Teufel nicht an die Wand!« Eliza zog die Mundwinkel nach unten und fügte leise hinzu: »Ich sehe Ihnen an, dass Sie befürchten, es könne wieder etwas Schreckliches geschehen sein.«

Sandra lächelte gezwungen und erwiderte: »Das wollen wir nicht hoffen. Sheila Branson wird in Kürze gesund und munter wieder auftauchen.«

Da die jungen Frauen ihr Frühstück beendet hatten, bat Sandra den Kellner Harry, sie zu begleiten. Lucas konnte das Abräumen allein übernehmen.

»Du gehst den Park in östlicher Richtung ab und schaust bitte auch ins Gebüsch«, wies Sandra den jungen Mann an.

Harry nickte und machte sich auf den Weg. Sein Gesichtsausdruck ließ aber keinen Zweifel daran, dass er diese Aktion für übertrieben hielt. Sandra ging nach links, schaute sich aufmerksam um und rief immer wieder Sheilas Namen. Nach etwa zehn Minuten erreichte sie ein zweistöckiges Cottage am Rand des Hotelparks. Emma Penrose hatte Sandra durch das Fenster gesehen, öffnete die gelb gestrichene Tür und winkte.

»Hallo, Sandra!«, rief sie lächelnd. »Ist das nicht ein wundervoller Morgen? In diesem Jahr lässt sich der Herbst Zeit, nach Cornwall zu kommen.«

Sandra erwiderte Emmas Lächeln. Bei der herzlichen Offenheit der Frau fühlte sie sich gleich ein wenig besser. Emma und ihr Mann George, beide Mitte fünfzig, hatten der früheren Lady Abigail Tremaine im Haushalt gedient. Als Higher Barton in den Besitz einer Cousine Abigails überging und diese das Haus für Veranstaltungen vermietete, waren die Penroses ihr eine große Stütze gewesen. Bevor diese Dame das Herrenhaus der Hotelkette *Sleep and Stay Gorgeous* verkauft hatte und auf Reisen gegangen war, hatten Emma und George Penrose ein lebenslanges Wohnrecht in dem Cottage erhalten. Da beiden nicht gegeben war, die Hände in den Schoß zu legen, halfen sie hin und wieder im Hotelbetrieb aus. George Penrose war handwerklich sehr geschickt, er fungierte quasi als Hausmeister, während Emma gut organisieren konnte und sich durch fast nichts aus der Ruhe bringen ließ. Sie war mittelgroß, vollschlank und strahlte etwas Mütterliches aus, obwohl sie und George keine eigenen Kinder hatten. Wann immer Sandra die Zeit fand, besuchte sie Emma und genoss es, mit ihr zu plaudern.

»Trinken Sie einen Tee mit mir?«, schlug Emma vor.

»Sehr gern.« Da Sandra wusste, dass die Penroses keinen Kaffee tranken, würde sie sich mit einer Tasse Tee begnügen.

Obwohl mit einem Meter siebzig nicht besonders groß, musste Sandra den Kopf einziehen, als sie durch die Tür trat, direkt in die große Wohnküche mit der rußgeschwärzten Balkendecke und den hellen Holzmöbeln. Es duftete verführerisch nach Apfelkuchen, eine Spezialität Emmas. Auch wenn Sandra erst vor Kurzem gefrühstückt hatte, sagte sie zu einem Stück des noch warmen Kuchens nicht nein.

»Miss Mabel hat meinen Kuchen immer geliebt«, erzählte Emma zusammenhangslos.

Sandra nickte. Von dieser Mabel Clarence hörte sie immer wieder. In Lower Barton und der Umgebung war sie, ebenso wie der Tierarzt Victor Daniels, sehr geschätzt gewesen. Viele hatten es bedauert, als die beiden älteren Leute beschlossen hatten, gemeinsam die Welt zu bereisen.

»Haben Sie von Miss Mabel etwas gehört?«, fragte Sandra mehr aus Höflichkeit als aus Interesse. Sie wusste aber, dass Emma gern über die frühere Eigentümerin des Herrenhauses plauderte.

Von der Tür des Küchenschrankes nahm Emma eine Ansichtskarte und reichte sie Sandra.

»Machu Picchu, Peru«, erklärte Emma, und Sandra erkannte die Abbildung auf der Karte. »Letzten Monat sind sie durch Mexiko gereist. Wenn ich daran denke, welche Angst Miss Mabel früher hatte, ein Flugzeug zu besteigen ...« Emma brach ab, musterte Sandra und sagte dann: »Sie sind aber nicht gekommen, um mit mir über Miss Mabel zu sprechen. Verzeihen Sie meine Offenheit, aber Sie wirken recht angespannt. Mit einem Haufen lebenslustiger junger Frauen im Haus ist es sicher nicht einfach.«

Emma Penrose hatte nicht nur ein großes Herz, sondern auch ein feines Gespür für die Empfindungen anderer Menschen, und Sandra antwortete: »Das geht schon, allerdings ...« Sie seufzte und fragte dann: »Haben Sie Sheila Branson heute Morgen gesehen?«

Emma dachte nach und erwiderte: »Heute noch nicht, nein. In den letzten Tagen joggte sie regelmäßig so gegen halb sieben an unserem Cottage vorbei. Da ich aber nicht immer am Fenster stehe und alles beobachte, heißt das nicht, dass Mrs Branson heute nicht vorbeigekommen ist. Warum fragen Sie, Sandra?«

»Sie scheint verschwunden zu sein. Seit dem gestrigen Abendessen hat niemand mehr sie gesehen.«

Emmas Augen weiteten sich überrascht, ihre Mundwinkel zuckten.

»Das ist unmöglich!«

»Was meinen Sie damit?«, fragte Sandra verwundert.

Grinsend erwiderte Emma: »Dass Sie vermuten, Mrs Branson könne etwas geschehen sein.« Sie legte eine Hand auf Sandras Arm und fuhr eindringlich fort: »Auch wenn Ihr Start in Cornwall von einem schrecklichen Verbrechen überschattet war, ja, und auch wenn auf Higher Barton schon einige furchtbare Dinge geschehen sind: Sie dürfen sich nicht verrückt machen und glauben, Sheila Branson könne etwas passiert sein.«

»Harry sucht den Park ab«, erklärte Sandra. »Sheila könnte beim Joggen gestürzt sein, vielleicht liegt sie hilflos irgendwo und kann sich nicht bemerkbar machen.« Sandra seufzte erneut.

»Ich bin sicher, die Frau taucht wohlbehalten wieder auf, wahrscheinlich hat sie die Zeit vergessen und genießt diesen spätsommerlichen Morgen.« Emma schnitt ein Stück von dem gedeckten Apfelkuchen ab und legte es Sandra auf den Teller. »Essen Sie noch eine Portion und trinken Sie eine Tasse Tee, dann sieht die Welt gleich viel besser aus.«

Dankbar lächelte Sandra.

»Sie haben recht, Emma«, sagte sie entschlossen. »Es gibt keinen Grund, sich Sorgen zu machen. Wie geht es Ihnen und Ihrem Mann? Bitte grüßen Sie ihn von mir und richten Sie ihm meinen Dank für seine Bereitschaft aus, bei der Misswahl die Bühne aufzubauen und bei der Dekoration zu helfen.«

»George macht das gern, und wenn ich etwas tun kann, dann lassen Sie es mich wissen.«

Sandra versprach es und verabschiedete sich. Die halbe Stunde in der Gesellschaft Emmas, der kräftige Darjeeling und der köstliche Kuchen hatten sie beschwingt und die Wolke negativer Befürchtungen aus ihrem Kopf vertrieben.

Kurz nach zehn Uhr meldete Imogan, das zuständige Zimmermädchen, dass Sheila Branson nicht in ihrem Zimmer und ihr Bett unberührt war.

»Es sieht aus, als hätte Ms Branson die Nacht nicht im Hotel verbracht.«

Sandra war zunehmend beunruhigt. Sheila war aber eine erwachsene Frau, so versuchte Sandra das mulmige Gefühl zu ignorieren und sich auf ihre Arbeit zu konzentrieren.

Als gegen zwölf Uhr Edouard Peintré das Büro betrat, um Sandra mitzuteilen, dass Rosa zum Lunch Kresse-Gurken-Sandwiches und eine leichte Hühnerbrühe zubereitet hatte, die jetzt serviert werden konnte, war Sheila Branson immer noch nicht zurückgekehrt.

»Wie geht es Ihrem Arm, Monsieur?«, erkundigte Sandra sich besorgt.

Mit der unverletzten Hand klopfte sich der Koch leicht auf den bandagierten Arm und antwortete grinsend: »Es geht, Ms Flemming. Sie kennen doch den Spruch: Was uns nicht umbringt, macht uns stärker. Ich kann gar nicht mehr zählen, wie oft ich mich schon verbrannt oder verbrüht habe. Das bleibt in diesem Beruf nicht aus. Glücklicherweise hält Rosa sich an meine Anweisungen und tut, was ich ihr sage. In drei, vier Tagen werde ich mich wieder uneingeschränkt meiner Arbeit widmen können.«

Eine halbe Stunde später kamen Bill Grant und Henry Jordan aus dem Ballsaal in die Halle herunter. Während die Männer ins Restaurant gingen, hörte Sandra den schlaksigen Jordan sagen: »Das war doch mal ein entspannter Vormittag, nicht wahr, Bill? Die Mädchen sind viel lockerer, wenn Sheila nicht wie ein Sklaventreiber hinter ihnen steht.«

Bill Grant lachte leise und erwiderte: »Wer es in dieser Branche zu etwas bringen will, muss sich mit Sheila gut stellen. Ihr Einfluss kann ein Mädchen zum Star machen, es aber ebenso gut auch in die Gosse schleudern.«

»Na, ganz so schlimm ist Sheila auch wieder nicht«, antwortete Jordan. »Aber du hast schon recht, ich finde es auch angenehm, für ein paar Stunden nicht ihren Launen ausgeliefert zu sein.«

Grants Antwort verlor sich, als sich die Tür des Restaurants hinter ihnen schloss. Nun kamen die Mädchen in die Hotelhalle. Sandra gab vor, am Computer hinter der Rezeption zu arbeiten, spitzte dabei aber die Ohren, denn, während die Mädchen an ihr vorbeigingen, unterhielten sie sich – ähnlich wie die Männer – über Sheila.

»Wenn ihr mich fragt, dann kann Sheila ruhig noch eine Weile wegbleiben«, sagte Miss Kent, die rothaarige Paige.

»Das lass Sheila bloß nicht hören«, ermahnte Jessica sie, die dunkelhaarige, zierliche junge Frau aus Dorset. »Sie hat einen großen Einfluss, nicht nur bei der Wahl. Eine von uns wird schließlich das neue Gesicht von Branson Bright werden. Henry meinte, die Aufnahmen würden in der Karibik gemacht.« Träumerisch verdrehte sie die Augen.

Als die jungen Frauen nun ebenfalls das Restaurant betraten, mischte Sandra sich unter sie, lächelte freundlich in die Runde und sagte: »Die Suppe wird an die Tische serviert, von den Sandwiches bedient ihr euch bitte selbst.«

Drei, vier Frauen murmelten »Danke«. Sandra blieb am Büfett stehen und tat so, als würde sie die kalten Platten kritisch beäugen, ob auch alles in Ordnung war. Monsieur Peintré und Rosa hatten die Sandwiches verschwenderisch mit Petersilie, Kresse, Minzeblättern, in Wellen geraspelten Salatgurkenscheiben und mit aufgeschnittenen Kirschtomaten dekoriert. Sandra spitzte weiterhin die Ohren und beobachtete die Mädchen aus den Augenwinkeln. Diese unterhielten sich offen miteinander und schenkten ihr keine Aufmerksamkeit.

»Die Karibik!« Jessica griff das Thema wieder auf. »Eine solche Chance will ich mir nicht entgehen lassen, außerdem meint es Sheila nur gut mit uns. Du solltest nicht so von ihr sprechen, Paige!«

»Na, du kannst mich ja bei ihr verpetzen!«, antwortete Paige und warf ihrer Konkurrentin einen giftigen Blick zu. »Du hast eh nur eine Chance auf den Sieg, wenn wir elf anderen mit Durchfall im Bett liegen.«

»Ha!« Aus Jessicas Augen schossen Blitze. »Soviel ich weiß, sind Rothaarige derzeit total out! Du solltest darüber nachdenken, deine Haare zu färben.«

»Jetzt streitet nicht!«, rief die blonde Jade aus Devon und stellte sich zwischen ihre Kolleginnen. »Ich mache mir vielmehr Sorgen um Sheila. Sie würde nie wegbleiben, ohne eine Nachricht zu hinterlassen.«

»Jade hat recht«, mischte sich Bethany ein. »Selbst Amber hat keine Ahnung, wo ihre Mutter abgeblieben ist.«

»Einer so hässlichen Tochter würde ich als Mutter auch nichts sagen«, erwiderte Paige gehässig. »Habt ihr gemerkt, wie sich Amber heute Vormittag aufgespielt und versucht hat, die Ablaufkoordination an sich zu reißen? Weil sie die Notizen Sheilas hat, meint Amber, Sheila ersetzen zu können. Nur gut, dass Bill ihr mit deutlichen Worten gesagt hat, sie möge sich im Hintergrund halten.«

»Klaro, alles, was Bill macht, findest du gut«, spöttelte Laura und stupste Paige in die Rippen. »Glaub bloß nicht, du wärst die Einzige, der Bill« – sie legte eine bedeutungsvolle Pause ein – »gewisse Versprechungen macht.«

»Was willst du damit sagen?« Die Arme in die Seiten gestemmt, trat Paige vor Laura. »Du bist ja nur neidisch, außerdem wächst an deinem Kinn gerade ein Pickel. Das sieht nicht schön aus.«

»Einen Pickel kann man überschminken, Dummheit bleibt jedoch bestehen!«

Sandra biss sich auf die Unterlippe, um nicht laut zu lachen. Sie hatte genug gehört und kehrte an die Rezeption zurück. Schmunzelnd erzählte sie Eliza von dem Streit der Mädchen und fragte: »Haben wir uns in diesem Alter auch so aufgeführt, Eliza?«

»Wie Sie gewesen sind, entzieht sich meiner Kenntnis«, antwortete Eliza kühl. »Meine Eltern erzogen mich dazu, anderen gegenüber höflich und respektvoll zu sein, mir wurde auch vermittelt, dass ein schönes Gesicht nicht das A und O der Welt bedeutet.«

»Nun seien Sie nicht gleich eingeschnappt«, sagte Sandra. »Außerdem haben uns die Streitigkeiten der Gäste nicht zu interessieren.«

»Dafür sind Sie aber sehr neugierig.« Diese kleine Spitze konnte Eliza sich nicht verkneifen, fügte dann aber versöhnlich hinzu: «Wollen wir jetzt auch den Lunch essen?«

In diesem Moment klingelte das Telefon. Eliza nahm ab, lauschte dem Anrufer, sagte dann: »Selbstverständlich«, legte auf und sagte zu Sandra: »Ms Amber fragt, ob man ihr eine Tasse warme Milch und ein Sandwich auf ihr Zimmer bringen könnte. Ich werde Lucas darum bitten.«

»Das mache ich selbst.« Sandra stand auf. »Ich möchte ohnehin mit Amber etwas besprechen.«

Bereits auf dem Treppenabsatz hörte Sandra wieder das Flötenspiel. Die Melodie klang getragen und traurig. Das Tablett in der einen Hand balancierend, klopfte sie mit der anderen laut gegen Ambers Tür. Die Musik brach ab und Amber öffnete.

»Sie?«

Ihre buschigen Augenbrauen zogen sich unwillig über der Nasenwurzel zusammen und bildeten einen dicken, dunklen Strich. Es war offensichtlich, dass Amber nicht erwartet hatte, den Lunch von der Managerin persönlich serviert zu bekommen. Sandra stellte das Tablett auf den Tisch. Aus den Augenwinkeln bemerkte sie die Blässe von Ambers Gesicht und die Schatten unter ihren Augen.

»Alles in Ordnung, Amber?«, fragte Sandra. Die junge Frau nickte und trank von der Milch. »Haben Sie immer noch keine Nachricht von Sheila?«

»Bin ich etwa die Hüterin meiner Mutter?« Mit dem Handrücken wischte Amber sich den Milchschaum von den Lippen. »Warum denkt eigentlich jeder, ich müsse immer wissen, was Sheila macht und wohin sie geht?«

»So war es nicht gemeint, Amber«, sagte Sandra schnell. »Wir alle machen uns eben Sorgen, da es offenbar nicht die Norm ist, dass Sheila einfach so fortbleibt.«

»Hm ...« Amber wich Sandras Blick aus und biss von dem Sandwich ab.

»Amber, ich will Sie wirklich nicht belästigen«, fuhr Sandra vorsichtig fort, »möchten Sie mir nicht sagen, was Sie gestern Abend im Wald gemacht haben? Sie schienen sehr aufgeregt gewesen zu sein, und beinahe hätte ich Sie angefahren ...«

»Das ist wohl meine Angelegenheit«, erwiderte Amber patzig. «Ich denke, es geht Sie nichts an, wo und womit die Gäste ihre Freizeit verbringen.«

Sie leugnet es nicht länger, dachte Sandra, und sagte laut: »Es ist ja nichts passiert, der Wagen hat nicht mal eine Schramme abbekommen. Aber kann ich Ihnen irgendwie helfen?«

»Das ist nicht nötig, ich komme sehr gut zurecht.« Amber wich Sandras Blick aus. »Wenn Sie jetzt bitte gehen würden? Die Mittagspause ist bald vorbei, und ich möchte in Ruhe essen.«

Sandra rang mit sich. Die nächtliche Begegnung war ihr immer noch suspekt, die junge Frau hatte aber recht: Das Privatleben der Gäste ging sie nichts an.

Sandra stand auf dem untersten Treppenabsatz, als sie das Gefühl hatte, das Herz rutsche ihr in die Hose, denn in der Hotelhalle entdeckte sie Detective Chief Inspector Christopher Bourke. Mit einem Schlag wurde Sandra klar, wohin Sheila am Vormittag gegangen war: Sie hatte Ben tatsächlich angezeigt! Sie schluckte, ging die Treppe hinunter und sagte betont unbekümmert: »Christopher, ich hätte nicht gedacht, Sie so bald wiederzusehen.«

»Guten Tag, Ms Flemming«, antwortete er förmlich und ernst. »Bitte, ich muss auf der Anrede 'Chief Inspector' bestehen. Es handelt sich leider nicht um einen freundschaftlichen Besuch.«

»Selbstverständlich ... Chief Inspector Bourke.« Sandra wurde es unbehaglich zumute. »Wenn Sie wegen Ben Triggs kommen, so muss ich Ihnen sagen, dass ich ...«

Er hob unterbrechend die Hand und sagte: »Heute Morgen wurde auf dem Friedhof in Lower Barton eine Tote gefunden.«

»Was auf einem Friedhof nicht ungewöhnlich ist.« Unter Bourkes vorwurfsvollen Blick blieb Sandra der Scherz im Hals stecken. »Sheila Branson?«, fragte sie in böser Vorahnung.

Bourkes rechte Augenbraue hob sich, er beantwortete ihre Frage aber nicht und erklärte förmlich: »Die Tote hatte keine Papiere bei sich, in der Hosentasche fanden wir aber eine Zimmerkarte Ihres Hotels.« Aus der Innentasche seines Jacketts nahm er eine Fotografie heraus. »Es ist kein schöner Anblick, wären Sie aber bitte so freundlich, Ms Flemming, mir zu sagen, ob Sie die Person kennen?«

Sandra musste nur einen flüchtigen Blick auf das bleiche Gesicht werfen, um zu wissen, dass es tatsächlich Sheila Branson war.

ACHT

»Das ist nicht möglich!« Amber Branson saß auf der Bettkante, die Augen vor Entsetzen aufgerissen, die Fotografie der Toten in den zitternden Händen. »Das muss ein furchtbarer Irrtum sein!«

DCI Bourke sah sie voller Mitgefühl an und fragte leise und verständnisvoll: »Sie erkennen Ihre Mutter?« Amber nickte, ihre Unterlippe zitterte. »Ich muss Sie bitten, mich in das rechtsmedizinische Institut nach Plymouth zu begleiten, um die Frau zu identifizieren.«

»Muss das wirklich sein?«, raunte Sandra dem Chief Inspector ins Ohr. Sie hatte Bourke in Ambers Zimmer begleitet, immer noch aufgewühlt und fassungslos, dass sich ihre schlimmsten Befürchtungen bewahrheitet hatten. »Amber und ich haben sie doch aufgrund des Fotos eindeutig identifiziert, und die anderen im Haus können das ebenfalls tun.«

»Trotz des Bildes möchte ich eine persönliche Bestätigung von Ms Amber als einziger Angehörigen«, erwiderte Bourke mitfühlend. »Ein Foto könnte auch manipuliert sein«, fügte er beinahe entschuldigend hinzu.

Sandra verstand den DCI. Er war noch jung und wollte keinen Fehler begehen.

»Schon gut, ich sehe die Notwendigkeit ein«, sagte Amber. Schwerfällig wie eine alte Frau stemmte sie sich von der Bettkante hoch. Als sie schwankte, sprang Sandra zu ihr und legte die Hand auf ihren Arm. Da krallten sich die Finger der jungen Frau fest um Sandras Handgelenk, ihr Blick war flehentlich, als sie sagte: »Sie kommen doch mit, Sandra? Nicht wahr, Sie lassen mich das nicht allein tun.«

»Ich weiß nicht ...« Unsicher sah Sandra von Amber zu Bourke.

»Wenn es Ms Amber hilft, habe ich nichts dagegen«, antwortete der Chief Inspector.

»Bitte, Sandra, bitte!«

Sandra schluckte, aber der Kloß in ihrem Hals ließ sich nicht vertreiben. Sie war wahrlich nicht erpicht darauf, schon wieder eine Leiche zu sehen. Amber wirkte aber wie ein Häufchen Elend, und sie sah Sandra so flehend an, dass diese nicht anders konnte, als wortlos zu nicken.

Auf der etwa einstündigen Fahrt nach Plymouth wechselten sie kein Wort miteinander. Auf Sandras Fragen, wie Sheila gestorben war, hatte Bourke nur geantwortet, er dürfe beim derzeitigen Stand der Ermittlungen keine näheren Auskünfte geben. Amber hatte den Kopf an Sandras Schultern gelehnt und die Augen geschlossen. Im Rückspiegel trafen sich ab und zu Bourkes und Sandras Blicke, einmal nickte er ihr aufmunternd zu. Vor der Tamar Bridge geriet der Verkehr ins Stocken, und sie erreichten nur im Schritttempo die Mautstation. Dort zeigte Bourke seinen Dienstausweis vor, die Schranke schwang nach oben, dann ging es zügig in die Stadt hinein. Sandra, die nie zuvor in Plymouth gewesen war, hatte keinen Blick für die größte Stadt der Grafschaft

Devon. Sie war froh, als sie ihr Ziel endlich erreicht hatten.

Der Geruch nach Desinfektionsmitteln stach Sandra unangenehm in die Nase, ihre Schritte hallten unnatürlich laut auf dem hellen Linoleumboden wider. Amber hing schwer an ihrem Arm und ließ diesen auch nicht los, als sie mit dem hageren, älteren Arzt den Raum mit den Stahltischen betraten, auf denen sich unter weißen Tüchern menschliche Körper abzeichneten.

»Amber, ich ...« Sandra räusperte sich und sah hilfesuchend zu Christopher Bourke.

»Sie können mich jetzt nicht allein lassen!«, flüsterte Amber, in den Augen einen panischen Ausdruck. »Ich stehe das sonst nicht durch.«

Für einen Moment schloss Sandra die Augen, holte dann tief Luft und trat zusammen mit Amber an einen der Tische. Der Arzt schlug das Tuch zurück. Durch ihre Bluse spürte Sandra, wie sich Ambers Fingernägel schmerzhaft in ihre Haut bohrten, sie hörte die junge Frau keuchen, dann sackte Amber wie ein nasser Sack zusammen, und Sandra konnte sie gerade noch auffangen.

»Ja«, flüsterte Amber, »ja, das ist meine Mutter Sheila Branson.« Dann verlor sie das Bewusstsein.

An solche Fälle gewöhnt, trugen zwei Mitarbeiter Amber in einen Nebenraum und betteten sie auf eine Liege. Der Arzt maß Ambers Puls und Blutdruck und spritzte ihr ein Medikament in die Armvene.

»In ein paar Minuten wird sie wieder zu sich kommen«, sagte er und ließ keinen Zweifel daran, dass das für ihn Routine war, da immer wieder Personen in diesem Institut zusammenklappten.

»Musste das wirklich sein, Inspector?«, fragte Sandra verärgert. »Es ist ein großer Schock für das Mädchen.«

»So lauten die Bestimmungen«, erwiderte Bourke sachlich und fragte dann den Arzt: »Wann kann ich mit Ms Branson sprechen?«

»Sobald sie bei Bewusstsein ist, vielleicht gönnen Sie ihr noch ein wenig Schonung, Inspector.« Der Arzt lächelte milde und fügte hinzu: »Ich weiß, dass sie so schnell wie möglich Aussagen haben wollen, auch wenn bisher kein Hinweis darauf besteht, dass der Tod von Mrs Branson eine Angelegenheit für die Polizei ist.«

Sandra spitzte überrascht die Ohren. Obwohl das starre Gesicht Sheilas dort drüben auf dem Tisch keine Anzeichen eines gewaltsamen Todes zeigte, war sie davon ausgegangen, dass die Frau ermordet worden war. Warum sonst sollte sich Christopher Bourke mit dem Fall beschäftigen?

»Wann kann ich mit Ihrem Bericht rechnen, Doktor?«, fragte Bourke.

»Nicht vor heute Abend, eher morgen Vormittag.«

Bourke nahm Sandra am Arm und führte sie in den Korridor hinaus, wo sie auf einen harten Plastikstuhl sank. Am Ende des Ganges befand sich ein Kaffee- und Teeautomat, und Sandra war dem DCI dankbar, dass er ihr einen Becher mit schwarzem Kaffee brachte.

»Können Sie mir jetzt Näheres sagen?« Erwartungsvoll sah Sandra den Chief Inspector an.

»Da in diesem Moment Constable Greenbow bereits in Higher Barton ist, um alle zu befragen, kann ich Ihnen sagen, was ich bisher in Erfahrung gebracht habe .«

Sandra fuhr hoch, Kaffee schwappte aus dem Becher auf ihre helle Hose, sie beachtete es nicht.

»Die Polizei im Hotel?«, rief sie erschrocken. »Das können Sie mir nicht schon wieder antun, Inspector ... Christopher«, fügte sie bittend hinzu.

Der DCI blieb zurückhaltend. Er musste die private Freundschaft, die sich in den letzten Monaten mit Sandra entwickelt hatte, und seinen Beruf strikt voneinander trennen.

»Bei allem Verständnis für diese« – er lächelte gezwungen – »unerfreuliche Situation. Aber solange nicht geklärt ist, unter welchen Umständen Sheila Branson zu Tode kam, muss ich meine Arbeit tun.«

»Ich verstehe.« Sandra nickte und fragte: »Wer hat Sheila eigentlich gefunden?«

»Heute Morgen wurde das Opfer von einem Mann, der frische Blumen auf das Grab seines erst kürzlich verstorbenen Vaters legen wollte, aufgefunden. Der Zeuge informierte den Rettungsdienst und versuchte, die Frau wiederzubeleben. Der Notarzt musste dann aber ihren Tod feststellen. Bevor Sie fragen: Ein äußerlicher Hinweis auf die Todesursache ist nicht erkennbar. Vor Ort wurde die Leiche von dem Notarzt untersucht, der mir bisher nur sagen konnte, dass der Tod wohl zwischen Mitternacht und vier Uhr morgens eingetreten ist. Alles Weitere ergibt die Obduktion. Sie wissen nicht zufällig, ob Mrs Branson herzkrank gewesen war?«

Sandra schüttelte den Kopf. »Amber wird Ihnen darüber Auskunft geben können. Ich kannte Sheila nur wenige Tage, auf mich wirkte sie jedoch kerngesund. Sie ging sogar jeden Morgen etwa eine Stunde lang joggen, was eigentlich gegen ein schwaches Herz spricht.«

»Die medizinische Beurteilung überlassen wir doch besser den Ärzten.«

»Wann, sagten Sie, ist Sheila gestorben?«, fragte Sandra.

»Zwischen Mitternacht und etwa vier Uhr«, wiederholte Bourke, bemerkte, wie Sandra die Stirn runzelte, und fragte: »Gibt es etwas, das ich wissen sollte?«

»Ich bin mir nicht sicher, Inspector«, antwortete Sandra. »Letzte Nacht gegen halb eins habe ich gesehen, wie jemand das Hotel verlassen hat. Ich kann aber nicht sagen, ob es ein Mann oder eine Frau gewesen ist. Vielleicht war es Sheila? Was wollte sie mitten in der Nacht ausgerechnet auf dem Friedhof? Und wie ist sie dorthin gelangt? Zu Fuß dauert es, selbst wenn man schnell geht, eine gute Stunde. Sheila hatte keinen eigenen Wagen. Sie kam ebenso wie die anderen mit dem Taxi vom Flughafen, und um diese Uhrzeit fährt zwischen dem Hotel und Lower Barton kein Bus mehr. Das bedeutet, Sheila muss vorn an der Straße abgeholt worden sein, vielleicht hat sie sich dort auch ein Taxi gerufen, und ...«

»Stopp, Sandra ... Ms Flemming!« Bourke hob die Hand. »Diese Fragen werden Constable Greenbow und ich uns stellen, sofern es sich um eine unnatürliche Todesursache handeln sollte. Sie werden bitte nicht wieder den Fehler machen, sich in Dinge einzumischen, die Sie nichts angehen.«

»Da ein Gast meines Hauses da drinnen auf dem Tisch liegt, geht es mich sehr wohl etwas an«, erwiderte Sandra entschlossen. »Warten wir aber ab, was die Obduktion ergibt.«

»Das *wir* habe ich jetzt überhört«, entgegnete Bourke. »Bitte sehen Sie nach Ms Branson, ob sie wieder auf den Beinen ist, damit wir diesen ungastlichen Ort verlassen können.«

Amber sprach kein Wort, weinte aber auch nicht. Während der Rückfahrt beobachtete Sandra sie verstohlen von der Seite, konnte in dem versteinerten Gesicht der jungen Frau jedoch nichts lesen. Das Verhältnis zwischen Sheila und ihrer Tochter war zwar nicht das beste gewesen, trotzdem war sie Ambers Mutter. Diese zu verlieren, zudem in so jungen Jahren, war ein furchtbarer Schock. Sandra hoffte von ganzem Herzen, dass Sheila auf eine natürliche Art gestorben war, schon allein deshalb, weil sie auf keinen Fall mit einem weiteren Mord zu tun haben wollte.

Nachdem Amber wie eine Schlafwandlerin ins Haus gegangen war, hielt Bourke Sandra vor dem Portal zurück.

»Es gibt da noch etwas, das ich Ihnen sagen sollte, Ms Flemming. Ich möchte es Ms Branson noch nicht mitteilen, weil ich selbst nicht weiß, was davon zu halten ist. Es handelt sich um den Fundort der Toten.«

»Sie erwähnten den Friedhof von Lower Barton.«

Er nickte. »Es geht um die genaue Stelle. Die Frau lag auf einem Grab. Auf dem Stein steht der Name Taylor Branson, das Todesdatum liegt zwölf Jahre zurück. Sie wissen nicht zufällig, ob ein Zusammenhang besteht? Branson ist zwar ein geläufiger Name, dennoch ...«

Scharf zog Sandra die Luft an, dann stieß sie hervor: »Taylor Branson war Sheilas Ehemann und Ambers Vater!« In knappen Sätzen berichtete Sandra, was sie von Mrs Roberts über den Segelunfall erfahren hatte. »Wir wissen, dass wir nicht alles, was die Metzgerin von sich gibt, für bare Münze nehmen dürfen, in diesem Fall ist es aber doch sehr seltsam, nicht wahr?«

»Das ist es in der Tat«, murmelte Bourke nachdenklich. »Wenn Sheila Branson ausgerechnet am Grab ihres Mannes eines natürlichen Todes gestorben ist, fresse ich einen Besen mitsamt der Putzfrau!«

Zum ersten Mal an diesem Tag lachte Sandra laut und erwiderte: »Aber keine aus meinem Hotel! Gutes Personal ist nämlich rar.«

Die Betroffenheit über Sheilas Tod stand allen in den Gesichtern geschrieben. Während Sandra und Amber mit DCI Bourke in Plymouth gewesen waren, hatte Constable John Greenbow die anderen informiert, dass Sheila Branson ums Leben gekommen ist, und er hatte sich auch schon von jedem sagen lassen, wo sie oder er sich in der letzten Nacht aufgehalten hat.

Die zwölf jungen Frauen, Bill Grant und Henry Jordan waren von Bourke gebeten worden, sich im Ballsaal zu versammeln. Amber war sofort in ihr Zimmer gegangen, wofür alle Verständnis zeigten. Auf Anweisung von Sandra servierten die Kellner Lucas und Harry Kaffee, Tee und Mineralwasser, die Getränke gingen aufs Haus. Bourke berichtete den derzeit bekannten Wissensstand. Sandra lehnte an der Wand und beobachtete jeden Einzelnen. Ihr fiel auf, dass der Detective Chief Inspector die Tatsache, dass Sheila auf dem Grab ihres verstorbenen Mannes aufgefunden worden war, unerwähnt ließ. Wäre Sheila schwer herzkrank gewesen, hätte der Besuch des Grabes vielleicht eine Attacke auslösen und ihr den Tod bringen können. Sheilas Alter von eindundfünzig Jahren und ihre sportlichen Aktivitäten sprachen jedoch dagegen. Solange der ärztliche Befund nicht vorlag, konnte Sandra nur spekulieren. Sollte sie Bourke von der seltsamen Begegnung mit Amber im Wald erzählen? Die hatte sich aber Stunden vor Sheilas Tod zugetragen, und danach war Amber in ihrem Zimmer gewesen. Christopher Bourke hatte gesagt, Sheila sei auf jeden Fall nach Mitternacht gestorben. Aus eigener Erfahrung wusste Sandra, dass die Polizei leicht aus einer kleinen Beobachtung etwas konstruierte, das Amber vielleicht in Schwierigkeiten bringen konnte. Solange die Todesursache unklar war, würde Sandra schweigen, und sie hatte auch Monsieur Peintré gebeten, nicht zu erwähnen, dass Amber ihnen vor den Wagen gelaufen war.

»Warum sollte ich?«, hatte der Koch gefragt. »Dass die Frau wie eine Irre durch die Gegend gerannt ist, hat doch nicht unbedingt etwas mit dem Tod ihrer Mutter zu tun.«

Es kam selten vor, dass Sandra und Edouard Peintré einer Meinung waren, und Sandra hatte ihm dankbar zugenickt.

»Niemand von Ihnen hat also letzte Nacht das Hotel verlassen?«, hakte Bourke nach und sah in die Runde. »Gegen halb eins ist eine Person im Park gesehen worden. Ich bitte Sie, wenn es jemand von Ihnen war, sich zu melden. Es erleichtert uns die Ermittlungen. Oder falls Sie mitbekommen haben, wann Sheila Branson das Hotel verlassen hat.«

Die Mädchen tauschten Blicke, schüttelten die Köpfe, und Bill Grant fragte unwillig: »Benötigen wir etwa Alibis, Inspector? Mit Sheilas Tod hat niemand von uns etwas zu tun. Warum ein solches Verhör?«

»Das ist kein Verhör, sondern eine Befragung, Mr Grant«, antwortete Bourke gelassen. »Und es wird auch in Ihrem Interesse sein, aufzuklären, was geschehen ist.«

Henry Jordan schob seinen Stuhl zurück und stand auf.

Die Hände in den Hosentaschen, ging er zur Tür und meinte: »Sollte sich herausstellen, dass Sheila ermordet wurde, stehe ich der Polizei gern zur Verfügung. Im Moment jedoch habe ich anderes zu tun. Auf Wiedersehen, Inspector.«

Bourke hielt ihn nicht zurück, und prompt sagte Bill Grant: »Henry hat recht. So tragisch diese Angelegenheit ist, wir verschwenden nur unsere Zeit. The Show must go on – das ist auch in Sheilas Interesse.« Er klatschte in die Hände und nickte den Mädchen zu. »In einer Stunde machen wir weiter, ihr wisst, was heute auf dem Programm steht.«

»Was ist mit der Wahl?«, fragte Jade. »Kann sie ohne Sheila überhaupt stattfinden?«

Grant nickte und erwiderte: »Sheila kann zwar nicht ersetzt werden, ich habe aber eine Idee, wer für sie einspringen kann. Es geht ja auch darum, dass jemand so schnell wie möglich nach Cornwall kommt. Am besten noch heute.« Mit einem Blick zu Bourke fügte er hinzu: »Ich nehme an, wir können jetzt gehen, nicht wahr?«

»Im Moment habe ich keine Fragen mehr«, antwortete Bourke. »Ich bitte Sie aber, sich zu unserer Verfügung zu halten und Higher Barton nicht zu verlassen.«

»Das machen wir ohnehin nicht!«, rief Paige. »Klar, es ist echt blöd, was Sheila passiert ist, wenn wir jetzt aber abbrechen, wird sie auch nicht wieder lebendig.«

Die jungen Frauen verließen miteinander tuschelnd den Saal, zurück blieben Sandra und der DCI.

»Etwas Ähnliches habe ich schon ein Mal erlebt«, sagte Bourke und seufzte. »Vor einigen Jahren wurde in diesem Haus ein Film gedreht und die Hauptdarstellerin ermordet.

Die Rolle wurde neu besetzt, und alle machten weiter, als wäre nichts geschehen.«

»So ist das Showbusiness eben«, erwiderte Sandra. »Trinken Sie in meinem Büro einen Tee mit mir, Inspector?«

Bourke zögerte, sagte aber dann: »Warum nicht? Heute können wir eh nichts mehr ausrichten. Ich hoffe, die Rechtsmedizin arbeitet schnell, damit wir die Todesursache bald erfahren.«

»Sheila Branson war zwar keine einfache Person, aber ich glaube nicht, dass sie ermordet wurde«, sagte Sandra, während sie an Bourkes Seite die Treppe hinunterging. »Amber tut mir schrecklich leid. Sie wird sich um die Beerdigung und alles Weitere kümmern müssen.«

»Es ist davon auszugehen, dass Amber Branson die Kosmetikfirma und das Vermögen ihrer Mutter erbt. Das ist eine Menge Geld für eine so junge Frau.«

Ruckartig blieb Sandra stehen und sagte vorwurfsvoll: »Bitte konstruieren Sie jetzt kein Motiv, Inspector!«

»Das habe ich mit keiner Silbe gesagt ...«

»Ich kenne Sie inzwischen ein wenig«, fiel Sandra ihm ins Wort. »Sie haben gerade den gewissen Blick, der mir sagt, dass es in Ihrem Kopf arbeitet. Ja, es ist anzunehmen, dass Amber die Alleinerbin ist, ja, die Firma stellt einen ziemlichen Wert dar, und ebenfalls ja, Amber wäre damit eine gemachte Frau, trotzdem ... Sheila war ihre Mutter!«

Bourke lächelte verständnisvoll und erwiderte: »Es ist löblich, dass Sie sich für Amber derart ereifern. Ich gebe jedoch zu bedenken, dass Sie die Frau kaum kennen und sie nicht einschätzen können.«

»Inspector, klären Sie zuerst die Todesursache, dann reden wir weiter«, antwortete Sandra bestimmt. »Und jetzt trinken wir Tee und sprechen von etwas anderem. Sie können mir beispielsweise erzählen, wie weit Sie in dem alten Fall gekommen sind. Gibt es da schon neue Erkenntnisse?«

»Darüber darf ich nicht sprechen.«

»Auch nicht, worum es geht?«

»Es handelt sich um eine Serie von Einbrüchen, die vor rund elf Jahren in der Gegend verübt wurden«, verriet Bourke nun doch.

»Glauben Sie wirklich, diese Fälle nach so vielen Jahren noch aufklären zu können?«

»Ehrlicherweise – nein.« Er seufzte und rollte mit den Augen. »Den Anordnungen von oben ist aber Folge zu leisten. Es fragt niemand danach, ob es Sinn macht, in staubigen Akten herumzuwühlen und zu versuchen, Spuren zu finden, wo keine vorhanden sind.«

Sandra schmunzelte und erwiderte: »Sollte Sheila durch Fremdeinwirkung gestorben sein, dann sind Sie die alte Sache sicher los, nicht wahr?«

Bourke wollte gerade entrüstet antworten, dass sich das wohl niemand wünschte, aber er sah, wie Sandra ihm zuzwinkerte. Gleichzeitig spürte er, wie die Hitze in seine Wangen stieg. Glücklicherweise winkte Sandra in diesem Moment einen der Kellner zu sich und bat, Tee und Gebäck für zwei Personen in ihr Büro zu bringen. Bourke zweifelte nicht daran, dass Sandra über Sheila Bransons Tod betroffen war und sich ebenso wenig wie er ein Tötungsdelikt wünschte. Im Grunde hatte Sandra aber den Nagel auf den Kopf getroffen: War Sheila ermordet worden, würden der Einbruch und der Mordversuch an Diane Keyham wieder zu den Akten gelegt werden. Trotzdem hoffte er, Sheila wäre einem Herzanfall erlegen, vielleicht war es auch ein Gehirnschlag oder eine Thrombose. Es gab viele Möglichkeiten, woran man auch in jüngeren Jahren, und obwohl scheinbar kerngesund, sterben konnte.

NEUN

»Guten Morgen, Sir«, grüßte Constable John Greenbow, als DCI Bourke das Revier betrat.

»Wenn ich Ihren Gesichtsausdruck richtig interpretiere, wird es kein guter Morgen werden«, erwiderte Bourke. Er deutete auf eine schmale, grüne Akte auf dem Schreibtisch und fragte: »Der Obduktionsbericht?«

Der Constable nickte. »Die Daten kamen vor einer halben Stunde aus Plymouth. Ich habe alles ausgedruckt.«

»Sheila Branson starb keines natürlichen Todes, nicht wahr?«

»Ja, Sir, es handelt sich eindeutig um Fremdverschulden«, erklärte Greenbow. »Vor fünf Minuten kam auch schon die Anweisung aus Exeter: Wir sollen uns nicht länger durch die alten Akten wühlen, sondern uns voll und ganz diesem Fall widmen.«

Trotz der ernsten Sachlage musste Bourke schmunzeln. John Greenbow, achtundzwanzig Jahre alt, erinnerte ihn an sich selbst, als er Constable und später Detective Sergeant gewesen war. Als DCI hatte Bourke seinen Humor zwar nicht verloren, war im letzten Jahr aber durch die ihm übertragene große Verantwortung ernster geworden. Die manchmal etwas flapsige Art seines Mitarbeiters gefiel Bourke.

Deutlich erinnerte er sich an die Vorgängerin von Greenbow, eine herbe, absolut humorlose Frau, die sich wie ein hungriger Wolf in den ersten Mordfall, den Bourke als frischgebackener DCI aufklären musste, verbissen hatte. Ihre Zusammenarbeit war sehr unerfreulich gewesen, und Bourke hatte erleichtert aufgeatmet, als die Frau in ein anderes Revier versetzt wurde.

Bourke gab Greenbow einen Wink, ihm in sein Büro zu folgen. Dort forderte er ihn auf: »Da ich annehme, Sie haben den Bericht bereits gelesen, fassen Sie bitte zusammen, was unser Leichenaufschneider festgestellt hat. Wie ist Sheila Branson gestorben?«

»Sie ist ertrunken, und zwar in Meerwasser.«

»Wie bitte?« Bourke sah seinen Mitarbeiter verständnislos an. »Sie starb also nicht auf dem Friedhof, sondern ...«

»Der Fundort ist auch der Tatort«, fiel Greenbow seinem Chef ins Wort. »Der erste Bericht der Spurensicherung liegt ebenfalls vor. In diesem wird ausgeschlossen, dass das Opfer nach seinem Tod transportiert wurde.«

»Das kann unmöglich sein!« Ungeduldig trommelte Bourke mit den Fingern auf den Schreibtisch. »Fahren Sie bitte fort, Greenbow.«

»Sir, in der Lunge der Toten befindet sich Salzwasser, ebenso am Kopf und Oberkörper. Postmortale Hämatome im Nacken und Schulterbereich lassen den Schluss zu, dass die Frau gewaltsam unter Wasser gedrückt wurde. Sie hat sich gewehrt, dafür sprechen abgebrochene Fingernägel, unter denen sich Faserspuren befinden, die nicht von der Kleidung des Opfers stammen.«

»Fremde Hautpartikel?«, hakte Bourke nach.

»Keine, Sir«, erwiderte Greenbow. »Allerdings befinden

sich an der Leiche nirgendwo Spuren von Sand, was bei einer Tötung am Strand unvermeidbar wäre. An der Kleidung ist lediglich die Erde des Friedhofes zu finden.«

»Und doch muss Sheila Branson im Meer ertränkt worden sein«, sagte Bourke nachdenklich. »Ich nehme an, der Täter hat die Leiche gründlich von Sand und von allem, was auf die Küste hinweisen könnte, gereinigt. Das Labor soll den Körper noch einmal untersuchen. Wir müssen unbedingt den Tatort finden, um dort nach weiteren Spuren suchen zu können.«

»Bei allem Respekt, Sir ...« Greenbow räusperte sich verlegen. »Das Labor ist sich vollkommen sicher, dass das Opfer nach seinem Tod nicht mehr bewegt worden ist.«

»Und ich bin mir sicher, dass das nicht stimmen kann«, beharrte Bourke. »Oder habe ich etwa übersehen, dass auf dem Friedhof von Lower Barton urplötzlich eine Salzwasserquelle entstanden ist?«

»Der Täter könnte ein Fass oder eine große Wanne verwendet haben, und diese vorher mit Meerwasser gefüllt haben.«

Bourke sah seinen Mitarbeiter überrascht an und sagte anerkennend: »Sie denken mit, Greenbow, das ist gut. Wenn es so war, dann war es ein kaltblütig geplanter Mord. Sheila Branson wurde bewusst auf den Friedhof gelockt, um dort getötet zu werden.«

»Warum aber ein solcher Aufwand?«, fragte der Constable und kratzte sich am Kinn. »Und warum ausgerechnet am Grab ihres verstorbenen Mannes? Das könnte ein Hinweis auf etwas sein, das wir noch nicht erkennen.«

Wohlwollend nickte Bourke. Es tat gut, einen Mitarbeiter an der Seite zu haben, der klug war und mitdachte.

»Das Opfer war zwar nur mittelgroß und zierlich, trotzdem musste der Täter große Kraft aufwenden, um Sheila unter Wasser zu drücken, was die Hämatome ja beweisen.«

»Denken Sie an jemanden Bestimmten?«, fragte Greenbow gespannt.

Bourke schüttelte zuerst den Kopf, dann nickte er. »Eher im Ausschlussverfahren. Sie wissen doch, Greenbow, dass in den meisten Fällen das Motiv zum Täter führt. Sheila Branson war eine sehr vermögende Frau, ihre Tochter wird vermutlich die alleinige Erbin sein. Amber Branson ist zwar kräftiger als ihre Mutter, es erscheint mir aber unwahrscheinlich, dass sie zu so einer Tat körperlich in der Lage wäre.«

»Große Wut verleiht oft ungeahnte Kräfte«, gab Greenbow zu bedenken.

Nachdenklich rieb sich Bourke den Nasenrücken und bat: »Versuchen Sie bitte herauszufinden, ob Sheila ein Testament hinterlassen hat, und wenn ja, ob ihre Tochter tatsächlich die Begünstigte ist. Als Nächstes fordern Sie alles an, was über den Tod des Ehemanns zu bekommen ist.«

»Vermuten Sie einen Zusammenhang, Sir?«

»Sheila Branson ertrinkt, ebenso wie ihr Mann, und ausgerechnet auf dessen Grab.« Bourke sah seinen Mitarbeiter entschlossen an. »Wenn da kein Zusammenhang besteht, will ich nicht länger Christopher Bourke heißen. Sobald Sie das veranlasst haben, fahren wir nach Higher Barton. Jetzt haben wir die Handhabe für richtige Vernehmungen. Dass wir unseren Täter im Kreis derer, die mit der Misswahl zu tun haben, finden werden, steht für mich fest.«

»Sie ist was?« Sandra Flemming starrte den rothaarigen Chief Inspector fassungslos an.

»Ertrunken«, wiederholte Bourke ernst. »Im Moment sieht alles danach aus, dass der Mord an der Stelle geschehen ist, wo ihr lebloser Körper gefunden wurde.«

»Wie soll das denn gehen? Die Küste ist rund sechs Meilen entfernt. Wenn in dieser Nacht eine Springflut Lower Barton heimgesucht und überschwemmt hätte, wäre das sicher nicht unbemerkt geblieben. Ich bin in meinem Bett jedenfalls nicht nass geworden.«

Grinsend erwiderte Bourke: »Nur gut, dass Sie Ihren Humor nicht verlieren, Ms Flemming, auch wenn auf Higher Barton wieder jemand ermordet wurde.«

»Falsch, Inspector. Sheila Branson starb nicht in diesem Haus«, wehrte Sandra ab. »Ich kann wohl davon ausgehen, dass die Presse herausgehalten wird. Wir können es uns nicht erlauben, dass das Hotel erneut in einen solchen Skandal verwickelt wird.«

»Das wird sich kaum vermeiden lassen, Ms Flemming. Auch wenn ich Sie verstehe – das Opfer war Gast in Ihrem Haus, die Ermittlungen werden folglich hier ansetzen.«

Sandra war nahe dran, sich die dunklen Locken zu raufen. Mühsam beherrscht erwiderte sie: »Sie glauben doch wohl nicht, dass jemand von den Gästen ...« Sie brauchte nicht weiterzusprechen, sie las die Antwort in den Augen des Chief Inspectors. Resigniert winkte sie ab und sagte: »Dann fangen Sie mit der Arbeit an. Je schneller Sie den Täter überführen, desto besser für uns alle. Wenn ich Sie unterstützen kann, lassen Sie es mich bitte wissen.«

»Bitte geben Sie mir alle Informationen, die Sie über die Gäste haben«, antwortete Bourke, entschieden fügte er hinzu: »Aber ansonsten halten Sie sich raus! Keine Alleingänge, keine Ermittelungen hinter meinem Rücken, und es ist auch nicht notwendig, Alan Trengove in die Sache hineinzuziehen.«

»Seine Frau ist meine Freundin«, erwiderte Sandra kühl. »Mit ihr werde ich über diese scheußliche Sache wohl sprechen dürfen, oder? In Lower Barton wird der Mord ohnehin schon die Runde gemacht haben, dafür sorgt allein Mrs Roberts.«

»Ms Flemming, ich glaube, Sie verstehen genau, was ich meine. Sie sind eine Zeugin, wahrscheinlich die letzte Person, die das Opfer lebend gesehen hat ...«

»Falsch, Inspector«, fiel Sandra ihm ins Wort. »Die letzte Person war der Mörder, und das schließt mich aus. Oder hegen Sie an meiner Unschuld wieder einmal Zweifel?«

»Selbstverständlich glaube ich Ihnen, Ms Flemming. Welchen Grund hätten Sie, Sheila Branson etwas anzutun?«

Trotz seiner Worte hatte Sandra ein unangenehmes Gefühl. Wenn man ein Mal verdächtigt worden war, einen Menschen getötet zu haben, und sogar in Untersuchungshaft gesessen hatte, steckte die Erinnerung daran tief in den Knochen.

»Ich werde Eliza bitten, die Daten der Gäste für Sie auszudrucken, Inspector.«

Auch Sandra hielt es für ausgeschlossen, dass Sheila das Opfer eines Fremden geworden war, dem sie zufällig begegnet war und der sie ausgerechnet auf dem Grab ihres Ehemanns ertränkt hatte. Warum war Sheila überhaupt mitten in der Nacht zum Friedhof gegangen? Wohl kaum aus Sentimentalität. Sandra hatte nicht mitbekommen, ob Sheila nach ihrer Ankunft in Cornwall das Grab aufgesucht hatte. Das Bedürfnis danach war verständlich, doch dann wäre sie tagsüber auf den Friedhof gegangen. Nein, für Sandra war vollkommen klar, dass Sheila in eine tödliche Falle getappt war.

»Ich habe Verstärkung aus Truro angefordert«, sagte Bourke und riss Sandra aus ihren Überlegungen. »Wir werden uns im Ballsaal mit allen Personen unterhalten und überprüfen, wo sie sich in der besagten Nacht aufgehalten haben. Die erste kurze Befragung der Gäste ergab leider keinen Hinweis.«

»Gestern bestand noch kein Grund für exakte Aussagen«, erwiderte Sandra. »Ich verstehe, dass Sie das tun müssen, Inspector, Sie müssen mir aber zugestehen, dass es alles andere als angenehm ist, wenn es im Hotel von Polizei nur so wimmelt.«

»Zuerst möchte ich mir das Zimmer des Opfers ansehen, dann mit Amber Branson sprechen«, erwiderte Bourke. »Ich hoffe, sie hat sich so weit beruhigt, dass sie vernehmungsfähig ist. Ms Branson profitiert am meisten vom Tod ihrer Mutter.«

»Steht Amber unter Verdacht?« Sandra las auf seinem Gesicht die Antwort und sagte: »Morde geschehen tatsächlich oft in Familien. Sheila hat sich mitten in der Nacht sicher nicht mit einem Fremden auf dem Friedhof getroffen. Ich denke, dass sie ihren Mörder gekannt hat. Dass eine Tochter jedoch die eigene Mutter ...« Sie schüttelte sich wie ein nasser Hund und fügte dann hinzu: »Tun Sie, was nötig ist, um den Täter schnellstmöglich zu überführen.«

»Gedanken machen können Sie sich, Ms Flemming, das Handeln überlassen Sie uns. Ich hoffe, wir haben uns verstanden?«

»Natürlich, Ihre Ansage ist klar und deutlich«, antwortete Sandra spitz. »Wenn mir aber etwas einfällt, das vielleicht von Bedeutung sein könnte, darf ich es Ihnen schon sagen, oder?«

»Ich bitte sogar darum!«

Christopher Bourke nickte Sandra zu und ging die Treppe hinauf. Sandra wollte Monsieur Peintré bitten, Tee, Kaffee, Orangensaft und Sandwiches zuzubereiten.

In der Halle legte Eliza Dexter gerade den Telefonhörer auf und sagte zu Sandra: »Das war Mr Henderson. Er ist ziemlich verärgert und fragte mich, warum er aus der Presse erfahren muss, dass einer unserer Gäste ermordet wurde.«

»Du meine Güte, ich weiß es doch selbst erst seit ein paar Minuten!«, rief Sandra verärgert. »Ich möchte wissen, woher die Presse die Informationen hat.«

»Offenbar stand gestern die Meldung über Sheila Bransons Tod bereits im Internet, und heute Morgen bringen es alle größeren Zeitungen auf ihren Titelseiten.«

»Vielleicht wissen die Journalisten dann auch schon, wer Sheila auf dem Gewissen hat«, bemerkte Sandra sarkastisch.

»Seit Stunden klingelt das Telefon, die Reporter aller gängigen Zeitungen rufen an«, erklärte Eliza. »Ich fürchte, es wird nicht lange dauern, dann werden sie wie hungrige Geier hier einfallen. Sheila Branson war eine Berühmtheit, da ist das öffentliche Interesse besonders groß.«

»Das müssen wir unter allen Umständen verhindern.« Nachdenklich kaute Sandra auf ihrer Unterlippe, dann wies sie Eliza an: »Schalten Sie den Anrufbeantworter ein, und nehmen Sie kein Gespräch mehr entgegen. Sollte ein

Journalist im Hotel auftauchen, verweisen Sie ihn an die Polizei.«

Eliza nickte. »Mr Henderson lässt Ihnen ausrichten, dass der Vorstand noch heute einen ausführlichen Bericht erwartet.«

Und was soll ich denen berichten?, dachte Sandra, schwieg jedoch.

Alistair Henderson war der Vorsitzende der SSG-Hotelkette und normalerweise ein freundlicher älterer Herr. Es war verständlich, dass der Todesfall einen Schatten auf das Romantic Hotel warf, wenn die Angelegenheit in den Zeitungen stand und sich übers Internet rasend schnell verbreitete.

Sandra ging in die Küche und bat Monsieur Peintré, die Erfrischungen vorzubereiten.

»Das bedeutet, der komplette heutige Speiseplan ist über den Haufen geworfen«, brummelte der Koch. »Wie soll ich unter solchen Umständen anständig arbeiten? Ich plane und organisiere, zerbreche mir den Kopf, wie ich aus den Zutaten, die die Hungerhaken zu sich nehmen dürfen, etwas Anständiges auf den Tisch bringen kann, und dann ist wieder alles anders. Ich hoffe, dass solche *Gäste*« – er spie das Wort wie eine schlechte Muschel aus – »die Ausnahme in diesem Haus bleiben. Sonst würde ich mich leider gezwungen sehen, mich nach einem anderen Betätigungsfeld umzuschauen. In einer Küche, in der man meine Erfahrung zu schätzen und zu würdigen weiß.«

Sandra hatte den Mund bereits geöffnet, um dem Koch eine passende Antwort zu geben, da sagte Rosa in aller Seelenruhe und mit einem Lächeln auf den Lippen: »Wir bekommen das hin, Monsieur. Sehen Sie es als Möglichkeit, Ihren Arm zu schonen, denn ich bemerke es genau, dass Sie stärkere Schmerzen haben, als Sie zugeben wollen. Sagen Sie mir, was ich tun soll.«

Peintré zögerte, seine buschigen Augenbrauen zogen sich zu einem Strich zusammen, dann wies er Rosa an, die Kaffeemaschine aufzufüllen und Wasser für den Tee zum Kochen zu bringen. Schmunzelnd verließ Sandra die Küche. Die Polin war ein wirklicher Glücksgriff. Sie fand immer die richtigen Worte, um den Koch zu beruhigen, wenn dieser kurz davor stand, einen cholerischen Ausbruch zu bekommen. Mindestens ein Mal die Woche kündigte Peintré an, sich nach einer anderen Stelle umzusehen. Sie, Sandra, stand momentan aber unter einer solch großen Anspannung, dass sie die Mätzchen des Koches nicht auch noch gebrauchen konnte.

Als Nächstes setzte Sandra sich an ihren Computer und begann, die Ereignisse der letzten zwei Tage schriftlich zusammenzufassen. Sie schrieb, dass Sheila Branson spurlos verschwunden war, dann berichtete sie über deren Auffinden auf dem Friedhof und die heutige Mitteilung, sie sei unter Fremdeinwirkung ertrunken. Immer wieder sah sie zur Zimmerdecke hinauf. Über dem Büro befand sich der Ballsaal, und sie wünschte, sie könnte bei den Vernehmungen Mäuschen spielen. Durch die geöffnete Tür bekam Sandra mit, wie vier ihr unbekannte Polizeibeamte, zwei Männer und zwei Frauen, eintrafen und von Eliza nach oben geführt wurden. Nachdem Sandra die Ereignisse zusammengefasst hatte, öffnete sie das Internet und gab in die Suchmaschine die Namen von Sheila und Taylor Branson ein. Mrs Roberts hatte ihr zwar das Wesentliche mitgeteilt, aber ein solch schreckliches Unglück war bestimmt im Netz registriert, auch wenn es einige Jahre zurücklag. Tatsächlich musste Sandra sich nur durch ein paar Seiten klicken, dann fand sie den gesamten Vorgang in den digitalisierten Seiten des *Cornwall Oberserver,* der auflagenstärksten Tageszeitung der Gegend. Die Aussage der geschwätzigen Mrs Roberts wurde bestätigt, wenngleich weniger dramatisch, als die Metzgerin die Sache geschildert hatte. Nun ja, es war schon dramatisch, dass Taylor Branson an einem Vormittag aufs Meer hinausgesegelt war, obwohl der Wetterbericht vor einem Unwetter gewarnt hatte. Als er am Abend nicht zurückkehrte, alarmierte Sheila die Küstenwache. In der Dunkelheit konnte die Suchmannschaft aber nicht viel ausrichten, außerdem tobte der Sturm mit Windstärke neun, sodass das Boot nicht weit hinausfahren konnte und der Einsatz von Hubschraubern unmöglich war. Die Suchaktionen der nächsten Tage brachten keinen Erfolg. Erst fünf Tage später wurden Planken des Segelbootes gefunden – über fünfzig Seemeilen von der cornischen Küste entfernt. Obwohl alles dafür sprach, dass Branson ertrunken sein musste, hatte Sheila die Hoffnung nicht aufgegeben. Die Zeitung berichtete weiter, Sheila sei von der Polizei vernommen worden, da Branson eine hohe Lebensversicherung abgeschlossen hatte, deren Nutznießerin sie war. Es wurde Sheila und ihrer kleinen Tochter nicht gestattet, Cornwall zu verlassen. Zwei Wochen nach dem Unglück wurde dann eine männliche Leiche am Strand von East Looc angespült.

Wegen der starken Verwesung, die im Wasser schnell voranschreitet, war nicht eindeutig zu erkennen, um wen es sich handelt ...

Sandra schüttelte sich bei diesen Worten. Sie wollte sich lieber nicht genauer vorstellen, was es für Sheila bedeutet haben musste, ihren Mann identifizieren zu müssen. Der Tote trug Bransons Ehering sowie eine dünne, goldene Halskette, die Sheila ihm zum letzten Geburtstag geschenkt hatte. Aus den Artikeln ging nicht hervor, ob ein Abgleich des Zahnschemas oder eine DNA-Analyse, damals durchaus schon üblich, durchgeführt worden war. Auch über Sheilas Wunsch, Taylor Branson in Cornwall zu bestatten, gab es keine Meldung. Das war für die Zeitungen uninteressant gewesen. Leicht nachzuvollziehen war der weitere Weg, den Sheila Branson gegangen war: Mit dem Geld aus der Lebensversicherung ihres Mannes baute sie ihr kleines Unternehmen in eine der größten Kosmetikfirmen des Landes aus. Nach der Geburt ihrer Tochter Amber hatte Sheila damals den Catwalk und die Fotoshootings an den Nagel gehängt, nach dem Tod ihres Mannes kehrte sie in die Öffentlichkeit zurück. Sie verfügte über zahlreiche Kontakte im In- und Ausland, und schon bald buhlten junge, aufstrebende Models um Sheilas Gunst und deren Einfluss. Sie war regelmäßiger Gast in Fernseh- und Talkshows, saß in der Jury von Talentwettbewerben und zierte auch noch mit fünfzig Jahren die Titelblätter diverser Hochglanzmagazine.

Sandra fiel auf, dass in den zahlreichen Berichten Sheilas Tochter nie erwähnt wurde. Weder wurde Ambers Namen genannt, noch eine Fotografie von ihr veröffentlicht. Sandra überraschte dies nicht besonders. Sheila hatte deutlich zu verstehen gegeben, wie wenig reizvoll sie ihre Tochter fand. Amber war von ihr mehr wie ein Dienstmädchen als wie eine Assistentin behandelt worden. Nun würde Amber die Firma, die Villa in Nordengland, die Ferienwohnung in Miami und jede Menge Geld erben.

Sandra lehnte sich zurück und massierte sich sanft die Schläfen, um ihre beginnenden Kopfschmerzen zu vertreiben. Für den Rest ihres Lebens hatte Amber finanziell ausgesorgt. Auch wenn die junge Frau den Eindruck machte, sie könne keiner Fliege etwas zuleide tun – stille Wasser waren oft tief. Sandra weigerte sich dennoch, den Gedanken, Amber wäre in der Lage, die eigene Mutter zu töten, weiterzudenken. Nach den Informationen, die sie von DCI Bourke bekommen hatte, war Sheila mit großer Kraft unter Wasser gedrückt worden. Amber war weder derart kaltblütig noch kräftig genug für eine solche Tat, auch wenn sie das stärkste Motiv hatte. Ambers Schock und ihr Zusammenbruch in der Rechtsmedizin waren aber echt gewesen.

»Sandra, Sie haben Besuch.«

Sandra schreckte hoch. Sie hatte nicht gehört, wie Eliza das Büro betreten hatte. Hinter ihr erschien eine knapp vierzigjährige, ein wenig mollige Frau mit kinnlangen, braunen Haaren und hellen grünen Augen.

»Ann-Kathrin!« Sandra sprang auf und eilte der Frau mit ausgestreckten Armen entgegen. »Ich bin so froh, dich zu sehen!«

»Ich dachte, ich schaue mal nach dir, nach all dem, was man so hört«, antwortete Ann-Kathrin und küsste Sandra auf die Wange. »In den sozialen Netzwerken scheint es seit heute Morgen nur noch ein Thema zu geben: die Ermordung von Sheila Branson.«

»Hat dein Mann dich begleitet?« Über Ann-Kathrins Schulter weg spähte Sandra in die Halle.

»Das wäre naheliegend«, antwortete Ann-Kathrin lächelnd. »Wo ein Mord geschieht, ist Alan ja nie weit. Vor drei Tagen musste er aber nach Singapur fliegen und wird vor Ende der Woche auch nicht zurückkommen. Ich gehe jedoch stark davon aus, dass seine Unterstützung dieses Mal nicht notwendig sein wird.«

»Die Polizei hat noch keine Spur.« Sandra deutete nach oben. »Im Moment werden alle Gäste im Ballsaal vernommen.«

»Dann hast du ja Zeit für einen Tee«, stellte Ann-Kathrin fest. »Euer Koch hat nicht zufällig gerade Scones gebacken und ein wenig Erdbeermarmelade und Clotted Cream übrig?«

Sandra lachte. Die Gesellschaft ihrer Freundin vertrieb schlagartig ihre trüben Gedanken. Dass Ann-Kathrin gern Süßspeisen aß, spiegelte sich in ihrer Figur wider, was sie aber nicht störte. Sie mochte sich so, wie sie war, und ihr Mann, der erfolgreiche Anwalt Alan Trengove, liebte jedes Pfund an ihr, wie er ihr immer wieder versicherte. Ann-Kathrin war Lehrerin an einer Primary School in Truro.

»Auch wenn ich jeden Einzelnen meiner kleinen, temperamentvollen Racker liebe – manchmal brauche ich einfach eine Tafel Schokolade als Nervennahrung«, hatte sie, auf ihre Liebe zu Süßspeisen angesprochen, mal erklärt.

Wenige Minuten später ließ sie sich zwei noch warme Scones, dick bestrichen mit Erdbeermarmelade und der süßen Clotted Cream – beides stellte Monsieur Peintré selbst her – schmecken. Sandra hingegen trank nur eine Tasse Tee. Seit sie in Cornwall lebte, hatte sie die Clotted Cream zwar schätzen gelernt, aß sie aber nur selten, weil ihr diese Mischung aus Butter und Sahne zu gehaltvoll war. In Cornwall gab es kein Lokal, kein Restaurant oder Tea-Room, in dem *Cornish Cream Tea* nicht auf der Karte stand. Manche behaupteten, dieses Nationalgebäck würde nur noch für die Touristen angeboten, die Einwohner konsumierten es längst nicht mehr mit der früheren Begeisterung. Ähnliches traf auch auf die herzhaften Cornish Pasties zu, die Sandra wiederum sehr mochte, die aber kein bisschen kalorienärmer als der Cream Tea waren.

Es tat Sandra gut, Ann-Kathrin das Herz auszuschütten. Die Freundin hörte schweigend zu und fragte, als Sandra geendet hatte: »Was macht dein DCI Bourke gerade so?«

»Er ist nicht *mein* Inspector!«, begehrte Sandra auf. »Er hat mich auch sofort wissen lassen, dass wir während der laufenden Ermittlung keinen freundschaftlichen Umgang miteinander pflegen dürfen. Er nennt mich förmlich Ms Flemming, und ich muss ihn mit Inspector ansprechen.«

»Er trennt halt Beruf und Privates.« Ann-Kathrin kicherte und zwinkerte Sandra zu. »Gibt es schon einen Verdacht, wer Sheila umgebracht haben könnte?«

Sandra nickte und erzählte Ann-Kathrin von Amber. »Christopher ... ich meine, Inspector Bourke erkannte sofort, dass Amber das stärkste Motiv hat. Es ist auch kein Geheimnis, dass sich Mutter und Tochter nicht gut verstanden haben.«

»Es gehört aber schon jede Menge krimineller Energie dazu, ausgerechnet die eigene Mutter zu ermorden«, gab Ann-Kathrin zu bedenken. »Nach allem, was wir wissen, war es keine Tötung im Affekt, der Mord wurde geplant und gezielt ausgeführt. Wie sonst sollte Sheila denn auf dem Friedhof ertrunken sein, wo es weit und breit kein Salzwasser gibt? Ich glaube, der Täter hat eine Wanne oder ein Fass mit Meerwasser herbeigeschafft und Sheila auf den Friedhof gelockt, wo er mit dem Vorsatz, sie zu töten, auf sie gewartet hat. Bei Familiendramen geschehen Tötungen nur sehr selten derart geplant, die meisten erfolgen spontan und weniger kompliziert wie in diesem Fall hier. Dieser Mordhergang spricht von jeder Menge Wut, wenn nicht sogar von Hass auf das Opfer.«

»Und aus dir spricht ganz die Frau eines Anwaltes«, sagte Sandra bewundernd.

Ann-Kathrin zuckte mit den Schultern und erwiderte lächelnd: »Über seine Fälle darf Alan natürlich nicht mit mir sprechen, ich bekomme aber trotzdem so einiges mit.« Sie beugte sich vor und sah Sandra erwartungsvoll an. »Also, was planst du? Wie willst du vorgehen?«

»Ich?« Sandra hob abwehrend die Hände. »Ich werde gar nichts unternehmen! Wie kommst du denn auf einen solchen Gedanken?«

»Ich sehe deiner Nasenspitze an, dass du nicht an Ambers Schuld glaubst«, erklärte Ann-Kathrin schmunzelnd. »Von den eben genannten Tatsachen abgesehen, wäre es auch zu einfach. Obwohl Bourke und der sympathische Constable Greenbow wirklich kompetent sind und jeden Aspekt berücksichtigen, werde ich das Gefühl nicht los, dass es dir unter den Nägeln brennt, selbst ein wenig in diesem Fall herumzustochern.«

»Du kennst mich gut.« Sandra lächelte und erzählte der Freundin, dass sie sich über den Tod von Sheilas Mann kundig gemacht hatte. »Und ja, Amber traue ich eine solche Tat nicht zu«, ergänzte sie.

»Wenn ich dir helfen kann, lass es mich wissen.«

Sandra grinste und stupste Ann-Kathrin in die Seite. »Als ich vor über einem Jahr aus Schottland hier in den Südwesten gekommen bin, wollte ich ein Hotel leiten und Karriere machen. Dass ich aber eine so gute Freundin wie dich finden würde, das hätte ich nicht gedacht. Es ist schön, dass es dich gibt, Ann-Kathrin.«

»Ach, lass doch.« Ann-Kathrins Wangen röteten sich, und schnell sagte sie: »Glaubst du, euer Koch hat noch mehr von den köstlichen Scones? Ich kann einfach nicht widerstehen. Da Alan fort ist, werde ich das Abendessen ausfallen lassen.«

Nach einer Stunde wurde es für Ann-Kathrin Zeit, zu gehen.

»Ich muss heute noch einen Stapel Diktate korrigieren. Du machst dir keine Vorstellungen, wie manche Kinder unsere schöne Sprache verunstalten. Na ja, ich bin ja dafür da, den Kids eine korrekte Rechtschreibung zu vermitteln.«

Sandra begleitete die Freundin zu deren Wagen. Gerade, als Ann-Kathrin abgefahren war, stürmten DCI Bourke und Constable Greenbow aus dem Haus. Als Bourke Sandra sah, baute er sich regelrecht vor ihr auf, stemmte die Hände in die Seiten und sagte streng: »Wie war das mit dem nichts Verschweigen, Ms Flemming? Sagten Sie nicht, dass Sie nichts weiter wüssten?«

»Äh ... ja ... natürlich«, stammelte Sandra, erschrocken über Bourkes Ärger. »Ich habe Ihnen alles gesagt, was ich über Sheila Branson weiß.«

»Nun, das sehe ich anders, wie sich eben herausgestellt hat«, erwiderte Bourke und runzelte die Stirn. »Sie sollten darüber nachdenken, ob Sie noch mehr brisante Informationen verschwiegen haben.« Sandras fragender Blick ging zum Constable, der sie mit ausdrucksloser Miene ansah. »Kommen Sie, Greenbow, wir werden diese Sache unverzüglich überprüfen.«

Ohne eine weitere Erklärung setzten sich die Beamten in den Wagen und brausten die Einfahrt hinunter. Sandra blieb verständnislos zurück. Sie hatte keine Ahnung, was der DCI gemeint haben konnte. Dass sie sich über die Umstände des Todes von Sheilas Mann informiert hatte, war doch erst heute Nachmittag gewesen, davon konnte Bourke nichts wissen. Sie hätte ihm diese Informationen ohnehin mitgeteilt, er würde aber auch alles selbst im Internet finden und hatte ja auch Zugang zu den damaligen Polizeiakten.

»Ärger?« Eliza Dexter zog eine Augenbraue hoch, als Sandra an die Rezeption trat. »Der Inspector und sein Mitarbeiter sind wie von einer Mücke gestochen aus dem Haus gestürmt, der DCI wirkte ziemlich wütend. Durch das Fenster sah ich, dass er mit Ihnen gesprochen hat. Was wollte er denn?«

Mit einer hilflosen Geste hob Sandra die Hände und murmelte: »Ich habe keine Ahnung, Eliza. Offenbar hat er etwas erfahren, von dem er meint, ich hätte es ihm mitteilen müssen.«

Eliza wurde einer Antwort enthoben, da Bill Grant zu ihnen trat und sagte: »Für heute lässt die Polizei uns in Ruhe, es darf aber niemand das Hotel verlassen. Wir würden jetzt gern essen, wenn es möglich ist. Die stundenlangen Verhöre haben uns alle sehr angestrengt.«

»Selbstverständlich, Mr Grant«, antwortete Eliza beflissen. »Das Dinner wird in einer halben Stunde im Restaurant serviert.«

Grant lächelte dankend und meinte: »Der Inspector hat Sheilas Zimmer freigegeben, es wurde nichts gefunden, was bei der Aufklärung hilfreich sein könnte. Amber wird die Sachen ihrer Mutter ausräumen. Putzen Sie bitte das Zimmer, Ms Edmunds wird es übernehmen.«

»Ms Edmunds?«, fragte Sandra verwundert. »Nicole Edmunds, das Model? War sie nicht sogar mal bei Victoria's Secret dabei?«

»Sie kennen sich in der Branche aus, Ms Flemming.« Grant nickte anerkennend. »Wir müssen Sheila so schnell wie möglich ersetzen, damit die Show wie geplant über die Bühne gehen kann. Ich habe vorhin mit Nicole telefoniert. Sie ist gerade frei und wird morgen hier eintreffen. Auf jeden Fall brauche ich jetzt einen kräftigen Drink. Die Bar hat doch schon geöffnet, nicht wahr?« Er nickte den Frauen kurz zu und ging ins Restaurant.

»Das ist ziemlich pietätlos«, murmelte Eliza. »Die eine ist tot, und schon steht die Nächste bereit, um deren Platz einzunehmen.«

»Das soll uns nicht kümmern«, erwiderte Sandra, teilte Elizas Meinung jedoch. »Ich werde Holly sagen, dass sie morgen als Erstes Sheilas Zimmer für den neuen Gast herrichten soll.«

Jetzt kamen auch die jungen Frauen nach unten und gingen zum Essen. Trauer über Sheilas Tod war kaum zu bemerken, denn sie schwatzten und scherzten miteinander, als wäre nichts geschehen. Sandra fiel auf, dass Amber nicht unter ihnen war. Bill Grant hatte aber gesagt, sie wolle Sheilas Sachen zusammenpacken, und Sandra beschloss, nach Amber zu sehen.

Bereits auf dem Treppenabsatz hörte sie das Flötenspiel. Hatte Amber bisher dunkle, schwere Stücke gespielt, so erklang heute die *Kleine Nachtmusik* von Mozart, ein Stück, das Sandra wohlbekannt war, auch wenn sie sich nicht sehr für klassische Musik interessierte. Es mutete Sandra seltsam an, dass die junge Frau nach dem Tod ihrer Mutter eine so leichte, beschwingte Melodie gewählt hatte. Oder gerade weil Sheila tot war?, fragte sich Sandra. Es klingt fast so, als wäre Amber erleichtert und als wäre eine große Last von ihr abgefallen.

Sandra machte auf der Treppe kehrt, sie wollte Amber jetzt nicht stören. Der kleine Stachel des Verdachts, dass Amber vielleicht doch nicht unschuldig war, pikste sie. Sollte sie DCI Bourke informieren? Würde er aber der Tatsache, dass Amber fröhliche Musik spielte, nicht zu viel Bedeutung beimessen? Jeder Mensch ging mit Trauer anders um, und für Amber spielte die Musik eine große Rolle. Welche Information hatte Bourke heute erhalten? War es der Vorfall gewesen, als Amber ihr und Monsieur Peintré vor den Wagen gelaufen war? Der Koch hatte mit dem Chief Inspector bisher noch nicht gesprochen, und Amber hatte es sicherlich nicht erwähnt. Roger's Wood, wo sich Amber an diesem Abend aufgehalten hatte, lag rund zwei Meilen nördlich des Friedhofes. Einen Zusammenhang mit dem Mord erkannte Sandra nicht. Sie beschloss jedoch, Christopher Bourke davon zu erzählen, da sie begann, an Ambers Unschuld zu zweifeln. Der DCI sollte ihr kein zweites Mal vorwerfen, wichtige Informationen zu verschweigen, obwohl Sandra keine Ahnung hatte, was er heute erfahren hatte, das von einer solchen Brisanz war.

Sandra erfuhr es zwei Stunden später. Die Gäste hatten sich nach dem Essen entweder auf ihre Zimmer zurückgezogen, saßen an der Bar oder gingen im Park spazieren. Da für heute die meiste Arbeit getan war, hatte Eliza sich verabschiedet.

Sie wollte sich in Lower Barton mit einer Bekannten aus der Schulzeit treffen, die sich aus beruflichen Gründen ein paar Tage in Cornwall aufhielt.

Die Hoteltür wurde aufgerissen. Mrs Roberts, die Metzgerin, den Kopf hochrot, das Haar aufgelöst, stürmte in die Halle.

»Ms Flemming, Sie müssen uns helfen!«, rief sie, in ihrem Schlepptau befand sich Linda Triggs. Deren Augen waren gerötet, das Gesicht vom Weinen verquollen.

»Mrs Roberts? Mrs Triggs?« Sandra sah die Frauen fragend an. »Was ist geschehen?«

»Ach, Sandra ... es ist furchtbar«, rief Mrs Roberts. Es war das erste Mal, dass sie Sandra mit dem Vornamen ansprach, was ihrer Aufregung geschuldet war. »Sie haben Ben verhaftet!«

»Wie bitte?« Sandra glaubte, sich verhört zu haben.

Mrs Roberts nickte bekräftigend und presste hervor: »Er soll die Branson ermordet haben.«

»Das ist doch Unsinn!«

Sandra kam hinter der Rezeption hervor und legte eine Hand auf den zitternden Arm von Linda Triggs. Dieser schossen die Tränen in die Augen, und sie murmelte: »Mein Junge ist zwar anders als andere, aber er ist kein Mörder! Ben kann niemandem etwas zuleide tun. Erst gestern hat er eine große, schwarze und haarige Spinne, die sich in die Küche verirrt hatte, auf seine Hand krabbeln lassen und das Tier nach draußen gebracht. Lebend ...« Weitere Worte wurde von lautem Schluchzen verschluckt.

»Ich weiß, Linda, ich weiß«, sagte Sandra leise. »Wir gehen in mein Büro, da erzählen Sie mir alles. Ich lasse uns eine Kanne Tee bringen ...«

»Tee! Immer nur Tee!«, rief Mrs Roberts aufgeregt. »Uns Engländern wird zwar nachgesagt, dass wir alle Probleme bei einer Tasse Tee lösen können, jetzt brauchen wir aber etwas Stärkeres. Am besten Cognac oder Brandy.«

Der Anflug eines Lächelns umspielte Sandras Lippen, auch wenn die Situation alles andere als lustig war. In einer solchen Verfassung hatte sie Mrs Roberts nie zuvor erlebt. Von ihrer üblichen Sensationslust war nichts mehr zu bemerken. Offenbar waren Mrs Roberts und Linda Triggs eng befreundet, weil die Metzgerin sich Bens angebliche Verhaftung derart zu Herzen nahm. Über das Haustelefon bat Sandra den Barkeeper, eine Flasche Brandy und Gläser zu bringen. Nachdem David den Raum wieder verlassen hatte, schloss sie die Tür. Mrs Roberts schenkte drei Gläser voll und stürzte ihren Brandy mit einem Schluck hinunter. Linda nippte nur daran, ihre Lippen zitterten, und Sandra rührte den Alkohol nicht an.

»Erzählen Sie von Anfang an«, bat sie. »Was ist geschehen?«

»Ben hat doch diese Mädchen angesprochen, und nun meint die Polizei, er habe Sheila umgebracht, weil sie gedroht hatte, ihn wegen Belästigung anzuzeigen.«

Sandra fiel es wie Schuppen von den Augen. Das hatte Christopher Bourke also gemeint, als er ihr vorgeworfen hatte, sie habe ihm nicht alles gesagt. Sie musste ihm sogar recht geben, sie hatte aber keinen Moment mehr an den Vorfall gedacht. Die jungen Frauen mussten es Bourke erzählt haben, und wahrscheinlich hatte er sogar erfahren, dass Sandra Ben aufgesucht hatte, um ihm ins Gewissen zu reden.

»Sie sperren meinen Jungen ein«, schluchzte Linda Triggs.

»Ben hasst abgeschlossene Räume, da dreht er durch, er muss immer die Möglichkeit haben, an die frische Luft gehen zu können.«

»Ben wurde wie ein Schwerverbrecher abgeführt«, ergänzte Mrs Roberts, nahm Linda das noch gefüllte Glas aus der Hand und trank einen kräftigen Schluck. »Sogar Handschellen haben sie ihm angelegt!«

»Bitte beruhigen Sie sich«, sagte Sandra sanft. »Im Moment muss die Polizei jedem Hinweis nachgehen, und dass Ben sich gegenüber den Mädchen nicht richtig verhalten hat, ist Wasser auf deren Mühlen. Daraus aber gleich zu konstruieren, er habe Sheila getötet, ist maßlos übertrieben und wird sich als haltlos herausstellen.«

»Er war in der besagten Nacht nicht zu Hause«, flüsterte Linda und wischte sich mit dem Handrücken die Tränen aus dem Gesicht. »Diane Keyham von schräg gegenüber hat gesehen, wie Ben nach Mitternacht fortgegangen ist. Ich habe schon geschlafen, aber Ben war oft in der Nacht draußen. Er fühlt sich wohl, wenn alles ruhig ist, geht dann gern spazieren und fotografiert den Mond, sofern er zu sehen ist.«

»Das ist natürlich nicht gut«, murmelte Sandra. »Hat Ihre Nachbarin auch gesehen, wann Ben zurückgekommen ist, oder haben Sie, Linda, ihn gehört?«

»Weder noch. Diane ist dann ins Bett gegangen, und wenn ich schlafe, höre ich nie etwas.«

»Tja, und da ist noch die andere Sache ...«, bemerkte Mrs Roberts.

»Agnes, bitte nicht!« Linda umklammerte Mrs Roberts Arm und sah sie flehentlich an.

Es war das erste Mal, dass Sandra den Vornamen der

Metzgerin hörte und dachte, dass »Agnes« sehr gut zu ihr passte.

»Linda, wenn Ms Flemming uns helfen soll, dann müssen wir ihr alles sagen«, beschwor Mrs Roberts Bens Mutter, sah Sandra an und fuhr fort: »Morgen wird es ohnehin jeder in Lower Barton wissen, wahrscheinlich wird es auch in der Zeitung stehen. Die Sache ist nämlich so ...« Sie zögerte, trank wieder von dem Brandy und fuhr dann fort: »Auf Bens Kamera und in seinem Computer fand die Polizei Dutzende von Fotografien der Mädchen. In den letzten Tagen muss Ben heimlich diese Bilder gemacht haben, wenn die Mädchen im Park oder im Ort waren. Das Foto einer Brünetten hat Ben sogar ausgedruckt, mit einem großen, roten Herz bemalt und unter seiner Matratze versteckt.«

»Ach herrje!«, entfuhr es Sandra. »Ben hat den Mädchen also wirklich nachgestellt.«

»Das sieht die Polizei auch so«, sagte Mrs Roberts, einen grimmigen Zug um den Mund. »Der Inspector ist der Meinung, Ben habe die Branson aus Angst, sie könnte ihn melden und er müsse dann in ein Heim, ermordet.«

»Ich hab davon nichts gewusst«, jammerte Linda Triggs und rang die Hände. »Auch wenn er geistig wie ein Kind ist, habe ich seine Sachen nie kontrolliert. Er hat vielleicht nach den hübschen Mädchen geschaut, er bringt aber niemanden um!«

Sandra verbarg ihr Erschrecken. Sie traute Ben eine solche Tat zwar nicht zu, die Fotos und die Belästigung waren aber nicht von der Hand zu weisende Indizien. Eines jedoch sprach für Bens Unschuld: Sein Verstand war nicht in der Lage, eine solche Tat zu planen. Wenn, dann hätte er Sheila spontan angegriffen und sie im Affekt getötet. Sie sprach diese Überlegung aus und fügte hinzu: »Der DCI wird das erkennen. Im Moment bleibt Bourke nichts anderes übrig, als Ben in Gewahrsam zu nehmen.«

»Sie haben auf den Inspector doch Einfluss, Sandra.« Mrs Roberts sah sie erwartungsvoll an. »Wenn Sie mit ihm sprechen könnten? Und Sie kennen diesen Anwalt gut, er könnte vielleicht auch ...«

»Mr Trengove befindet sich derzeit in Asien«, antwortete Sandra, »und meinen Einfluss auf Inspector Bourke überschätzen Sie gewaltig, im Gegenteil. Er nimmt es mir übel, dass ich ihm nicht erzählt habe, was ich über Ben wusste.«

»Sie müssen uns trotzdem helfen!«, beharrte Mrs Roberts. Sie hatte so gar nichts mehr von der geschwätzigen und sensationsgierigen Person an sich, die Sandra bisher kennengelernt hatte. »Letztes Jahr haben Sie den Mörder doch auch gefunden.«

»Was ich beinahe mit meinem Leben bezahlt habe!«, rief Sandra. Bei der Erinnerung lief ihr ein Schauer über den Rücken. »Die Lage war eine völlig andere, immerhin wurde ich des Mordes verdächtigt. Allerdings ...«

»Allerdings was?« Mrs Roberts beugte sich gespannt vor, auch Linda sah Sandra erwartungsvoll an.

Sandra biss sich auf die Unterlippe und schüttelte den Kopf. Sie wollte den Frauen nicht verraten, dass sie Amber zum Kreis der Verdächtigen zählte.

»Also gut, ich werde mit Inspector Bourke sprechen«, sagte sie. »Erwarten Sie aber bitte nicht zu viel. Sollte gegen Ben Anklage erhoben werden, wird Alan Trengove sicher seine Verteidigung übernehmen.«

»Einen Anwalt seines Formates kann ich mir nicht leisen«, erklärte Linda Triggs leise.

»Es wird sich eine Regelung finden lassen«, erwiderte Sandra. »Ich bin sicher, Ben wird morgen wieder nach Hause kommen. Die Indizien gegen ihn sind zu schwach, um einen Haftbefehl zu erwirken.«

Mrs Roberts und Linda Triggs sahen ein, dass sie im Moment nicht mehr erreichen konnten. Sandra begleitete sie zum Ausgang, kehrte ins Büro zurück und trank erst jetzt einen Schluck von ihrem Brandy. Scharf rann der Alkohol durch ihre Kehle, und sie schob das Glas zur Seite. Sie machte sich nichts aus hochprozentigen Getränken, außerdem musste sie einen klaren Kopf behalten. Auch wenn es Sandra klar war, dass sie sich heraushalten sollte, reizte es sie, weitere Nachforschungen anzustellen. Ihre Worte, Ben würde morgen wieder entlassen werden, hatte sie aus Überzeugung gesprochen. Allein wegen seiner Behinderung würde man den jungen Mann nicht wie einen normalen Verbrecher behandeln, und jeder, der Ben kannte, würde bestätigen, dass er zu einem so kaltblütig geplanten Mord nicht fähig war.

ZEHN

Die Antwort auf die Frage, ob die Polizei Ben wirklich als Täter in Betracht zog, erhielt Sandra am folgenden Morgen. Ihre Arbeitstage begannen früh, deshalb lag noch dichter Nebel über der Landschaft, als sie um kurz vor sieben Uhr aus dem Haus trat. Zwischen dem Cottage und dem Herrenhaus lagen nur zweihundert Yards, trotzdem war von Higher Barton nicht einmal der Umriss zu erkennen. Aus ihrer Heimat Schottland an dichten Nebel gewöhnt, störte es Sandra nicht. Sie wusste, im Laufe des Vormittags würde der Nebel sich lichten, außerdem hatte der Wetterbericht einen weiteren sonnigen und milden Herbsttag versprochen. Sie hörte den Wagen, bevor sich die dunkle Karosse aus dem Grau schälte und näher kam. Sicherheitshalber trat sie an den Rand des Weges, der Fahrer hatte sie aber gesehen, betätigte einmal die Hupe, hob grüßend die Hand, stellte das Auto auf dem Gästeparkplatz ab und stieg aus.

Überrascht lief Sandra auf ihn zu, bevor sie ihn aber begrüßen konnte, sagte DCI Bourke auch schon: »Guten Morgen, Sandra. Ist das eine Suppe heute! Auf dem Weg musste ich eine Vollbremsung machen, um einen Dachs nicht zu überfahren.«

»Was führt Sie denn so früh hierher, Inspector?«, fragte

Sandra. Sie hatte registriert, dass er sie mit ihrem Vornamen angesprochen hatte, ebenfalls, dass sein Hemd am Kragen offen stand und sein Jackett zerknittert war. »Sie sehen aus, als hätten Sie die letzte Nacht nicht geschlafen«, entschlüpfte es ihr unbedacht.

»Das habe ich tatsächlich nicht.« Er lächelte gezwungen. »Unter anderem bin ich gekommen, um mich für mein gestriges barsches Verhalten Ihnen gegenüber zu entschuldigen, Sandra.« Wieder nannte er sie so. »Sie hätten mir aber nicht verschweigen dürfen, dass Ben Triggs versucht hat, sich an die Mädchen heranzumachen.«

»Ich habe nicht mehr daran gedacht, Insp... Christopher.« Wenn er wieder auf die persönliche Ebene zurückgekehrt war, so wollte sie es auch tun. »Was Ben betrifft: Über seine Verhaftung wollte ich ohnehin mit Ihnen sprechen. Es trifft sich gut, dass Sie nach Higher Barton gekommen sind.« Aufgrund seines fragenden Blicks fügte sie schnell hinzu: »Gestern Abend hatte ich Besuch von Mrs Roberts und Linda Triggs. Sie haben mir alles erzählt.«

»Hat Ihre Küche schon geöffnet?«, fragte er, ohne auf Sandras Erklärung einzugehen. »Ich könnte einen starken Kaffee und ein paar Eier mit Speck gebrauchen.«

»Frühstück gibt es zwar erst ab sieben, aber ich denke, es lässt sich was machen.«

Obwohl Sandras Nerven vor gespannter Erwartung, was Bourke mitzuteilen hatte, vibrierten, akzeptierte sie, dass der Chief Inspector sich erst einmal stärken musste. Sie bat Bourke, im Büro Platz zu nehmen, und ging in die Küche, wo Rosa mit den Vorbereitungen für das Frühstück bereits begonnen hatte. Monsieur Peintré war noch nicht nach unten gekommen, was Sandra eine Diskussion ersparte.

»Rosa, sind Sie bitte so freundlich, Toast, Eier, Speck, Tomaten und Bohnen zuzubereiten, dazu ein Glas Orangensaft und eine Kanne mit starkem Kaffee. Das bringen Sie bitte in mein Büro.«

Wenn Rosa sich wunderte, warum Sandra ein so opulentes Frühstück orderte, während sie sonst nur eine Kleinigkeit in ihrem Cottage zu sich nahm, stellte sie keine Fragen. Sandra war die Chefin, und Rosa würde tun, was sie verlangte. Als sie fünfzehn Minuten später das Tablett ins Büro brachte, war sie dennoch überrascht, den Chief Inspector dort vorzufinden, verkniff sich aber eine Bemerkung.

Sandra wartete, bis Christopher Bourke sich gestärkt hatte, trank selbst auch eine Tasse Kaffee, dann fragte sie: »Haben Sie Ben Triggs wieder gehen lassen? Aus den vermeintlichen Indizien können Sie nicht ernsthaft den Schluss ziehen, der Junge wäre der Mörder!«

»Die Sachlage ist leider nicht so einfach.« Bourke zuckte mit den Schultern und sagte schnell, als Sandra zum Widerspruch ansetzte: »Bitte, lassen Sie mich aussprechen! Mein frühes Erscheinen hat nicht nur den Grund, dass ich mich bei Ihnen entschuldigen wollte, sondern auch, um Ihnen und Amber Branson mitzuteilen, dass der Fall in der letzten Nacht abgeschlossen werden konnte.«

»Wie bitte?« Sandra fuhr hoch. Aus ihren Augen sprühten Funken. »Das heißt, sie drehen Ben tatsächlich einen Strick daraus, dass er sich einmal falsch verhalten hat, und die von ihm gemachten Fotos ... pah!« Sandra machte eine wegwerfende Geste. »In diesem Alter lässt der Anblick so vieler hübscher junger Frauen keinen unberührt, und Ben ist in seiner Entwicklung zurückgeblieben. Er hat sich nichts dabei gedacht. Ich habe mich über Trisomie einundzwanzig kundig gemacht. Diese Menschen haben häufig ein besonders ausgeprägtes Sozialverhalten, und Linda Triggs bestätigt, dass Ben einen sehr sanften Charakter hat. Ich hätte Sie für intelligenter gehalten, als zu glauben, Ben könne einen derart perfiden Plan aushecken, und ...«

»Sandra!« Laut unterbrach Bourke sie, und seine nächsten Worte ließen Sandra erstarren: »Ben Triggs hat gestanden, Sheila Branson auf den Friedhof gelockt und getötet zu haben.«

»Das glaube ich nicht«, flüsterte Sandra heiser. Verwirrt wischte sie sich mit dem Handrücken über die Stirn, als könne sie so ihre herumwirbelnden Gedanken sortieren. Ein bitteres Lächeln umspielte ihre Lippen, als sie sagte: »Ich glaube, ich beginne zu verstehen. Die ganze Nacht über haben Sie den armen Jungen derart in die Zange genommen, bis er schließlich ein Geständnis ablegte, um seine Ruhe zu haben. Ich kann mir lebhaft vorstellen, wie Sie und Ihre Leute Ben zugesetzt haben. Schlafentzug, grelles Neonlicht, wahrscheinlich bekam er auch nichts zu essen.«

»Ms Flemming, Sie sehen zu viele Krimis im Fernsehen.« Nun war Bourke wieder geschäftsmäßig, eine unsichtbare Mauer baute sich zwischen ihnen auf. »Auch wenn ich Ihnen gegenüber zu keiner Erklärung verpflichtet bin, versichere ich Ihnen, dass während des ganzen Gesprächs mit Ben Triggs eine Psychologin anwesend war, die auf den Umgang mit Menschen mit Trisomie einundzwanzig spezialisiert ist. Die meisten der Fragen wurden von der Ärztin gestellt. Ganz sicher haben wir den jungen Mann weder unter Druck gesetzt noch sonst irgendwelche mittelalterlichen Foltermethoden angewandt. Heute früh gegen vier Uhr hat Ben Triggs die Tat zugegeben. Im Laufe des Tages wird er dem Haftrichter vorgeführt. Nachher werde ich Mrs Triggs informieren und ihr einen Pflichtverteidiger empfehlen, sofern sie keinen eigenen Anwalt an der Hand hat.«

»Ausgerechnet jetzt ist Alan Trengove im Ausland«, murmelte Sandra, dann lauter: »Ich weigere mich zu glauben, dass Ben die Tat wirklich begangen hat.«

»Ms Flemming, das sind die Tatsachen.« Mit einer müden Geste strich Bourke sich durch sein zerzaustes Haar, das daraufhin noch mehr in Unordnung geriet. »Das weitere Vorgehen übernimmt nun die Zentrale in Exeter, mit dem Geständnis ist meine und Constable Greenbows Arbeit abgeschlossen.«

»Hat Ben denn erzählt, wie er Sheila auf den Friedhof gelockt und getötet hat? Hat er erklärt, wie er sich Meerwasser besorgt hat, um Sheila zu ertränken? Sicher hat er auch gestanden, warum er die Frau ausgerechnet auf dem Grab ihres Mannes getötet hat. Für das alles gibt es eine logische Erklärung, nicht wahr?«

Sarkasmus troff aus jedem ihrer Worte, ihre Augen blitzten vor Zorn. Bourke senkte den Kopf und trank von seinem Kaffee. Er wirkte nicht nur erschöpft, sondern auch unentschlossen.

»Nach dem Geständnis haben wir Ben in Ruhe gelassen«, sagte er leise. »Vor dem Haftrichter wird der junge Mann alles erklären.«

»Ha, Sie zweifeln an Bens Schuld!«, rief Sandra triumphierend.

Er sah sie an und erwiderte: »Meine persönliche Meinung spielt keine Rolle. Wir haben ein Geständnis ...«

»Von einem behinderten jungen Mann!«, schnitt Sandra ihm das Wort ab. »Wahrlich ein sehr solides Geständnis!«

»Ms Flemming, Sie müssen mich verstehen! Für zusätzliche Ermittlungen fehlt mir die Handhabe, das weitere Vorgehen liegt nicht mehr in meiner Zuständigkeit. Mein Vorgesetzter möchte, dass ich mich nun wieder um diese alte Einbruchsserie kümmere.«

Sandra sprang auf und lief im Büro auf und ab. Christopher Bourke hatte zwar nicht zugegeben, dass er an Bens Geständnis Zweifel hegte, wirkte aber von diesem nicht restlos überzeugt. Für sie war klar, dass Ben die Tat nur gestanden hatte, weil es das erste aufregende Erlebnis in seinem Leben war. Die Folgen eines solchen Geständnisses konnte er überhaupt nicht einschätzen. Ben stand im Mittelpunkt der Aufmerksamkeit, und wahrscheinlich genoss er das.

»Auch wenn es mir widerstrebt, daran zu glauben, Inspector: Was ist mit Amber Branson?«, fragte sie. »Wenn Sie nach einem Motiv suchen, hat Amber wohl am meisten Grund, Sheila zu töten. Sie erbt ein Vermögen und hat sich aus den Fesseln ihrer Mutter gelöst. Nicht vergessen dürfen wir den Tatort. Warum ausgerechnet das Grab von Taylor Branson? Das kann kein Zufall sein, Inspector! Nachdem Taylor ertrunken war, wurde gegen Sheila ermittelt, ob sie mit seinem Tod etwas zu tun haben könnte. Das verlief zwar im Sande, was aber, wenn etwas Wahres daran ist?«

»Hören Sie mit dem Herumgerenne auf, das macht mich nervös«, bat Bourke. »Natürlich habe ich mir die Akten über den Tod von Taylor Branson kommen lassen und diese ausgiebig studiert. Sheila Branson hat für die Zeit, nachdem ihr Mann mit dem Boot hinausgefahren war, und während des Sturms ein hieb- und stichfestes Alibi. Sheila und Amber, damals noch ein Kind, hielten sich den ganzen Tag im

Wellnessbereich des Hotels auf, dafür gibt es ein Dutzend Zeugen.«

»Natürlich hat Sheila es nicht allein gemacht«, sinnierte Sandra und setzte sich wieder Bourke gegenüber. »Sie könnte jemanden beauftragt haben, ihren Mann zu ermorden und mit dem Boot aufs Meer zu segeln. Der Sturm war vorausgesagt gewesen – ein erfahrener Segler wie Taylor Branson wäre doch niemals allein aufgebrochen. Sheila hat diesen Mann dafür bezahlt. Was, wenn er nun wieder aufgetaucht ist, sie vielleicht erpresst hat? Oder es ist sonst etwas vorgefallen, das zur Ermordung Sheilas führte. Um ein Zeichen zu setzen, hat er sie wie ihren Mann ertrinken lassen. Wie er das gemacht hat, steht zwar noch in den Sternen, die Mordmethode und der Tatort sprechen aber für sich.«

»Der große Unbekannte also!« Der Anflug eines Lächelns umspielte Christopher Bourkes Lippen, dann stellte er die überraschende Frage: »War es eigentlich immer schon Ihr Wunsch, im Hotelfach zu arbeiten?«

»Äh ... ja, warum fragen Sie?«

»Bei Ihrer Fantasie könnten sie auch Kriminalromane schreiben.«

»Machen Sie sich über mich lustig?« Aus zusammengekniffenen Augen musterte Sandra den Chief Inspector. »Ich ziehe lediglich mögliche Schlüsse auf andere Täter. Wissen Sie eigentlich, dass Henry Jordan jeden Grund hat, Sheila zu hassen? Er ist schwul und wurde von ihr vor einem Millionenpublikum geoutet und bloßgestellt.«

»Das ist heutzutage nun wirklich kein Motiv mehr.« Bourke winkte ab. »Es ist aber interessant, dass Sie mir diesen Aspekt erst heute mitteilen. Gibt es noch mehr, was

Sie – auf welchen Wegen auch immer – über das Leben des Opfers herausgefunden haben? Ich dachte, Sie haben mit der Leitung des Hotels genügend zu tun.«

»Gleichgültig, mit welchen Mitteln Sie den armen Ben dazu gebracht haben, einen Mord zu gestehen, den er nicht begangen hat: Wenn Sie nicht bereit sind, nach dem wahren Täter zu suchen, dann ...«

»Werden Sie sich raushalten!«, rief Bourke und stand auf. »Jetzt möchte ich mit Ms Branson und den anderen sprechen. Ich denke, alle werden erleichtert sein, dass der Fall abgeschlossen ist.«

»Eines noch, Sir.« Sandra hielt ihn am Ärmel fest. »Ist Amber die alleinige Erbin ihrer Mutter? Sie werden das bestimmt überprüft haben.«

»Darüber darf ich Ihnen nichts sagen«, erwiderte Bourke.

Sandra hatte diese Worte erwartet, die Antwort aber in seinem Gesichtsausdruck gelesen.

»Wenn ich Ihnen einen gut gemeinten Rat geben darf, Sir: Schließen Sie Amber nicht völlig aus, auch wenn Ben gestanden hat. Am Abend, bevor Sheila getötet wurde, so gegen neun Uhr, hielt sich Amber in Roger's Wood auf. Sie war sehr aufgeregt und ist mir vor das Auto gelaufen.«

»Ist Ihnen etwas passiert?«, fragte Christopher Bourke erschrocken.

»Nein, und der Wagen, es war übrigens Elizas Auto, das sie mir freundlicherweise geliehen hatte, bekam nicht eine Schramme ab«, erklärte Sandra.

Nachdenklich kaute Bourke auf seiner Unterlippe, dann fragte er: »Vermuten Sie einen Zusammenhang mit dem Mord?«

»Ich weiß es nicht.« Sandra zuckte mit den Schultern.

»Es ist nicht die Tatsache, dass Amber in Roger's Wood gewesen war, sondern ihre Erregung. Monsieur Peintré meint, er habe den Eindruck, als hätte Amber etwas Schreckliches gesehen oder erlebt. Als ich Amber darauf ansprach, leugnete sie zuerst, überhaupt im Wald gewesen zu sein.« Sandra sah Bourke fest in die Augen und fügte hinzu: »Ich denke, Sie müssen das wissen, nicht, dass Sie mir wieder Vorwürfe machen, ich würde Ihnen etwas verschweigen.«

Er nickte und erwiderte: »Das ist richtig, Ms Flemming, denn jeder kleine Hinweis kann in einem Mordfall wichtig sein. Wenn es Sie auch nichts angeht, damit Sie aber sehen, dass ich Ihren Überlegungen nicht grundsätzlich negativ gegenüberstehe, kann ich Ihnen mitteilen, dass sich Sheila tatsächlich von einem Taxi nach Lower Barton hat bringen lassen.«

»In der Nacht, in der sie starb?«

Er nickte. »Es war nicht schwer, das entsprechende Unternehmen und den Fahrer zu finden. Mit ihrem Mobiltelefon rief Sheila den Wagen, der sie an der Straße außerhalb des Hotelgeländes abholte. Bei der Kirche stieg Sheila aus, schickte den Taxifahrer aber fort, als dieser sich erkundigte, ob er warten sollte.«

»Hat er sich nicht gewundert?«, fragte Sandra. »Es ist doch nicht üblich, dass jemand mitten in der Nacht einen Friedhof aufsucht.«

»Ebenso wie Hotelangestellte erfüllen Taxifahrer die Wünsche ihrer Kunden und stellen keine Fragen.«

»Sparen Sie sich Ihre Ironie, Inspector«, erwiderte Sandra. »Wäre das jetzt alles? Meine Arbeit wartet nämlich.«

Christopher Bourke zog lediglich eine Augenbraue hoch, wünschte Sandra einen schönen Tag und verließ das Büro. Zum Teil brachte Sandra für Bourkes Entscheidung, den Fall abzuschließen, Verständnis auf. Wenn ein Geständnis vorlag, waren ihm die Hände gebunden, in andere Richtungen zu ermitteln. Seine Zweifel hatte er ja auch nur schlecht verborgen. Ihre Überlegungen, ob Taylor Branson womöglich ermordet worden war, hielt Sandra selbst für sehr fantasievoll, aber ausschließen wollte sie diese Möglichkeit ebenso wenig, wie sie auch Amber inzwischen misstraute.

Christopher Bourkes Worte bewahrheiteten sich: Seufzer der Erleichterung waren zu hören, nachdem der DCI verkündigt hatte, der Mörder von Sheila Branson habe die Tat gestanden.

»Dann können wir wieder an die Arbeit gehen!« Amber gestikulierte aufgeregt. »Für heute stand das Briefing der Einzelinterviews auf dem Plan. Na los, worauf wartet ihr noch? In weniger als einer Woche ist die Wahl, ihr habt noch jede Menge zu lernen.«

Die Mädchen sahen Amber ein wenig überrascht, aber auch unwillig an, und Bill Grant sagte: »Dein Enthusiasmus in allen Ehren, Amber, und du hast recht: Wir sollten keine Zeit mehr verschwenden, aber du hast deine Mutter auf eine grausame Weise verloren. Jeder von uns versteht es, wenn du dich zurückziehst. Vielleicht möchtest du auch nach Hause fahren. Es gibt für dich jetzt so viel zu regeln.«

Amber schnappte nach Luft. Die Arme vor der Brust verschränkt, baute sie sich vor Grant auf und blaffte: »Als Assistentin meiner Mutter bin ich in den genauen Ablauf der Ausbildung involviert, werde diese in ihrem Sinn weiterführen und Sheilas Platz einnehmen.«

»Aber Nicole Edmunds kommt doch, um Sheila zu ersetzen«, warf Henry Jordan aus dem Hintergrund ein. »Im Laufe des Tages wird sie hier eintreffen.«

»Was sagst du da?« Amber fuhr zu Jordan herum. »Wer hat bestimmt, ausgerechnet Nicole zu engagieren?«

»Henry und ich haben das gemeinsam entschieden, und Nicole konnte auch kurzfristig umdisponieren«, sagte Bill Grant. Er trat zu Amber und legte ihr beinahe väterlich einen Arm um die Schultern. »Mädchen, es ist wirklich besser, wenn du dich heraushältst. Die ganze Situation ist doch sehr belastend für dich, und ...«

»Sag mir nicht, was ich zu tun habe!«, rief Amber aufgebracht und stieß Grant von sich. Mit einem zynischen Lächeln fuhr sie fort: »Ich weiß, ihr haltet mich alle für unfähig, weil ich dick und hässlich bin. Hier oben jedoch« – sie tippte sich an die Stirn – »weiß ich ebenso viel wie Sheila. Ich bin ihre Nachfolgerin und lass mir diese Sache hier nicht aus der Hand nehmen. In einer halben Stunde treffen wir uns im Ballsaal, und ihr« – sie deutete auf die jungen Frauen – »bringt eure Vorschläge für die Antworten mit. Die Interviewfragen habt ihr ja bereits erhalten.« Amber drehte sich auf dem Absatz um und rauschte aus dem Restaurant, den Rücken durchgestreckt, den Kopf hoch erhoben.

Für Sandra und Eliza, die von der Halle aus die Szene beobachteten, hatte sie keinen Blick. Sandra bemerkte Ambers triumphierenden Gesichtsausdruck, und Eliza raunte: »Trauer über den Tod einer Mutter sieht wahrlich anders aus.«

Einen Augenblick später eilte Bill Grant Amber nach, holte sie auf dem ersten Treppenabsatz ein, und Sandra hörte, wie er sagte: »Wir müssen miteinander sprechen, Amber!«

»Wenn du versuchst, mich zur Abreise zu überreden, dann verschwendest du deinen Atem, Bill.«

»Darum geht es nicht, jedenfalls nicht nur.« Über die Schulter blickte Bill nach unten zu Sandra und Eliza, die so taten, als würden sie sich Listen widmen, aber vor allem Sandra spitzte die Ohren, konnte aber nur Bruchstücke von dem, was Grant sagte, hören: »Furchtbare Geschichte ... seltsam, dass ausgerechnet jetzt ... Sheila hat mir alles erzählt ... du weißt genau, worum es geht ...«

Amber wurde kalkweiß, haltsuchend umklammerte sie das Treppengeländer.

»Gehen wir in mein Zimmer«, sagte sie knapp, dann verschwanden die beiden aus Sandras Blickfeld.

In dieser Nacht wälzte sich Sandra erneut ruhelos im Bett hin und her. Sie konzentrierte sich darauf, an etwas Schönes zu denken, zum Beispiel an eine Klippenwanderung im strahlenden Sonnenschein oder ein erfrischendes Bad im Meer an einem der zahlreichen cornischen Sandstrände – alles ohne Erfolg. In ihrem Kopf schien sich ein Karussell zu befinden, ihre Gedanken drehten sich ständig im Kreis. Ben, Amber, Bill Grant ... Aus den Wortfetzen, die sie von dem Gespräch zwischen Grant und Amber mitbekommen hatte, schlussfolgerte Sandra, dass Sheila etwas verborgen hatte, das sowohl dem Medienmogul als auch Amber bekannt war. Sicherlich hatten sie es dem DCI nicht mitgeteilt. War hier der Schlüssel zu der Ermordung von Sheila zu finden? Die Idee, Sheila hätte ihren Mann ermorden lassen, war Sandra am Morgen ganz spontan durch den Kopf geschossen. Je länger sie über eine solche Möglichkeit nachdachte, desto wahrscheinlicher wurde sie. Sheila und Bill Grant kannten sich seit langer Zeit, sicher auch schon, als Taylor noch am Leben gewesen war. Was wusste er? Hatte Grant seine Finger beim Tod von Ambers Vater vielleicht sogar im Spiel? *Sheila hat mir alles erzählt* ..., hatte er gesagt, woraufhin Amber leichenblass geworden war.

Wenn jemand wusste, was Sheila damals getan hatte, und wenn derjenige sie erpresst oder anderweitig unter Druck gesetzt hatte, lag die Wahrscheinlichkeit nahe, dass Sheila sich Grant anvertraut hat. Musste sie deswegen sterben? Warum hatte sich der Mörder aber die Mühe gemacht, ihren Tod derart zu inszenieren?

Sandra seufzte und stand auf, es war bereits nach zwei Uhr. Zu dumm, dass sie keinen Baldrian im Haus hatte. Sie würde es also wieder mit einer heißen Milch mit Honig probieren, um wenigstens noch ein paar Stunden schlafen zu können.

Während sie die Tasse mit Milch in der Mikrowelle erwärmte, schaute Sandra aus dem Küchenfenster. Auf einmal hatte sie ein so starkes Déjà-vu-Erlebnis, dass es ihr die Kopfhaut zusammenzog. Wie in der Nacht, als Sheila ermordet worden war, hielt sich wieder jemand im Park auf. Die Person ging gebeugt und langsam, als würde sie eine schwere Last tragen, auf das Herrenhaus zu. Doch dieses Mal reagierte Sandra schnell, schlüpfte in ihre Sneaker, schnappte sich die am Haken hängende Sweatjacke, verließ das Cottage, rannte zum Hotel hinüber und stellte sich der Person in den Weg.

»Amber, was machen Sie hier mitten in der Nacht?«, stieß Sandra atemlos hervor. »Wo kommen Sie her?«

Die junge Frau trat einen Schritt zur Seite, sodass das Lampenlicht direkt auf ihr Gesicht fiel. Ambers Augen waren weit geöffnet, ihre Unterlippe zitterte, und in ihren wirren Haaren hingen Blätter. Mit einem schnellen Blick sah Sandra, dass Ambers Hose in Kniehöhe mit Erde beschmutzt war, als wäre sie gestürzt.

»Verfolgen Sie mich etwa?« Amber war sichtlich erregt, ihre Augen funkelten wütend.

»Ich habe Sie zufällig gesehen und wollte nur fragen, ob bei Ihnen alles in Ordnung ist«, sagte Sandra sanft.

Mit einer unwilligen Kopfbewegung warf Amber ihr Haar zurück und entgegnete: »Mir geht es gut, danke der Nachfrage. Ich darf doch wohl einen Spaziergang machen, oder?«

Sandra spürte, dass Amber keineswegs so ruhig war, wie sie den Anschein erwecken wollte. Deshalb schlug sie vor: »Da Sie ebenso wie ich nicht schlafen können, wie wäre es mit einer Tasse Tee oder einem warmen Kakao? Ich wohne gleich da drüben.« Sie deutete mit der ausgetreckten Hand zu ihrem Cottage.

»Wenn Sie unter Schlafstörungen leiden, tut es mir aufrichtig leid«, antwortete Amber schnippisch. »Ich jedoch bin müde und gehe gleich ins Bett. Gute Nacht.«

Schnell zog Amber die Zimmerkarte durch das Lesegerät, die Tür schwang auf, und sie verschwand im Hotel. Sandra zögerte, ob sie Amber folgen und sie zur Rede stellen sollte, ihr von dem Verdacht erzählen, Sheila habe ihren Mann getötet oder zumindest dessen Tod in Auftrag gegeben, um in den Genuss der Lebensversicherung zu kommen.

Dann erinnerte Sandra sich daran, wie sie im letzten Jahr dem vermeintlichen Täter unter vier Augen die Wahrheit ins Gesicht gesagt hatte und dass sie das beinahe das Leben gekostet hatte. Einen so dummen Fehler wollte sie kein zweites Mal begehen. Sie ging in ihr Cottage zurück, brühte sich eine Tasse Kaffee auf und schaltete den Laptop ein. Schlafen würde sie ohnehin nicht mehr können, also wollte sie die Zeit nutzen, um noch einmal alles über Taylor Bransons Tod nachzulesen, was im Netz zu finden war. Vielleicht hatte sie beim ersten Mal etwas übersehen, das ihren Verdacht bestätigen würde.

Nicole Edmunds war eine sehr schöne Frau und sah jünger aus als Ende dreißig. Mit dem platinblonden Kurzhaarschnitt, den blauen Augen und ihrem Schmollmund erfüllte sie auf den ersten Blick das Klischee einer naiven Blondine. Sandra verfügte aber über eine sehr gute Menschenkenntnis und erkannte, dass Nicole Edmunds alles andere als dumm war und einen eisernen Willen hatte. Das zeigte sich darin, dass sie es strikt ablehnte, Sheilas Zimmer zu bewohnen.

»In dem Raum einer Toten werde ich nicht schlafen! Sie werden mir ein anderes Zimmer geben.«

»Ms Edmunds, Sheila starb nicht in diesem Hotel, sondern drei Meilen von hier entfernt in der Ortschaft Lower Barton.« Sandra sprach freundlich, aber bestimmt. »Wir sind bis unters Dach belegt, und das Zimmer ist eines der schönsten im Haus mit einer herrlichen Aussicht.«

»Ich habe nicht Termine verschoben und mich abgehetzt, hierherzukommen, um aus dem Fenster zu starren«, erwiderte Nicole unwillig. »Im Restaurant werde ich einen Kaffee trinken, so lange haben Sie Zeit, mir ein anderes

Zimmer herzurichten. Mein Gepäck kann ich wohl hier stehen lassen, nicht wahr? Ach ja, ich ernähre mich übrigens strikt vegan. Das muss unbedingt berücksichtigt werden.«

»Selbstverständlich. Ich werde in der Küche Bescheid geben«, erwiderte Sandra, ihr Lächeln schien eingefroren zu sein.

Einer Königin gleich stolzierte Nicole auf ihren mindestens zehn Zentimeter hohen Absätzen davon. Die drei Trolleys und das Beautycase hatte der Taxifahrer mitten in der Hotelhalle abgestellt. Zähneknirschend hievte Sandra die schweren Koffer in den kleinen Raum unter der Treppe, der den Gästen zur Gepäckaufbewahrung zur Verfügung stand.

»Vielleicht wäre Major Collins bereit, seine Suite zu tauschen?«, schlug Eliza Dexter vor. »Es wäre ja nur für eine knappe Woche.«

»Auf keinen Fall!« Sandra schüttelte den Kopf. »Der Major hat sich in seinen Räumen behaglich eingerichtet, das wäre ein zu großer Aufwand.« Nachdenklich rieb sich Sandra mit dem Daumen über den Nasenrücken und meinte dann: »Es war Mr Grants Idee, Ms Edmunds herzubitten. Er hat ein schönes, großes Zimmer im Westflügel und ist vielleicht bereit, es zu tauschen.«

Bevor Eliza einen Einwand vorbringen konnte, war Sandra auch schon auf dem Weg nach oben. Bill Grant würde vermutlich über das Eintreffen Nicoles informiert werden wollen. Das wollte Sandra als Vorwand nehmen und ihn fragen, ob er zu einem Zimmertausch bereit war.

Eine halbe Stunde später konnte Sandra die Hausmädchen Sophie und Imogen bitten, Bill Grants Sachen in das Eckzimmer zu bringen, den Raum zu säubern und Nicoles Gepäck hinaufzutragen. Bill Grant hatte es sich nicht nehmen lassen, Nicole persönlich zu begrüßen. Dabei beobachtete Sandra, dass deren Kuss inniger war als unter Freunden üblich und dass Grants Hand länger auf Nicoles perfekt gerundetem Po verweilte.

Deswegen war sie so schnell bereit gewesen, Sheila zu ersetzen, dachte Sandra. Und auf diese Art rückte das frühere Model auch wieder in den Focus der Medien. Als Jurymitglied bei der Wahl der Miss South England erhielt sie eine flächendeckende Publicity, denn in den letzten Jahren war es um Nicole Edmunds still geworden. Nun waren es bereits drei Menschen, die von Sheilas Tod profitierten: Nicole, Amber und Henry Jordan. Die Frauen gewannen an Ansehen und an Geld, für Jordan war es Rache für Sheilas Verhalten.

»Schon aus viel niedrigeren Beweggründen wurden Menschen ermordet«, murmelte Sandra.

Nachdem alles geregelt war, wollte Sandra den Bericht für Alistair Henderson endlich fertigstellen und ihn noch heute an die Zentrale in Edinburgh mailen. Morgen würde in den Zeitungen stehen, dass ein geistig behinderter junger Mann als Täter geständig war. Wahrscheinlich würde die Presse sogar Bens vollständigen Namen und seine Adresse nennen, was für seine Mutter der Beginn eines Spießrutenlaufes bedeutete. Sobald sie mit dem Bericht fertig war, wollte sie Linda Triggs und Mrs Roberts aufsuchen, auch wenn sie nicht wusste, was sie den Frauen sagen sollte. Ihren Verdacht bezüglich eines Unbekannten in Zusammenhang mit Taylor Bransons Tod behielt Sandra lieber noch für sich, da sie nicht den Hauch eines Beweises hatte. Linda Triggs würde es aber helfen, wenn Sandra ihr versicherte, dass sie keinen

Moment an Bens Schuld glaubte. Sobald Alan Trengove wieder im Land war, wollte Sandra ihn bitten, sich des Falls anzunehmen und herauszufinden, warum Ben einen Mord gestanden hatte, mit dem er nichts zu tun hatte. *Wie kannst du dir dessen so sicher sein*?, mahnte eine innere Stimme. Sie kannte Ben nur flüchtig, und es ließ sich nicht leugnen, dass er die Mädchen bedrängt und heimlich fotografiert hatte.

Es klopfte, und Eliza trat ins Büro.

»Sie haben Besuch, Sandra. Es ist privat.« Dabei lächelte Eliza hintergründig und auch irgendwie wissend.

»Wenn es Mrs Trengove ist, dann bitten Sie sie zu warten«, erwiderte Sandra. »Ich muss unbedingt den Bericht an Mr Henderson mailen.«

»Du arbeitest zu viel!«

Eine hagere Frau, die die groß gewachsene Eliza Dexter um einen Kopf überragte, drängte sich an dieser vorbei in das Büro.

»Mum?« Sandras Augen weiteten sich. »Mum, was, um Himmels willen, machst du hier?«

Heather Flemming breitete die Arme aus. Sandra küsste sie auf die Wange und befreite sich schnell aus der Umarmung ihrer Mutter.

»Wieder einmal musste ich aus der Zeitung erfahren, in was für einem Räubernest du gelandet bist!« Heather Flemmings Tonfall war ein einziger Vorwurf. Aus zusammengekniffenen Augen musterte sie ihre Tochter. »Du bist viel zu dünn, Kind! Kein Wunder, bei den Aufregungen isst du sicher nicht anständig. Ich hätte längst kommen sollen und dich nach Hause holen. Von Anfang an habe ich gewusst: Es kann nichts Gutes dabei herauskommen, als du ins Ausland gegangen bist, außerdem …«

»Hol bitte mal Luft, Mum!«, unterbrach Sandra ihre Mutter. Aus dem Augenwinkel sah sie, wie Eliza ein Grinsen unterdrückte; glücklicherweise ging sie und zog die Tür hinter sich zu.

»Wann hättest du es mir mitgeteilt, dass in diesem vermaledeiten Hotel schon wieder ein Mord passiert ist?«, fragte Heather Flemming.

»Es geschah nicht in diesem Haus«, wiederholte Sandra die Worte, die sie kurz zuvor zu Nicole Edmunds gesagt hatte. »Sheila Branson war lediglich Gast, außerdem ist der Fall seit heute aufgeklärt, denn der Täter hat gestanden.«

»Ach ja?« Skeptisch zog Heather eine Augenbraue in die Höhe. »Davon stand aber nichts in der Zeitung. Wer weiß, was als Nächstes passieren wird, die Leute scheinen sich in dieser Gegend ja regelmäßig gegenseitig umzubringen. Du packst am besten gleich deine Sachen, heute Nacht werde ich auf dich aufpassen. Morgen nehmen wir den ersten Zug nach London, dann den Mittagsflug nach Inverness. Zu Hause werde ich dir dein Lieblingsgericht kochen: Lammfilets in Bier-Sahne-Soße, Kartoffeln und grüne Bohnen im Speckmantel. Vom Sommer habe ich noch Bohnen aus unserem Garten eingefroren. Aufgetaut schmecken sie wie frisch geerntet. Danach nimmst du ein langes, heißes Bad, dann schläfst du die nächsten Tage durch, und dann werden wir für dich einen Job in Schottland finden. Unser schönes Land hat schließlich jede Menge guter Hotels, es besteht kein Grund, in England zu arbeiten, besonders jetzt nicht, da kein Mensch weiß, wie das mit dem Brexit weitergeht. Es wird jedoch Folgen haben, schwerwiegende Folgen für alle Teile Großbritanniens, aber vielleicht schafft Schottland ja doch noch den Absprung, bevor es zu spät ist.«

Gegen den Schreibtisch gelehnt, ließ Sandra ihre Mutter reden. Wenn Heather Flemming in Fahrt geriet, war sie ohnehin nicht mit Worten zu stoppen. Als glühende Patriotin würde sie Schottland nur zu gern wieder als ein eigenständiges Land sehen, und den Brexit verurteilte sie zutiefst. Seit dem Referendum vor über zwei Jahren war es Heather Flemmings liebstes Thema – mit Ausnahme der Entscheidung Sandras, am anderen Ende der britischen Insel die Leitung eines Hotels zu übernehmen.

Trotz ihrer vierunddreißig Jahre empfand Sandra das Verhalten ihrer Mutter aber nicht als Bevormundung, im Gegenteil. Es war zwar manchmal anstrengend, gleichzeitig aber auch schön, einem anderen Menschen so viel zu bedeuten, dass dieser sich um einen sorgte.

»Mum, lass uns bitte ein paar Punkte klarstellen«, sagte Sandra leise, aber deutlich, als ihre Mutter zum Atemholen eine Pause machen musste. »Erstens: Ich arbeitete sehr gern in Higher Barton und werde das Haus nicht verlassen. Zweitens: Ich habe ein Alter erreicht, in dem ich durchaus auf mich selbst aufpassen kann, und drittens: Die Biersoße hat mir noch nie geschmeckt ...«

»Du hast nie etwas gesagt, Kind!«

»Weil du auf das Rezept deiner Großmutter so stolz bist, Mum«, antwortete Sandra nachsichtig. »Du kannst heute Nacht in meinem Zimmer im Cottage schlafen, ich nehme die Couch, morgen fährst du aber wieder nach Schottland zurück.«

»Ich lasse meine Tochter in diesem Mördernest nicht allein!«, beharrte Heather Flemming. »Dann komm wenigstens für ein paar Wochen nach Hause, bis sich die Wogen geglättet haben.«

»Wie ich dir sagte, ist der Fall aufgeklärt.« Sandra würde einen Teufel tun, ihrer Mutter zu verraten, dass sie nicht an die Schuld des angeblichen Täters glaubte. »Das Hotel ist voll belegt, kommenden Samstag findet eine große Veranstaltung statt, die sogar vom Fernsehen live übertragen wird. Ende Oktober oder im November kann ich mir ein paar Tage freinehmen. Dann besuche ich euch, bevor das Weihnachtsgeschäft beginnt.«

»Wenn du bis dahin noch am Leben bist.«

Sandra lachte hell auf. »Ach, Mum, manchmal fehlt mir deine Schwarzmalerei wirklich. Wie geht es Dad? Was hat er dazu gesagt, dass du ihn allein gelassen hast, um todesmutig deine Tochter aus den Klauen eines skrupellosen Mörders zu befreien?«

»Deinem Vater geht es gut«, antwortete Heather Flemming kühl. Sie bemerkte natürlich, dass Sandra sie auf den Arm nahm. »Er macht sich ebensolche Sorgen wie ich.«

Erkennt aber, dass ich meinen eigenen Weg gehen muss, ergänzte Sandra in Gedanken den Satz ihrer Mutter.

»Ich bringe dich jetzt in mein Cottage, dort kannst du es dir gemütlich machen. Aus der Küche lasse ich dir das Abendessen bringen, Getränke findest du im Kühlschrank.«

»Danke, aber ich habe keinen Hunger.«

»Wie du meinst.«

Sandra zuckte mit den Schultern, nahm ihre Mutter am Arm und führte sie aus der Hotelhalle. Eliza starrte scheinbar desinteressiert auf den Bildschirm des Computers, ihre Mundwinkel zuckten jedoch, da sie durch die geschlossene Tür trotzdem jedes Wort mitbekommen hatte.

ELF

Sandra liebte ihre Eltern. Sie war ein Einzelkind, und die Flemmings hatten immer alles für sie getan und sie unterstützt. Heather Flemming hatte zwar nie verstanden, warum Sandra das Hotelgewerbe gewählt hatte, anstatt im Krämerladen im heimischen Dufftown mitzuarbeiten und diesen später zu übernehmen. Als Sandra im Rahmen ihrer Ausbildung mehrfach ins Ausland gegangen war, hatte sich Heather Flemming große Sorgen gemacht, Sandra könne unter die Räder kommen, in der Schweizer Bergwelt in eine Gletscherspalte stürzen, im Meer vor Rimini ertrinken oder in Paris einem französischen Verführer erliegen, der sie schwängerte und sich dann aus dem Staub machte. Sandra hatte sich an die Schwarzmalerei ihrer Mutter gewöhnt und wusste, wie sie mit ihr umzugehen hatte. Trotzdem war Sandra froh, als Heather im Zug saß und dieser in Richtung London losfuhr. Die halbe Nacht hatten sie miteinander geredet. Schließlich hatte Sandras Mutter eingesehen, dass sie kein Argument mehr ins Feld führen konnte, das Sandra dazu bewegen würde, ihre Arbeit aufzugeben und Cornwall zu verlassen.

Sandra hatte sich den ganzen Tag freigenommen. Im Hotel lief alles seinen gewohnten Gang, als hätte es die letzten

Tage nicht gegeben. Das Team machte an der Stelle weiter, wo es bei Sheilas Tod aufgehört hatte. Amber, die ohnehin bleiben musste, bis ihre Mutter zur Beerdigung freigegeben wurde, hatte am Morgen vehement klargemacht, dass sie, und nicht Nicole, die Ausbildung leiten würde.

»Die Edmunds kann von mir aus bei der Wahl in der Jury sitzen«, hatte Amber so laut gerufen, dass Sandra gar nicht hatte lauschen müssen. »Bis es so weit ist, werde ich die Unterweisungen der Mädchen auf die gleiche Art leiten, wie es meine Mutter getan hat.«

Von Trauer zeigte Amber keine Spur. Auch von der Verwirrung, in der Sandra Amber in der Nacht angetroffen hatte, war nichts mehr zu bemerken. Vor ihr stand eine selbstbewusste und starke Frau, die sich nicht so leicht die Butter vom Brot nehmen ließ. Äußerlich hatte Amber die Schönheit ihrer Mutter nicht geerbt, sie zeigte aber den gleichen eisernen Willen. Auch Bill Grant verhielt sich nicht anders als zuvor. Dem Personal gegenüber war er freundlich, doch leider konnte Sandra kein weiteres Gespräch zwischen Amber und Grant belauschen. Also war es für Sandra sinnvoll, sich mal einen Tag auszuklinken, um den Kopf wieder freizubekommen.

Zielstrebig fuhr Sandra an die Küste. Sie hatte das Bedürfnis nach frischer Seeluft und dem Geruch nach Salz und Tang. Eliza Dexter hatte ihr freundlicherweise wieder ihr Auto geliehen, eine spitze Bemerkung über die übertriebene Fürsorglichkeit von Sandras Mutter war ausgeblieben.

Je häufiger Sandra sich hinters Steuer setzte, desto sicherer wurde sie. Die B 3269, die zum Küstenstädtchen Fowey führte, verlief zweispurig, sodass Sandra dem Gegenverkehr nicht ausweichen musste. Nach einer halben Stunde erreichte sie den Parkplatz am nördlichen Ortsrand. Hier legten die Fähren nach Bodinnick am anderen Ufer des Flusses Fowey ab. Auf eine Fähre passten lediglich drei oder vier Autos. Die Überfahrt dauerte aber nur wenige Minuten, daher nutzen viele diese Verbindung an der Südküste, um sich den weiteren Weg über die Landstraße zu ersparen. An der Küste hatte sich der Morgennebel gelichtet, die Sonne strahlte von einem wolkenlosen Himmel, es wehte aber ein kühler Wind. Das war typisch für Cornwall. Sogar im Hochsommer war das Landesinnere oft im trüben, feuchten Nebel verborgen, während es an den Küsten sonnig und warm war. Bei der Erinnerung daran, wie Ann-Kathrin gelacht hatte, als sie zum ersten Mal den Namen des Ortes Fowey gesagt hatte, schmunzelte Sandra, denn sie hatte den Namen so ausgesprochen, wie er geschrieben wurde.

»Damit gibst du dich gleich als Fremde zu erkennen«, hatte die Freundin gemeint. »Wir Einheimischen sagen nämlich *Foy*. In Cornwall gibt es zahlreiche Orte und Plätze, deren Namen recht eigen ausgesprochen werden.«

Sandra mochte das Dorf. Fowey verfügte nicht über einen Badestrand, und die steilen, terrassenförmig angeordneten Straßen hatten im 19. Jahrhundert verhindert, dass der Ort zu einem Seebad ausgebaut wurde. So war das Flair längst vergangener Zeiten in den engen Gässchen mit den zahlreichen Lokalitäten und Geschäften erhalten geblieben. Früher lebten die Menschen in Fowey zwar, ebenso wie in Polperro und Looe, vom Fischfang, die Geschichte des Dorfes war aber trotzdem eng mit der englischen Seefahrt verbunden. Schon für die Kreuzzüge waren hier Schiffe ausgestattet worden, Zinn- und Kupfererz aus den zahlreichen Minen waren ebenso wie die Porzellanerde aus dem Abbau bei St Austell verschifft worden. Immer wieder waren Piraten, meistens aus Frankreich kommend, über Fowey hergefallen, was zum Bau von zwei Befestigungsanlagen auf beiden Seiten des Flusses geführt hatte. Zusätzlich sicherte eine dicke eiserne Kette die Hafeneinfahrt.

Das alles wusste Sandra von Ann-Kathrin. Je mehr sie von der Geschichte und von den vielfältigen Legenden Cornwalls erfuhr, je mehr Orte sie besuchte, je häufiger sie Wanderungen auf dem Klippenpfad unternahm, der zu einsamen Buchten und steil abfallenden, hohen Klippen führte, desto mehr verliebte sich Sandra in das Herzogtum.

Über die North Street kommend, schlenderte Sandra durch die mit zahlreichen Shops gesäumte Fore Street, erreichte den Market Place, holte sich aus einem kleinen Tea-Room einen Cappuccino und setzte sich auf die Kaimauer, da alle Sitzbänke belegt waren. Es ging auf die Lunchzeit zu, und fast jeder ließ sich entweder Fish & Chips oder eine goldbraun gebackene Cornish Pasty schmecken. Sandra widerstand der Versuchung, sich eine dieser Spezialitäten zu kaufen, der cremige Kaffee reichte ihr im Moment völlig aus. In der Mündung des Flusses lagen Dutzende von Segelschiffen und Jachten vor Anker. Von Sandra fiel die Anspannung ab. Es war eine gute Entscheidung gewesen, nach Fowey zu kommen. Bei dem Trubel, der im Hotel herrschte, war es wichtig, auch mal Zeit für sich allein zu finden und diese zu genießen. Sie sah zu dem Pub mit dem Namen *King of Prussia* hinüber. Das dreistöckige, in einem grellen Rosa angestrichene Haus aus dem späten 17. Jahrhundert bot auch Bed & Breakfast an, war mit dem

Higher Barton Romantic Hotel jedoch nicht zu vergleichen, daher keine Konkurrenz für Sandra. Auch über dieses Haus gab es eine Legende, die im Grunde keine Sage, sondern die Wahrheit war. Ein Schmuggler, der sich selbst *King of Prussia* nannte, hatte den Gasthof geführt, bis er gefangen genommen wurde. Bei der Überstellung ins Gefängnis wurde er jedoch befreit und verschwand spurlos.

Bewusst dachte Sandra an all diese Dinge, um sich abzulenken. Ein wenig hatte ihre Mutter schon recht gehabt: Auf Higher Barton geschahen immer wieder schreckliche Verbrechen. Auch wenn Sheila nicht dort ermordet worden war, warf ihr Tod ein schlechtes Licht auf das Hotel. Dabei hatten sie seit dem letzten Sommer schwarze Zahlen geschrieben. Heute Morgen hatte Sandra ihr E-Mail-Postfach nicht geöffnet und auch nicht die App auf ihrem Handy. Mr Henderson vom Hotelvorstand hatte ihr auf den Bericht hin sicher geantwortet. Doch heute wollte Sandra ihren freien Tag genießen, deswegen hatte sie auch ihr Handy ausgeschaltet.

Eine Möwe ließ sich dicht neben Sandra auf der Mauer nieder. Der Vogel legte den Kopf schief, seine dunklen Knopfaugen in dem schneeweißen Gefieder musterten Sandra erwartungsvoll.

»Ich habe nichts zu fressen für dich«, sagte Sandra. »Nur Kaffee, und der ist gar nicht gut für kleine Möwen.«

Es mutete Sandra nicht seltsam an, dass sie mit dem Vogel sprach, als wäre er ein Mensch. Sie liebte alle Tiere, wegen ihrer Arbeit hatte sie sich aber nie ein Haustier halten können. Selbst wenn Sandra ein Sandwich gehabt hätte, hätte sie der Möwe nichts davon gegeben. Allgemein wurde geraten, die Vögel nicht zu füttern. In manchen Küstenorten, beispielsweise in Polperro und in St Ives im Westen, hatte das ständige Füttern die Möwen dazu veranlasst, ihre Nahrung nicht mehr im Meer, sondern direkt von den Menschen zu holen. Das führte so weit, dass die Vögel Sandwiches, Pasties oder Eiswaffeln den Leuten direkt aus den Händen stahlen, dabei kam es auch immer wieder zu Verletzungen. Vor ein paar Jahren hatte es die Überlegung gegeben, alle Möwen in St Ives auszurotten, doch glücklicherweise wurde der Vorschlag nie umgesetzt.

Die Möwe schien zu begreifen, dass von Sandra nichts zu holen war. Sie scharrte kurz mit ihren Krallen auf dem Stein, breitete dann ihre Schwingen aus und erhob sich in die Lüfte. Sandra sah ihr nach und fühlte eine grenzenlose Zufriedenheit. Alle Sorgen schienen von ihr abgefallen zu sein.

Als Sandra die steil ansteigende Straße von Fowey hochfuhr, wurde sie auf der Höhe von Castle Dore, den Überresten einer eisenzeitlichen Befestigungsanlage, wieder von einer so dichten Nebelwand empfangen, dass sie nur noch in Schrittgeschwindigkeit vorankam. So unterschiedlich konnte das Wetter in Cornwall in einer Distanz von nur einer Meile sein.

Zurück in Lower Barton, stoppte sie kurz entschlossen an der Friedhofsmauer. Auch hier hing der Nebel so tief, dass die verzierten Spitzen des Kirchturmes nicht zu sehen waren. Fröstelnd schlug Sandra den Jackenkragen hoch und suchte das Grab von Taylor Branson auf. Die Spurensicherung hatte es wieder freigegeben, nichts wies mehr darauf hin, dass hier ein Mensch gestorben war. Sandra war überzeugt, dass die Polizei alles peinlich genau abgesucht hatte, trotzdem sah sie sich das Erdreich und das umliegende Gras genauer an. Sie hoffte, irgendeinen Hinweis zu finden, der Ben Triggs entlasten könnte. Ihre Bemühungen waren jedoch vergebens. Nach zwanzig Minuten verließ Sandra den Friedhof wieder, wandte sich nach links und erreichte nach fünf Minuten die Miners Lane.

Linda Triggs öffnete ihr und fragte sofort erwartungsvoll: »Haben Sie Neuigkeiten für mich, Ms Flemming?«

»Leider nicht«, erwiderte Sandra bedauernd. »Können Sie sich erklären, warum Ben den Mord gestanden hat?«

Lindas Gesicht verhärtete sich. Sie machte einen Schritt zur Seite, und während Sandra in den schmalen Flur trat, sagte sie: »Von den Fotos hatte ich keine Ahnung, das müssen Sie mir glauben! Ja, der Junge war ständig mit seiner Handykamera unterwegs, dass er aber ...« Sie schüttelte sich wie ein junger Hund. »Die haben meinen Jungen unter Druck gesetzt! Nur deswegen hat er eine solche Aussage gemacht.«

»Die Indizien, ja, sogar sein Geständnis werden einer Anklage nicht standhalten«, erklärte Sandra überzeugter, als ihr zumute war. An der Schwelle zum Wohnzimmer blieb sie überrascht stehen, denn eine Frau saß auf der Couch, eine Bechertasse in der Hand.

»Ich glaube, Sie kennen Diane Keyham, Ms Flemming?«, fragte Linda.

Sandra nickte. Sie erinnerte sich an die Frau, die auf der gegenüberliegenden Straßenseite wohnte. Diane Keyham hatte beobachtet, wie Ben nach Mitternacht sein Haus verlassen hatte. Sie musste an Sandras Gesichtsausdruck den Zweifel erkannt haben, denn Diane erklärte: »Es tut mir sehr leid, dass meine Aussage Ben zusätzlich belastet hat.«

»Es ist schon gut, Diane«, sagte Linda Triggs. »Gegenüber der Polizei musstest du die Wahrheit sagen. Ich freue mich, dass du gekommen bist.«

»Wir Nachbarn müssen jetzt zusammenhalten«, erwiderte Diane. »Ich kenne Ben seit vielen Jahren, zu einer solchen Tat ist er nicht fähig. Nur, weil wir in einer nicht so angesehenen Gegend wohnen, werden wir vorverurteilt und als Verbrecher abgestempelt. Es ist ja auch so einfach, einen geistig Behinderten aus der sozialen Unterschicht als Mörder anzuprangern.« Sie klang verbittert.

»Das ist sicher nicht so«, erwiderte Sandra. »Der DCI ist ein kluger und überlegt handelnder Mann, der alle Aspekte berücksichtigt.«

»Warum lässt er meinen Sohn dann nicht frei?«, rief Linda aufgeregt. Ihre Finger umklammerten Sandras Arm. »Warum unternehmen Sie denn nichts? Agnes Roberts meinte, Sie können den wahren Mörder finden!«

»Linda, ich sagte ihnen bereits, dass ich an Bens Unschuld glaube, aber nicht weiß, wie ich helfen kann, den Täter zu finden und ihn zu überführen.«

»Nun ja, Sie sind ja auch nicht Miss Marple«, sagte Diane trocken. »Frauen eines solchen Formats gibt es nur in der Literatur und im Fernsehen.«

»Bei der Vernehmung hat man mich nicht zu ihm gelassen, weil er volljährig ist«, erklärte Linda. »Stattdessen wurde so eine studierte Psychotante geholt, die keine Ahnung hat, wie mein Junge ist und wie man mit ihm umgehen muss.«

Diane schnaufte verächtlich. »Sag ich doch: Die Polizei

ist total unfähig. Sehen Sie sich nur meinen Fall an, Sandra. Der Typ, der mich zum Krüppel gemacht hat, läuft immer noch frei herum. Dafür bezahlen wir jeden Monat unsere Steuern von dem wenigen, was wir zum Leben haben. Kann ich noch einen Tee bekommen, Linda?« Sie streckte Linda den leeren Becher entgegen.

»Gern, auch eine Tasse für Sie, Sandra?«

»Danke, aber ich habe gerade Kaffee getrunken«, antwortete Sandra. »Ich habe auch nicht viel Zeit, wollte Ihnen aber mitteilen, dass ich einen Anwalt fragen werde, ob er sich um Ben kümmert. Er ist im Moment nur nicht im Land.«

Linda nickte verstehend. »Alan Trengove, nicht wahr? Wir sprachen bereits über ihn, seine Dienste werde ich mir aber nicht leisten können.«

Das Klopfen an der Tür enthob Sandra einer Antwort.

»Was ist denn heute los?«, murmelte Linda. »Jahrelang bekomme ich kaum Besuch, und plötzlich ist das Haus voll.«

Als Linda den Besucher hereinführte, riefen er und Sandra gleichzeitig: »Was machen Sie denn hier?«

Christopher Bourke sagte: »Hatte ich Sie nicht gebeten, sich herauszuhalten, Ms Flemming?«

Aha, heute wieder auf die förmliche Tour, dachte Sandra und antwortete: »Ich habe lediglich einen freundschaftlichen Besuch gemacht, Inspector.«

»Hm ...« Bourke wandte sich an Linda und berichtete ernst: »Ich komme gerade vom Haftprüfungstermin, Mrs Triggs. Der CPS wird Anklage wegen Totschlags erheben.«

»Der was?«, murrte Sandra. »Geht das auch in einer verständlichen Sprache?«

»Crown Prosecution Service«, erklärte Christopher Bourke. »Das ist die Strafverfolgungsbehörde, die nun das weitere Vorgehen übernimmt. Mrs Triggs, es tut mir aufrichtig leid, da Ben den Mord aber gestanden hat, kann nicht anders gehandelt werden.«

Linda sank, kalkweiß im Gesicht, auf die Couch. Diane legte einen Arm um ihre Schultern und zischte: »Was habe ich gerade gesagt? Ihr Bullen habt sie doch nicht mehr alle im Oberstübchen!«

»Mrs Keyham, ich muss Sie sehr bitten!«, wies Bourke sie streng zurecht. »Ich verstehe Ihre Aufregung, das ist dennoch kein Grund, beleidigend zu werden.«

»Im Grund Ihres Herzens wissen Sie genau, dass Ben unschuldig ist«, sagte Sandra eindringlich. »Ich werde alles tun, um das zu beweisen. Jeder Mörder macht irgendwann einen Fehler, und den muss ich nur finden.«

»Sie halten sich raus!«

»Bei allem Respekt, Inspector, aber das kann ich nicht«, antwortete Sandra kühl. »Es geht schließlich auch um den Ruf meines Hotels. Außerdem« – sie deutete auf die schluchzende Linda – »werde ich nicht zulassen, dass diese Frau noch mehr Leid erfahren muss.«

»Wo ist mein Sohn jetzt?«, fragte Linda, das Gesicht tränenüberströmt. »Darf ich zu ihm?«

Erstaunlich sanft antwortete Bourke: »Ben bleibt eine Haft erspart, er wurde nach Exeter in eine psychiatrische Einrichtung gebracht. Natürlich dürfen Sie ihn besuchen, müssen sich allerdings anmelden.«

»Mein armer Junge, mein armer, armer Junge!«, wimmerte Linda. »Er dreht durch, wenn er eingesperrt ist.«

Bourkes Handy klingelte. Er verließ das Zimmer und

nahm das Gespräch im Flur entgegen. Sandra hörte ihn rufen: »Greenbow, was ist? Wie bitte?« … »Das ist doch nicht möglich!«, dann kam er ins Zimmer zurück. Anstatt wie üblich gerötet, waren seine Wangen jetzt aschfahl.

»Ms Flemming, begleiten Sie mich sofort nach Higher Barton«, forderte er Sandra auf.

»Heute ist mein freier Tag, Inspector, außerdem bin ich mit dem Wagen hier.«

»Ms Flemming, bitte!« Bourke sah sie mit einem Ausdruck in den Augen an, den Sandra nicht zu deuten wusste. Er war eindringlich, als wolle er ihr etwas mitteilen, was die beiden Frauen nicht hören sollten.

»Nun gut«, stimmte Sandra zu. »Auf Wiedersehen, Linda ... Diane ... Ich werde mein Versprechen halten und tun, was in meiner Macht steht.«

Auf der Straße fragte Bourke: »Ich nehme an, Sie werden mir nicht sagen, was sie Mrs Triggs versprochen haben?«

»Warum nicht?« Sandra zuckte mit den Schultern. »Ich werde Alan Trengove bitten, die Verteidigung von Ben zu übernehmen. Leider weiß ich ja selbst nur zu gut, wie es ist, einen Pflichtverteidiger an die Seite gestellt zu bekommen, der nur schlampig seinen Job erledigt.«

»Können Sie nicht verzeihen, wenn jemand einen Fehler gemacht hat?«, fragte Bourke.

»Verzeihen durchaus, vergessen jedoch nicht«, antwortete Sandra in aller Deutlichkeit. »Bei allem Respekt und Verständnis dafür, dass von oberer Stelle der Mordfall Sheila Branson abgeschlossen wurde, Sir, es ist nicht verboten, den erfolgreichsten Anwalt Cornwalls um Unterstützung zu bitten.«

Bourke schwieg. Er wusste, dass Ben, wenn er trotz seines

Geständnisses unschuldig war, keinen besseren Anwalt als Alan Trengove an seiner Seite haben konnte.

»Ohne einem Richtspruch vorzugreifen, Ms Flemming«, sagte Bourke leise, »aber Ben wird nicht ins Gefängnis kommen.«

»Stattdessen wird er in einem Heim weggesperrt, das ist ja um so vieles besser.« Sandra lachte ironisch, fragte dann aber ernst: »Warum wollen Sie eigentlich, dass ich nach Higher Barton komme? Hat es etwas mit dem Anruf zu tun?«

Bourkes Gesichtsausdruck verdunkelte sich. »Bill Grant ist tot«, sagte er ohne Umschweife. »Eines der Hausmädchen fand ihn vorhin im Bett – mit einem Messer im Rücken.«

Das konnte doch alles nicht wahr sein! Sandras Kopf fühlte sich an wie in Watte gepackt. Sie hatte Bourkes Angebot, mit Elizas Auto nach Higher Barton zu fahren – »Greenbow kann mich später zu meinem Wagen bringen« – , dankend angenommen. Sie war viel zu verwirrt und aufgeregt, um selbst zu fahren. Sandra dachte an den Vormittag am Meer, als sie sich völlig entspannt gefühlt hatte. Waren seitdem wirklich erst zwei Stunden vergangen?

»Sie sagten, Grant stecke ein Messer im Rücken«, flüsterte Sandra. »Dann liegt es wohl nahe, dass auch er ermordet wurde.«

Bourkes Finger krampften sich so fest um das Lenkrad, dass die Knöchel weiß hervortraten.

»Davon ist auszugehen. Wir müssen uns die Leiche aber erst ansehen.«

»Ben Triggs kann es dieses Mal nicht gewesen sein«,

sagte Sandra nüchtern. »Er hat wohl das beste Alibi der Welt.«

Den Rest des Weges schwiegen sie. Vor dem Hotel wimmelte es von Einsatzfahrzeugen. Eliza stürmte aus dem Haus, rote Flecken auf den Wangen. Wie ein Wasserfall sprudelte es aus ihr heraus: »Endlich, Sandra, Sie sind da! Warum haben Sie das Handy abgeschaltet? Seit einer Stunde versuche ich, Sie zu erreichen. Es ist so schrecklich! Die arme Imogen hat die Leiche gefunden. Es war ein furchtbarer Schock, das Mädchen ist völlig fertig.«

»Wo ist Ms Imogen?«, fragte Bourke.

»Im Personalzimmer. Der Notarzt hat ihr eine Beruhigungsspritze gegeben.«

»Ich werde mit ihr sprechen müssen.« Bourke wandte sich an eine uniformierte Beamtin und fragte: »Wo ist der Tote?«

»Ich bringe Sie zum Tatort, Sir.«

Ohne Sandra und Eliza weiter zu beachten, lief er die Treppe hinauf.

»Jetzt haben wir den Salat! Wieder eine Leiche im Haus«, murrte Eliza. »Am besten, wir schließen das Haus. Es kommt doch niemand mehr in ein Hotel, wo die Gäste am laufenden Band umgebracht werden.«

»Übertreiben Sie nicht, Eliza«, erwiderte Sandra. »Was ist eigentlich genau geschehen?«

»Nachdem Sie heute Morgen mit Ihrer Mutter weggefahren waren, gingen alle nach dem Frühstück wie immer in den Ballsaal«, erklärte Eliza. »Alle, außer dem Major natürlich, der zu seinem morgendlichen Spaziergang aufbrach. Ich sagte ihm, er möge sich wegen des Nebels einen Schal umbinden. Dann begannen die Zimmermädchen damit, aufzuräumen und zu putzen. Plötzlich hörte ich Imogen panisch schreien. Ich lief sofort hinauf, und aus dem Ostflügel kamen Sophie und Holly angerannt. Dann sahen wir Bill Grant. Er lag auf dem Bauch auf dem Bett, zwischen den Schulterblättern ein Messer, und alles war voller Blut. Imogen kauerte verstört auf dem Fußboden.«

»Hat jemand das Hotel betreten, nachdem das Team sich zurückgezogen hat?«, fragte Sandra. Eliza schüttelte den Kopf. »Waren Sie die ganze Zeit über an der Rezeption, oder haben Sie diese mal verlassen?«

»Ich war immer da«, antwortete Eliza, stutzte und stieß dann hervor: »Verhören Sie mich etwa, Sandra?«

»Das überlasse ich gern der Polizei, die Ihnen aber genau solche Fragen stellen wird.«

Eliza nickte und erwiderte leise: »Tatsächlich war ich einmal auf der Toilette. Ich war aber höchstens zehn Minuten fort. Das wird ja wohl erlaubt sein.«

»Zehn Minuten, in denen jeder das Hotel betreten, Grant erstechen und unbemerkt wieder verschwinden konnte.«

»Sie begehen einen Denkfehler, Sandra«, erwiderte Eliza. »Wenn es jemand von außerhalb war: Wie wusste diese Person, dass Grant ausgerechnet zu der Zeit, als die Halle ein paar Minuten unbeaufsichtigt war, sich nicht im Ballsaal, sondern in seinem Zimmer aufhielt?«

»Sie haben recht, Eliza.« Sandra nickte und seufzte gleichzeitig. »Nun, wir werden die näheren Umstände bald erfahren. Bevor ich mir wieder eine Rüge einfange, rufe ich Mr Henderson am besten gleich an. Er wird über einen weiteren Mord begeistert sein«, fügte sie sarkastisch hinzu.

Wie von Sandra erwartet, verlief das Telefonat alles andere als angenehm. Alistair Henderson war derart aufgebracht, als wäre es Sandras Schuld, dass inzwischen bereits der zweite Gast auf eine unnatürliche Art den Tod gefunden hatte.

»Was stellen Sie da unten im Süden eigentlich an, Sandra?«, blaffte er unfreundlich. »Ich dachte, nach der leidigen Sache im letzten Jahr führen Sie ein Romantic Hotel und nicht ein Etablissement mit Mord und Totschlag. Tun Sie alles, damit die Presse davon nichts mitbekommt, sonst sind wir erledigt.«

»Die Polizei wird eine Pressemitteilung herausgeben müssen«, antwortete Sandra mit belegter Stimme. Sie wusste nur zu gut, was der Tod Grants für das Hotel bedeuten konnte.

»Bekommen Sie das in den Griff, Ms Flemming.« Sandra hörte ihren Vorgesetzten seufzen, dann sagte er freundlicher: »Sie können ja nichts dafür, aber gerade das Event der Misswahl bringt dem Haus eine landesweite Publicity. Versuchen Sie, so weiterzumachen, als wäre nichts geschehen. Sie schaffen das, sonst hätten wir Ihnen nicht eine solch verantwortungsvolle Stellung übertragen.«

Wie man mit einem Mord im Haus umgeht, darin habe ich ja Erfahrung, dachte Sandra grimmig, sprach es aber lieber nicht aus. Sie versicherte Mr Henderson, ihn über die weitere Entwicklung auf dem Laufenden zu halten.

Während die Spurensicherung in Grants Zimmer im Westflügel ihre Arbeit erledigte, mussten sich die Gäste und das Personal zu den Befragungen im Restaurant versammeln. Sandra erfuhr, dass Bill Grant um halb zehn den Ballsaal verlassen hatte, um aus seinem Zimmer Unterlagen zu holen. Eine Stunde später hatte Imogen ihn gefunden. Offenbar hatten sich die anderen keine Gedanken darüber gemacht, warum Grant so lange fortgeblieben war.

Später sprach Christopher Bourke mit Sandra unter vier Augen. Gleich seine erste Frage verwirrte sie jedoch sehr: »Wo waren Sie heute in der Zeit zwischen halb zehn und elf Uhr?«

»Wurde Bill Grant in diesem Zeitraum ermordet?«

»Bitte beantworten Sie meine Frage, Ms Flemming.« Bourke wirkte ruhig und gelassen, sein Blick fixierte Sandra aber so eindringlich, dass sie unwillkürlich zur Seite schaute.

»Gegen acht war ich am Bahnhof bei Bodmin, danach bin ich auf direktem Weg nach Fowey gefahren ...«

»Was haben Sie am Bahnhof gemacht?«, unterbrach Bourke sie.

Aus Erfahrung wusste Sandra, dass es besser war, dem Chief Inspector nichts zu verschweigen, auch wenn es mit dem Mordfall nichts zu tun hatte. Er würde es ohnehin erfahren.

»Ich habe meine Mutter zum Zug nach London gebracht.«

»Ihre Mutter?« Bourkes Augen weiteten sich. »Ich wusste nicht, dass Sie Besuch von Ihrer Mutter hatten.«

»Das spielt auch keine Rolle«, erwiderte Sandra. Automatisch verschränkte sie die Arme vor der Brust und nahm so eine abweisende Haltung ein. »Ich war etwa eine Stunde in Fowey. Zurück in Lower Barton, habe ich den Friedhof aufgesucht und dann Linda Triggs besucht, wo wir uns getroffen haben, wie Sie wissen.«

»Was wollten Sie auf dem Friedhof?«

»Es ist nicht verboten, sich die Gräber anzusehen, oder?«

Sandra reagierte immer ablehnender, die Mauer zwischen ihr und dem DCI schien sich zu erhöhen.

»Kann jemand Ihren Aufenthalt in Fowey bestätigen? Hat jemand Sie gesehen oder haben Sie etwas gekauft und können mir den entsprechenden Kassenbon vorlegen?«

»Benötige ich etwa ein Alibi?« Sandra schüttelte fassungslos den Kopf. »Bei allem Respekt, Sir, Sie scherzen wohl, wenn Sie vermuten, ich könnte mit Grants Tod etwas zu tun haben!«

»Beim derzeitigen Stand der Ermittlungen dürfen wir nichts und niemanden außer Acht lassen.« Vielsagend zog Bourke eine Augenbraue hoch. »Sie haben vorhin gesagt, dass Sie alles tun würden, um Ben Triggs zu entlasten.«

»Aha, ich beginne zu verstehen, auf was Sie aus sind!«, rief Sandra aufgebracht. »Da davon auszugehen ist, dass die beiden Morde in einem Zusammenhang stehen und vom selben Täter begangen wurden, Ben sich aber in sicherer Verwahrung befindet und somit unmöglich der Täter sein kann, versuchen Sie, mir zu unterstellen, ich hätte Grant getötet. Sind Sie jetzt völlig durchgeknallt?«

»Ms Flemming, mäßigen Sie sich!«, wies Bourke sie streng zurecht, fuhr dann aber freundlicher fort: »Ich verstehe Ihre Verärgerung, und natürlich habe ich Sie nicht in Verdacht. Meine persönliche Meinung spielt aber keine Rolle. Aus formalen Gründen muss ich jeden, der mit Grant in Kontakt stand, fragen, wo sich er oder sie zum Zeitpunkt des Todes aufgehalten hat.«

»Ich verstehe.« Sandra war etwas besänftigt.

»Kann jemand Ihren Aufenthalt in Fowey bestätigen?«, wiederholte Bourke seine Frage. »Haben Sie vielleicht mit jemandem gesprochen?«

»Tatsächlich, ja, das habe ich.« Sandras Augen blitzten. »Allerdings war es ein einseitiges Gespräch, sie antwortete mir nicht.«

»Dann war es eine Frau?« Bourke beugte sich gespannt vor. »Können Sie mir die Person beschreiben?«

»Hm ... mal überlegen.« Nachdenklich zog Sandra die Unterlippe zwischen die Zähne, dann sagte sie: »Ich bin mir nicht sicher, ob *es* weiblich war.«

»Es? Meine Güte, Ms Flemming, lassen Sie sich doch nicht alles aus der Nase ziehen! Es wäre vorteilhaft, wenn jemand Ihren Aufenthalt in Fowey bestätigen könnte. Also, wie sah die Person aus? Größe? Alter? Haarfarbe, oder gab es sonst ein besonderes Merkmal?«

Sandra konnte sich kaum noch beherrschen, und ihre Mundwinkel zuckten, als sie antwortete: »Kopf- und Brustgefieder waren schneeweiß, auf dem Rücken hatte sie dunkelgraue Flecken, ebenso dunkle Beinchen ...«

»Gefieder?« Bourkes Gesicht nahm die Farbe seiner Haare an, seine Ohren glühten wie eine heiße Esse. »Nehmen Sie mich etwa auf den Arm, Sandra?«

»Mitnichten, dafür sind Sie mir viel zu schwer, Inspector ... Christopher. Sie fragten, ob ich mich in Fowey mit jemandem unterhalten habe. Da ich tatsächlich ein kurzes Gespräch mit einer Möwe führte, dachte ich ...«

»Ms Flemming, Ihren Sinn für solche Scherze kann ich heute wahrlich nicht teilen.« Der DCI stand kurz davor, zu explodieren. So wütend hatte Sandra ihn bisher nur selten erlebt. »Beantworten Sie meine Frage in einer Weise, die der Situation angemessen ist.«

Sandra wusste, sie war über das Ziel hinausgeschossen. Der Chief Inspector machte nur seine Arbeit.

»In Fowey hielten sich natürlich viele Menschen auf, aber niemand, den ich kenne oder der mich kennen könnte«, erklärte sie, nun wieder ernst. »Ich habe mir einen Kaffee geholt, keinen Bon dafür erhalten, dann saß ich am Hafen und habe die Aussicht genossen. Ergo habe ich für die Zeit, als Grant getötet wurde, kein Alibi.«

»Danke, Ms Flemming, das ist im Moment alles.«

Bourke wandte sich ab und ließ Sandra im Büro zurück. Plötzlich begannen ihre Beine so sehr zu zittern, dass sie sich auf den nächstbesten Stuhl setzen musste. Erst Sheila, dann Bill Grant ermordet – das könnte das Ende des Hotels bedeuten! Die Morde hingen ohne Zweifel zusammen, und nur jemand, der im Hotel logierte, konnte der Täter sein. Niemand aus Lower Barton oder Umgebung hatte einen Grund, Sheila und Grant zu ermorden. Der Mörder war also mitten unter ihnen.

ZWÖLF

Lustlos kaute Christopher Bourke an einem Sandwich mit Cheddarkäse und einem Salatblatt, das er sich aus dem Supermarkt geholt hatte. Seit dem gestrigen Morgen hatte er nichts mehr gegessen, und vorhin war ihm vor Hunger richtig übel geworden. Die Vernehmungen auf Higher Barton hatten sich bis in den späten Abend hingezogen, gegen Mitternacht war er völlig erschöpft ins Bett gefallen und hatte am Morgen nur eine Tasse Kaffee getrunken. Die beiden Tötungsdelikte drückten Christopher Bourke auf den Magen und nahmen ihm den Appetit. Er hatte sich bewusst für die Ausbildung bei der Polizei entschieden, sein Bestreben war auch immer gewesen, in der zivilen Ermittlung tätig zu sein, trotzdem konnte er sich nicht an den Anblick von Leichen gewöhnen. Der Polizeipsychologe, mit dem alle Beamten regelmäßig Gespräche führten, meinte, er solle froh darüber sein, dass jeder neue Tote ihm nach wie vor Unbehagen bereite.

»Es wäre doch schrecklich, wenn wir eine getötete Person nur noch als Fallobjekt ansehen würden«, hatte der bebrillte, grauhaarige Arzt gesagt. »Lassen Sie es also ruhig zu, dass Ihnen jedes neue Tötungsdelikt an die Nieren geht oder vielmehr auf den Magen schlägt, Sir.«

Zusätzlich tat es Bourke leid, Sandra derart harsch befragt zu haben. Sie war zu Recht sauer auf ihn. Selbstverständlich hatte sie mit keinem der Morde etwas zu tun. Seinen Vorgesetzten in Exeter musste Bourke aber von allen Personen, die mit den Opfern in Kontakt standen, lückenlose Alibis vorlegen. Constable Greenbow war seit dem Morgen damit beschäftigt, die Aussagen der Hotelgäste im Computer zu erfassen. Später würden sie dann gemeinsam die Informationen auswerten.

In Bourkes Mailprogramm ploppte das Zeichen für eine neue Nachricht auf. Der Absender war die Rechtsmedizin in Plymouth, im Anhang befand sich das Ergebnis der ersten Untersuchung des Opfers Bill Grant.

Bourke öffnete den Anhang und druckte die Seiten aus. Seine Augen wurden beim Lesen des Berichts immer größer, die Hand, in der er das Sandwich hielt, verharrte in der Luft. Als er die letzte Zeile des Textes gelesen hatte, sprang Bourke auf, öffnete die Tür und rief: »Constable, bitte kommen Sie sofort zu mir!«

John Greenbow folgte der Aufforderung seines Vorgesetzten und trat in Bourkes Büro. Mit einem Blick erkannte er den Bericht der Rechtsmedizin, der auf dem Schreibtisch lag.

»Dass der Mann ermordet wurde, steht wohl außer Zweifel, oder?«, fragte er mit dem Anflug eines Lächelns. »Unfall oder Selbstmord können wir ausschließen, niemand bringt sich selbst um, indem er sich ein Messer zwischen die Schulterblätter rammt.«

Bourke nickte und erwiderte: »Unser Leichenaufschlitzer bestätigt, dass Bill Grant durch Fremdeinwirkung gestorben ist. Es handelt sich um ein« – Bourke sah auf eines der

Blätter – »zweischneidiges Messer mit einer etwa zwanzig Zentimeter langen Klinge, die neben der Wirbelsäule eingedrungen ist und einen Lungenflügel durchbohrt hat. Das war sehr gezielt ausgeführt, denn so konnte das Opfer nicht einmal mehr schreien. Also kann auch niemand etwas gehört haben. Hier steht« – mit den Fingerknöcheln klopfte er auf den Ausdruck – »dass eine solche Tötungsart nicht nur viel Kraft, sondern auch großes Geschick erfordert.«

»In der Army lernt man diese Methode des schnellen und lautlosen Tötens«, bemerkte Constable Greenbow nachdenklich und fügte wegen Bourkes fragendem Blick hinzu: »Mein Bruder ist Berufssoldat bei der Artillerie.«

»Das wusste ich nicht, Greenbow.«

Der Constable zuckte mit den Schultern. »Bisher spielte es auch keine Rolle. Mein Bruder erzählte mir aber von seiner Ausbildung, zumindest das, was ihm erlaubt war weiterzugeben. Unter Berücksichtigung dieser Tatsache kann Amber Branson als Mörderin von Grant wohl auszuschließen sein.«

Bourke nickte. »Bereits bei Sheila Branson zweifelte ich daran, dass Amber über die Kraft verfügt, ihre Mutter unter Wasser zu drücken. Und Grant war ein großer, bulliger Mann. Überprüfen Sie bitte Ambers biografische Daten trotzdem, es gibt ja auch Frauen, die eine Grundausbildung bei der Army absolviert haben.«

»Das mache ich gleich, Sir.«

»Der mutmaßliche Todeszeitpunkt wurde ebenfalls bestätigt«, fuhr Bourke fort, »da ist ohnehin nicht viel Spielraum. Die Tat muss genau in der Zeitspanne, nachdem Grant den Saal verlassen und dann von dem Hausmädchen gefunden wurde, geschehen sein.«

»Da ist aber noch mehr, Sir?«

»Sie kennen mich gut«, antwortete Bourke mit einem verhaltenen Lächeln. »Halten Sie sich fest, Greenbow!« Der Constable war ein Mitarbeiter, der die Anweisungen seines Chefs stets befolgte. So umklammerte er nun tatsächlich die Stuhllehne. Bourke grinste. »Das war bildlich gemeint, Greenbow, Sie können den Stuhl loslassen.« Wieder ernst, erklärte er: »Während bei Sheila Branson keine DNA und nur Faserspuren, die von jedem x-beliebigen T-Shirt stammen können, nachgewiesen werden konnten, war der Täter im Fall Grant nicht so sorgsam. Das ist wahrscheinlich dem Umstand geschuldet, dass diese Tat sehr schnell ausgeübt wurde. Das Labor fand am Körper des Toten winzige Hautpartikel, und deren DNA ist tatsächlich in unserer Kartei registriert.«

»Dann haben wir den Täter ja!«, rief Greenbow erfreut. »War es jemand von den Gästen? Soll ich gleich einen Haftbeschluss beantragen?«

»Langsam, Constable, so einfach ist das nicht.« Bourke winkte ab. »Die entsprechende DNA ist zwar gespeichert, leider führte sie bisher nicht zu einem Namen.«

»Dann war die DNA bereits bei einem anderen Fall aufgetaucht?« John Greenbow begann zu verstehen.

»Richtig, und jetzt kommt das Unglaubliche: Die DNA der gefundenen Hautpartikel bei Grant stimmt mit der, die im Fall Keyham isoliert werden konnte, überein.«

»Keyham?« Greenbow runzelte nachdenklich die Stirn.

»Diane Keyham, Einbruch mit schwerer Körperverletzung«, half Bourke seinem Kollegen auf die Sprünge. »Bevor die aktuellen Morde geschahen, hatten wir uns mit diesem Fall beschäftigt.«

»Aber Sir, das liegt doch Jahre zurück!« Greenbow erinnerte sich. »Das würde ja bedeuten, dass der Einbrecher noch immer in der Gegend ist. Nach dem Angriff auf Mrs Keyham gab es aber keinen weiteren Einbruch. Warum sollte er jetzt ausgerechnet einen Mann, der als Gast auf Higher Barton ist, töten?«

»Das, mein lieber Greenbow, ist die große Frage, der wir nachgehen müssen.«

»Ein Irrtum ist ausgeschlossen?«, fragte Greenbow zweifelnd. »Im Labor ist vielleicht etwas vertauscht worden.«

»Das glaube ich zwar nicht, werde das Labor aber bitten, einen zweiten Test durchzuführen.« Bourke stand auf und nahm seine Jacke von der Stuhllehne. »Ich werde noch einmal mit Diane Keyham sprechen. Vielleicht gibt es eine Verbindung zwischen ihr und Bill Grant.«

»Äh, Sir ... was ist mit Ben Triggs?«, fragte der Constable. »Wenn wir von einem einzigen Täter ausgehen, ist der Junge jetzt außen vor. Soll ich seine Entlassung in die Wege leiten?«

Bourke zögerte, dann sagte er: »Noch nicht, Greenbow. Im Moment weist zwar alles auf einen Täter hin, da die beiden Mordopfer miteinander in Verbindung standen. Sie dürfen aber nicht vergessen, dass Ben Triggs die Tat gestanden hat. Ich weiß, was Sie sagen wollen, Greenbow: Der Junge ist behindert und wusste wahrscheinlich gar nicht, was er sagt. Wir haben aber keine Indizien, dass Sheila Branson wirklich von der Person getötet wurde, die bei Diane Keyham eingebrochen ist und wahrscheinlich Bill Grant ermordet hat.«

»Soll ich Sie begleiten, Sir?«

»Das ist nicht nötig«, lehnte Bourke ab. »Klopfen Sie

Amber Bransons Leben ab. Ich will alles über die junge Frau wissen. Bei der derzeitigen Sachlage sind alle verdächtig. Ich bin überzeugt, wir haben irgendetwas übersehen, Greenbow.«

»Sie schon wieder!« Diane Keyham zeigte ihren Unwillen, den DCI zu sehen, deutlich. »Wenn sie Linda Triggs suchen – sie ist vor einer halben Stunde zum Einkaufen gegangen.«

»Ich möchte nicht mit Mrs Triggs, sondern mit Ihnen sprechen«, sagte Christopher Bourke.

»Wüsste nicht, warum«, brummte Diane. Ihr blieb aber nichts anderes übrig, als Bourke ins Haus zu bitten. Heute bot sie ihm jedoch keinen Tee an und blieb, die Arme vor der Brust verschränkt, im Flur stehen. »Sie sind sicher nicht gekommen, um mir eine Neuigkeit wegen des Überfalls auf mich mitzuteilen. Jetzt, da sie den armen Ben verhaftet und den Mord an dem Model abgeschlossen haben, haben Sie ja wieder Zeit, sich meines Falls anzunehmen.«

»Tatsächlich wurde aktuell ein Hinweis gefunden, der mit dem Einbruch in Verbindung steht«, antwortete Bourke und fragte: »Mrs Keyham, kennen Sie Bill Grant?«

»Bill Grant?«, wiederholte sie, dann schüttelte sie den Kopf. »Ich habe den Namen nie zuvor gehört.«

»Der Mann war Gast im Higher Barton Romantic Hotel.«

»War?« Diane hatte gut zugehört. »Mit dem Hotel habe ich nichts zu tun. Agnes Roberts, die Metzgerin und Freundin von Linda, beliefert das Hotel, soviel ich weiß. Ich habe aber noch nie einen Fuß in das Haus gesetzt. Warum fragen Sie?«

»Bill Grant ist tot«, sagte Bourke ohne Umschweife.

»Gestern Vormittag wurde er in seinem Hotelzimmer erstochen aufgefunden.«

Die Nachricht berührte Diane nicht sonderlich. Sie zuckte mit den Schultern und fragte: »Was hat das mit mir zu tun?«

Christopher Bourke erklärte es ihr. Mit jedem Wort wurde Diane fassungsloser, am Ende lachte sie bitter und meinte: »Wenn Ihr Labor keinen Fehler gemacht hat, wäre das ein starkes Ding!«

»Von einem Fehler ist nicht auszugehen«, antwortete Bourke entschieden. »Daher ist es wichtig, zu wissen, ob es zwischen Ihnen und dem Opfer eine Verbindung gibt. Bill Grant war ein sogenannter Medienmogul, ihm gehörte ein Fernsehsender, Radiostationen und verschiedene Zeitschriften, die sich mit Mode und Showbusiness beschäftigen.«

»Klar, und ich bewege mich genau in solchen Kreisen«, erwiderte Diane spöttisch. »Sir, ich kenne weder den Namen, noch bin ich diesem Mann jemals begegnet. Es tut mir leid, dass er tot ist, zwischen ihm und mir gibt es aber keine Verbindung. Das schwöre ich, wenn es sein muss, auch auf die Bibel. Was immer den Einbrecher, der mein Leben zerstört hat, dazu getrieben hat, Grant umzubringen – bei mir werden Sie die Lösung nicht finden.«

Bourke befürchtete dies ebenso, er bat jedoch: »Denken Sie in Ruhe nach, Mrs Keyham. Jede Kleinigkeit, mag Sie Ihnen noch so geringfügig erscheinen, könnte von Bedeutung sein.«

Er verließ das Haus und war bereits im Vorgarten, als Diane ihm nachrief: »Was ist jetzt mit Ben? Er kommt als Täter doch nicht länger infrage, oder?«

»Wir arbeiten daran.«

Diane Keyham zog die gleichen Schlüsse wie Constable Greenbow. Noch war aber nichts erwiesen. Ein wenig zweifelte sogar Bourke an der Gewissenhaftigkeit des Labors. Zwischen dem Überfall auf Diane und dem Mord an Bill Grant war einfach kein Zusammenhang zu erkennen. Sheila Branson hatte in Nordengland, Bill Grant in London gelebt. Außer, dass Sheilas Mann vor der Küste Cornwalls ertrunken war, gab es bei beiden Opfern keinen Bezug zu dieser Gegend. Lag Sandra mit ihrer Vermutung, Sheilas Tod könne mit dem Unfall ihres Mannes in Verbindung stehen, vielleicht doch richtig? Welche Rolle spielte Grant dabei?

Sandra saß auf einem Felsblock am weitläufigen Strand des Dorfes Seaton in der Sonne. Ihre nackten Zehen krallten sich in den warmen Sand, ihr Blick schweifte über das Wasser, das in sanften Wellen auf den Strand plätscherte.

»Bitte sehr, aber vorsichtig, der Kaffee ist heiß.«

Ann-Kathrin Trengove reichte Sandra einen Pappbecher, den sie aus dem Beach Café geholt hatte. Sie selbst trank schwarzen Tee. Vor einer Stunde war Ann-Kathrin nach Higher Barton gekommen, hatte Sandra am Arm gepackt und erklärt: »Du musst hier raus!« Das Argument von Sandra, sie müsse arbeiten, hatte Ann-Kathrin nicht gelten lassen. »Für zwei, drei Stunden können die ruhig auf dich verzichten. Sandra, hast du heute schon in den Spiegel geschaut? Du bist blass und hast dunkle Schatten unter den Augen. Wahrscheinlich hast du die letzte Nacht mal wieder kaum geschlafen.«

Sandra gab zu, dass die Freundin ins Schwarze getroffen

hatte. Sie sagte Eliza, sie wäre am Nachmittag zurück, und war dann mit Ann-Kathrin zu deren Auto gegangen. Heute Morgen waren drei Polizeibeamte gekommen, um alle ein weiteres Mal zu vernehmen. Christopher Bourke war nicht unter ihnen, und Constable Greenbow wollte Sandra nicht sagen, ob neue Erkenntnisse vorlagen. Sandra spürte jedoch, dass es etwas gab, das ihr verschwiegen wurde. Da ihre Gedanken ständig um die Morde kreisten, sie aber nichts ausrichten konnte, würde es ihr guttun, für eine oder zwei Stunden etwas anderes zu sehen.

Ann-Kathrin war zu dem von Higher Barton zwölf Meilen entfernten kleinen Ort Seaton an der Südküste gefahren. In den letzten Monaten hatte die Freundin Sandra nach und nach die Schönheiten Cornwalls gezeigt. An diesem Strand waren sie bisher noch nicht gewesen.

»Eine Stunde am Meer macht den Kopf frei, und man fühlt sich gleich besser.« Das war Ann-Kathrins Devise, der Sandra nur zustimmen konnte.

Die Sonne schien zwar noch sommerlich warm, das Wasser war zum Baden aber schon zu kalt. Nur eine Handvoll in Neoprenanzüge gekleidete Teenager tummelten sich mit ihren Surfbrettern in den Wellen. Sie blieben jedoch in Küstennähe, da um diese Jahreszeit hier keine Lifeguards mehr patrouillierten. Auf den ersten Blick mochte das Meer ruhig und sanft erscheinen, doch wie überall an den Küsten herrschten auch hier starke Unterströmungen, die alles ins offene Meer zogen. Sandra vermutete, bei den Jugendlichen handelte es sich um Einheimische, die das Meer einschätzen konnten. Die Kinder an den Küsten Cornwalls wuchsen mit den Gefahren des Meeres auf und gingen kein Risiko ein.

»Ob Taylor Branson lange leiden musste, bevor er starb?«,

fragte Sandra plötzlich. »Es heißt zwar, Ertrinken wäre ein schöner Tod, da aber noch nie jemand die Gelegenheit hatte, das zu bestätigen, möchte ich mich lieber nicht darauf verlassen.«

»Deinen schwarzen Humor hast du glücklicherweise nicht verloren.« Grinsend knuffte Ann-Kathrin Sandra in die Seite. »Warum beschäftigt dich der Tod von Sheilas Mann?«

»Weil es einen Zusammenhang gibt ... ihn einfach geben *muss*. Sheilas Todesart, der Fundort der Leiche ... Das sind ein paar Zufälle zu viel.«

»Wie jedoch passt der neue Mord ins Bild?«, fragte Ann-Kathrin zweifelnd. »Ich teile deine Meinung, dass Sheila sicher nicht von jemandem umgebracht wurde, der zufällig auf dem Friedhof vorbeigekommen ist, und Ben war es ohnehin nicht, egal, welche Worte ihm in den Mund gelegt wurden. Was jedoch könnte nach über zwölf Jahren Bill Grant mit Bransons Tod zu tun haben?«

Sandra war froh, ihre Überlegungen mit jemandem teilen zu können, denn sie wusste, Ann-Kathrin würde ihren Verdacht nicht als unrealistische Spekulation abtun.

»Damals wurde Sheila verdächtigt, in den Tod ihres Mannes verwickelt zu sein. Diese Vermutung zerschlug sich zwar, aber was, wenn es doch der Wahrheit entsprach und Grant davon wusste? Vielleicht war er Sheilas Komplize, die beiden kannten sich seit vielen Jahren. Allein hätte Sheila Taylor gar nicht töten können, außerdem haben sie und Amber ein Alibi, was den Zeitpunkt des angeblichen Segelunfalls betrifft.«

»Sandra, es stürmte an diesem Tag«, erinnerte Ann-Kathrin sie.

»Gerade deswegen wäre ein erfahrener Segler wie Taylor nicht hinausgefahren«, beharrte Sandra auf ihrer Meinung und unterstrich ihre Worte mit einem bekräftigenden Nicken. »Damals ist irgendetwas geschehen, das spüre ich in jeder Faser meines Körpers, und Grant wusste davon! Vielleicht hat er Sheila mit seinem Wissen erpresst ...«

»Sheila wurde vor Grant umgebracht!«, rief Ann-Kathrin dazwischen. »Wenn er sie erpresst hätte, dann hätte Sheila ein Motiv gehabt, Grant zu töten, nicht umgekehrt.«

»Amber«, flüsterte Sandra und zog fröstelnd die Schultern zusammen, obwohl es immer noch warm war. Sie sah die Freundin an und fuhr fort: »Bei Amber laufen irgendwie alle Fäden zusammen. Grant wusste etwas, das er der Polizei verschwieg, und Amber weiß es ebenfalls. Du hast nicht miterlebt, wie Sheila ihre Tochter behandelt hat. Vor aller Augen beleidigte sie Amber und sparte nicht damit, ständig zu betonen, wie unfähig ihre Tochter sei. Die junge Frau hätte gern Musik studiert, was ihr von Sheila verboten worden war. Jetzt erbt Amber eine Menge Geld und eine gut gehende Firma. Selbst, wenn sie diese nicht fortführen möchte, bei einem Verkauf wird sie zu einer reichen Frau, sodass sie sich keine Gedanken um die Zukunft mehr machen muss.« Wieder wühlte Sandra mit den Zehen im Sand und fügte hinzu: »Amber und Bill Grant könnten Sheila gemeinsam ermordet haben. Den Tatort und die Methode wählten sie bewusst, um einen Zusammenhang mit den früheren Ereignissen herzustellen. Dann jedoch bekam Amber Angst, Grant könnte sie verraten, vielleicht forderte er auch mehr Geld, also musste auch er sterben.«

Sanft legte Ann-Kathrin eine Hand auf Sandras Arm und sagte leise: »Ich höre dir aber an, dass du Amber nicht wirklich für eine Mörderin hältst. Außerdem: Hielt sie sich nicht während der Zeit, als Grant erstochen wurde, mit den anderen im Ballsaal auf? Christopher Bourke hat dir gesagt, dass sich die zwölf Mädchen, Henry Jordan und Amber gegenseitig Alibis geben, an denen wohl nicht zu rütteln ist.«

»Du bist wahrlich die Frau eines Anwaltes.« Zum ersten Mal an diesem Tag lächelte Sandra. »Apropos Alan: Kommt er morgen wie erwartet zurück?«

Ann-Kathrin nickte. »Wenn die Maschine pünktlich ist, erwischt er noch den letzten Zug aus London nach Cornwall. Es wird aber spät werden, daher wird Alan sich erst übermorgen um Ben kümmern können.«

»Hauptsache, er holt den Jungen aus der Haft«, sagte Sandra. »Die Kosten übernehme ich, Bens Mutter hat ja keinen Penny übrig.«

»Mach dir darüber keine Gedanken. Du weißt, dass Alan immer wieder pro bono arbeitet, besonders, wenn er von der Unschuld seines Mandanten überzeugt ist.«

»Danke.« Mit einem Taschentuch wischte sich Sandra den Sand von den Füßen und schlüpfte dann in ihre leichten Slipper. »Ich fürchte, wir müssen jetzt zurückfahren, auch wenn ich lieber den ganzen Tag am Strand bleiben möchte.«

»Du machst dir Sorgen darüber, was der Mord für den Ruf des Hotels bedeutet, nicht wahr?«

»Das kommt noch dazu.« Sandra seufzte tief.

Als die ersten Häuser Lower Bartons in Sicht kamen, legte Sandra eine Hand auf Ann-Kathrins Arm und bat: »Können wir noch einen Abstecher zur Kirche machen?«

»Ich wusste nicht, dass du in die Kirche gehst.«

Ann-Kathrin warf Sandra einen überraschten Seitenblick zu, dann konzentrierte sie sich wieder auf die Straße, da der Linienbus ihr entgegenkam und sie zur letzten Ausweichbucht zurücksetzen musste.

»Ich möchte den Pfarrer wegen des Grabs von Taylor Branson etwas fragen«, antwortete Sandra und war der Freundin dankbar, dass sie ihr nicht empfahl, sich aus den Mordfällen herauszuhalten.

Angenehme Kühle empfing sie, als sie das mittelalterliche Gotteshaus betraten. Für den kleinen Ort war die Kirche recht groß – ein Zeichen dafür, dass Lower Barton zu Zeiten des Kupfer- und Zinnabbaus eine wichtige Rolle gespielt hatte.

»Aufzeichnungen beweisen, dass an dieser Stelle bereits im zwölften Jahrhundert eine Kirche gebaut wurde, damals vorwiegend aus Holz. Fünfhundert Jahre später wurde das heutige Gebäude von den Geldern des damaligen Lord Tremaine auf den alten Grundmauern errichtet«, raunte Ann-Kathrin.

Unwillkürlich flüsterte auch Sandra: »Ihm gehörte damals die ganze Gegend, nicht wahr?«

Ann-Kathrin nickte. »Obwohl die Tremaines während des Bürgerkrieges Royalisten waren, fühlten sie sich immer mit der Anglikanischen Kirche verbunden. Alle Familienmitglieder sind in dieser Kirche beigesetzt worden, an den Wänden findest du zahlreiche Steintafeln und Plaketten mit dem Namen Tremaine.«

Was die Historie anging, war Ann-Kathrin ein wandelndes Lexikon. Nicht nur als Lehrerin interessierte sie sich für die Geschichte des Landes. Stundenlang konnte sie von früher erzählen, und Sandra wurde nicht müde, ihr zuzuhören, denn die Freundin schilderte die Vergangenheit derart bildhaft, dass es nie langweilig wurde.

Im Altarbereich ordnete eine Frau Blumen in zwei große Vasen, ansonsten waren sie allein. Sandra trat vor und sagte: »Entschuldigen Sie bitte ...« Sie lachte. »Emma? Was machen Sie denn hier?«

Emma Penrose antwortete: »Seit es in Higher Barton nur noch wenig Arbeit für mich gibt, helfe ich in der Gemeinde aus. Irgendetwas muss ich ja tun, es liegt mir nicht, die Hände einfach in den Schoß zu legen.« Emma sah zu Ann-Kathrin, die hinter Sandra herangetreten war.

»Ich glaube, Sie kennen Ann-Kathrin Trengove noch nicht?«, fragte Sandra. »Ann-Kathrin, das ist Emma Penrose, ich habe dir von ihr und ihrem Mann erzählt, und das ist ...«

»Die Frau von Alan«, vollendete Emma Sandras Satz. »Auch ich habe von Ihnen gehört und freue mich, Sie endlich persönlich kennenzulernen.«

Die Frauen schüttelten sich die Hände, und Ann-Kathrin sagte: »Es ist eine Schande, dass wir uns bisher noch nicht begegnet sind, Mrs Penrose, dabei haben Sie und mein Mann seit Jahren miteinander zu tun.«

»Leider.« Emma seufzte. »Verstehen Sie mich nicht falsch, Mrs Trengove. Ich mag Alan wirklich sehr gern, aber immer, wenn er in Erscheinung tritt, ist ein Verbrechen geschehen. So wie jetzt auch.« Sie sah zu Sandra und fragte: »Haben Sie sich den Tatort angeschaut?«

»Am Grab war ich bereits, heute würde ich gern mit dem Reverend sprechen, wenn es möglich ist.«

»Reverend Alverton ist im Pfarrhaus«, antwortete Emma

und trocknete sich die Hände an ihrer bunt geblümten Schürze ab. »Warten Sie einen Moment, ich hole ihn.«

»Eine sympathische Frau«, murmelte Ann-Kathrin, nachdem Emma die Kirche verlassen hatte. »Du solltest mal hören, wie Alan von ihren Thunfisch-Gurken-Sandwiches schwärmt! Da könnte ich direkt eifersüchtig werden.«

»Emmas Apfelkuchen ist auch nicht zu verachten.« Sandra lachte verhalten. »Ich bin aber überzeugt, dass Alan ganz genau weiß, was er an dir hat.«

Ein großer, schlanker Mann trat durch die Seitentür. Er trug Jeans und ein dunkelblaues, kragenloses Hemd, lediglich das Kollar wies darauf hin, dass es sich um einen Geistlichen handelte. Zuvor hatte Sandra noch keinen Reverend mit Dreitagebart und mit solch hellblauen Augen gesehen, umgeben von dichten schwarzen Wimpern. Sie stellte sich und Ann-Kathrin vor, und Reverend Alverton antwortete: »Ich weiß, wer Sie sind, Ms Flemming, auch wenn Sie den Weg in meine Kirche bisher nicht gefunden haben.«

Er hatte die Worte freundlich und ohne Vorwurf gesagt, trotzdem fühlte sich Sandra in der Pflicht, zu erklären: »Ich bin katholisch getauft, habe mit dem Glauben und der Kirche aber noch nie viel zu tun gehabt.«

»Nun, Sie sind sicher nicht gekommen, um Ihre Konfession zu wechseln.« Er lächelte sie so charmant an, dass Sandras Herz unwillkürlich schneller schlug. »Emma sagt, Sie möchten mit mir sprechen. Bitte, was kann ich für Sie tun?«

Sandra schluckte und besann sich auf den Grund ihres Kommens.

»Seit wann stehen Sie dieser Kirche und der Gemeinde von Lower Barton vor, Reverend?«

»Seit über fünf Jahren.« Wenn er sich über diese Frage wunderte, ließ er sich nichts anmerken.

»Dann waren Sie noch nicht hier, als Taylor Branson auf diesem Friedhof beerdigt wurde?«

»Nein, Ms Flemming, das war lange vor meiner Zeit.« Er zog eine seiner dunklen, buschigen Augenbrauen hoch und fügte hinzu: »Wenn Sie wissen möchten, ob ich von dem schrecklichen Mord direkt vor der Tür etwas mitbekommen habe, muss ich leider verneinen. In der Nacht, als die arme Frau starb, habe ich fest geschlafen und auch keine Geräusche gehört. Das habe ich der Polizei bereits gesagt.«

»Darum geht es nicht, Reverend«, erwiderte Sandra. »Es interessiert mich, warum Taylor Branson ausgerechnet in Lower Barton beerdigt wurde, obwohl er kein Mitglied dieser Gemeinde war.«

Reverend Alverton grinste, und Sandra kam nicht umhin, seine weißen Zähne zu bewundern.

»Ich nehme an, Sie haben die Gerüchte gehört, die darüber im Umlauf sind. Es ist richtig: Mein Vorgänger hat die Genehmigung zu der Beerdigung erteilt, nachdem ihm eine größere Summe übergeben wurde. Es war vielleicht nicht ganz rechtens, Reverend Jones war aber ohnehin ein etwas ... nun ja, nennen wir es mal seltsamer Zeitgenosse.«

»Inwiefern?«

»Ach, das liegt lange zurück, und ich weiß auch nur das, was allgemein erzählt wird.« Alverton winkte ab. »Es war zu ein paar Vorfällen gekommen, die zeigten, dass Reverend Jones nicht immer nur das Wohl seiner Gemeinde im Auge hatte. Anfang des Jahres 2013 bat er aus eigenem Antrieb um die Versetzung, und so kam ich in diese bezaubernde Gegend und fühle mich hier sehr wohl.«

»Dann können Sie mir nicht mehr über den Tod von Taylor Branson sagen?«, fragte Sandra und verbarg nicht ihre Enttäuschung.

»Leider nein, Ms Flemming, wobei ich mir nicht vorstellen kann, was das Gemauschel von damals mit den aktuellen Mordfällen zu tun haben könnte. Es mag ein seltsamer Zufall sein, dass die Frau ausgerechnet auf dem Grab ihres Mannes zu Tode kam, das hat aber sicher nichts mit den früheren Ereignissen zu tun.«

Da bin ich anderer Meinung, dachte Sandra, laut sagte sie: »Ich danke Ihnen trotzdem, Reverend.«

Er kniff die Augen zusammen, musterte Sandra und fragte: »Soweit mir bekannt ist, leiten Sie das Hotel im früheren Herrenhaus. Haben Sie auch einen Nebenjob bei der Polizei?«

»Ganz gewiss nicht.« Sandra lachte hell auf, schlug dann schnell die Hand vor den Mund.

»Es ist nicht verboten, in einem Haus Gottes zu lachen«, sagte der Reverend mit einem Augenzwinkern. »Vielleicht bei den Kollegen der katholischen Liga, in meiner Kirche jedoch herrscht Frohsinn. Kommen Sie doch am nächsten Sonntag zum Gottesdienst. Alle Konfessionen sind herzlich willkommen, und wenn Sie mehr über die Kirche Englands wissen wollen, stehe ich Ihnen gern jederzeit zur Verfügung.«

»Äh ... ich werde es mir überlegen«, antwortete Sandra ausweichend. »Gerade sonntags gibt es im Hotel immer viel zu tun, wegen des Mittagstisches und so ...«

»Sie müssen sich mir gegenüber nicht rechtfertigen.« Reverend Alverton sah sie offen an, dann nickte er Ann-Kathrin zu. »Ich bitte Sie, mich nun zu entschuldigen. In wenigen

Minuten erwarte ich ein angehendes Ehepaar zur Besprechung ihrer Trauzeremonie. Fühlen Sie sich bitte frei, die Kirche näher anzusehen, es lohnt sich. Emma Penrose wird Sie sicherlich herumführen.«

»Ein anderes Mal gern«, sagte Sandra. »Auch meine Arbeit ruft, ich war heute schon viel zu lange fort.«

Nachdem sie das Gotteshaus verlassen hatten, begann Ann-Kathrin so laut zu lachen, dass ihr Tränen in die Augen traten.

»Was amüsiert dich denn derart?«, fragte Sandra verwundert, denn die Freundin schien sich nicht mehr beruhigen zu können.

»Bisher dachte ich, du hättest ein Auge auf unseren rothaarigen Inspector geworfen, wie die Funken aber jetzt zwischen dir und dem Geistlichen geflogen sind ...«

»Wie bitte?« Sandra blieb stehen, stemmte die Hände in die Seiten und sah Ann-Kathrin entrüstet an. »Erstens: Ich habe auf niemanden ein Auge geworfen. Erst recht nicht auf Christopher Bourke, und zweitens: Davon abgesehen, dass ich weder Zeit noch Lust auf irgendeinen Flirt habe – ein Geistlicher käme als Letzter dafür infrage. So verzweifelt bin ich über mein Single-Dasein nun wirklich nicht!«

»Dafür haben deine Augen aber ziemlich geleuchtet und deine Stimme gezittert, Sandra.« Ann-Kathrin konnte es nicht lassen, die Freundin zu necken. »Ich gebe zu, Alverton ist sehr attraktiv und so ganz anders, als man sich einen Geistlichen vorstellt. Ich wusste übrigens nicht, dass du katholisch bist.«

»Viele aus der Gegend Schottlands, aus der ich stamme, gehören dieser Konfession an.« Sandra winkte ab. »In meiner Familie spielte der Glauben aber nie eine große Rolle.«

»Bei allem Respekt vor deiner Arbeit – und dann dauernd diese Morde ... du vernachlässigst dein Privatleben, Sandra. So ein kleiner Flirt ab und zu tut der Seele jeder Frau gut, und du bist noch so jung.«

»Ann-Kathrin, ich bin zufrieden, so wie es ist«, sagte Sandra ernst. »Na ja, von den Mordfällen abgesehen, natürlich. Bitte, versuch nicht, mich zu verkuppeln! Eines Tages kommt vielleicht der Richtige, aber im Moment möchte ich mir eine solche Verwirrung sowieso nicht antun.«

»Ich meine es nicht böse.« Ann-Kathrin umarmte Sandra. »Weil Alan und ich so glücklich miteinander sind, möchte ich wohl, dass meine beste Freundin ebenfalls ihr Glück findet.«

»Das weiß ich.«

Ann-Kathrins Worte wärmten Sandras Herz. Ja, manchmal wäre es schön, eine starke Schulter zum Anlehnen zu haben, jemanden, mit dem man Freud und Leid teilen konnte und der einen auch ohne viele Worte verstand. Vor ein paar Jahren war Sandra von einem Mann ziemlich enttäuscht worden. Das hatte sie zwar sehr verletzt, sie aber nicht traumatisiert. Es war so, wie sie es der Freundin gesagt hatte: Im Moment hatte eine Beziehung keinen Platz in ihrem Leben. Dass die beginnende Freundschaft zu Christopher Bourke durch die aktuellen Fälle Risse bekommen hatte, stimmte Sandra jedoch etwas traurig. Dennoch hegte sie die Hoffnung, dass, war der Täter erst überführt und hinter Gittern, sie wieder ganz normal miteinander umgehen konnten.

DREIZEHN

Die Polizei war immer noch auf Higher Barton. DCI Bourke, Constable Greenbow und drei Beamte, die zur Unterstützung aus Truro gekommen waren, befragten einzeln alle Gäste und Angestellten des Hotels.

»Den Westflügel dürfen wir vorerst nicht betreten«, erklärte Eliza Dexter, als Sandra zurückkehrte. »Die Spurensicherung ist immer noch oben, Grants Zimmer wird versiegelt. Der Inspector meinte, es würde noch ein paar Tage dauern.«

»War die Presse schon hier?«, fragte Sandra.

Eliza nickte grimmig. »Rund ein Dutzend sind vorhin wie die Geier mit Kameras und Mikrofonen hier eingefallen. Bourke hat sie aber wegschicken können und ihnen mitgeteilt, dass es morgen eine offizielle Pressekonferenz geben würde.«

»Wenigstens das.« Sandra seufzte und deutete nach oben. »Wir müssen Henry Jordan umquartieren, sein Zimmer liegt direkt neben dem von Grant.«

»Das habe ich bereits erledigt.« Eliza lächelte wohlgefällig. »Paige, die Miss Kent, Danielle aus Somerset und Georgina aus Berkshire habe ich jeweils zu anderen in die Zimmer verteilt, so wurde ein Raum frei, den Mr

Jordan bekommt. Die Mädchen waren zwar alles andere als begeistert, denn ich konnte ja nur ein paar Klappbetten aufstellen, es geht aber nicht anders.«

»Danke, Eliza, Sie haben schnell und richtig reagiert.« Sandra meinte ihren Dank ehrlich. Ein wenig hatte sie ein schlechtes Gewissen, den Vormittag in der Sonne am Strand verbummelt zu haben, während Eliza alles hatte allein regeln müssen. Deswegen fügte sie hinzu: »Vielleicht möchten Sie morgen Ihren freien Tag nehmen, Eliza? Laut der Wettervorhersage soll es wieder warm und sonnig werden.«

»Solange der Mörder frei herumläuft, werde ich hierbleiben«, antwortete Eliza. »Ich bin gespannt, was mit der Wahl und all dem nun geschehen soll. Jetzt, wo bereits das zweite Jurymitglied tot ist.«

Darüber hatte Sandra sich auch schon Gedanken gemacht. Sie wandte ihre Aufmerksamkeit einem großen, bulligen Mann zu, der mit schweren Schritten in die Halle kam. Seiner Kleidung nach musste er ein Farmer sein. Er trug eine derbe Cordhose, ein groß-kariertes Hemd mit der typischen grünen Wachsjacke darüber, und an seinen Gummistiefeln klebte Schmutz.

»Ich will sofort mein Geld zurück!«, brüllte er.

»Ich glaube, es handelt sich um einen Irrtum, Sir.« Sandra trat dem Fremden entgegen. »Mein Name ist Sandra Flemming, ich leite das Hotel. Wie kann ich Ihnen behilflich sein?«

Er starrte sie finster an und blaffte: »Wo ist das Zimmer von diesem Grant? Er muss dort mein Geld versteckt haben.«

Sandra und Eliza wechselten ratlos einen Blick. Sie konnten sich keinen Reim auf die Worte des Mannes machen.

»Möchten Sie mir nicht erst sagen, wer Sie sind?«, fragte Sandra ruhig und mit einem unverbindlichen Lächeln.

»Sam Polmereyn«, knurrte er.

Sandra hatte diesen Namen nie zuvor gehört, Eliza jedoch kam hinter der Rezeption vor und fragte: »Sind Sie der Vater von Bethany Polmereyn, der Miss Cornwall?«

»Und ob ich der bin!«, knurrte er. »Deswegen will ich ja mein Geld von diesem Typen wiederhaben! Der betrachtet sich die Radieschen nun von unten, und das ganze schöne Geld ist futsch. Ich nehme an, sein Zimmer ist oben?« Er stapfte zur Treppe und hatte einen Fuß schon auf der ersten Stufe, als Sandra ihn am Ärmel festhielt und ihm den Weg versperrte.

»Sie können da nicht rauf, die Polizei hat den ersten Stock abgesperrt.«

»Ich werde mir mein Geld zurückholen«, brüllte Polmereyn, das Gesicht vor Zorn gerötet. »Versuchen Sie nicht, mich aufzuhalten.« Er hob die Hand, als wolle er Sandra einfach zur Seite schieben, da erschien Chief Inspector Bourke auf dem Treppenabsatz.

»Was ist hier los? Wer sind Sie?«, fragte er den Fremden.

Bevor Polmereyn antworten konnte, kam Bethany angelaufen und rief: »Paps, was, um Himmels willen, machst du hier und warum brüllst du so? Dich hört man ja im ganzen Haus!«

»Das würde ich auch gern wissen«, sagte Bourke.

Sam Polmereyn legte einen seiner kräftigen Arme, die dicker als Sandras Oberschenkel waren, um die Schultern seiner Tochter und zog sie so fest an sich, dass Bethany keuchte. Sofort lockerte er seinen Griff wieder, dann strich er mit einer Zärtlichkeit, die man diesem grobschlächtigen Mann nicht zugetraut hätte, über das gelockte Haar seiner Tochter und murmelte: »Wir haben's ja nur gut gemeint, deine Ma und ich. Du sollst was Besseres aus deinem Leben machen, als Kühe zu melken. War vielleicht nicht richtig, und jetzt ist das ganze Geld futsch.«

»Mr Polmereyn, ich glaube, wir müssen uns unterhalten«, sagte Bourke eindringlich. »Wenn Sie mir bitte folgen würden?«

Bourke bat den Farmer und Bethany ins Büro und hinderte Sandra nicht daran, bei dem Gespräch dabei zu sein.

Nachdem sich alle gesetzt hatten, forderte Bourke den Farmer auf: »Jetzt erzählen Sie mal, von welchem Geld Sie sprechen, aber bitte ruhig und von Anfang an.«

Es war offensichtlich, dass sich Sam Polmereyn in Gegenwart des DCI eingeschüchtert fühlte. Plötzlich sanft wie ein Lämmchen, erklärte er: »Na, ich habe diesem Bill Grant doch Geld gegeben, damit er dafür sorgt, dass unsere Tochter gewinnt.«

»Du hast was gemacht?« Bethany fuhr hoch. »Das ist nicht wahr!«

»Doch, meine Kleine.« Der Blick, der auf seiner Tochter ruhte, war voller Liebe. »Auch wenn unser Grund und Boden seit über zwei Jahrhunderten den Polmereyns gehört – du bist nicht zur Farmerin geboren. Deine Schönheit hast du von deiner Mutter. Sie hätte etwas Besseres haben können als ausgerechnet mich. Als schönste Frau von Südengland stehen dir alle Türen offen, Bethany.«

»Sie haben Bill Grant also bestochen, damit er das Mädchen gewinnen lässt?«, vergewisserte sich Christopher Bourke. »Wie viel haben Sie ihm bezahlt?«

»Zwanzigtausend Pfund.« Polmereyn presste die Zahl zwischen den Zähnen hervor.

»Mein Gott, Paps, ihr habt doch gar nicht so viel Geld!«, rief Bethany aufgeregt.

»Ich habe eine Hypothek aufgenommen«, erklärte Polmereyn. »Die Bank hat keine Probleme gemacht, die Farm steht ja recht gut da. Als Grant zu uns kam und uns den Vorschlag unterbreitete ...«

»Einen Moment, Mr Polmereyn«, unterbrach Bourke ihn und sah den Farmer gespannt an. »Bill Grant kam zu Ihnen? Wann?«

»Vor zwei Monaten«, erwiderte Sam Polmereyn, und mit einem Seitenblick zu Bethany fuhr er fort: »Du warst an dem Tag bei einer Freundin. Grant hat wohl abgepasst, dass du nicht zu Hause bist. Es war ein paar Tage, nachdem Bethany Miss Cornwall geworden war und sich für die Wahl der Miss South England qualifiziert hatte. Grant meinte, er säße nicht nur in der Jury, sondern hätte darüber hinaus großen Einfluss, schon wegen seines Fernsehsenders und der Magazine. Wenn wir wollten, dass Bethany Karriere macht, könne er uns und ihr sicher behilflich sein.«

»So ein Schwein!« Bethany schüttelte fassungslos den Kopf. Für Sandra bestand kein Zweifel, dass sie von diesem Arrangement keine Ahnung gehabt hatte. Leise sagte die junge Frau: »Nachdem ich Grant abgewiesen habe, hat er es also auf diese Tour versucht.«

»Was meinen Sie mit ›abgewiesen‹?«, hakte Bourke nach.

Bethany lächelte spöttisch und erklärte: »Na, der alte Sack hat versucht, mich ins Bett zu kriegen. Er hat gesagt, wenn ich recht *nett* zu ihm bin, wird er mich groß rausbringen.«

»Er hat was?« Wie von einer Nadel gestochen fuhr Sam Polmereyn hoch, packte seine Tochter und schüttelte sie.

»Lassen Sie das Mädchen los, Mr Polmereyn!« Entschlossen ging Bourke dazwischen und forderte Bethany auf, alles zu erzählen.

»Tja, ich hab ihm natürlich gesagt, dass ich lieber auf die Misswahl verzichte, als mit ihm zu schlafen«, erklärte Bethany. »Auch wenn es toll wäre, Model zu werden, so was mache ich sicherlich nicht. Ich dachte: Okay, das war es jetzt, ich werde vermutlich von der Wahl zur Miss South England aus irgendeinem fadenscheinigen Grund ausgeschlossen, und war ziemlich überrascht, als da nichts kam. Nachdem ich hier eingetroffen war, tat Grant so, als wäre nichts geschehen. Er war sogar sehr freundlich zu mir.« Sie zuckte mit den Schultern und sah ihren Vater vielsagend an. »Jetzt weiß ich ja, warum. Oh, Paps, wie konntest du das nur tun? Kennst du mich so wenig, um nicht zu wissen, dass ich es aus eigener Kraft schaffen will? Wenn der Laufsteg nicht für mich bestimmt ist, soll es so sein. Ich habe einen guten Schulabschluss, kann studieren oder mir einen Job suchen, irgendetwas wird sich finden lassen. Einen erkauften Erfolg will ich jedenfalls nicht!«

Sandra bewunderte die junge Frau, die genau wusste, was sie wollte und was nicht. Man durfte sich durch ihr Äußeres nicht täuschen lassen – hinter Bethanys Stirn arbeitete ein glasklarer Verstand.

Nachdenklich legte Bourke die Fingerspitzen aneinander und fragte: »Haben Sie, Mr Polmereyn, gewusst, dass Bill Grant Ihrer Tochter zu nahe getreten ist?«

»Natürlich nicht! Sonst hätte ich ihm die Fresse poliert, anstatt ihm so viel Geld in den Rachen zu werfen!«

»Es wäre aber ein Grund, auf den Mann mächtig sauer zu sein«, fuhr Bourke nachdenklich fort. »So sauer, dass einem schon mal die Sicherung durchbrennen kann. Vielleicht haben Sie Grant aufgesucht, weil Sie Ihr Geld zurückhaben wollten, er lehnte jedoch ab und dann ...«

Sam Polmereyn mochte zwar ein einfacher Farmer sein, er war aber nicht dumm und verstand, worauf der Chief Inspector anspielte.

»Ich habe den Mann nicht umgebracht«, sagte er erstaunlich ruhig. »Ich weiß, die Bestechung spricht gegen mich, wäre ich aber sonst heute hierhergekommen, in der Hoffnung, mir das Geld zurückzuholen?«

»Ich glaube Ihnen«, erklärte Bourke schlicht. »Halten Sie sich aber bitte zu meiner Verfügung.«

»Sir, andere Mädchen haben Grants Angebot aber nicht abgelehnt«, sagte Bethany nun. »Ich will niemanden in die Pfanne hauen, aber Paige hatte eine Affäre mit Grant. Ich habe selbst gesehen, wie sie mitten in der Nacht in sein Zimmer gegangen ist, und die Geräusche, die dann zu hören waren, lassen keine Fragen offen.«

»Danke für Ihre Aussage, Ms Bethany«, antwortete Bourke. »Sie und Ihr Vater können jetzt gehen.«

»Was wird denn jetzt mit der Wahl?«, fragte Bethany. »Werde ich disqualifiziert?«

»Da Bill Grant keinen Einfluss mehr ausüben kann, wird die Bestechung wohl keine Rolle spielen«, erwiderte Bourke. »Das fällt aber nicht in meinen Zuständigkeitsbereich, ich werde Henry Jordan und Nicole Edmunds aber fragen, ob hinter den Kulissen noch mehr unlautere Vorgänge geschehen sind.«

»Am besten kommst du mit mir nach Hause.« Fürsorglich

legte Polmereyn einen Arm um die Schultern seiner Tochter und führte sie aus dem Büro.

Mit dem DCI allein, fragte Sandra: »Glauben Sie, Grant wurde von jemandem getötet, von dem er bestochen worden war?«

»Das ist nicht auszuschließen. Wie passt Sheila Branson aber da rein? Vorausgesetzt, es gibt einen Zusammenhang zwischen den Morden.»

»Zwei Täter wären doch sehr unwahrscheinlich, Sir. Sheila könnte entweder davon gewusst haben und wollte es unterbinden, oder sie steckte in der Korruption mit drin. Auf jeden Fall gibt es nun andere Motive und damit auch andere Verdächtige als Ben Triggs.«

»Ich fürchte, Sie haben recht, Sandra.« Zum ersten Mal lächelte Christopher Bourke. »Aber solange der Junge sein Geständnis nicht widerruft und ich keine eindeutigen Beweise gegen einen anderen Täter vorweisen kann, muss Ben in der Klinik bleiben. Sehen Sie mich nicht so böse an, Sandra! Es geht ihm dort gut, er wird nicht wie ein Verbrecher behandelt, und seine Mutter kann ihn regelmäßig besuchen.«

»Was für Linda sicher ein großer Trost ist«, murmelte Sandra sarkastisch und sagte lauter: »Haben Sie bezüglich Amber schon etwas herausgefunden?«

Er nickte und antwortete: »Auch wenn ich es Ihnen eigentlich nicht sagen dürfte, aber ja, Amber ist die alleinige Erbin ihrer Mutter. Zwei Tage vor ihrem Tod hat Sheila die Summe von zehntausend Pfund in bar von ihrem Konto abgehoben. Das Geld wurde weder bei ihr noch in ihrem Zimmer gefunden, und Amber sagt, Sheila habe es der Kirche von Lower Barton spenden wollen.«

»Das hat Alverton mit keinem Wort erwähnt!«, rief Sandra überrascht.

Bourke seufzte und erwiderte mit einem Lächeln: »Ich hätte mir denken können, dass Sie mit Reverend Alverton gesprochen haben. Sandra, Sie können es nicht lassen, sich einzumischen, was?«

»Meine Unterhaltung mit Mr Alverton bezog sich lediglich auf die Grabstelle von Sheilas Mann«, entgegnete Sandra fest. »Als Taylor Branson in Lower Barton beerdigt wurde, war Alverton aber noch gar nicht in der Gemeinde.«

»Das hätte ich Ihnen auch sagen können.« Bourke drohte Sandra scherzhaft mit dem Finger. »Sie glauben immer noch, dass die beiden Morde im Zusammenhang mit dem Segelunfall stehen?«

»Dass Sheila ertränkt wurde und der Fundort sprechen dafür.«

»Es könnte jemand gewesen sein, der das so arrangiert hat, damit wir genau das annehmen. Noch etwas, Sandra: Die Art, wie Bill Grant getötet wurde, lässt darauf schließen, dass der Täter eventuell über eine militärische Ausbildung verfügt. Sie kennen nicht zufällig jemanden, auf den das zutrifft?«

»Nein, natürlich nicht«, antwortete Sandra spontan, fügte dann aber hinzu: »Oder doch ... ja ... Major Collins, unser Dauermieter. Er verbrachte sein halbes Leben im Dienst der Army, wenn man seinen zahlreichen Geschichten Glauben schenkt. Warum aber hätte der freundliche, ältere Herr Grant töten sollen? Die beiden Männer haben sich sogar gut verstanden, soweit ich das mitbekommen habe. Sie teilten ihre Vorliebe für saftige Steaks.«

Bourke ging zur Tür. Bevor er sie öffnete, sah er Sandra eindringlich an. »Ich habe Ihnen jetzt mehr gesagt, als ich eigentlich dürfte, einzig aus dem Grund, weil ich hoffe, Sie stochern nicht selbst in der Sache herum. Wenn Sie etwas erfahren, dann teilen Sie es mir unverzüglich mit, aber bitte keine Alleingänge!« Da Sandra einen Polizeibeamten nicht anlügen wollte, lächelte sie nur wortlos, und Bourke fügte seufzend hinzu: »Ebenso gut könnte ich versuchen, der Sonne zu verbieten, jeden Morgen aufzugehen. Sie sind alt genug, um zu wissen, was Sie tun, Sandra, aber passen Sie bitte auf sich auf.«

»Selbstverständlich, Christopher, wenn ich Sie jetzt wieder so nennen darf.«

»Ich war wohl etwas sehr streng mit Ihnen«, gab Bourke verlegen zu. »Selbstverständlich haben Sie mit Grants Tod nichts zu tun, auch wenn niemand bestätigen kann, wo sie zum Zeitpunkt der Tat waren.«

»Dem werde ich nicht widersprechen«, erwiderte Sandra freundlich.

Wie ein Häufchen Elend kauerte Bethany im Sessel. Amber legte beruhigend eine Hand auf ihre Schulter und sagte: »Dich trifft doch keine Schuld, Bethany! Ich glaube dir, dass du von diesen Machenschaften nichts gewusst hast.«

»Dann darf ich bleiben?« Hoffnungsvoll sah Bethany Amber an.

»Ich denke schon«, antwortete Amber und schob Bethany sanft aus dem Zimmer. »Ruh dich jetzt aus, damit wir heute Nachmittag weitermachen können.«

»Wie und ob es weitergeht, bestimmst nicht du, Amber«, sagte Henry Jordan, als er, Nicole und Amber allein waren.

»Ich bin entsetzt zu erfahren, welche Mittel Bill angewandt hat.«

»Ach komm, Henry, wir kannten Bill gut genug, um zu wissen, dass vor ihm kein Rock sicher war«, rief Nicole Edmunds.

»Das kannst du ja wohl am besten beurteilen«, murmelte Jordan.

»Was willst du damit andeuten?« Nicoles Augen funkelten zornig.

»Ich denke, das weißt du genau«, antwortete Jordan. »Es ist kein Geheimnis, dass ihr, du und Bill, eine Affäre hattet. Einzig aus diesem Grund hat er dich als Ersatz für Sheila eingeladen.«

»Ich wurde engagiert, weil ich gut bin!«, empörte sich Nicole.

»Im Bett vielleicht ...«

Entschlossen trat Amber zwischen die Streithähne und rief: »Bitte, hört auf! Gegenseitige Beschuldigungen führen doch zu nichts. Wir müssen sehen, wie es weitergehen soll. Die Wahl ist in vier Tagen, ich werde Bills Platz einnehmen.«

»Du?«

»Warum nicht?« Trotzig schob Amber die Unterlippe vor. »Nach dem Tod meiner Mutter hast du, Henry, mich zwar abgelehnt, jetzt jedoch wird es dir schwerfallen, kurzfristig jemanden zu finden, der für Bill einspringen kann. Wer will schon in einem Team mitarbeiten, in dem einer nach dem anderen umgebracht wird?«

»Du scheinst keine Angst zu haben, vielleicht die Nächste zu sein?«, fragte Nicole direkt. »Wenn es jemand darauf anlegt, die Wahl zu verhindern, dann ...«

»Trifft das ebenso auf euch zu«, vollendete Amber den Satz. »Zunächst müssen wir klären, ob die Liveübertragung noch stattfinden wird, es handelt sich immerhin um Bills Sender. Ich werde dort gleich anrufen.«

»Am besten sagen wir die ganze Sache ab.« Bei diesem Vorschlag sahen Amber und Nicole Jordan entsetzt an. »Die Wahl steht unter einem denkbar schlechten Stern, ich denke, es hat wenig Sinn, die Sache unter allen Umständen durchzuziehen.«

»Gerade jetzt erhalten wir eine Publicity, die wir uns nicht hätten träumen lassen«, wandte Nicole ein. »Es ist schrecklich, dass Sheila und Bill ermordet wurden, wenn wir jetzt aber klein beigeben, hat der Täter gewonnen.«

»Du glaubst wirklich, es hat mit der Wahl zu tun?«, fragte Jordan. »Wer hätte Grund, das zu tun? Und wieso?«

»Ich glaube nicht an einen Zusammenhang«, sagte Amber leise. »Selten bin ich mit dir, Nicole, einer Meinung, aber jetzt stimme ich dir zu. Wir machen weiter. Auch wenn anzunehmen ist, dass Bill noch mehr Mädchen versprochen hat, ihnen zum Sieg zu verhelfen – das ist ja jetzt vom Tisch, und alle gehen mit den gleichen Voraussetzungen in den Wettbewerb. Sheila und Bill hätten nicht gewollt, dass alles abgeblasen wird.«

Henry Jordan kam nicht umhin, Amber zu bewundern. Offenbar hatte er sie falsch eingeschätzt. Äußerlich hatte sie rein gar nichts von ihrer Mutter, jetzt zeigte Amber aber eine Stärke und Entschlossenheit, die Sheilas in nichts nachstand. Er sah fragend zu Nicole.

»Von mir aus«, sagte Nicole. »Schlimmer kann es wohl nicht mehr werden. Allerdings werden wir alle Mädchen auffordern, ehrlich zu sagen, wer auf Bills ... nennen wir es mal *Angebot* eingegangen ist. Bethany nannte Paige, und ich fürchte, es sind noch mehr.«

»Ich spreche gleich mit ihnen«, bot Amber an. Die Genugtuung, dass sie ihre Vorstellungen durchsetzen konnte, verbarg sie nicht.

Sandra reagierte sachlich, als Amber ihr mitteilte, dass die Wahl wie geplant stattfinden würde.

»Die Leute vom Sender werden am Samstagvormittag eintreffen, um ihr Equipment aufzubauen. Den Bestuhlungsplan für den Ballsaal und die Auflistung, welche technischen Voraussetzungen gegeben sein müssen, haben Sie bereits erhalten. Ich kann davon ausgehen, dass alles schnell und unkompliziert aufgebaut wird, nicht wahr?«

»Ms Amber, es ist alles vorbereitet«, antwortete Sandra mit einem geschäftsmäßigen Lächeln. »Wie mit Sheila besprochen, werden die Gäste mit Champagner und Fingerfood empfangen, nach der Veranstaltung bieten wir ein kalt-warmes Büfett an. Haben Sie wegen des Essens andere Wünsche als Ihre Mutter? Der Koch wird auch vegetarische und vegane Speisen zubereiten.«

»Das ist perfekt, Ms Sandra, und ich denke, wir können das so belassen.« Amber wirkte sichtlich zufrieden. Während sie die Treppe hinaufging, pfiff sie eine beschwingte Melodie.

»Die Frau hat wirklich Nerven«, raunte Eliza Sandra zu. »Die Todesfälle scheinen sie kein bisschen zu tangieren.«

»Amber ist aus dem Schatten ihrer Mutter herausgetreten«, erwiderte Sandra. »Sie ergreift jetzt die Chance, zu beweisen, was wirklich in ihr steckt.«

»Was, wenn Amber die Täterin ist?«

»Daran kann ich nicht recht glauben.« Sandra verschwieg Eliza, was Christopher Bourke über die Methode, wie Bill Grant gestorben war, gesagt hatte. Der DCI hatte ihr das im Vertrauen mitgeteilt, und das wollte sie nicht missbrauchen. »Darf ich mir noch einmal Ihren Wagen ausleihen, Eliza?«, bat sie. »Ich muss im Ort etwas erledigen, werde aber in einer Stunde wieder zurück sein.«

Eliza nickte, nahm den Autoschlüssel aus ihrer Handtasche und reichte ihn Sandra. Da ploppte eine E-Mail auf dem Bildschirm des Computers auf. Sandra war bereits an der Tür, als Eliza rief: »Eben kam eine Nachricht von Alistair Henderson für Sie, sie ist mit *wichtig* gekennzeichnet.«

Sandra seufzte und kehrte hinter die Rezeption zurück.

»Lesen Sie vor, Eliza.«

»Die Mail ist aber für Sie, Sandra.«

»Henderson kann mir nichts mitteilen, was Sie nicht ebenso angeht«, antwortete Sandra, einen unangenehmen Druck im Magen.

»Sehr geehrte Ms Flemming ...«, las Eliza, und Sandra warf ein: »Das beginnt ja sehr förmlich.«

»Aufgrund der Vorfälle im Higher Barton Romantic Hotel sehe ich mich gezwungen, in den nächsten Tagen eine Vorstandssitzung einzuberufen. In der großen Runde muss entschieden werden, ob Sie den Anforderungen, die Ihre Position mit sich bringt, noch länger gewachsen sind ...« Eliza brach ab und rief aufgebracht: »Die können Ihnen doch nicht die Schuld für die Morde geben!«

»Als Managerin bin ich für einen reibungslosen Ablauf im Hotel verantwortlich«, erwiderte Sandra mit einem bitteren Unterton. »Ich verstehe Mr Henderson, er muss die Zahlen im Auge behalten. Uns allen ist bewusst, dass die schrecklichen Vorfälle Einbußen bei den zukünftigen Buchungen bedeuten können.«

»Trotzdem, Sandra! Sie dürfen das nicht auf sich sitzen lassen! Wenn der Vorstand es wagen sollte, Ihnen zu kündigen, gehe ich gleich mit. Sollen die dann sehen, wie sie den Laden hier schmeißen wollen.« Eliza war so wütend, wie Sandra die normalerweise beherrschte, sachliche Frau nie zuvor erlebt hatte. Ihr Verhalten rührte Sandra. Es war noch gar nicht so lange her, da hätte Eliza alles getan, um Sandra loszuwerden und selbst die Leitung des Hotels zu übernehmen.

»So weit ist es noch lange nicht, Eliza«, sagte Sandra zuversichtlicher, als ihr zumute war. »Für eine Kündigung müssen schwerwiegende Gründe vorliegen. Ich fürchte eher, Henderson wird mich in irgendein großes Hotel versetzen, wo ich dann nur noch in der zweiten oder dritten Reihe tätig sein darf.«

Sie trat zum Computer, loggte sich mit ihrem Passwort in das Internet ein, dann rief sie die Seite der *National Lottery* auf. Eliza sah ihr über die Schulter und sagte verwundert: »Ich wusste nicht, dass Sie spielen.«

»Nur selten, eigentlich gebe ich nur dann einen Tipp ab, wenn etwas so richtig schiefläuft.« Wegen Elizas fragenden Gesichtsausdrucks erläuterte Sandra: »Das ist eine Marotte meines Vaters. Er meint, wenn etwas Schlechtes geschieht, dann muss gleichzeitig auch etwas Positives geschehen, sozusagen als Ausgleich. Er macht es auch so, hat aber noch nie etwas gewonnen.«

»Und Sie?«

»Vor drei Jahren war mir das Glück tatsächlich hold.« Sandra grinste und zwinkerte Eliza zu. »Diese fünfunddreißig Pfund habe ich dann mit einem Essen beim Italiener auf den Kopf gehauen. Sie missbilligen, dass ich Lotto spiele?«, fragte sie, da Eliza die Mundwinkel nach unten zog.

»Mein Vater war ein Spieler und hat die Familie beinahe zugrunde gerichtet.«

»Das wusste ich nicht.« Sandra war ehrlich betroffen.

»Zuerst war es auch nur Lotto«, fuhr Eliza fort, »dann kamen die Automaten. Bald verlor er ein Vielfaches von dem, was er gewann. Er nahm sogar eine Hypothek auf unser Haus auf, um seine Schulden zu tilgen. Als mein Bruder sich selbstständig machte und seine Firma einen guten Profit abwarf, scheute Vater sich nicht, den eigenen Sohn anzupumpen.«

Sandra wusste nicht, was sie sagen sollte. So offen hatte Eliza noch nie über ihre Familie gesprochen. »Haben Sie noch Kontakt zu Ihren Eltern, Eliza?«, fragte sie leise.

»Sie sind inzwischen beide gestorben.« Eliza antwortete so emotionslos, als spräche sie über eine Lappalie. »Vater bekam zwar gerade noch die Kurve und hörte mit dem Spielen auf, sein Körper war von bösartigen Tumoren aber bereits durchsetzt. Meine Mutter starb nur ein Jahr nach ihm, sie wollte ohne ihn nicht weiterleben.«

Spontan ergriff Sandra Elizas Hand und drückte sie. »Dann haben Sie nur noch ihren Bruder. Vielleicht sollten Sie und er ...«

»Mein Bruder hat seine Entscheidung getroffen«, schnitt Eliza ihr das Wort ab. »Lassen Sie sich aber nicht abhalten, dem Glücksspiel zu frönen, wenn Sie es unbedingt müssen. Sie sind schließlich erwachsen.«

»Eliza, wie ich vorhin sagte, spiele ich nur selten, und

wenn, dann nur vier Reihen für insgesamt acht Pfund. Ich bin keine Zockerin, ein solches Risiko würde ich niemals eingehen.«

»Sie brauchen sich mir gegenüber nicht zu rechtfertigen«, erwiderte Eliza und trat hinter der Rezeption hervor. »Ich gehe mal kurz an die frische Luft. Wenn Sie weg sind, werde ich die Rezeption im Auge behalten. Bringen Sie bitte meinen Wagen wieder in einem Stück zurück.«

Sandra sah Elizas großer, hagerer Gestalt nach, als sie die Hotelhalle verließ. In wenigen Minuten hatte sie mehr über Eliza erfahren als in all den Monaten ihrer engen Zusammenarbeit. Sie begann, die spröde Frau besser zu verstehen.

Reverend Alverton lächelte erfreut, als Sandra vor der Tür des Pfarrhauses stand, und sie kam nicht umhin, schon wieder festzustellen, wie weiß und ebenmäßig seine Zähne waren.

»Ich hätte nicht erwartet, dass Sie meine Einladung so bald annehmen, Ms Flemming. Kommen Sie bitte herein. Ich mache uns einen Tee, dann sprechen wir entspannt über all die Fragen, die Sie beschäftigen. Ich glaube, Sie wissen nicht sehr viel über unsere Kirche?«

»Das ist sehr freundlich, Mr Alverton, aber ich bin nicht gekommen, um mich über Glaubensfragen zu unterhalten«, wehrte Sandra ab. Sie hatte nicht viel Zeit und wollte gleich zur Sache kommen. »Es interessiert mich, zu erfahren, ob Sheila Branson Ihnen eine Summe in Höhe von zehntausend Pfund übergeben hat.«

Der Geistliche lachte laut und zwinkerte Sandra zu. »Sie sind im Nebenjob also doch Ermittlerin! Mit derselben

Frage suchte mich der Chief Inspector eben erst auf. Sie haben ihn nur um wenige Minuten verpasst.«

Zum Glück habe ich noch Lotto gespielt, dachte Sandra, denn Christopher Bourke wäre alles andere als erfreut gewesen, ihr hier zu begegnen, und hätte eins und eins zusammengezählt.

»Was haben Sie dem Inspector geantwortet?«, fragte sie.

»Dass die Frau mich weder aufgesucht noch mir Geld gegeben hat«, antwortete der Reverend. »Ich habe Sheila Branson nie persönlich kennengelernt.« Als Sandra etwas sagen wollte, hob er die Hände. »Ich antwortete dem DCI, dass der Kirche eine solch hohe Summe durchaus willkommen gewesen wäre und ich eine Spende nicht abgelehnt hätte. An dem alten Gebäude gibt es immer etwas zu restaurieren. Leider jedoch ...« Er endete mit einem Grinsen, das ihn wie einen großen Jungen aussehen ließ.

»Ich vermutete, Sheila habe Ihnen die Summe gegeben, damit sich weiterhin jemand um das Grab ihres Mannes kümmert«, murmelte Sandra.

»Sie und der Chief Inspector sollten sich zusammentun, Ms Flemming, denn das war auch seine Überlegung.« Ernst fuhr der Reverend fort: »Ich kann mir nicht vorstellen, dass die schrecklichen Morde mit dem Friedhof oder gar der Kirche zu tun haben. Es mutet zwar seltsam an, dass die arme Frau ausgerechnet auf der letzten Ruhestätte ihres Mannes gestorben ist, dennoch müssen Sie und Inspector Bourke das Motiv woanders als in der Kirche oder gar bei mir suchen.«

»Es sieht alles danach aus«, erwiderte Sandra.

»Möchten Sie nicht doch hereinkommen und einen Tee mit mir trinken?«

»Ein anderes Mal gern, Reverend, heute bin ich in Eile. Ich danke Ihnen für die Auskunft.« Sandra zweifelte nicht an seiner Aussage, außerdem würde ein Geistlicher wohl niemals lügen.

»Keine Ursache, ich bin gern behilflich, wenn es darum geht, den Täter zu finden. Möchten Sie mir vielleicht verraten, was es mit diesem Geld auf sich hat? Ihr *Kollege«* – er zwinkerte belustigt – »wollte mir keine näheren Erklärungen geben.«

»Es tut mir leid, dann darf ich auch nicht mehr sagen, Reverend.«

Er zuckte mit den Schultern und meinte: »Wenn die Fälle abgeschlossen sind, hoffe ich, Sie besuchen mich wieder, Ms Flemming. Keine Sorge, ich werde nicht versuchen, Sie zum Konvertieren zu überreden. Wir können einen Tee trinken und zwanglos miteinander plaudern. Ich würde gern mehr über Sie erfahren.«

»Ach, da gibt es nichts Interessantes«, wiegelte Sandra ab, versprach aber, die Einladung zum Tee anzunehmen, sobald im Hotel wieder Ruhe eingekehrt war.

Auf dem Rückweg nach Higher Barton fragte sie sich, ob Reverend Alverton versucht hatte, mit ihr zu flirten. Wenn ja, dann war das im Moment der denkbar ungünstigste Zeitpunkt dafür. Sie gestand sich aber ein, dass das Interesse des Geistlichen ihr schmeichelte.

VIERZEHN

In der folgenden Nacht ließen die Gedanken Sandra erneut nicht zur Ruhe kommen. Die Gewissheit, vom Vorstand von *Sleep & Stay Gorgeous* für die negativen Schlagzeilen mitverantwortlich gemacht zu werden, bereitete Sandra zusätzlich Magendrücken. Rechtlich konnte Alistair Henderson natürlich nichts gegen sie unternehmen, die versteckten Vorwürfe jedoch weckten in Sandra tatsächlich Zweifel, ob sie für eine solch verantwortungsvolle Position innerhalb der Hotelkette wirklich geeignet war. Nach außen hin wirkte Sandra sehr tough, als ob sie nur schwer aus der Ruhe zu bringen war, innerlich jedoch war sie harmoniebedürftig und wünschte sich, mit allen konfliktfrei zusammenzuarbeiten. Der Abend hatte aber auch eine positive Nachricht gebracht: Ann-Kathrin Trengove rief an und teilte Sandra mit, dass die Maschine aus Singapur pünktlich in Heathrow gelandet war.

»Alan hat den letzten Zug nach Cornwall erreicht, er wird gegen Mitternacht zu Hause sein und sich morgen im Laufe des Tages bei dir melden«, hatte die Freundin gesagt. »Heute Nacht werde ich meinen Mann auf den neuesten Stand der Dinge bringen.«

Wenn es Alan gelang, den Verdacht gegen Ben Triggs zu

entkräften, wäre dem jungen Mann und seiner Mutter sehr geholfen. Für Sandra verdichtete sich die Vorstellung, Sheila habe mithilfe von Bill Grant ihren Mann getötet, um in den Genuss seiner Lebensversicherung zu kommen, immer mehr, ebenso, dass noch eine dritte Person in das Verbrechen involviert gewesen war. Derjenige hatte Sheila erpresst – wofür sonst hätte sie eine solch hohe Geldsumme in bar benötigt? –, Sheila hatte dann aber nicht mehr mitgespielt und musste sterben. Ebenso Bill Grant, auch wenn man normalerweise die Kuh, die man melken kann, nicht tötet. Ein Mörder handelte aber selten *normal,* und Sandra war überzeugt, dass mehr hinter dieser Geschichte steckte. Zu ärgerlich, dass der DCI von ihrer Theorie nichts wissen wollte. Oder befand sie sich völlig auf dem Holzweg? Steckte doch Amber hinter den Morden? Verfügte die junge Frau wirklich über eine derart starke kriminelle Energie und Kaltblütigkeit, erst ihre eigene Mutter und dann Grant zu töten?

Für den Zeitraum, in dem Bill Grant umgebracht worden war, hatte Amber nicht nur ein Alibi, sie wäre auch rein körperlich nicht in der Lage gewesen, Grant mit einem einzigen gezielten Stich zu töten. Alle jungen Frauen, Henry Jordan sowie Nicole Edmunds hatten in der betreffenden Zeit den Ballsaal nicht verlassen und waren erst durch den Schrei des Hausmädchens auf die Tat aufmerksam geworden. Der Täter musste sich aber im Hotel aufgehalten haben. Eliza hatte ihren Platz hinter der Rezeption für ein paar Minuten verlassen. War sie vom Mörder womöglich beobachtet worden, der nur auf diesen Moment gewartet hatte, um in Grants Zimmer einzudringen?

Aus dem Spiegelschrank im Badezimmer nahm Sandra

ein Fläschen mit Minzöl, träufelte sich ein wenig auf den Zeigefinger und massierte das Öl in ihre Schläfen ein. Scharf stieg ihr der Geruch in die Nase, die Essenz würde aber helfen, die Kopfschmerzen zu lindern. Sandra ging in die Küche, schenkte sich eine Tasse Milch ein und stellte sie in die Mikrowelle. Es war inzwischen ein Uhr nachts, und sie musste versuchen, noch ein paar Stunden zu schlafen.

Das Licht des Bewegungsmelders vor dem Portal flammte auf. Sandra sah eine Person das Hotel verlassen und schnellen Schrittes zur Einfahrt gehen. Es war Amber, die mitten in der Nacht schon wieder das Hotel verließ. Keinen Moment dachte Sandra, dass Schlaflosigkeit der Grund für diese nächtlichen Spaziergänge war. Sie überlegte nicht lange, schlüpfte in ihre Sneakers und warf sich eine Jacke über. Sie trug zwar einen Pyjama, wollte aber keine Zeit mit Anziehen verlieren.

An der Kreuzung vor der Hoteleinfahrt hatte Sandra sie beinahe eingeholt und hielt sich so weit zurück, dass Amber sie nicht bemerken konnte. Sheilas Tochter überquerte die Straße und bog auf einen in den Wald führenden Trampelpfad ein. Sie schaute nicht zurück, sie vermutete wohl nicht, dass jemand ihr folgen könnte. Unter den gegebenen Umständen war Ambers nächtlicher Spaziergang sicher kein Zufall, da sie zielstrebig ausschritt, ohne nach links oder rechts zu schauen. Sandra fühlte sich wie die junge Miss Marple, als sie in gebührendem Abstand Amber weiter in den Wald hinein folgte. Sie achtete darauf, auf keinen trockenen Ast zu treten. Da raschelte es plötzlich im Gebüsch. Schnell verbarg sich Sandra hinter dem dicken Baumstamm einer uralten Rotbuche. Auch Amber war stehen geblieben und sah sich suchend um. Aus dem Dickicht schälte sich eine große, kräftige Gestalt und breitete die Arme aus.

»Amber, endlich!«, hörte Sandra eine tiefe, männliche Stimme. »Ich freue mich, dass du gekommen bist.«

Amber stürzte sich in die Arme des Mannes und presste ihr Gesicht an seine Brust. Von ihrer Position aus konnte Sandra nicht verstehen, was sie sagte, auch war sie zu weit entfernt und das Mondlicht zu schwach, um das Gesicht des Mannes erkennen zu können. Sie verhielt sich völlig regungslos und atmete flach, meinte aber, dass Pochen ihres Herzens müsste von den beiden gehört werden. Jetzt küsste der Mann Amber auf die Stirn, legte einen Arm um ihre Schultern und führte sie tiefer in den Wald hinein. Nach zwei, drei Sekunden wurden sie von der Dunkelheit verschluckt. Langsam ging Sandra den Weg zurück. Das Risiko, bemerkt zu werden, war ihr jetzt, da Amber nicht mehr allein war, zu groß. Während des Rückweges nach Higher Barton grübelte Sandra darüber nach, ob sie den Fremden schon einmal gesehen haben könnte, fand aber keine Antwort. Um Henry Jordan hatte es sich eindeutig nicht gehandelt. Hatte Amber in der kurzen Zeit, seit sie in Higher Barton war, jemanden kennengelernt und sich verliebt? Obwohl ihre Mutter und Bill Grant getötet worden waren? Mehr als unwahrscheinlich, sagte sich Sandra. Der Fremde musste jemand sein, den Amber bereits kannte, der ihr nach Cornwall gefolgt war und ihr bei den Morden geholfen hatte. Sandra war sicher, dass Amber sich regelmäßig mit diesem Mann traf, bestimmt auch an dem Abend, als Sandra sie beinahe angefahren hatte. Damals hatte Amber jedoch verstört gewirkt, heute hatte Sandra aber den Eindruck gewonnen, dass die junge Frau und den Mann eine innige Zuneigung verband.

Sandra verharrte und atmete schwer. Nach Sheilas Tod hatte sie Amber, trotz ihres starken Motivs, aus dem Kreis der Verdächtigen ausgeschlossen. In den letzten Tagen war sie unsicher geworden, und jetzt war es bewiesen, dass die junge Frau etwas verbarg. Niemals hätte es Amber allein fertiggebracht, ihre Mutter in einem Wasserfass zu ertränken. Der Unbekannte im Wald war jedoch kräftig genug für eine solche Tat. Er hatte wohl in der Nähe des Hotels gewartet und war von Amber informiert worden, als Bill Grant den Ballsaal verließ, um in sein Zimmer zu gehen. Eine kurze, schnelle Nachricht über das Mobiltelefon, von Amber geschrieben – das fiel niemandem auf. Sandra sah Amber vor sich, wie ihre Finger auf der Flöte spielten, wie sie, die Augen geschlossen, ihren Oberkörper im Takt der Musik bewegte, und auch ihren ungläubigen Gesichtsausdruck, als sie ihre Mutter hatte identifizieren müssen. Ambers Zusammenbruch neben der Bahre war glaubhaft gewesen, keinen Moment wäre Sandra auf den Gedanken gekommen, die junge Frau habe alles nur gespielt. Sie schüttelte sich vor Entsetzen, sich derart in Amber getäuscht zu haben.

Zurück in ihrem Cottage, gönnte sich Sandra einen heißen, starken Kaffee aus der vollautomatischen Maschine. Schlafen konnte sie ohnehin nicht mehr. Nach zwei, drei Schlucken nahm sie das Telefon zur Hand, zögerte aber und steckte es in die Jackentasche zurück. Sie glaubte zwar nicht, dass sich Amber und dieser Fremde ausgerechnet heute Nacht aus dem Staub machen würden. Aber konnte sie es verantworten, die Polizei erst am Morgen über ihre brisante Entdeckung zu informieren?

Zwei Stufen auf einmal nehmend, hastete Sandra die Treppe hinauf, zog den Pyjama aus, Unterwäsche, eine Jeans und ein T-Shirt an, dann wieder die Jacke darüber. Für einen Moment dachte sie an die Worte ihrer Großmutter, die ihr immer gesagt hatte, sie sei zu impulsiv und solle erst nachdenken und dann handeln. Bevor Sandra jedoch wie ein gefangenes Raubtier die restliche Nacht in ihrem Cottage auf und ab laufen würde, wollte sie die Polizei informieren. Da sie fürchtete, Bourke könne sein Telefon abgeschaltet haben oder, wenn er das Gespräch entgegennahm, sie mit ein paar Worten abwimmeln, wollte sie ihn persönlich mit ihren Erkenntnissen konfrontieren. Dann blieb ihm nichts anderes übrig, als sofort zu handeln und eine Fahndung nach dem Fremden zu veranlassen.

Kalt schnitt der Fahrtwind Sandra ins Gesicht, trotzdem lief ihr der Schweiß über den Rücken, während sie kräftig in die Pedale des Fahrrades trat. Auch wenn die Tage noch mild waren, jetzt mitten in der Nacht ließ es sich nicht leugnen, dass der Herbst in Cornwall Einzug hielt. Die Kirchturmuhr schlug die dritte Stunde, als Sandra die Trelawn Road erreichte. Die Straße in Richtung des Ortes Pelynt lag am östlichen Rand Lower Bartons und war zu beiden Seiten von Reihenhäusern aus den 1980er-Jahren gesäumt. Es war Monate her, als Detective Chief Inspector Christopher Bourke in einem Nebensatz erwähnt hatte, er würde ein kleines Apartment in der Trelawn Road bewohnen. Im Allgemeinen war es nicht üblich, dass die Adressen von Polizeibeamten bekannt waren. Da Bourke und Sandra aber nicht gedacht hatten, jemals wieder auf beruflicher Ebene miteinander zu tun zu haben, hatte Bourke ihr erzählt, dass das Haus einem Fabrikanten aus Leeds gehörte, der sich in Cornwall einen Zweitwohnsitz gekauft hatte. Als Dauermieter bewohnte

Bourke das Erdgeschoss, während der erste und der zweite Stock vom Eigentümer als Ferienwohnung genutzt wurde, die er auch immer mal wieder Verwandten und Freunden zur Verfügung stellte. Die Hausnummer kannte Sandra zwar nicht, zu ihrer Erleichterung sah sie aber das Auto des Chief Inspectors am Straßenrand stehen. Außerdem hatte Bourke erwähnt, dass im Vorgarten ein großer Rhododendron wuchs, der so üppig gedieh, dass die Blätter ihm das Licht nahmen.

»Im Sommer muss ich täglich die vertrockneten Blüten beseitigen«, hatte Bourke gesagt, »sonst liegen sie fast knöchelhoch vor der Tür.«

Es gab nur ein Haus mit einem etwa zwei Meter hohen Rhododendron vor einem Erker. Hinter den Fenstern war es dunkel. Sandra ging durch den Vorgarten, dann zückte sie ihr Handy und drückte die Kurzwahltaste, unter der sie die Privatnummer des DCI gespeichert hatte. Es läutete mehrmals, dann hörte Sandra seine verschlafene Stimme: »Ja, ja, Sandra ... was ist denn los?«

Er hatte ihre Nummer also auch gespeichert, da er sofort wusste, wer ihn aus dem Schlaf gerissen hatte.

»Christopher, ich muss mit Ihnen sprechen!«

»Hat das nicht Zeit bis morgen?«, nuschelte Bourke. »Oder ist im Hotel etwa schon wieder jemand umgebracht worden?«

»Das möge Gott verhüten«, stieß Sandra hervor. »Aber ich habe eine Beobachtung gemacht und glaube jetzt zu wissen, wer der Mörder ist.«

»Oh!« Sandra hörte Bourke sich räuspern, dann sagte er: »Es ehrt Sie, dass Sie sich nicht selbst auf den Weg machen, den Täter zu überführen, sondern mich darüber informieren. In einer halben Stunde bin ich bei Ihnen.«

»Das ist nicht nötig, ich stehe vor Ihrer Tür.«

»Was?«

»Ich dachte, es ist besser, wenn wir miteinander sprechen, ohne Zeit zu verlieren.«

»Moment.«

Bourke legte auf, dann flammte Licht hinter dem Erkerfenster auf, etwa eine Minute später wurde die Tür geöffnet.

»Also, ich muss schon sagen, Sandra ...« Bourke seufzte und machte eine einladende Handbewegung. »Wie haben Sie mich eigentlich gefunden?«

»Sie erwähnten mal Ihre Adresse«, antwortete Sandra und trat in einen schmalen Flur. Christopher Bourke winkte sie nach rechts hinein. Durch einen kleinen Vorraum mit ein paar Garderobenhaken und einem Schuhschränkchen gelangte Sandra direkt in das Wohnzimmer. Mit einem Blick erfasste sie eine ausladende, mit schwarzem Leder bezogene Couch, in der Ecke eine rote, sorgfältig zusammengelegte Wolldecke, davor einen Glastisch mit Stahlrahmen, einen Kaminofen, daneben zwei niedrige Regalschränke und an der Wand einen modernen Fernseher. Auf dem Boden aus hellem Holz lag ein rot-schwarzer Läufer mit einem hohen Flor.

»Schießen Sie los, Sandra«, forderte Bourke sie auf. »Ich hoffe, es handelt sich nicht um Hirngespinste, weswegen Sie mich aus dem Bett geholt haben.«

Sandra lächelte entschuldigend. Zum ersten Mal sah sie Christopher Bourke unrasiert und stellte überrascht fest, dass seine Wangen von dichten, hellroten Stoppeln bedeckt waren. Sie hatte immer angenommen, Rothaarige hätten einen eher spärlichen Bartwuchs. Bourke musste sich schnell angezogen haben, denn das weiße T-Shirt war auf links gedreht. Seine hellgrünen Augen sahen sie aber wach und zugleich so streng an, dass Sandra lieber auf diesen Hinweis verzichtete.

»Also, was meinen Sie, herausgefunden zu haben?«, fragte Bourke und wippte dabei ungeduldig mit einem Fuß. »Kommen Sie bitte zur Sache, oder erwarten Sie erst eine Tasse Tee?«

»Eine hervorragende Idee, Christopher«, erwiderte Sandra schmunzelnd. »Ihr Engländer trinkt doch zu jeder Tages- und Nachtzeit Tee, dabei plaudert es sich gleich leichter.«

»Meine liebe Sandra, es scheint Ihnen wohl entgangen zu sein, dass es nach drei Uhr nachts ist.« Er schien nicht zum Scherzen aufgelegt zu sein. »Außerdem muss ich Sie darauf aufmerksam machen, dass es gegen alle Regeln verstößt, einen Chief Inspector in dessen Wohnung aufzusuchen. Ich denke, was Sie mir mitzuteilen haben, hätten Sie mir auch morgen Vormittag auf dem Revier sagen können.«

»Sie fühlen sich jetzt aber nicht etwa kompromittiert?«, fragte Sandra. Trotz des schrecklichen Verdachts gegenüber Amber machte es ihr Spaß, Christopher Bourke zu necken. Allerdings wollte sie ihn nicht in Verlegenheit bringen, da seine Ohren nun aber einen rosa Farbton annahmen, deutete sie nach links und sagte: »Ich nehme an, dort geht's in die Küche? Ich mache uns Tee, dann erzähle ich Ihnen alles.«

Der Korridor, der Wohnzimmer und Küche verband, war offen, auf der linken Seite war die Tür zum Schlafzimmer nur angelehnt. Durch den Spalt sah Sandra in dem kleinen Raum ein schmales Bett und einen deckenhohen Schrank. Die Küche war großzügig geschnitten. Die Fliesen auf dem Boden, an den Wänden und auf den Arbeitsflächen waren schwarz-weiß, an der Seite standen ein Tisch mit einer dunklen Glasplatte und zwei mit schwarzem Leder bezogene Stühle. Sandra hatte eine so geschmackvolle Einrichtung im Art-déco-Stil nicht erwartet. Hinter der geschlossenen Tür am anderen Ende der Küche befand sich wohl das Bad, während auf der Seite eine weitere Tür in einen kleinen Hinterhof führte. Das Apartment war klein, für eine Person aber ausreichend, und picobello aufgeräumt und sauber.

»Gefällt Ihnen, was Sie sehen?«

»Wie bitte?«

Sandra fuhr herum. Bourke lehnte an dem Schrank und grinste. »Ich sehe Ihrer Nasenspitze an, dass Sie sich einen Junggesellenhaushalt anders vorgestellt haben. Ich hoffe, Sie sind nicht allzu sehr enttäuscht.«

»Ich mache jetzt den Tee«, erwiderte Sandra ausweichend und füllte den Wasserkocher auf.

Bourke nahm zwei Tassen aus dem Schrank mit Milchglastüren und legte je einen Teebeutel hinein. »Würden Sie mir jetzt bitte sagen, warum Sie der Meinung sind, den Täter gefunden zu haben?«, fragte er. »Ist der vielleicht zu Ihnen gekommen und hat ein umfassendes Geständnis abgelegt und Ihnen im Detail erklärt, wie und warum er gemordet hat?«

»Sie nehmen mich nicht ernst!« Sandras Augen sprühten Funken. »Es war ein Fehler, Ihnen unverzüglich meine Entdeckung mitteilen zu wollen. Ich hätte wissen müssen, dass Sie meiner Theorie keinen Glauben schenken, ja, sie nicht einmal anhören möchten. Und dafür schlage ich mir die Nacht um die Ohren und radle extra den weiten Weg von Higher Barton hierher.«

»Ich gebe zu, unter anderen Umständen würde ich mich

freuen, mitten in der Nacht mit Ihnen allein in meiner Wohnung zu sein«, fuhr Bourke so gelassen fort, als würden sie über das Wetter plaudern.

Sandra erstarrte in der Bewegung. Eine heiße Welle stieg in ihrem Brustkorb auf, zu ihrem Entsetzen bemerkte sie, wie ihr Kopf feuerrot wurde. Peinlich berührt drehte sie sich um und starrte aus dem Fenster in die schwarze Dunkelheit. Seit sie Christopher Bourke kannte, hatte sie ihn wegen seines Errötens bedauert und geglaubt, ihr würde so etwas nicht passieren. Sie war schließlich eine Geschäftsfrau, die mit beiden Beinen im Leben stand. Ja, vielleicht hatte sie das eine oder andere Mal ein wenig mit dem sympathischen Chief Inspector geflirtet, einzig aus dem Grund, um ihn aus der Reserve zu locken. Warum flatterte ihr Herz jetzt wie ein aufgescheuchter Vogel in ihrer Brust? Dabei waren seine Worte nur Spott, wohl um ihr zu zeigen, dass er ebenso schlagfertig sein konnte.

»Sandra ...« Sie spürte den sanften Druck seiner Hand auf ihrer Schulter. »Es war nur ein Scherz, ich wollte Ihnen nicht zu nahe treten.«

»Das Teewasser kocht«, murmelte Sandra. Ihn jetzt nur nicht merken lassen, wie sehr seine körperliche Nähe sie aufwühlte! Sie war schließlich gekommen, um einen brutalen Mörder zur Strecke zu bringen.

Als der Tee in den Tassen dampfte, fragte Sandra herausfordernd: »Wollen Sie jetzt wissen, warum ich Sie aufgesucht habe?«

»Da Sie wohl nichts davon abhalten kann, verspreche ich Ihnen, Sie ernst zu nehmen.«

Jeglicher Spott in seinem Blick war ehrlichem Interesse gewichen, also platzte Sandra heraus: »Amber und ein bisher mir noch fremder Mann haben die Morde gemeinsam begangen!«

»Das Thema mit dem großen Unbekannten hatten wir doch bereits.«

»Aber jetzt habe ich einen Beweis, denn ich habe ihn gesehen!«, trumpfte Sandra auf und erzählte Bourke, wie sie Amber in den Wald gefolgt war.

Ruhig hörte er ihr zu, dann erwiderte er: »Ich gebe zu, das klingt seltsam. Von Ms Amber habe ich zwar den Eindruck gewonnen, dass sie sich nicht heimlich mit einem Liebhaber trifft, ausgeschlossen ist das aber nicht.«

»Sie müssen Amber noch einmal vernehmen und sie nach diesem Mann fragen, Christopher.«

Er nickte. »Der Mann kann von überall her gekommen sein, vielleicht sogar von außerhalb Cornwalls. Wenn Ms Amber die Begegnung leugnet, steht deren Wort gegen Ihres.« Als er sah, wie sie aufbrausen wollte, fügte er beruhigend hinzu: »Selbstverständlich glaube ich Ihnen. Sie sind keine Frau, die Realität und Fiktion miteinander vermischt. Zur Frühstückszeit komme ich nach Higher Barton und spreche mit Amber Branson.«

»Danke.« Sandras Finger umklammerten die warme Teetasse. Mehr konnte sie im Moment von dem DCI nicht erwarten, zu ihrer Überraschung sagte er aber: »Sandra, was ich Ihnen jetzt mitteile, dürfte ich Ihnen eigentlich nicht sagen, und ich bitte Sie, mit niemandem darüber zu sprechen, sonst komme ich in Teufels Küche.«

»Vielleicht ist es dann besser, keine Interna zu verraten?«, schlug Sandra vor, sah Bourke aber gleichzeitig erwartungsvoll an.

Er schüttelte den Kopf. »Sie sollen sehen, dass ich Ihnen

glaube und Ihre Überlegungen nicht pauschal von der Hand weise, denn es gibt Ansätze, die dafür sprechen, dass beide Taten von einem kräftigen Mann ausgeführt wurden. Dass dieser Mann aus der Gegend stammt – auch dafür fand sich ein Hinweis. Bei Sheila Branson war große Kraft notwendig, um die Frau zu ertränken, dafür sprechen die Hämatome an ihrem Oberköper, und Bill Grant wurde mit einem so gezielten Stich von hinten in die Lunge getötet, wie es in der Regel in der Kampfausbildung bei der Army gelehrt wird.« Sandra bemerkte sein Zögern und spürte, dass da noch mehr war. »Schlussendlich wurde an Grants Körper dieselbe DNA gefunden wie bei einem Einbruchdiebstahl mit schwerer Körverletzung, der vor elf Jahren stattgefunden hat. Zwischenzeitlich haben Sie Diane Keyham sogar kennengelernt und wissen über ihr Schicksal Bescheid. Die DNA stammt von keiner der anderen Personen, die sich zum Tatzeitpunkt in Higher Barton aufgehalten haben.«

»Das ist ja ein Ding!«

Christopher Bourke nickte. »Ich denke, Sie sollten das wissen, auch damit Sie erkennen, dass ich persönlich Ben Triggs längst aus dem Kreis der Verdächtigen ausgeschlossen habe. Solange der Junge sein Geständnis aber nicht widerruft oder unzweifelhafte Indizien vorliegen, die auf einen anderen Täter hinweisen, kann ich leider nichts machen.«

»Sie sollten Ambers Bekannten suchen und eine DNA-Probe bei ihm nehmen«, schlug Sandra vor.

»Wenn wir ihn gefunden haben, werde ich eine entsprechende Genehmigung beantragen.«

»Danke, Christopher«, sagte Sandra leise. »Ich verspreche, diese Informationen für mich zu behalten. Wenn der Mörder von Bill Grant aber schon vor Jahren in Cornwall ein Verbrechen begangen hat« – sie rieb sich nachdenklich über den Nasenrücken – »ist die einzige Verbindung zu Sheila und Bill Grant der Tod von Taylor Branson. Von Anfang an war ich der Überzeugung, dass das alles irgendwie zusammenhängen muss!«

»Ich gebe es ungern zu« – Bourke zwinkerte belustigt – »aber ich fürchte, Sie haben recht, Sandra. Amber werde ich mir ein weiteres Mal vornehmen. Ich glaube, die junge Frau verbirgt einiges.«

»Dann schwinge ich mich jetzt wieder auf meinen Drahtesel«, sagte Sandra. »Die Nacht ist bald vorbei.«

Bourke begleitete sie zur Vordertür. Als er diese öffnete, peitschten ihm große Regentropfen ins Gesicht.

»Ach herrje, vorhin war es noch völlig trocken«, rief Sandra.

Lachend meinte Bourke: »Das ist unser cornisches Wetter, immer unberechenbar. Eben noch strahlender Sonnenschein, wenige Minuten später dann ein sintflutartiger Wolkenbruch.« Im schwachen Licht der Lampe im Hausflur musterte er Sandra von oben bis unten. »Sie haben kein Regencape dabei?«

»Wenn Sie mir vielleicht eines leihen könnten?« Skeptisch blickte Sandra in den Regen hinaus. Trotz einer entsprechenden Jacke würde sie bis auf die Knochen durchnässt sein, bevor sie in Higher Barton ankam.

»Ich habe eine bessere Idee.« Christopher Bourke schob sie in seine Wohnung zurück, schloss die Tür und sah auf die eckige Wanduhr über dem Kamin. »Es ist halb fünf, in drei Stunden will ich ohnehin mit Amber Branson sprechen. Am besten, Sie bleiben den Rest der Nacht hier, und wir fahren dann zusammen. Das Fahrrad kann ich im Kofferraum meines Wagens verstauen.«

Nicht wieder rot werden, sagte sich Sandra. Es ist nur ein höfliches Angebot von ihm, auf keinen Fall darfst du mehr hineininterpretieren.

»Die Couch ist breit und bequem, ich gebe Ihnen eine zweite Decke«, fuhr Bourke fort. »Wir sollten versuchen, wenigstens noch zwei Stunden zu schlafen.« Zur Bekräftigung seiner Worte gähnte er hinter vorgehaltener Hand.

»Das ist sehr freundlich, danke«, murmelte Sandra.

Fünf Minuten später kuschelte sie sich in die warme Decke und umschlang das Kissen. Christopher Bourke hatte das Licht gelöscht und sich in sein Schlafzimmer zurückgezogen. Als Polizist daran gewöhnt, zu jeder Tages- und Nachtzeit einsatzbereit zu sein, hatte er wohl keine Probleme, jetzt einfach wieder einzuschlafen. Anders jedoch Sandra. Die Ergebnisse der Ermittlungen, die Bourke ihr im Vertrauen mitgeteilt hatte, kreisten in ihrem Kopf. Es schien alles sehr verworren zu sein und keinen Sinn zu ergeben. Besonders über Bourkes Bemerkung, der Täter könne eventuell eine Ausbildung bei der Army gemacht haben, grübelte sie nach. In ihrem Hinterkopf war da eine kleine Erinnerung, sie konnte sie aber nicht greifen. Major Collins verfügte natürlich über diese Kenntnisse, den alten Mann konnten sie als Täter jedoch ausschließen. Oder gab es zwischen dem früheren Soldaten und den Opfern eine lang zurückliegende Verbindung, von der niemand eine Ahnung hatte? Waren sich der Major, Sheila und Grant zufällig auf Higher Barton begegnet, und eine alte, fast vergessene Wunde war wieder aufgerissen worden? Seit über einem Jahr war Major Collins ein angenehmer Gast, den Angestellten gegenüber immer freundlich, stets ein Lächeln auf den Lippen und beim Trinkgeld großzügig. Außer, dass er oft und ausführlich von seinen Erlebnissen bei der Royal Air Force erzählte, war er ein unauffälliger Mann. Es war auch nicht seltsam, dass der Major seinen Wohnsitz in Nordengland aufgegeben hatte, um als Dauermieter im Hotel zu wohnen. Laut seinen Angaben hatte er keine Familie, niemanden, dem er sein Geld einmal hinterlassen konnte.

»Warum soll ich es dann nicht für mich ausgeben und es mir so bequem wie möglich machen?« Damit hatte er seine Entscheidung begründet. »Hier habe ich alles, was ich brauche: Drei warme Mahlzeiten am Tag, am Nachmittag Tee und Kuchen, mein Zimmer wird geputzt, meine Wäsche gewaschen. Die Steuern und Unterhaltskosten meines Besitzes sind fast so hoch wie die Miete in diesem Haus.«

Nicht Major Collins!, bat Sandra im Stillen. Allerdings war der ältere Herr nicht der geheimnisvolle Fremde im Wald gewesen.

Sandra bat Bourke, an der Straße vor der Einfahrt nach Higher Barton anzuhalten. Sie wollte hier aussteigen.

»Ich verstehe. Es ist Ihnen peinlich, so früh am Morgen mit mir zusammen gesehen zu werden«, sagte er leise.

»Wir wollen doch keine Gerüchte in die Welt setzen«, antwortete Sandra, zögerte, legte dann doch eine Hand auf seinen Unterarm. »Ich bin Ihnen sehr dankbar, dass Sie mir Unterschlupf gewährt haben. In der momentanen Situation sollte die vergangene Nacht aber besser unter uns bleiben.«

Wie ein Gentleman stieg Christopher Bourke aus, ging um den Wagen herum und öffnete Sandra die Beifahrertür, dann hob er ihr Fahrrad aus dem Kofferraum. Dabei blieb seine Miene ausdruckslos, Sandra konnte seine Gedanken nicht erraten.

»Ich möchte mich noch duschen und umziehen, bevor ich an die Arbeit gehe«, fügte sie fast entschuldigend hinzu. »Amber werden Sie jetzt wohl beim Frühstück vorfinden.«

Bourke nickte, stieg wieder in das Auto und fuhr durch das Tor auf das Hotel zu. Sandra sah dem Wagen nach, dann schwang sie sich in den Sattel und radelte die Einfahrt hinunter. Ihre Überlegungen in Bezug auf Major Collins hatte sie dem DCI nicht mitgeteilt, sie erschienen ihr selbst als sehr spekulativ. Sie würde erst abwarten, was Amber zu ihrem nächtlichen Treffen zu sagen hatte.

Eine halbe Stunde später betrat Sandra, dezent geschminkt und in einem dunkelblauen Hosenanzug mit einer hellen Bluse, die Hotelhalle. Eliza Dexter war bereits an der Rezeption. Als sie Sandra sah, deutete sie auf die Tür hinter sich und sagte: »Der Chief Inspector ist vorhin gekommen und hat sich mit Amber in Ihr Büro zurückgezogen. Ist schon wieder was geschehen, weil die Polizei so früh am Morgen hier auftaucht?«

Sandra zuckte nur mit den Schultern, nahm dann eine Liste zur Hand und erwiderte: »Sind alle noch beim Frühstück?« Eliza bejahte, und Sandra fuhr fort: »Ich werde mit Monsieur Peintré das Menü für heute durchsprechen.«

In ihrem Rücken spürte Sandra die fragenden Blicke ihrer Mitarbeiterin, denn es war außergewöhnlich, dass Sandra sich nicht für das Erscheinen von DCI Bourke interessierte.

Der Koch saß in der Ecke und las den *Cornwall Observer*, die Tageszeitung, die jeden Morgen ins Hotel geliefert wurde. Er schaute auf, als Sandra die Küche betrat, runzelte die Stirn und sagte: »Bei allem Respekt, Ms Flemming, Sie sehen aber gar nicht gut aus. Brüten Sie eine Krankheit aus? Dann bleiben Sie meiner Küche bloß fern, nicht, dass wir uns anstecken.«

»Ich habe nur schlecht geschlafen«, antwortete Sandra. »Gibt es erwähnenswerte Meldungen in der Zeitung?«

Peintré faltete die Zeitung zusammen und legte sie zur Seite. »Nur das Übliche. Gestern musste die Seenotrettung mal wieder drei Leute vom Strand bei den Bedruthen Steps retten, weil ihnen der Rückweg wegen der Flut abgeschnitten war. Ein Spaziergänger auf den Klippen hatte sie noch rechtzeitig entdeckt und setzte den Notruf ab, so ist alles gut ausgegangen.«

Sandra nickte. In regelmäßigen Abständen passierte es, dass Menschen Ebbe und Flut an den Küsten Cornwalls unterschätzten, leider kam es auch immer wieder zu Todesfällen.

»Monsieur, ist für den heutigen Lunch und für das Dinner alles klar?«, fragte Sandra.

Schnaubend stieß Peintré die Luft aus und antwortete: »Was soll an einer Hühnerbrühe, ein paar Sandwiches mit Salat und dem obligatorischen Rinderfilet nicht klar sein? Nur gut, dass dieses Theater übermorgen vorbei sein wird und ich wieder anständige Gerichte auf den Tisch bringen darf. Der einzige Lichtblick sind der Fotograf und der Major, die eine Sahnesoße und ein Stück Fleisch mit Fettrand nicht verschmähen.«

»Wie geht es eigentlich Ihrem Arm?«, fragte Sandra. »Waren Sie gestern zur Nachuntersuchung?«

»Der Verband ist ab, ich bin wieder vollkommen einsatzfähig.«

Peintré schob den Ärmel seiner Kochjacke hoch. Die Haut

war noch leicht gerötet und schälte sich wie nach einem starken Sonnenbrand, es würden aber keine Narben zurückbleiben.

»Ich bin erleichtert, dass nicht mehr passiert ist«, sagte Sandra. »Gehen wir jetzt noch den Plan für die kommende Woche durch, damit ich die Bestellungen aufgeben kann. Nach dem Wettbewerb haben wir für zwei Tage keine Buchungen angenommen, um die Räumlichkeiten und Gästezimmer wieder in Ordnung zu bringen. Danach ist das Haus nur halb belegt, denn der Herbst macht sich bemerkbar. Erst in der Vorweihnachtszeit werden die Buchungen wieder ansteigen. Für den Weihnachtstag plane ich ein üppiges Büfett mit allen Köstlichkeiten, die Sie zaubern können, Monsieur, bis dahin ist aber noch Zeit.«

»Werden Sie an Weihnachten überhaupt noch hier sein, Ms Flemming?«

Wie bei einem elektrischen Schlag zuckte Sandra zusammen. »Was meinen Sie damit, Monsieur Peintré?«

Der Koch vermied den Blickkontakt, als er antwortete: »Gestern Abend rief mich Mr Henderson an, stellte mir jede Menge Fragen über Ihre Arbeitsweise und wollte meine Einschätzung wissen, ob Sie fähig sind, dieses Hotel zu leiten. Heute Morgen sagte mir Rosa, auch sie wäre von Henderson kontaktiert und mit ähnlichen Fragen gelöchert worden. Ich fürchte, Henderson hat das gesamte Personal befragt, wohl in der Hoffnung, etwas zu finden, das er gegen Sie verwenden kann.«

Sandra erbleichte und schwankte. Mit einem Satz, den man dem korpulenten Koch nicht zugetraut hätte, war er an ihrer Seite, umfasste ihre Schultern und führte sie zu einem Stuhl.

»Oups, Ms Flemming, ich glaube, Sie brauchen einen Cognac.«

»Bitte keinen Alkohol um diese Uhrzeit«, lehnte Sandra ab, Peintré schenkte trotzdem aus der Flasche, die zum Kochen bereitstand, ein und drückte das Glas Sandra in die Hand.

»Runter damit!« Scharf stach der Alkoholgeruch in Sandras Nase, doch sie trank das Glas mit einem Schluck leer. Sofort wurde es ihr wärmer. Peintré lächelte. »Eh bien, Sie bekommen wieder etwas Farbe.«

Er tätschelte ihr die Wange. Sandra war verwirrt, denn so fürsorglich, fast schon väterlich, hatte sie Edouard Peintré nie zuvor erlebt.

»Sie dürfen jetzt aber nicht denken, dass ich regelmäßig um diese Tageszeit Alkohol trinke«, murmelte Sandra verlegen.

»Keine Sorge, Ms Flemming«, erwiderte Peintré und nickte verständnisvoll. »Ich denke, ich kann Sie inzwischen gut einschätzen. Selbstverständlich habe ich kein negatives Wort über Sie verloren, sondern sagte Henderson in aller Deutlichkeit, dass es keine bessere Chefin gibt. Auch wenn es mir natürlich lieber ist, wenn sich das Weibsvolk meiner Küche fernhält. Immerhin bin ich Ihnen noch etwas schuldig, Sie wissen schon, wegen der Sache von damals ...«

»Sie brauchen für mich nicht zu lügen, Monsieur«, presste Sandra heiser hervor. Dass Henderson die Angestellten nach ihrer Arbeitsweise ausfragte, war wie ein Schlag in die Magengrube.

»Es besteht kein Grund, nicht die Wahrheit zu sagen«, antwortete Peintré. »Wir stehen alle hinter Ihnen, Ms Flemming.«

»Danke.«

Fahrig wischte sich Sandra mit dem Handrücken über die Stirn, auf der kalte Schweißtropfen standen. In diesem Moment trat Eliza in die Küche und sagte: »Der Inspector möchte Sie sprechen, Sandra.« Sie schnüffelte und sah das Glas in Sandras Hand. Sofort zog sie eine ihrer Augenbrauen hoch.

Sandra wollte die näheren Umstände jetzt nicht erklären, dafür war später noch Zeit. Sie nickte Edouard Peintré dankend zu, und verließ die Küche. In ihrem Büro saß Amber mit durchgestrecktem Rücken und hoch erhobenem Kopf auf dem Stuhl vor dem Schreibtisch, Christopher Bourke auf der anderen Seite. Amber presste die Lippen fest zusammen, ihre Finger krallten sich um die Stuhllehne, die Knöchel weiß vor Anstrengung.

»Ms Flemming, würden Sie bitte schildern, was Sie letzte Nacht beobachtet haben?«, forderte Bourke sie auf.

»Ich habe Sie, Amber, gegen ein Uhr das Hotel verlassen und in den Wald gehen sehen«, sagte Sandra und ließ die junge Frau nicht aus den Augen. »Dort trafen Sie sich mit einen Mann. Sie kennen sich gut, denn Sie küssten ihn und gingen mit ihm tiefer in den Wald hinein.«

»Das ist meine Privatangelegenheit! Ich bin erwachsen und kann mich wann, wo und mit wem ich will treffen.« Ambers Blicke glichen giftigen Pfeilen. »Ein schönes Hotel ist das, in dem die Gäste ausspioniert werden!«

»Sie leugnen nicht länger, letzte Nacht das Haus verlassen zu haben?«, fragte Bourke.

Amber zuckte gleichgültig mit den Schultern. »Sie, Inspector, glauben Sandra ohnehin mehr als mir. Wenn Sie es unbedingt hören wollen: Ja, letzte Nacht war ich im

Wald, einzig aus dem Grund, weil ich nicht schlafen konnte. Außer einem Dachs, der über den Weg huschte, habe ich aber niemanden gesehen oder getroffen. Sandra muss sich geirrt haben.«

»Das habe ich nicht, Amber!«, rief Sandra. »Warum sollte ich mir das ausdenken? Ich habe kein Interesse daran, Sie zu diskreditieren, und wenn es sich bei dem Mann um Ihren Freund handelt und Sie mit den Morden nichts zu tun haben – warum leugnen Sie dann? Was verbergen Sie, Amber? Haben Sie diesen Mann beauftragt, erst Ihre Mutter und dann Grant als Mitwisser um die Ecke zu bringen? War für ihn das Geld bestimmt, das Sheila in bar vom Konto abgehoben hat?«

»Ms Flemming, ich stelle hier die Fragen«, unterbrach Bourke Sandras Redefluss und fixierte Amber. »Wir können unsere Unterhaltung auch in meinem Büro fortsetzen, wenn Ihnen das lieber ist, Ms Branson.«

»Sie vergessen, dass ich für den Mord an Grant ein hieb- und stichfestes Alibi habe«, erwiderte Amber triumphierend. »Nachdem Grant den Ballsaal verlassen hat, war ich mit den anderen zusammen, bis das Zimmermädchen zu schreien begann. Und den Mord an meiner Mutter hat doch dieser Dorftrottel gestanden.«

»Amber, das alles hat doch keinen Zweck mehr! Der Polizei wird es ein Leichtes sein, die Identität Ihres ... Freundes herausfinden.«

Amber versteifte sich, die Augen unnatürlich weit aufgerissen, einzig ihre Finger krallten sich fester um die Stuhllehne. Ein Funken Mitleid für die junge Frau glomm in Sandra auf. Sie trat hinter Amber und legte eine Hand auf deren Schulter.

»Amber, ich fürchte, es ist vorbei«, sagte Sandra leise und eindringlich. Christopher Bourke ließ sie gewähren, beobachtete sie aber genau. »Ihre Mutter hat verhindert, dass Sie sich Ihren Herzenswunsch erfüllen und Musik studieren. Ich hörte Sie spielen, Amber, Sie haben großes Talent. Aber nicht nur, dass Sheila Sie zu etwas gezwungen hat, was Sie eigentlich nicht tun wollten, Sie wurden von ihr abfällig und beleidigend behandelt. So sahen Sie keinen anderen Ausweg, als sich von dieser Last zu befreien. Sie sind aber zu schwach für eine solche Tat, daher suchten Sie sich Hilfe. Kennen Sie den Mann länger, oder haben Sie ihn hier angeheuert? Und Bill Grant hat Ihnen entweder geholfen, Ihre Mutter zu töten, oder er hat davon gewusst und versucht, Sie zu erpressen. War es nicht so, Amber?«

Langsam, wie eine aufgezogene Puppe, drehte Amber den Kopf und sah Sandra an.

»Ja«, sagte sie leise.

»Was ja?«

»Es war genau so, wie Sie es sagen.«

Christopher Bourke schoss aus dem Stuhl hoch und rief: »Ist das ein Geständnis, Ms Branson?«

Wie in Zeitlupe wandte sich Amber an den DCI und nickte. »Ich habe meine Mutter getötet, und Bill Grant hat mir dabei geholfen. Ich versprach ihm Geld, sobald ich das Erbe angetreten habe, und für Geld tat Bill alles. Dann jedoch wollte er immer mehr, das konnte ich nicht zulassen ...«

»Wer ist der Mann, der Ihnen geholfen hat?«, fragte Bourke.

Ambers Blick war nun wieder vollkommen klar, als sie antwortete: »Es gibt keinen anderen Mann, ich habe alles ganz allein gemacht. Sandra Flemming hat sich geirrt. Sie haben mein Geständnis, Inspector, was wollen sie noch mehr?«

»Warum haben Sie Sheila ausgerechnet auf dem Grab Ihres Vaters ertränkt?«, fragte Sandra verwirrt. »Und wie ist es Ihnen gelungen, den kräftigen Bill Grant von hinten zu erstechen? Unmöglich können Sie das allein geschafft haben! Außerdem haben Sie den Ballsaal nicht verlassen.«

»Doch, das habe ich«, erwiderte Amber nachdrücklich. »Es waren nur wenige Minuten notwendig, das haben die anderen nicht bemerkt.«

»Trotzdem bezweifle ich, dass Sie mit nur einem Stich, der sofort tödlich war, Grant ermorden konnten.«

»Sandra, lassen Sie es im Moment gut sein. Wir werden alles in weiteren Vernehmungen klären«, sagte Bourke bestimmt.

»Aber, Sir ...« Sandra schüttelte verwirrt den Kopf. »Die DNA-Spuren, die Sie bei Bill Grant gefunden haben und die Amber nicht zuzuordnen sind, aber bei einem alten Fall bereits schon ...«

»Ms Flemming, halten Sie bitte den Mund!« Bourke verbarg nicht seinen Unwillen, fügte aber freundlicher hinzu: »Ihr Engagement in allen Ehren, und es war Ihr Hinweis, der zu der Wahrheit führte, den Rest überlassen Sie nun aber mir. Verstanden?«

Sandra nickte zerknirscht, war sich aber nicht sicher, ob sie Amber glauben sollte. Ja, sie hatte Sheilas Tochter in Verdacht, doch jetzt passte nichts richtig zusammen. Sie wusste genau, dass sie sich nicht getäuscht hatte, was diesen Unbekannten im Wald anging. Es war eindeutig, dass Amber diese Person schützen wollte.

Amber streckte ihre Arme aus und kreuzte die Handgelenke. »Nehmen Sie mich fest, Inspector, ich werde keinen Widerstand leisten.«

Tatsächlich entnahm Christopher Bourke seiner Jackentasche die Handschellen, die sich mit einem metallenen Geräusch um Ambers Handgelenke schlossen. Dann telefonierte er und bat um einen Streifenwagen, um die Verdächtige abführen zu können.

»Darf ich eine Bitte äußern?«, fragte Amber und wirkte so sanft wie ein neugeborenes Lamm.

»Welche?«

»Ich möchte gern meine Flöte mitnehmen.«

»Ihre Flöte?«, fragte Bourke.

Sandra antwortete an Ambers Stelle: »Amber spielt Querflöte, und zwar ganz hervorragend. Wenn Sie erlauben, Sir, hole ich das Instrument aus ihrem Zimmer.«

Bourke nickte, folgte Sandra aber zur Tür, nahm sie dort zur Seite und flüsterte: »Beharren Sie weiter auf Ihrer Aussage, diesen großen Unbekannten betreffend? Sie sagen, Sie konnten nicht schlafen. Vielleicht sind Sie doch eingenickt und hatten einen intensiven Traum. Manchmal spielt das Gehirn uns solche Streiche, Ms Flemming.«

Allein die nun wieder förmliche Anrede brachte Sandra auf die Palme, deswegen blaffte sie unfreundlicher, als sie eigentlich mit dem Chief Inspector sprechen wollte: »Unterstellen Sie mir, ich litte an Halluzinationen, Sir? Ich bin Herr meiner Sinne und weiß genau, was und wen ich gesehen habe. Das Mädchen lügt doch das Blaue vom Himmel herunter.«

»Ich kann Ms Bransons Aussage nicht widerlegen.« Bourkes Miene blieb ausdruckslos. »Ergo ist davon auszugehen, dass kein Fremder etwas mit den Morden zu tun hat. Okay, nehmen wir an, es gibt diesen geheimnisvollen Unbekannten wirklich, dann vermute ich, dass der Mann verheiratet ist und mit Amber eine Affäre hat. Verständlicherweise möchte sie nicht, dass ihr Liebhaber in diese Sache hineingezogen wird.«

»Sie glauben das wirklich«, erwiderte Sandra resigniert. Sie wusste, wann es sinnlos war, weiter in den Chief Inspector zu dringen. »Ben Triggs kann jetzt wohl entlassen werden, oder?«

Bourke nickte zögerlich. »Auch von ihm liegt ein ausführliches Geständnis vor ...«

»Ich verstehe, den Vorschriften muss Folge geleistet werden.« Sandra seufzte und öffnete die Tür. »Ich hoffe, Sie wissen, was Sie tun, Sir.«

FÜNFZEHN

Von einem eventuellen Jetlag gab es bei Alan Trengove keinerlei Anzeichen. Seine anwaltliche Tätigkeit für große britische Firmen führte ihn häufig zu fernen Zielen auf der Welt, trotzdem fragte sich Sandra, wie der Mann es fertigbrachte, immer ausgeruht und frisch auszusehen. Auch an diesem Vormittag war Alan Trengove gründlich rasiert, das dunkelbraune Haar mit den angegrauten Schläfen trug er zurückgegelt, und Sandra kannte wenige Männer, denen eine randlose Brille so gut stand wie Alan. Gekleidet war er in einen dreiteiligen staubgrauen Anzug, ein weißes Hemd mit einer dezent gemusterten kastanienbraunen Krawatte.

Eine Stunde, nachdem Constable Greenbow und zwei Beamte Amber Branson in einen Streifenwagen gesetzt hatten und abgefahren waren, traf Alan Trengove auf Higher Barton ein.

»Ms Flemming, Sie kann man aber auch keinen Tag allein lassen, ohne dass hier eine Katastrophe passiert«, begrüßte er Sandra scherzend. »Ann-Kathrin hat mir alles erzählt, und heute Morgen sprach ich bereits mit Ben Triggs.«

»Sie schlafen wohl nie, Mr Trengove? Ann-Kathrin sagte mir, Sie wären letzte Nacht erst spät in Cornwall eingetroffen.«

»Interessante Fälle wirken auf mich belebender als ein

Glas Champagner«, erwiderte Alan schmunzelnd. »Allerdings habe ich bei den aktuellen Ereignissen kaum eine Handhabe. Solange Ben Triggs bei seinem Geständnis bleibt, kann ich nichts ausrichten.«

»Ich denke, die Anklage gegen Ben ist vom Tisch.« Sandra fasste die Geschehnisse der letzten Stunden zusammen und verschwieg Alan auch nicht ihre Gedanken über Armeeangehörige, die Major Collins einschlossen. »Nun haben wir zwei Personen, die den Mord an Sheila Branson gestanden haben«, schloss sie.

»Bei beiden potenziellen Tätern hegen Sie allerdings immer noch Zweifel«, brachte Alan den Bericht auf den Punkt. »Ms Flemming, Ms Flemming« – er drohte ihr scherzhaft mit dem Finger – »Sie sollten Chief Inspector Bourke vertrauen. Er wird die Wahrheit schon herausfinden.«

Sandra seufzte und machte dann eine einladende Handbewegung zu ihrem Büro hin. »Möchten Sie Tee oder Kaffee?«

Alan entschied sich für einen Latte macchiato, der vom Kellner Lucas wenige Minuten später serviert wurde.

»Ich schwöre bei allem, was mir heilig ist«, sagte Sandra fest entschlossen, »dass ich Amber zusammen mit diesem Mann gesehen habe! Es war kein Trugschluss, kein Traum, der Mann war so real, wie Sie hier vor mir sitzen. Es war zu dunkel, um sein Gesicht erkennen zu können, er schien mir aber deutlich älter als Amber zu sein, seine Stimme klang rau und tief, und er war recht groß und hatte breite Schultern.«

»Es war sehr verantwortungslos von Ihnen, Amber in den Wald zu folgen«, ermahnte Alan sie. »Wenn Sie mit

Ihrem Verdacht recht haben und dieser Unbekannte Sie entdeckt hätte ...«

»Hat er aber nicht«, fiel Sandra ihm ins Wort. »Was werden Sie unternehmen, Mr Trengove?«

»Wenn Amber Branson meine Dienste wünscht, stehe ich ihr selbstverständlich zur Verfügung. Allerdings sind wir uns nie zuvor begegnet, und ich denke, sie wird ihre eigenen Anwälte haben, allein schon wegen der Kosmetikfirma.«

»Und der arme Ben?« Sandra verbarg nicht ihre Ungeduld. »Seine Mutter sagt, der Junge kann es nicht ertragen, eingesperrt zu sein.«

»Bitte, beruhigen Sie sich, Ms Flemming. Ben geht es den Umständen entsprechend gut. Er befindet sich in einer Klinik, Mrs Triggs besucht ihn täglich. Auf mich machte er nicht den Eindruck, als würde er unter der Situation leiden. Womit ich natürlich nicht beschönigen möchte, dass es ein Ding der Unmöglichkeit ist, einen Unschuldigen festzuhalten. Sein Geständnis allerdings ...« Er seufzte und zuckte mit den Schultern. »Amber Branson hat den Mord an ihrer Mutter ebenfalls gestanden. Es steht Aussage gegen Aussage, und alle Fakten, Indizien und Beweise müssen bis ins kleinste Detail geprüft werden.«

»Dann können Sie nichts ausrichten?«, fragte Sandra enttäuscht. Sie hatte in Alan Trengove große Hoffnungen gesetzt. »Im letzten Jahr haben Sie mich nicht nur rausgepaukt, sondern auch wesentlich zur Überführung des Täters beigetragen.«

»Ihre hohe Meinung von mir ehrt mich, aber ich bin nicht Superman.« Alan schmunzelte verschmitzt und wirkte dabei wie ein großer Junge und nicht wie ein siebenundvierzigjähriger, seriöser Anwalt. »Alles, was Sie über Amber Branson erzählt haben, klingt für mich logisch. Von allen Beteiligten hat Sheilas Tochter das stärkste Motiv, und ich denke, es ist nur eine Frage der Zeit, bis sie die Identität ihres Helfershelfers preisgibt.«

»Wenn das Motiv dennoch woanders liegt?«, sinnierte Sandra und nippte an ihrem inzwischen kalten Kaffee. »Henry Jordan hat ebenfalls Grund, Sheila zu hassen ...«

»Welche Rolle könnte in diesem Fall Bill Grant gespielt haben?«, warf Alan ein.

»Grant passt tatsächlich nicht ins Schema, auch nicht bei einem eventuellen Motiv von Nicole Edmunds. Die Frau hat zwar Sheilas Posten und die damit verbundene Aufmerksamkeit der Presse erhalten, doch sie wurde von Grant protegiert. Warum hätte sie ihn töten sollen? Ebenso die Mädchen. Darunter sind zwar ein paar, die besonders ehrgeizig sind und sich mit Grant auf sexueller Ebene eingelassen haben. Die Morde spielen aber keiner von ihnen in die Hände, im Gegenteil.«

»Was Ihren Verdacht gegenüber Major Collins angeht ...«

»Das ist Unsinn!«, wehrte Sandra ab. »Manchmal geht die Fantasie mit mir durch.«

»Vielleicht waren es doch zwei Täter, und Sheila und Grant wurden unabhängig voneinander getötet?« Es war Alan deutlich anzumerken, dass er es genoss, mit Sandra alle Möglichkeiten durchzuspielen.

Sandra nickte nachdenklich, schüttelte dann aber entschieden den Kopf. »Die Art, wie Sheila sterben musste, und der Tatort – das sind keine Zufälle. Das Motiv liegt in der Vergangenheit, dafür spricht auch ...« Sie brach ab, denn beinahe hätte sie Alan verraten, dass die an Grant gefundene

DNA bereits vor Jahren bei einem anderen Verbrechen eine Rolle spielte.

»Gibt es noch etwas, das ich wissen sollte?«, hakte Alan nach.

»Das kann Ihnen nur DCI Bourke sagen«, antwortete Sandra ehrlich. »Ich musste ihm versprechen, niemandem davon zu erzählen.«

»Ich verstehe, Bourke hat wohl aus dem Nähkästchen geplaudert. Ich möchte lieber nicht wissen, wie Ihnen das gelungen ist, Ms Flemming. Ich werde um einen Gesprächstermin mit Amber Branson bitten, und Sie halten mich auf dem Laufenden. Zusätzlich werde ich versuchen, mehr über Henry Jordan und Nicole Edmunds in Erfahrung zu bringen. Das ist im Moment alles, was ich ausrichten kann, auch wenn ich nicht glaube, dass es uns helfen wird. Allerdings muss ich zugeben, dass ein Besuch hier auf Higher Barton durchaus seine angenehmen Seiten hat, wenn dieser für mich nicht mit Arbeit verbunden ist.« Er zwinkerte Sandra freundlich zu. »Warum sind Sie eigentlich derart engagiert, den Täter wieder einmal selbst zu finden? Auf Ihnen lastet doch nicht der Hauch eines Verdachts.«

»Es ist das Hotel«, erwiderte Sandra leise seufzend. »Für den Ruf des Hauses bedeuten Verbrechen negative Schlagzeilen. Der Vorstand der Hotelkette versucht, mich als unfähig hinzustellen, weil ich die Morde nicht verhindern konnte. Es wurden sogar schon meine Mitarbeiter befragt. Ich fürchte, da wird kräftig an dem Ast, auf dem ich sitze, gesägt. Irgendein Grund für eine Versetzung oder gar Entlassung findet sich immer.«

»Sie mögen Higher Barton sehr, nicht wahr?«

Sandra nickte. »Nach meinem schwierigen Start möchte

ich das Hotel und Cornwall nicht wieder verlassen. In den letzten Jahren führte mich meine Arbeit an verschiedene Orte in Europa. Das war zwar sehr interessant, immer blieb aber eine Distanz zu den jeweiligen Gegenden. Hier jedoch empfinde ich eine Art Heimatgefühl. Es gibt auch einige Menschen, die ich ungern missen würde, besonders Ann-Kathrin.«

»Meine Frau weiß das zu schätzen«, sagte Alan schmunzelnd. »Sollte es zu einer Kündigung kommen, werde ich mich für Sie einsetzen. Hoffen wir, dass das nicht nötig wird.«

Ambers Geständnis schlug ein wie eine Bombe. Da die jungen Frauen, Nicole Edmunds und Henry Jordan im Ballsaal gewesen waren, als Bourke und Constable Greenbow Amber abgeführt hatten, erfuhren sie es erst in der Mittagspause.

»Sie machen Witze!«, rief Nicole Edmunds, nachdem Sandra im Restaurant den derzeitigen Stand der Ermittlungen verkündet hatte. »Amber hat doch gar nicht den Mumm, zwei Menschen umzubringen, zudem ihre eigene Mutter!«

»Ich bin ganz deiner Meinung«, stimmte Henry Jordan zu. »Okay, Sheila war nicht gerade das, was man sich unter einer liebevollen Mutter vorstellt, und sie ließ nur selten ein gutes Haar an Amber. Wie kaltblütig muss man aber sein, um die eigene Mutter zu töten? Und warum auch noch Bill Grant?«

»Also, wenn ihr mich fragt«, mischte sich Paige ein, »ich wusste von Anfang an, dass Amber nicht zu trauen ist. Sie hat sich nach Sheilas Tod ein bisschen zu sehr gefreut, endlich frei schalten und walten zu können. Dann das ganze Vermögen und die Firma, die Amber erbt. Da sie nun wirklich nicht attraktiv ist, hätte ihr das Geld und der damit verbundene Einfluss in der Modebranche geholfen, auch endlich einen Mann abzubekommen.«

Betreten senkten die jungen Frauen die Köpfe und vermieden den Blickkontakt. Paiges Worte waren zwar herzlos und beleidigend, im Grunde hatte sie aber genau das ausgesprochen, was alle dachten. Einzig Bethany stand auf. Aus ihren Augen schossen zornige Blitze, als sie in die Runde sah und rief: »Ist das alles, was ihr dazu zu sagen habt? Wie abgebrüht seid ihr denn? Sheila Branson war streng, ja, aber auch ein wunderbarer Mensch, und Bill Grant ...« Schnaubend stieß Bethany die Luft aus. »Zugegeben, sein Charakter war nicht makellos. Er hat versucht, uns über den Tisch zu ziehen, und bei einigen ist es ihm auch gelungen.« Bethany scheute sich nicht, mit ausgestrecktem Finger auf Paige zu zeigen, die aber nur trotzig die Unterlippe vorschob. »Trotzdem waren Bill und Sheila Menschen, und kein Mensch hat es verdient, so zu sterben! Was immer Amber zu diesen schrecklichen Taten getrieben hat – sie tut mir leid. Meiner Ansicht nach steckt viel mehr dahinter, als wir alle wissen. Ich werde jetzt packen und machen, dass ich nach Hause komme. Ich begnüge mich mit dem Titel der Miss Cornwall und pfeife auf alles Weitere. Die Wahl wird jetzt ja wohl ins Wasser fallen.«

»Darüber werden Henry und ich sprechen und im Laufe des Tages eine Entscheidung treffen«, sagte Nicole Edmunds zur allgemeinen Überraschung.

»Ja, aber unter diesen Umständen?«, fragte Laura, die Miss Wiltshire, die anderen murmelten Zustimmung. »Zwei Jurymitglieder sind tot, die Dritte verhaftet ...«

»Das sichert uns die größte Aufmerksamkeit der Presse.«

Sandra wurde bei so viel Kaltschnäuzigkeit beinahe übel. Sie hielt sich aber ruhig im Hintergrund. »Henry und ich sind noch da«, sprach Nicole weiter, »und Bill hat die Liveübertragung bis ins letzte Detail vorbereitet. Nirgendwo steht geschrieben, wer in einer Jury sitzen kann oder wer nicht.« Sie drehte sich um und lächelte Sandra zu. »Ms Flemming, Sie sind eine hübsche Frau, und ihre Kleidung zeugt von gutem Geschmack. Wie wäre es, wenn Sie Henry und mich unterstützen würden?«

»Ich?« Sandra glaubte, sich verhört zu haben, Nicole schien ihren Vorschlag aber ernst zu meinen. »Das ist meiner Ansicht nach nicht nur pietätlos, sondern auch völlig unangebracht, und meine Vorgesetzten würden dem niemals zustimmen.« Wenn ich das tue, dann kann ich gleich meine Sachen packen, fügte sie in Gedanken hinzu.

»Vielleicht hat Ihre Mitarbeiterin Eliza Interesse?«, schlug Nicole vor. »Sie ist zwar keine Schönheit, dennoch ... Oder eines der Hausmädchen. Ich denke, die würden einen großen Spaß bei der Sache haben.«

»Ob Sie die Wahl absagen oder durchführen wollen, das ist Ihre Entscheidung, Ms Edmunds«, erwiderte Sandra kühl. »Das Personal und mich lassen Sie aber außen vor. Allerdings muss ich Ihnen mitteilen, dass Sie vorerst nicht abreisen dürfen. Der Chief Inspector bittet darum, dass bis zur endgültigen Klärung der Fälle niemand das Hotel verlässt.«

»Was gibt es denn jetzt noch abzuklären?«, fragte Paige. »Amber hat die beiden abgemurkst, damit sind doch alle Fragen beantwortet.«

Unruhe machte sich breit, alle waren hin- und hergerissen. Auf der einen Seite wäre es eine logische Konsequenz, den Wettbewerb abzusagen, Sheila und Bill Grant wurden dadurch aber nicht wieder lebendig, und wie hieß es so schön: *The Show must go on*!

»In einer Schweigeminute werden wir der Toten gedenken«, erklärte Nicole. »So tragisch das alles ist – die Aufmerksamkeit der Medien könnte nicht größer sein. Ich schlage vor, Henry und ich geben heute Nachmittag eine offizielle Pressekonferenz, bei der wir mit allen Gerüchten aufräumen. Es wird sich wohl schnell herumsprechen, dass Amber verhaftet worden ist.«

Sandra teilte Nicoles Meinung zwar nicht, zollte ihr aber für ihr selbstsicheres und bestimmtes Auftreten Respekt. Für das Hotel würde die Absage der Misswahl zwar einen finanziellen Verlust bedeuten, diesen würde Sandra aber verschmerzen können. Auf die ungewollte Publicity hingegen konnte sie getrost verzichten. Es lag indes nicht in ihrer Hand, und als Managerin würde sie sich nach den Wünschen der Gäste richten. Ein Urteil über deren Verhalten stand ihr nicht zu.

»Lassen Sie es mich wissen, wie Sie sich entschieden haben, Ms Edmunds«, sagte Sandra und wandte sich ab. »Unsere Küche hat das Büfett für den Samstagabend bereits geplant, aber es ist heute noch möglich, Bestellungen zu annullieren.«

Nicole schenkte ihr ein bezauberndes Lächeln, als sie erwiderte: »Die Wahl findet statt, Ms Flemming, und eine dritte Person für die Jury werde ich finden. Ich habe da schon eine Idee, wen ich fragen könnte ...«

In den frühen Morgenstunden des Samstags rollten die Kamera- und Übertragungswagen vor das Hotelportal. Ein halbes Dutzend Männer schleppte das in schweren Kisten verpackte Equipment ins Haus. Eliza Dexter erteilte ihnen Anweisungen, wo was hingehörte.

»Achten Sie bitte darauf, nicht an das Treppengeländer zu stoßen«, rief sie. »Es ist mehrere hundert Jahre alt und aus geschnitzter Eiche. Ich möchte keine Macken im Holz vorfinden.«

»Warum gibt es hier keinen Lift?«, murrte einer der Träger. »Gute Frau, die Sachen sind verdammt schwer.«

»Sie sehen kräftig genug aus, junger Mann«, erwiderte Eliza schmunzelnd, wandte sich dann mit ähnlichen Worten dem nächsten Arbeiter zu.

Vor dem Haus standen Nicole Edmunds und Henry Jordan zusammen. Konzentriert überprüfte Nicole jede einzelne Kiste und hakte sie auf der von Bill Grant erstellten Liste ab.

»Sollten wir nicht doch besser alles absagen?«, fragte Jordan. »Es erscheint mir falsch.«

»Wir waren uns doch einig, Henry.«

»*Du* warst *dir* einig«, korrigierte Jordan sie. »Du hast die Zügel in die Hand genommen, meine Meinung war dir keinen Moment wichtig. Vorgestern bei der Pressekonferenz hast du mich einfach vor vollendete Tatsachen gestellt.«

»Meine Güte, Henry, jetzt mach mal kein Fass auf!« Nicoles Mundwinkel zogen sich herunter, ungeduldig trat sie von einem Fuß auf den anderen. »Bethany verzichtet auf die Teilnahme an der Wahl und ergänzt als Miss Cornwall die Jury. Das ist doch perfekt! Gerade, weil die Veranstaltung in Cornwall stattfindet, könnte die Vermutung geäußert werden, Bethany habe einen Heimvorteil.«

Der Vorschlag, nicht als Bewerberin um den Titel, sondern als Mitglied der Jury bei der Wahl zu fungieren, war von Bethany selbst gekommen und von Nicole sofort begeistert angenommen worden.

An diesem Morgen schliefen die Kandidatinnen länger, um am Abend ausgeruht und frisch zu sein. Am Nachmittag würden eine Maskenbildnerin und zwei Friseure eintreffen, um die jungen Frauen für ihren großen Auftritt zu stylen. Die jeweiligen Outfits – einmal sportlich, einmal die große Abendrobe und zum Abschluss einteilige Badeanzüge – lagen auch schon bereit.

»Alles läuft perfekt, und ich hoffe, wir können morgen abreisen«, sagte Nicole.

»Du hast die Managerin gehört. Vorerst dürfen wir die Gegend nicht verlassen«, erinnerte Jordan sie.

Nicole winkte ab. »Dem Mädchen, das heute die Krone der Miss South England aufgesetzt bekommt, steht eine anstrengende und aufregende Zeit bevor. Fotoshootings, Interviews, Talkshows und Modeschauen, du weißt selbst, welcher Apparat ab morgen in Gang gesetzt wird.« Sie griff nach Jordans Arm. »Ich kann doch auf dich zählen, Henry? Sheila versprach der Gewinnerin, das Gesicht der neuen Kosmetiklinie von Branson Bright zu werden, und du sollst die Fotos schießen.«

»Noch weiß niemand, wie es mit der Firma weitergehen wird«, gab Jordan zu bedenken. »Amber wird wohl für viele Jahre hinter Gittern verschwinden, und als Mörderin verliert sie jeden Anspruch auf das Erbe ihrer Mutter.«

»Ich mag Amber zwar nicht besonders«, sagte Nicole zusammenhangslos, »aber dass sie Sheila und Bill getötet haben soll, kann ich nicht glauben. Dafür hat das kleine

Gänschen doch gar nicht das Format. Es ist jetzt jedoch so, wie es ist, und wir machen das Beste aus der Situation. Es war die richtige Entscheidung, die Wahl nicht abzusagen. Die Mädchen haben sich so lange darauf vorbereitet und wären sehr enttäuscht gewesen.«

»Dir geht es doch gar nicht um die Mädchen«, stellte Jordan fest, in seiner Stimme einen bitteren Unterton. »Du siehst in dem Spektakel nur deine Chance, wieder in den Medien präsent zu sein. Sheilas Tod kam dir mehr als gelegen, wer weiß, ob du nicht deine Finger im Spiel hast.«

»Knallst du jetzt völlig durch?« Nicole schnappte nach Luft, packte Jordan am Arm und zog ihn um die Hausecke, wo sie von den anderen nicht mehr gesehen werden konnten. Dort stemmte sie die Hände in die Seiten und rief: »Du wagst es, mich zu verdächtigen? Ausgerechnet du? Wer wurde denn von Sheila öffentlich gedemütigt? Wobei ich bis heute nicht weiß, warum du dir dieses unfreiwillige Outing derart zu Herzen genommen hast. Schwul zu sein ist in der heutigen Zeit doch wahrlich keine Katastrophe mehr, und deiner Karriere hat es nicht geschadet, im Gegenteil. Danach warst du besser im Geschäft als zuvor.« Unter halb geschlossenen Lidern sah Nicole den Fotografen an, ihr Blick hatte etwas Lauerndes. »Weiß die Polizei, was Sheila dir angetan hat, Henry? Damals hätte es mich nicht überrascht, wenn du ihr eigenhändig den Hals umgedreht hättest. Vielleicht hast du nur ein paar Jahre auf den richtigen Moment gewartet? Und dann hast du Amber irgendwie dazu gebracht, die Morde auf sich zu nehmen.«

Abwehrend hob Jordan die Hände und wich zurück, bis er die Hausmauer an seinem Rücken spürte. »Du bist ja verrückt!«, flüsterte er mit wachsbleichem Gesicht. »Ich habe weder Sheila noch Bill etwas angetan, außerdem ist die ganze Sache doch gar nicht so abgelaufen.«

»Wie habe ich das zu verstehen, Henry?«

»Es war alles nur Show, Nicole«, antwortete Jordan leise. »Hat Sheila dir das nie erzählt?«

Nicole lachte spöttisch und meinte: »Sheila und ich pflegten keinen besonders intensiven Kontakt, wie du weißt. Heraus damit, Henry, ich will die Wahrheit wissen!«

»Also gut, ich sage es dir, heute spielt es ohnehin keine Rolle mehr. Ich hatte nämlich absolut keinen Grund, Sheila zu töten, im Gegenteil. Ich habe sie sehr geschätzt und bewundert, Sheila war mir immer eine gute Freundin.« Er nahm Nicoles Hände und erwiderte entschlossen ihren irritierten Blick. »Zwischen Sheila und mir war das öffentliche Outing vereinbart und gezielt in dieser Fernsehshow platziert.«

Nicole schnappte nach Luft, dann stieß sie hervor: »Das glaube ich nicht! Warum hättet ihr das tun sollen?«

Jordan wirkte zerknirscht und erklärte: »Damals befand ich mich in einem Karriereknick, irgendwie blieben die richtig großen Aufträge aus. Du kennst das Metier, Nicole: Ohne Medienpräsenz können wir unsere Jobs vergessen. Zudem befand ich mich an einem Punkt, an dem ich mein Schwulsein nicht länger verstecken wollte. Du hast recht: Heutzutage dreht einem fast niemand mehr einen Strick daraus, wenn man Männer liebt. Wäre ich allerdings selbst vor die Presse getreten oder hätte mich öffentlich mit meinem damaligen Partner gezeigt, dann wäre das der Presse vielleicht ein, zwei Fotos und ein paar Zeilen auf der vierten Seite wert gewesen, mehr nicht. So kam Sheila auf die Idee, eine Show daraus zu machen. Wir hatten damals schon einige Male zusammengearbeitet und verstanden uns gut. Als man uns nun gemeinsam zu dieser Talkshow einlud, die live im ganzen Land übertragen wurde, war das die Chance.«

»Wenn das stimmt, dann habt ihr mit dieser Farce tatsächlich euer Ziel erreicht. Ihr habt uns alle an der Nase herumgeführt.« Wieder lachte Nicole spöttisch. »Und Sheila hat das einfach nur so aus Freundschaft gemacht?«

»Die nächste Fotostrecke von Sheilas Produkten fertigte ich ihr kostenlos an«, gestand Henry Jordan. »Das musste natürlich heimlich geschehen, weil ja nun alle davon ausgingen, ich hätte eine grenzenlose Wut auf Sheila. Auf jeden Fall kamen – zuerst noch etwas schleppend, dann aber immer häufiger – die richtig guten Aufträge. Wenn Sheila und ich aufeinandertrafen, taten wir so, als könnten wir einander nicht ausstehen, hinter den Rücken der anderen haben wir uns aber köstlich amüsiert.«

Fassungslos schüttelte Nicole den Kopf. »Okay, ich bin geneigt, dir zu glauben, auch wenn es für mich recht kindisch klingt. Da Sheila tot ist, kann sie deine Aussage leider nicht mehr bestätigen, irgendwie passt es aber zu ihr ... und zu dir.« Sie seufzte und fügte hinzu: »Verzeih meine Worte, ich dachte nicht wirklich, du könntest Sheila und Bill getötet haben.«

»Ms Edmunds, ach, hier sind Sie!« Ein Techniker bog um die Ecke. »Können Sie bitte in den Saal hinaufkommen, damit wir die Lampen an den richtigen Stellen positionieren können?«

»Ich komme sofort«, antwortete Nicole, dann drückte sie Jordan den Arm und meinte: »Diese Geschichte bleibt unter uns, Henry, und keine Sorge: Ich will von dir keine

Gegenleistung für mein Wissen. Viele denken zwar, ich wäre nur auf meinen Vorteil bedacht, das Wort Freundschaft ist mir aber durchaus geläufig. Und jetzt sehen wir zu, dass wir die Wahl über die Bühne kriegen, damit wir das Hotel und alles andere hier so schnell wie möglich hinter uns lassen können.«

Ihre Schritte knirschten auf dem Kies, als Nicole und kurz hinter ihr Jordan zurück ins Haus gingen.

Von Nicole und Jordan unbemerkt, starrte Sandra ihnen nach. Die beiden hatten sich direkt unter dem angelehnten Fenster des Lesezimmers unterhalten, in dem Sandra damit beschäftigt gewesen war, die am Morgen gelieferten aktuellen Zeitungen und Zeitschriften auszulegen. Als sie die ersten Worte gehört hatte, wollte Sandra sich zuerst zurückziehen, als Nicole den Fotografen dann aber mit dem Vorwurf des Mordes konfrontierte, hatte sie sich ruhig verhalten und, hinter der Gardine stehend, die beiden beobachtet. Es gehörte sich nicht, andere Leute zu belauschen, noch weniger die Gäste ihres Hotels, was Sandra jedoch erfahren hatte, war hochinteressant. Auch wenn sie davon ausgegangen war, Henry Jordan verabscheue Sheila, hatte Sandra ihn nie ernsthaft als Täter in Betracht gezogen.

»Sandra, alles in Ordnung?« Eliza stand in der Tür und sah sie fragend an. »Sie wirken etwas verwirrt. Es ist doch hoffentlich nicht schon wieder etwas Schreckliches geschehen?«

»Sie glauben nicht, was ich gerade erfahren habe«, platzte Sandra heraus. Sie musste einfach mit jemandem darüber sprechen. »Das Outing von Henry Jordan durch Sheila war von vorn bis hinten abgesprochen.«

In knappen Sätzen berichtete sie ihrer Mitarbeiterin von

dem eben Gehörten. Elizas Augen wurden kugelrund, und sie bemerkte: »Alles nur Show, Lug und Trug in dieser Welt. Nun ja, das soll uns egal sein, aber ich bin froh, wenn die Leute abreisen und wir es wieder mit normalen Gästen zu tun haben. Bei diesen Menschen ist doch alles irgendwie andersherum.«

Sandra nickte und wollte das Lesezimmer verlassen, als sie plötzlich wie angewurzelt verharrte.

»Was haben Sie gerade gesagt, Eliza?«

»Äh ... wie bitte, Sandra?«

»Sie sagten doch andersherum, nicht wahr?«

Eliza nickte. »Weil wir dachten, Sheila hätte den Fotografen in die Pfanne gehauen, dabei hatte er das so gewollt, also genau andersherum.«

»Genau andersherum«, murmelte Sandra gedankenverloren, rannte aus dem Zimmer, durch die Halle, in ihr Büro, meldete sich im Internet an und surfte hektisch über ein paar Seiten. Eliza, die ihr gefolgt war, beobachtete Sandra erstaunt.

»Was ist denn los?«

Sandra sprang auf. Zu Elizas Überraschung riss Sandra sie in die Arme und rief: »Genau andersherum! Das ist es! Ach, Eliza, Sie wissen ja gar nicht, wie exakt Sie den Nagel auf den Kopf getroffen haben! Wie hatte ich nur so blind sein können, dabei lag die Wahrheit die ganze Zeit direkt vor unserer Nase, ich dachte nur in die verkehrte Richtung. Es ist einfach nur andersherum.« Elizas Verwirrung wurde perfekt, als Sandra sie plötzlich auf die Wange küsste.

»Wollen Sie mir nicht sagen, was geschehen ist?«, fragte Eliza und löste sich peinlich berührt aus Sandras Umarmung. »Wissen Sie etwa, wer der Täter ist?«

»Noch nicht, Eliza.« Sandra zwinkerte ihr verschwörerisch zu. »Zunächst muss ich etwas abklären, ich möchte mich vor dem DCI schließlich nicht blamieren. Ist es in Ordnung, wenn ich kurz etwas erledige? Und darf ich mir bitte noch einmal Ihren Wagen ausleihen?«

»Sie können jetzt nicht weg!«, rief Eliza. »Es gibt so viel zu tun!«

»In spätestens einer Stunde bin ich zurück, ich möchte nur etwas überprüfen.«

Eliza seufzte, reichte Sandra dann aber ihren Autoschlüssel. »Wollen Sie mir nicht sagen, was Sie vorhaben? Sie begeben sich hoffentlich nicht wieder in Gefahr?«

»Keine Sorge, Eliza. Wenn sich mein Verdacht bestätigt, informiere ich natürlich Inspector Bourke.«

»Sie sollten das besser sofort machen«, riet Eliza, aber Sandra hatte bereits ihre Jacke angezogen und war aus der Halle gestürmt, als wäre der Teufel persönlich hinter ihr her. Verwundert sah Eliza ihrer Chefin nach und konnte sich beim besten Willen keinen Reim auf deren Verhalten machen. Sie überlegte, suchte dann aus dem Internet eine Telefonnummer heraus und wählte.

»Mrs Trengove?«, fragte Eliza, als am anderen Ende abgenommen wurde. »Hier spricht Eliza Dexter, die Mitarbeiterin von Sandra. Ich bin so froh, Sie zu erreichen. Ich weiß nicht, ob es richtig ist, Sie zu informieren, aber ...« Eliza schluckte den Kloß in ihrem Hals hinunter und stieß hervor: »Mrs Trengove, ich fürchte, wir haben allen Grund, uns um Sandra Sorgen zu machen.«

SECHZEHN

Mit quietschenden Reifen hielt Sandra vor der Kirche in Lower Barton, sprang aus dem Wagen und lief zu der Grabstelle von Taylor Branson. Als sie das letzte Mal hier gewesen war, hatte sie die Umgebung des Grabes auf eventuelle Spuren abgesucht, die die Polizei vielleicht übersehen haben könnte. Jetzt betrachtete sie den Stein genauer. Er war nur etwa kniehoch, hatte unten bereits Moos angesetzt, und die Inschrift gab lediglich Bransons Namen, sein Geburts- und sein Todesjahr preis. Da sich nie jemand um die letzte Ruhestätte von Ambers Vater gekümmert hatte, befand sich vor dem schlichten Stein keine Erde, die mit Blumen bepflanzt war, sondern nur Gras.

Sandra ging in die Kirche, sah sich um und rief: »Reverend? Reverend Alverton, sind Sie hier?«

Der Geistliche trat durch die Tür der Sakristei. Seine Augen leuchteten bei Sandras Anblick, was sie heute aber nicht zur Kenntnis nahm.

»Ms Flemming, was führt Sie zu mir?«

»Das Grab von Taylor Branson ... was für eine Bestattung war es?«

»Ich fürchte, ich kann Ihnen nicht ganz folgen.«

»Ist es ein Erd- oder ein Urnengrab?«, fragte Sandra und

sah Alverton erwartungsvoll an. »Anhand der Grabstelle kann ich das nicht erkennen, da es keine Grabumrandung gibt.«

Verwundert runzelte Alverton die Stirn und erkundigte sich: »Was spielt das für eine Rolle, Ms Flemming?«

»Wahrscheinlich die entscheidende, Reverend.«

»Wann war die Bestattung?«

»Am Ende des Sommers vor zwölf Jahren«, antwortete Sandra.

»Dann wird der Tote wohl verbrannt und seine Asche in einer Urne bestattet worden sein«, erklärte Alverton. »Seit vielen Jahren ist das die Norm, aus dem praktischen Grund, um Platz zu sparen. Erdbestattungen sind durchaus noch möglich, kosten aber wesentlich mehr.«

»Können Sie mir das mit Sicherheit sagen?«

Alverton bat Sandra in die Sakristei, wo die entsprechenden Unterlagen aufbewahrt wurden. Der Eintrag war binnen einer Minute gefunden: Die sterblichen Überreste von Taylor Branson waren verbrannt und in einer Urne beigesetzt worden.

»So ein Shit aber auch!«

»Ms Flemming, bitte!«

»Verzeihen Sie.« Mit einem entschuldigenden Lächeln legte Sandra für einen Augenblick ihre Hand auf seinen Arm. »Ich hatte es befürchtet, trotzdem gehofft, Bransons Leichnam wäre noch vorhanden. Das erschwert die Sachlage zwar, gleichzeitig ist es aber auch logisch. Ich danke Ihnen für die Auskunft, Reverend.«

»Möchten Sie mir nicht sagen, was die Art der Bestattung des Mannes für eine Rolle spielt?«, fragte Alverton mit zunehmendem Unverständnis.

Sandra zuckte mit den Schultern. »Im Moment nicht, Sie haben mir aber sehr geholfen. Ich wünsche Ihnen noch einen schönen Tag, Reverend.«

Zurück bei Elizas Wagen, dachte Sandra darüber nach, ob sie Christopher Bourke anrufen oder ihn persönlich aufsuchen sollte. Würde er ihren Überlegungen Glauben schenken? Bereits als Ben Triggs sein unsinniges Geständnis abgelegt hatte, hatte der DCI gemeint, er könne keine weiteren Ermittlungen durchführen. Während man bei Bens Aussage seine geistige Entwicklung berücksichtigen musste, verfügte Amber über einen normalen Verstand, also gab es an ihrem Geständnis nichts zu rütteln. Außerdem hatte Sandra keinen Beweis für ihre Vermutung. Ja, wenn noch Reste von Taylor Bransons Körper vorhanden wären, so jedoch ...

Fahrig wischte Sandra sich über die Stirn und seufzte. Sie konnte hier und jetzt nichts ausrichten. Eliza benötigte sie im Hotel. Sie würde zurückfahren, den Tag und Abend hinter sich bringen und morgen mit Bourke und auch mit Alan Trengove sprechen. Zumindest der Anwalt würde ihren unglaublichen Verdacht nicht vom Tisch fegen.

Seit Amber ihr und Monsieur Peintré vor den Wagen gelaufen war und Sandra das Auto in den Graben gefahren hatte, war Sandra besonders aufmerksam, wenn sie diese Stelle auf der engen Waldstraße passierte. Automatisch verringerte sie die Geschwindigkeit, obwohl ihr kein anderer Wagen entgegenkam. Sie glaubte, ihren Augen nicht zu trauen, als sie zwischen den Bäumen einen Mann sah, der sich abrupt umdrehte und dann hastig im Wald verschwand, als er das näher kommende Auto bemerkte. Spontan fuhr

Sandra in eine Ausweichbucht, stellte den Motor ab und stieg aus. Eigentlich durfte sie hier nicht parken, weil sie so die Ausweichstelle blockierte, das war ihr im Moment aber gleichgültig. Sie war sicher, dies eben war der Mann gewesen, mit dem Amber sich getroffen hatte.

Ruf Christopher an, murmelte eine Stimme in ihrem Kopf, Sandra zögerte jedoch. Der DCI würde nicht alles stehen und liegen lassen und allein auf Sandras Vermutung hin den Wald durchkämmen. Also folgte sie dem Trampelpfad, auf dem der Mann tiefer in den Wald gegangen war, und holte ihn tatsächlich nach ein paar Minuten ein. Er war gut und gern einen Meter neunzig groß. Sein graues Haar baumelte ihm in einem Pferdeschwanz bis auf den Rücken, der breit wie ein Kleiderschrank war. Auch aus der Ferne konnte Sandra seine kräftigen Hände erkennen. Sie hielt Abstand. Der Pfad endete schließlich auf einer Lichtung. Hier standen ein ungepflegter Wohnwagen, dessen Fensterscheiben vor Schmutz blind waren, ein paar Meter weiter ein alter, grauer Kleinwagen. Hinter dem Wohnwagen führte ein befahrbarer Feldweg von der Lichtung in die andere Richtung in den Wald hinein. Sandra verbarg sich hinter dem mächtigen Stamm einer Rotbuche und beobachtete, wie der Mann die Tür öffnete und den Wohnwagen betrat.

Lautlos zog sich Sandra zurück. Sie war fest entschlossen, nicht nachzugeben, bis Christopher Bourke diesen Mann mit eigenen Augen gesehen und ihn überprüft hatte. Von ihrem Verdacht wollte sie Bourke noch nichts sagen. Er würde es selbst erkennen, wenn er dem Mann in dem Wohnwagen von Angesicht zu Angesicht gegenüberstand, spätestens dann, wenn er von ihm eine DNA-Probe genommen hatte. Vergessen war die Misswahl. Auf der Stelle wollte Sandra zu Bourke fahren und ihn, wenn es sein musste, höchstpersönlich in ihr Auto zerren und zu der Lichtung bringen! Pah! Sie litt nicht unter Wahnvorstellungen oder wirren Träumen! Sandra empfand Genugtuung. Zwar waren die Gründe, warum Sheila und Bill Grant sterben mussten, noch ungeklärt, aber sie hatte von Anfang an den richtigen Riecher gehabt. Und Christopher Bourke hatte ihr wieder einmal nicht geglaubt. Sie wollte aber großzügig darüber hinwegsehen, dass er diese Morde nur mit ihrer Hilfe hatte aufklären können. Sollte er ruhig den Erfolg für sich und Constable Greenbow einheimsen, Hauptsache, der wahre Mörder wurde noch heute verhaftet.

Als Sandra das Knacken eines Zweiges hinter sich hörte, war es zu spät, um fortzurennen. Blitzschnell legte sich eine große Hand von hinten auf ihren Mund, ein kräftiger Arm packte sie um die Taille, hob sie hoch, als wöge sie nicht mehr als eine Feder, dann lag sie wie ein Kartoffelsack über seiner Schulter.

»Hilfe! Hilfe!«, schrie Sandra aus Leibeskräften, als er seine Hand von ihrem Mund nahm.

»Es hat keinen Sinn, zu schreien«, zischte er. »Hier hört Sie niemand.«

»Zu Hilfe!«

Er lachte spöttisch. »Bitte, wenn Sie mir nicht glauben, Sie werden lediglich heiser werden.«

Er schleppte Sandra zum Wohnwagen, warf sie dort wie ein Bündel Lumpen auf ein Bett mit zerwühlten Decken.

»Sie sind doch die aus dem Hotel«, stellte er fest, die buschigen, grauen Augenbrauen zu einem Strich zusammengezogen. Seine Kleidung war abgetragen, aber sauber.

Sandra stützte sich auf die Ellenbogen und rappelte sich

hoch. Sie stand kurz vor einer Panik, dennoch triumphierte sie, in der Gewissheit, dass nun der endgültige Beweis vor ihr stand.

»Ich wünsche Ihnen einen guten Tag, Mr Branson«, sagte Sandra ruhiger, als ihr zumute war. »Sie sind doch Taylor Branson, oder nicht?«

»Da sind Sie endlich!« Pfeilschnell schoss Eliza hinter der Rezeption vor und eilte auf Ann-Kathrin und Alan Trengove zu. »Ich mache mir große Sorgen um Sandra!«

»Das aus Ihrem Mund zu hören, freut mich«, murmelte Ann-Kathrin, Eliza maß diesen Worten aber keine Bedeutung bei und sprudelte heraus: »Den Detective Chief Inspector erreiche ich nicht. Er und der Constable sind mit Amber beim Haftprüfungstermin in Plymouth, und der Typ der Leitstelle in Truro, mit dem ich verbunden wurde, meinte, Sandra wäre eine erwachsene Frau, die machen könne, was sie wolle. Eine Vermisstenanzeige kann ohnehin erst aufgenommen werden, wenn sie länger als achtundvierzig Stunden verschwunden ist, außerdem liegt in den Mordfällen ein Geständnis vor, und ...«

»Drücken Sie auf den Ausknopf, Ms Dexter«, schnitt Alan Elizas Redefluss ab. »Ich verstehe nur die Hälfte. Wo ist Sandra?«

»Genau das weiß ich eben nicht, darum habe ich Sie angerufen! Ich fürchte, sie hat einen Hinweis auf den Täter gefunden.«

»Ich denke, Amber Branson ist die Mörderin?«, fragte Ann-Kathrin zweifelnd. »Sandra hegte schon länger diesen Verdacht, und Sheilas Tochter hat ja die Taten gestanden.«

»Ich schlage vor, wir trinken in aller Ruhe einen Tee, Ms Dexter, dabei erzählen Sie alles von Anfang an. Hat die Bar schon geöffnet?«

»Die Bar noch nicht, im Restaurant ist aber noch Tee vom Frühstück übrig.«

Eliza winkte, und das Ehepaar Trengove folgte ihr ins Restaurant. Dort bat Eliza den Kellner Harry, Tee zu bringen, dann setzten sich die drei an einen der Ecktische. Alle anderen hatten das Restaurant bereits verlassen. Die Mädchen waren in ihren Zimmern und warteten auf die Visagistin und die Friseure, und Major Collins war vor einer halben Stunde zu seinem vormittäglichen Spaziergang aufgebrochen.

»Könnte ich bitte richtig kalte Milch für meinen Tee bekommen?«, fragte Alan. »Nur, wenn es keine Umstände macht.«

»Du immer mit deinen Sonderwünschen!« Unwillig rümpfte Ann-Kathrin die Nase. »Sandra ist vielleicht etwas passiert, und du denkst nur an deinen Tee!«

»Meine Liebste, guter Tee ist seit Jahrhunderten eines der stärksten Bindeglieder im britischen Empire ...«

»Bitte, spar dir deine Ausführungen«, fiel Ann-Kathrin ihrem Mann ins Wort und forderte Eliza auf, zu erzählen, was heute Morgen geschehen war.

Eliza begann ab dem Moment, als sie Sandra im Lesezimmer getroffen hatte. »Sie war recht verwirrt, suchte dann nach einer Information im Internet, bat um meinen Autoschlüssel und meinte, sie wäre in spätestens einer Stunde wieder zurück. Das war vor genau » – Eliza sah auf ihre Armbanduhr – »zwei Stunden und fünfundzwanzig Minuten. Dabei sollte es Sandra klar sein, wie viel Arbeit gerade heute ansteht. Ich weiß nicht, was ich zuerst machen soll, und muss ständig an zwei Stellen gleichzeitig sein. Monsieur Peintré ist kurz davor, einen Tobsuchtsanfall zu bekommen, weil der Fischhändler nicht die bestellten Lemon Sole, sondern John Dory Filets geliefert hat. Das bringt die Planung für das abendliche Essen laut Monsieur durcheinander. Er droht mal wieder mit Kündigung, da er in diesem Haus nicht nach seinen Vorstellungen arbeiten kann.«

»Besteht zwischen diesen Fischsorten denn ein so großer Unterschied?«, fragte Ann-Kathrin.

»Laut unserem Koch ja, wobei es preislich nicht viel ausmacht. Ich mag beide Sorten, kann allerdings keinen großen geschmacklichen Unterschied feststellen.«

»Ich unterbreche eure kulinarische Plauderei nur ungern«, warf Alan Trengove ein, »sollten wir nicht lieber darüber sprechen, was Sandra vielleicht in Erfahrung gebracht haben könnte?«

»Ich habe nicht den Schimmer einer Ahnung.« Eliza hob bedauernd die Hände. »Es muss aber etwas Brisantes gewesen sein, denn plötzlich umarmte und küsste sie mich, dann stürmte sie davon.«

»Das ist in der Tat sonderbar«, bemerkte Ann-Kathrin lächelnd. Sie wusste ganz genau, dass Sandra und Eliza inzwischen zwar gut miteinander auskamen, von einer Freundschaft aber weit entfernt waren. »Haben Sie versucht, Sandra telefonisch zu erreichen?«

»Selbstverständlich.« Elizas Mundwinkel zogen sich nach unten. »Ihr Handy liegt jedoch auf dem Schreibtisch im Büro.«

»Wenn Sandra vergisst, ihr Telefon einzustecken, dann war sie wirklich sehr in Eile«, schlussfolgerte Ann-Kathrin, und Alan sagte: »Damit entfällt leider die Möglichkeit einer Ortung, die ich nämlich gerade vorschlagen wollte.«

Ann-Kathrin sah ihren Mann überrascht an und meinte: »Die Ortung eines Mobiltelefons kann doch nur die Polizei veranlassen.«

Alan gab ihr einen liebevollen Nasenstüber und erwiderte schmunzelnd: »Manche Dinge sind auch ohne unseren guten Bourke möglich, mein Schatz. Zerbrich dir deinen hübschen Kopf nicht darüber, in diesem Fall entfällt eine solche« – er grinste breit – »Dienstleistung meinerseits ohnehin.« Wieder ernst, fragte er Eliza: »Sie vermuten, Sandra habe etwas im Internet entdeckt, aufgrund dessen sie zu wissen glaubt, wer der wahre Täter ist?«

Eliza nickte. »Auf mich machte es jedenfalls den Eindruck.«

»Wenn Sie erlauben, würde ich gern in ihrem Computer nachsehen.«

»Ich verstehe, du willst die letzte Seite, die Sandra aufgerufen hat, überprüfen«, sagte Ann-Kathrin. »Du bist wirklich ein schlauer Fuchs, Alan.«

»Natürlich, sonst hätte ich dich ja nicht geheiratet.«

Trotz der angespannten Situation spürte Eliza die tiefe Verbundenheit und Liebe zwischen den beiden. Sie empfand aber keinen Neid, vielleicht ein wenig Wehmut, dass ihr eine solche Beziehung nicht beschieden war.

Alan hatte Glück. Da Sandra in ihrer Aufregung vergessen hatte, sich aus dem Netz auszuloggen, ploppte die von ihr besuchte letzte Seite auf, nachdem er den Bildschirmschoner ausgeschaltet hatte.

»Berichte über den Segelunfall von Taylor Branson«, murmelte Alan und klickte sich durch die Seiten.

Ann-Kathrin nickte und erklärte: »Sandra war immer davon überzeugt, dass Sheilas Tod mit dem Unfall ihres Mannes zu tun haben muss.«

Konzentriert studierte Alan ein Interview, das Sheila einer Zeitung gegeben hatte, nachdem die Leiche ihres Mannes bei East Looe angeschwemmt worden war.

»Sieben Wochen war mein Mann im zweiten Golfkrieg eingesetzt, sieben Wochen kämpfte er an vorderster Front«, las Alan laut vor. »Dabei wurde er nicht verletzt, erlitt nicht einmal einen kleinen Kratzer. Jetzt starb er ausgerechnet im Meer, obwohl er ein sehr guter Segler war und glaubte, das Element Wasser vollständig zu beherrschen ...«

Alan verstummte, wandte sich um, und er, Ann-Kathrin und Eliza starrten einander an.

Ann-Kathrin sprach als Erste: »Inspector Bourke sagte, der Mörder von Bill Grant könne über eine militärische Ausbildung verfügen, da der Stich derart gezielt durchgeführt wurde, dass er sofort tödlich war.«

»Denken Sie dasselbe wie ich?«, fragte Eliza. Unwillkürlich schauerte sie und schlang die Arme um ihren Oberkörper. »Das wäre aber doch ...«

»Eigentlich unvorstellbar«, vollendete Alan ihren Satz. »Aber nicht ausgeschlossen. Wobei wir nicht mit Sicherheit wissen können, ob Taylor Branson – sofern er wirklich noch am Leben ist – tatsächlich der Mörder seiner Frau und Bill Grants ist. Wenn ja, stellt sich die Frage nach dem Warum.«

»Ich fürchte, Sandra hat die Antworten auf diese Fragen entdeckt«, rief Ann-Kathrin aufgeregt. »Nun ist sie losgezogen, um Branson zu finden und zu überführen. Der Mann, mit dem sie Amber im Wald gesehen hat ...«

»Ist Taylor Branson!« Alan sprang auf. »Wir müssen Bourke unverzüglich informieren, und wenn ich dafür nach Plymouth fahren muss. Eliza, Sie haben richtig gehandelt, uns anzurufen, denn ich fürchte nun auch, dass sich Sandra in großer Gefahr befindet.«

Im Schneidersitz kauerte Sandra auf dem Bett, die Hände um eine angeschlagene Tasse aus Steingut, der der Henkel fehlte, geklammert. Als wären sie gute Bekannte, hatte Taylor Branson auf dem Gaskocher Wasser erhitzt und Sandra gefragt, wie stark sie ihren Tee wolle und ob sie ihn mit Zucker trinke.

»Frische Milch ist gerade keine da«, hatte er gesagt, und ihr die Tasse in die Hände gedrückt.

»Warum, Taylor?«, fragte Sandra nun. »Warum haben Sie erst Ihre Frau und dann Bill Grant umgebracht? Und warum lassen Sie es zu, dass Amber die Schuld auf sich nimmt? Das Mädchen geht für den Rest ihres Lebens ins Gefängnis! Warum hassen Sie Ihre Familie derart abgrundtief?«

»Amber sagte mir bereits, dass Sie viele Fragen stellen«, antwortete er mit einem spöttischen Grinsen. »Zu viele Fragen, Sandra. Warum mussten Sie in der Vergangenheit herumstochern und haben sich nicht herausgehalten?«

»Wenn in dem Hotel, für das ich verantwortlich bin, solch schreckliche Verbrechen geschehen, kann ich mich nicht heraushalten.«

Zu ihrem eigenen Erstaunen war Sandra zwar angespannt, empfand aber keine Angst mehr. Sie traute Taylor Branson nicht zu, dass er ihr etwas antun könnte. Zumindest nicht, solange sie nicht versuchte zu fliehen. Die Tür des Wohnwagens hatte er von innen verschlossen, saß wie ein massiver Kleiderschrank auf dem einzig vorhandenen Hocker davor, und die Fenster waren selbst für Sandras schlanken Körper zu schmal. Gegen die Kraft von Taylor Branson käme Sandra ohnehin nicht auf, sollte sie versuchen, an ihm vorbeizukommen. Also konnte sie ihn nur so lange wie möglich in ein Gespräch verwickeln. Inzwischen war sie über zwei Stunden von Higher Barton fort. Eliza wusste, dass sie nicht so verantwortungslos wäre, einfach ihre Arbeit zu vernachlässigen. Sie würde sich Sorgen machen und Christopher Bourke informieren. Sandra ärgerte sich, dass sie den Chief Inspector nicht doch schon informiert hatte, bevor sie Branson in den Wald hinein gefolgt war. Ihr verflixter Stolz, Christopher etwas beweisen zu wollen, hatte sie in diese prekäre Lage manövriert.

»Ihr *Tod* war ein abgekartetes Spiel, nicht wahr?«, fuhr Sandra fort. »Sie mit Ihrer jahrelangen Erfahrung auf hoher See wären doch niemals bei einer Sturmwarnung hinausgefahren. Von Anfang an hat mich das am meisten gewundert, und bereits damals erschienen die Umstände Ihres Unfalls nicht logisch.«

Er zuckte mit den Schultern und erwiderte: »Dass man Sheila verdächtigen würde, mich ermordet zu haben, war nicht vorherzusehen gewesen. Aus diesem Grund verzögerte sich der weitere Ablauf unseres Plans. Erst als die Ermittlungen eingestellt waren und das Ergebnis *Unfall* lautete, zahlte die Versicherung. Eigentlich hätte ich da schon längst in Südamerika sein sollen.«

»Es ging einzig und allein um die Lebensversicherung«, stellte Sandra fest.

»Es war Sheilas Idee. Ihre Modelkarriere war zu Ende, sie erhielt kaum noch Aufträge, und wenn, dann waren diese schlecht bezahlt. Sie gründete die Kosmetikfirma, aber Make-up und solches Zeug gibt es zuhauf auf dem Markt. Das Unternehmen dümpelte so vor sich hin. Noch ein paar Monate, und Sheila hätte Konkurs anmelden müssen. Aber da war meine Lebensversicherung. Ich hatte sie Jahre zuvor abgeschlossen, als es uns finanziell noch gut gegangen war. Sobald Sheila das Geld erhalten hatte, sollte sie sich um einen falschen Pass kümmern, denn mit Geld kann man entsprechende Papiere mühelos fast an jeder Straßenecke kaufen, mir dann eine größere Summe hierher nach Cornwall bringen, und ich wäre nach Brasilien geflogen. Sheila wollte die Firma verkaufen, und nach einem angemessenen Zeitraum, wenn keine Fragen mehr gestellt worden wären, mit Amber nachkommen. In Südamerika hätten wir uns dann ein neues Leben aufgebaut.«

»Was ging schief, Taylor?«, fragte Sandra gespannt. »Was brachte Ihren Plan zum Scheitern?« Sie ahnte die Antwort, denn nur so ergab alles einen Sinn.

»Sheila!«, stieß er mit einem verächtlichen Grunzen aus. »Sie hatte nie vorgehabt, mir auch nur einen Penny zu geben oder mit mir auszuwandern. Kaum war ich *begraben* und sie hatte das Geld erhalten, war ich für Sheila wirklich gestorben. Und ich saß in einem Cottage fest, in einer Gegend, wo nur selten jemand hinkommt, und wartete und wartete und wartete. Wartete so lange, bis das Geld, das ich vorher zur Seite geschafft hatte, aufgebraucht war. Glücklicherweise habe ich einen starken Bartwuchs, so veränderte sich mein Aussehen bereits nach zwei Wochen, zusätzlich färbte ich meine damals noch dunkelblonden Haare schwarz.«

»Sie waren all die Jahre über hier in der Gegend?«

Er nickte. »Ich weiß nicht, wie gut Sie sich in Cornwall auskennen, Sandra, aber selbst hier gibt es noch Gegenden, die einsam und verlassen sind. Zwischen Lerryn und St Winnow gab es eine verlassene Hütte im Wald, die ich mir vor dem Unfall notdürftig eingerichtet hatte. Ich war ja davon ausgegangen, nur ein paar Wochen dort verbringen zu müssen.«

»Aus diesen Wochen wurden dann zwölf Jahre«, murmelte Sandra. »Wovon haben Sie gelebt, sich ernährt und das Auto und diesen Wohnwagen gekauft?«

»Nachdem mir klar geworden war, dass ich wohl nie wieder etwas von Sheila hören würde, hielt ich mich mit Einbrüchen über Wasser. Später nahm ich mal hier, mal dort einen Job an, in der Landwirtschaft oder auf dem Bau gibt es immer Arbeit, dabei wird meistens nicht nach Papieren gefragt. Die fehlende Melde- und Ausweispflicht in unserem Land erleichtert ein Untertauchen ungemein.«

»Natürlich!« Sandra stellte die Tasse ab und schlug sich mit der flachen Hand gegen die Stirn. »Dass Sie bei einem Ihrer Einbrüche beinahe einen Menschen getötet haben, der heute aufgrund Ihres Angriffes behindert ist, schien Sie wohl nicht zu stören«, fügte sie sarkastisch hinzu.

»Das mit der Frau tut mir wirklich leid.« Taylor Branson wirkte ehrlich zerknirscht. »Ich bin immer vorsichtig vorgegangen und habe die Objekte, in die ich einbrach, genau beobachtet. Tags zuvor hörte ich, wie der Mann und die Frau darüber sprachen, am nächsten Abend gemeinsam gegen acht Uhr zu einem Essen gehen zu wollen. Ich hatte keine Ahnung, dass die Frau noch im Haus war, und es blieb mir leider keine andere Wahl.«

Das sah Sandra zwar anders, wollte dieses Thema aber

nicht vertiefen. »Als Sheila dann nach Cornwall zurückkehrte, beschlossen Sie, dass Ihre Frau sterben muss. So war es doch, nicht wahr, Taylor?«

Er nickte anerkennend. »Sie hätten zur Polizei gehen sollen, anstatt ein Hotel zu führen«, antwortete er. Unter seinem dichten Bart zuckte es, und seine grauen Augen musterten sie von oben bis unten. »Ein wenig tut es mir um Sie leid, Sandra, aber ...« Mit einer hilflosen Geste hob er die Hände.

Sandra durchfuhr es eiskalt. »Was haben Sie mit mir vor, Taylor? Wollen Sie mich ebenfalls umbringen? Soll ich zu Ihrem vierten Opfer werden?«

»Vierten?« Er schüttelte den Kopf. »Die Frau, die mich beim Einbruch überraschte, lebt doch noch.«

»Das ist zwar richtig, aber neben Sheila und Bill Grant musste noch jemand daran glauben.« Sandras Stimme klang zwar sarkastisch, innerlich zitterte sie aber wie Espenlaub. »Wer war der Mann, der bei Looe an Land gespült und den Sheila als ihren Mann identifiziert hatte? Ein zufälliges Opfer, oder haben Sie bewusst jemanden ausgewählt, der für Sie sterben musste?«

»Das war ein Zufall!«, rief er aufgeregt. »Ich weiß, das klingt unglaubwürdig, es war aber nie geplant, dass eine Leiche angeschwemmt wird. Ich schwöre, ich habe keine Ahnung, um wen es sich handelt, der unglücklicherweise irgendwann und irgendwo Opfer der See geworden war. Die starke Verwesung seiner Leiche spielte uns in die Hände.«

Ungläubig schüttelte Sandra den Kopf. »Sheila identifizierte doch den Ehering und eine Kette, die der Tote trug, als Ihre Schmuckstücke.«

»Sie sagte einfach, der Schmuck gehöre mir, damit es glaubwürdig klingt. Ihre Aussage wurde nie überprüft, und wer sollte das Gegenteil beweisen? Als die Polizei Sheila einen unbekannten Toten, dessen Größe und Statur zu mir passte, präsentierte, reagierte sie blitzschnell. Der unbekannte Tote war ein wahrer Glücksfall.«

Sandra schüttelte sich innerlich über die Ruhe, mit der Branson all das schilderte. Wenn seine Aussage stimmte und Sheila einen Fremden als ihren toten Mann identifiziert hatte, dann musste es jemanden geben, der bis heute nicht wusste, was aus dem Ehemann, Vater oder Sohn geworden war. Jemand, der immer noch hoffte, den Vermissten lebend wiederzusehen. Da die Leiche verbrannt worden war, würde man die Identität dieser Person wohl nie klären können.

»Wie verlief Ihr angeblicher Unfall?«, fragte Sandra leise. »Sie müssen den Plan doch lange zuvor ausgeklügelt haben.«

»Ja, wir hatten alles monatelang vorbereitet und mussten in Falmouth nur noch auf den richtigen Zeitpunkt warten. Auch im Hochsommer ziehen hier häufig heftige Stürme auf, das wussten wir von früheren Aufenthalten in Cornwall.« Branson sprach voller Stolz, sein Gesichtsausdruck war selbstgefällig. »An dem besagten Tag segelte ich unter den Augen vieler, die mich noch davor warnten, bei diesem Wetter einen Törn zu unternehmen, aus dem Hafen hinaus. Der Wind war zwar heftig, ich beherrschte mein Boot aber perfekt. Außer dem Segel verfügte es auch über einen Motor. Ich umrundete die Landzunge der Roseland Peninsula, stellte das Ruder so ein, dass der Motorsegler mit dem Wind und der Strömung weiter aufs Meer hinausgetrieben wurde, stieg in das Beiboot und ruderte zur Küste. Südlich des Greep

Point, am Towan Beach, ging ich wieder an Land. Wegen des schlechten Wetters war kein Mensch am Strand. Mit dem Werkzeug, das ich dabeihatte, zerstörte ich das Beiboot, die Trümmer wurden von der später einsetzenden Ebbe aufs Meer hinausgetragen. Es war geplant, dass Teile des Bootes nach einiger Zeit irgendwo angespült wurden, von mir aber jede Spur fehle. Das Schicksal hat es allerdings anders gewollt. Mit dem unbekannten Toten wurde alles perfekt.« Mit einem Satz sprang Branson auf, trat zu Sandra und sah sie mit einem Ausdruck des Bedauerns an. »Wir quatschen und quatschen, dabei wird es Zeit für mich, zu verschwinden. Sie werden verstehen, dass ich Sie nicht laufen lassen kann, nicht wahr?«

»Was haben Sie vor?«, flüsterte Sandra heiser. »Einfach abhauen und Amber ihrem Schicksal überlassen? Amber war damals noch ein Kind, sie wusste nichts von Ihrem perfiden Plan und litt schrecklich unter dem Verlust ihres Vaters. Jetzt soll sie auch noch für das Verhalten ihrer Mutter büßen? Wie herzlos muss ein Vater sein, um das zuzulassen.«

»Auch wenn ich Ihnen keine Erklärung schuldig bin, Sandra: Selbstverständlich lasse ich Amber nicht im Stich. Seit gestern habe ich neue Papiere und ausreichende finanzielle Mittel. Noch heute werde ich das Land verlassen.«

»Das Geld, das Sheila vor ihrem Tod abgehoben hat«, murmelte Sandra.

Er nickte. »Sie versuchte, mit dieser läppischen Summe ihre Schuld, mich über zwölf Jahre im Stich gelassen zu haben, zu tilgen. Sie meinte, mir wäre es doch nicht schlecht gegangen, und jetzt möge ich endgültig verschwinden. Sobald ich an meinem Ziel angekommen bin, werde ich die Polizei aufsuchen und ein umfassendes Geständnis ablegen.

Ich gebe die Morde an Sheila und Bill im vollen Umfang zu. Amber wird unverzüglich freigelassen werden und mir dann folgen.«

»Sie wollen also in ein Land, das Mörder nicht an Großbritannien ausliefert«, schlussfolgerte Sandra. »Ich tippe auf Brasilien oder ein anderes süd- oder mittelamerikanisches Land.«

»Sie haben wirklich einen außergewöhnlich scharfen Verstand«, sagte er anerkennend. »Jetzt ist es aber Zeit, Lebewohl zu sagen.«

Aus einem Hängeschrank nahm er ein dickes Tau, packte Sandra an den Armen, drehte sie grob auf den Bauch und drückte sie mit seinem ganzen Gewicht auf das Bett. Sie zappelte zwar und versuchte, sich zu befreien, hatte aber keine Chance. Zuerst fesselte er ihre Hand-, dann ihre Fußgelenke. Mit einem zweiten Strick band er beide Fesseln auf Sandras Rücken zusammen, sodass sie sich wie ein zugeschnürtes Paket fühlte.

»Wollen Sie mir nicht noch erzählen, wie es Ihnen gelungen ist, Sheila zu ertränken?«, rief Sandra mit aufsteigender Panik. Sie musste Zeit gewinnen und ihn dazu bringen, weiterzusprechen, denn irgendwann musste doch jemand hier vorbeikommen! »Und warum Bill Grant? Wie war der Medienmogul in die Sache involviert? Bitte, lassen Sie uns reden, Taylor. Das bringt hier doch nichts, die Polizei wird bald kommen. Glauben Sie wirklich, ich wäre so dumm, niemandem zu sagen, wohin ich gegangen bin?« O ja, so dumm war ich wirklich, dachte Sandra, er durfte es aber unter keinen Umständen auch nur ahnen. »Meine Mitarbeiterin, mein Anwalt und die Polizei werden in Kürze hier sein ...«

»Halten Sie den Mund!« Aus der Hosentasche nestelte Branson ein benutztes Taschentuch und knebelte Sandra damit. Sie begann zu würgen, aus eigener Kraft gelang es ihr nicht, das Tuch wieder aus ihrer Mundhöhle zu schieben. Sandras einzige Hoffnung war jetzt, dass Branson plante, sie hier zurückzulassen, damit sie erst gefunden wurde, wenn er das Land bereits verlassen hatte. Eliza hatte sicher Christopher Bourke und wahrscheinlich auch Alan Trengove informiert. Kamen diese aber auf die Idee, den Wald abzusuchen? Das Auto! Elizas Wagen stand unerlaubterweise in der Ausweichbucht an der Straße. Das musste jemandem auffallen. Sandra hoffte, dass man nicht nur einen Strafzettel unter den Scheibenwischer klemmen, sondern nachforschen würde, wem der Wagen gehörte.

Taylor Branson durchwühlte Sandras Jackentaschen, zog ihr Portemonnaie heraus und nahm alles darin befindliche Geld an sich. »Fast zweihundert Pfund«, murmelte er zufrieden und zwinkerte Sandra tatsächlich zu. »Sie gestatten doch, dass ich das Geld an mich nehme? Es wird lange dauern, bis man Sie findet, wenn überhaupt. In den Wochen, seit ich meinen Wagen auf dieser Lichtung abgestellt habe, ist nie jemand vorbeigekommen. Wie ich bereits sagte: Eigentlich ist es schade um Sie.«

Sandra schöpfte neuen Mut. Taylor Branson hatte nicht vor, sie zu töten, sondern wollte sie nur zurücklassen. Sie musste durchhalten und versuchen, sich nicht zu übergeben, damit sie nicht erstickte. Früher oder später würde man sie finden. Sie hoffte, dass es recht bald sein würde.

Er griff nach einer Tasche aus schäbigem Kunstleder, offenbar hatte er seine wenigen Habseligkeiten bereits gepackt, bevor er von Sandra überrascht worden war. Mit einem fast bedauernden Ausdruck sah er sich in dem kleinen Wohnwagen um, der die letzten Jahre sein Zuhause gewesen war, dann öffnete er die Tür. In diesem Moment hörte Sandra jemanden rufen: »Halt, Mr Branson, hier spricht die Polizei! Kommen Sie langsam heraus, die Hände über den Kopf erhoben. Die Lichtung ist umstellt.«

Christopher! In Sandras Augen traten Tränen. Nie zuvor war sie so glücklich gewesen, seine Stimme zu hören.

»Sie haben tatsächlich nicht gelogen, und die Bullen informiert«, zischte Branson, wich in den Wohnwagen zurück und schlug die Tür zu. Er zögerte, trat unsicher von einem Fuß auf den anderen, dann öffnete er die Tür wieder einen Spalt und rief: »Ich habe Sandra Flemming in meiner Gewalt. Wenn Sie sie lebend wiedersehen wollen, lassen Sie mich gehen. Ich verlange einen schnellen Wagen, ohne einen Peilsender, versteht sich, und fünfzigtausend Pfund in kleinen Scheinen. Sie haben eine Stunde Zeit, sonst bekommen Sie Sandra stückchenweise zurück.«

»Branson, geben Sie auf!«, antwortete Bourke. »Ich gebe Ihnen fünf Minuten, dann werden meine Leute den Wohnwagen stürmen. Sie haben keine Chance!«

»Das sehe ich anders!«

Mit einem Ruck zog Branson Sandra hoch und schleppte sie zur Tür, die er noch ein Stück weiter öffnete. Wie ein Schutzschild hielt Branson sie vor seinen Körper. Am Rand der Lichtung erkannte Sandra Christopher Bourke und Constable Greenbow, im Hintergrund Alan Trengove. Branson stieß sie wieder zurück. Wegen der Fesseln konnte Sandra nicht stehen, stürzte und schlug mit dem Kopf gegen die Kante des Tisches. Um sie herum wurde es dunkel.

SIEBZEHN

»Fordern Sie Verstärkung an, Greenbow«, wies DCI Bourke den Constable an. »Sie sollen sich beeilen, aber ohne Signal und Blaulicht anfahren.«

»Die Lichtung ist gar nicht umstellt?«, fragte Alan. »Sie haben doch gerade gesagt ...«

»Ein Bluff, Mr Trengove.« Bourke winkte ab. »Ich konnte ja nicht wissen, dass sich die Lage derart zuspitzt. Nur weil wir Eliza Dexters Wagen an der Straße gefunden haben, wollte ich kein großes Aufgebot anfordern. Dass Sandra das Auto verlassen und in den Wald gegangen ist, hätte auch einen harmlosen Grund haben können«, rechtfertigte er sich zerknirscht.

»Wie sich jetzt zeigt, ist die Situation alles andere als harmlos«, erwiderte Alan kühl.

Nervös knetete Bourke seine Finger. »Ich konnte nicht ahnen, dass Sandra sich aufmacht, den Täter selbst zu überführen. Ich ging davon aus, sie habe ihre Lektion gelernt und würde dieses Mal der Polizei die Aufklärung überlassen.«

»Hätten Sie ihr denn geglaubt?«, fragte Alan. »Bereits nach der Verhaftung des behinderten jungen Mannes haben Sie alle anderen Verdachtsmomente abgeschmettert und keine weiteren Ermittlungen durchgeführt. Nachdem Amber Branson ein umfassendes Geständnis abgelegt hat, waren Sie ebenfalls nicht bereit, auch nur in Erwägung zu ziehen, dass sich die Sachlage völlig anders darstellt.«

»Dafür gab es keine Veranlassung, Mr Trengove.«

»Könnt ihr bitte aufhören, über etwas zu streiten, das jetzt nicht mehr zu ändern ist?« Ann-Kathrin Trengove kam hinter einem Baum hervor und drängte sich zwischen die Männer. »Veranlassen Sie, Inspector, lieber, dass Bransons Forderungen so schnell wie möglich erfüllt werden.«

Mit sanfter Gewalt schob Alan seine Frau zurück in die Deckung und sagte leise: »Schatz, wir hatten vereinbart, dass du dich im Hintergrund hältst, wenn du schon nicht davon abzubringen warst, uns zu begleiten.«

»Wenn sich meine beste Freundin in der Gewalt eines skrupellosen Mörders befindet, dann werde ich nicht untätig zu Hause sitzen und Däumchen drehen, Alan!«

»Noch ist nichts bewiesen«, bemerkte Bourke. »Weder, dass es sich bei dem Mann im Wohnwagen wirklich um Taylor Branson handelt, noch, dass er seine Frau und Grant getötet hat.«

»Wie viele Beweise brauchen Sie denn noch?« Ann-Kathrins Augen sprühten Funken.

Weitere Wortwechsel wurden jedoch von Constable Greenbow verhindert, der sein Telefon wieder in die Jackentasche steckte und sagte: »Sie schicken einen Streifenwagen, Sir.«

»Einen?« Fassungslos schüttelte Ann-Kathrin den Kopf. »Was sollen zwei weitere Beamte ausrichten?«

»Nun mal ganz ruhig.« Scheinbar gelassen sah Bourke in die Runde, an seinem Hals pochte jedoch deutlich sichtbar eine Ader. »Zugegeben, der Mann, um wen auch immer es sich handelt, ist kräftig und durchtrainiert. Wenn es Branson ist, verfügt er auch über eine spezielle Kampfausbildung. Mit meinen Kollegen werden wir jedoch zu fünft sein, und ich denke ...«

»Zu sechst«, fiel Ann-Kathrin ihm ins Wort und machte den Eindruck, als wolle sie den Wohnanhänger höchstpersönlich stürmen, um ihre Freundin zu befreien.

»Schatz, du hältst dich zurück!«, sagte Alan ungewöhnlich scharf, in seinen Augen jedoch war Sorge zu erkennen. »Ich weiß, auf was Sie, Sir, hinauswollen. Sie schlagen vor, wir Männer stürmen den Wohnwagen, in der Hoffnung, Branson überwältigen zu können, bevor er Sandra etwas antun kann.«

»Das könnt ihr nicht tun!«, rief Ann-Kathrin entsetzt. »Der Mann ist bewaffnet, auf jeden Fall mit einem Messer, vielleicht hat er auch eine Pistole. Bevor sich einer von euch auch nur zwei Meter dem Gefährt genähert hat, kann er Sandra getötet haben.«

Betreten starrte Christopher Bourke vor sich hin, scharrte mit der Fußspitze im Laub des Waldbodens. »Wir müssen verhandeln«, sagte er dann, straffte die Schultern und trat aus der Deckung auf die Lichtung. »Branson, lassen Sie uns reden!«

»Sie kennen meine Forderungen.« Gut verständlich war die Antwort durch die geschlossene Tür zu hören. »Ich gebe Ihnen noch zehn Minuten, dann werfe ich Ihnen das erste Stück der Frau vor die Füße.« Sie hörten ein lautes Lachen, das irgendwie irre klang. »Ich bin nur noch unentschlossen, ob ich mit einem Ohr oder mit einem Finger anfangen soll.«

»Bitte, Sir, so schnell kann weder das Geld noch ein

Wagen herbeigeschafft werden«, antwortete Bourke. »Sie bekommen alles, was Sie wollen, wir brauchen aber mehr Zeit.«

»Okay, eine halbe Stunde«, erwiderte Branson. »Wenn ich aber einen weiteren Bullen hier sehe, dann ergeht es Ihrer kleinen Freundin schlecht.«

Es rumpelte im Wohnwagen, etwas wurde über den Boden geschleift, dann öffnete sich die Tür. In einem Arm hielt Branson eine Gasflasche, in der anderen ein Feuerzeug. »Eine falsche Bewegung – oder wenn ich das Gefühl habe, von euch verarscht zu werden – und bumm!« Er verschwand wieder, und die Tür fiel zu.

»Branson, ich mache Ihnen einen Vorschlag.« Langsam näherte Bourke sich dem Wohnwagen. »Lassen Sie Sandra frei, nehmen Sie mich an ihrer Stelle, bis der Wagen und das Geld eintrifft.« Er zog seine Jacke aus und ließ sie zu Boden gleiten. »Sehen Sie, ich komme unbewaffnet zu Ihnen.«

»Bleiben Sie sofort stehen!« Wieder ein irres Lachen. »Für wie blöd halten Sie mich? Ich werde keinen Bullen als Geisel nehmen, der bei der erstbesten Gelegenheit versuchen wird, mich zu überwältigen.«

»Bourke, Sie sind verrückt!«, zischte Alan.

»Lass ihn, er weiß, was er tut.« Ann-Kathrin nahm den DCI in Schutz. »Ich glaube, er mag Sandra sehr und würde alles tun, damit ihr nichts geschieht. Nicht nur in seiner Eigenschaft als Polizist.«

»Was sagst du da?« Alans Gesicht war ein einziges Fragezeichen. »Davon hatte ich keine Ahnung.«

Ann-Kathrins Lächeln war gezwungen. »Ich glaube, er weiß es selbst noch nicht, ebensowenig wie Sandra.« Mit wachsbleichem Gesicht lehnte sie an einem Baumstamm. »Wir brauchen Amber«, murmelte sie.

»Wie bitte?« Alan sah sie fragend an.

»Wenn es wirklich Taylor Branson ist, und ich denke, daran gibt es keinen Zweifel mehr, müssen wir seine Tochter herbringen«, erklärte Ann-Kathrin. »Amber könnte es gelingen, ihren Vater zur Aufgabe zu bewegen.«

»Sir, kommen Sie zurück«, rief Alan. »Es hat doch keinen Sinn.«

Christopher Bourke sah ein, dass Branson nicht nachgeben würde, und zog sich an den Waldrand zurück. Er hörte sich Ann-Kathrins Vorschlag an, zuckte zuerst mit den Schultern, sagte dann aber: »Einen Versuch wäre es wert. Greenbow!«

»Ja, Sir?«

»Stoppen Sie den Streifenwagen, die Beamten sollen sich zurückhalten. Fahren Sie nach Plymouth und bringen Sie so schnell wie möglich Amber Branson her. Verzichten Sie auf die Einhaltung von Geschwindigkeitsbegrenzungen, und schalten Sie das Signal erst ein, wenn er Sie nicht mehr hören kann.

»Aber, Sir ...«

»Keine Widerrede, Greenbow, das ist ein Befehl!«

Dem Constable war anzusehen, dass er den Sinn dieser Anweisung zwar nicht verstand, er machte sich aber unverzüglich auf den Weg.

»Branson, bleiben Sie ruhig«, rief Bourke nun zum Wohnwagen. »In einer halben Stunde werden wir Ihnen etwas bringen, das verspreche ich Ihnen.«

Es kam keine Antwort. Hinter den vor Schmutz blinden Fenstern war keine Bewegung zu sehen. Alan und Ann-

Kathrin nahmen sich bei den Händen. Ihnen blieb nichts anderes übrig, als zu warten.

Schwerfällig und gebeugt, als wäre sie eine alte Frau, stapfte Amber durch das Unterholz. Ihre Hände waren auf dem Rücken mit Handschellen gefesselt, zusätzlich hielt Constable Greenbow sie am Arm fest.

»Machen Sie sie los, Greenbow«, wies Bourke seinen Mitarbeiter an, der diesem Befehl sofort Folge leistete.

Amber rieb sich die Handgelenke und fragte: »Was soll das? Warum wurde ich hierhergebracht?«

Bourke wollte ihr antworten, Ann-Kathrin schob sich aber vor ihn und sah Amber fest an. »Amber, Sie wissen ganz genau, warum Sie hier sind, nicht wahr? Dort vorn, auf der Lichtung, befindet sich Ihr Vater ...«

»Ich habe keine Ahnung ...«

»Amber, bitte! Es ist zwecklos, noch weiter zu leugnen! Ihr Vater hat Sandra in seiner Gewalt und droht, sie umzubringen. Das können Sie nicht ernsthaft zulassen oder gar wollen. Sandra hat Ihnen nie etwas getan, im Gegenteil. Ihnen gegenüber war sie immer freundlich und verständnisvoll. Sandra ist zufällig in diese Sache verwickelt worden. Sie dürfen nicht zulassen, dass sie ebenfalls zum Opfer wird.« Amber senkte den Kopf, in ihr arbeitete es. Bisher hatte sie vehement die Existenz dieses Mannes geleugnet und darauf beharrt, die Morde allein begangen zu haben. »Amber, bitte!« Sanft legte Ann-Kathrin eine Hand auf die Schulter der jungen Frau. »Es liegt einzig in Ihrer Macht, dafür zu sorgen, dass die Lage nicht noch schlimmer wird.«

Amber hob den Blick, in ihren Pupillen flackerte es.

»Wie sind Sie dahintergekommen?«, flüsterte sie.

»Das spielt im Moment keine Rolle. Sie müssen mit Ihrem Vater sprechen. Auf Sie wird er hören.«

Alan und Bourke hatten sich im Hintergrund gehalten, und Alan zollte seiner Frau Respekt. Nicht nur wegen ihres Berufes als Lehrerin konnte sie sehr gut auf andere eingehen.

»Was soll ich tun?«

Alle drei atmeten erleichtert auf, und Bourke sagte: »Gehen Sie zu Ihrem Vater und überzeugen Sie ihn davon, aufzugeben. Wir möchten nicht, dass noch jemand stirbt.«

»Wenn er sich nicht ergibt, werden Sie ihn dann erschießen?«, fragte Amber voller Angst.

»Das möchte ich unter allen Umständen vermeiden, ich werde aber alles tun, um Sandras Leben zu retten«, gab Bourke offen zu. »Es ist für alle Beteiligten das Beste, wenn Branson einsieht, dass es vorbei ist, und aufgibt.«

Amber nickte. Sie hatte begriffen, dass sie am Ende des Weges angekommen war.

Langsam, jeden Schritt mit Bedacht setzend, trat sie auf die Lichtung.

»Paps, ich bin es, Amber. Bitte, lass mich zu dir rein!«

Wie aus weiter Ferne hörte Sandra diese Worte. Vor ein paar Minuten war sie zu sich gekommen, ihr Kopf fühlte sich an wie in dicke Watte gepackt, ihr ganzer Körper schmerzte. Branson hatte sie wieder auf das Bett geschleppt. Mühsam drehte sie den Kopf und beobachte, wie Branson die Tür öffnete und Amber in den Wohnwagen stieg. Sie schmiegte sich an ihren Vater.

»Paps, was machst denn für Sachen?« Amber ging zum Bett, kniete sich nieder und tastete über Sandras Hinterkopf. Als Amber die Hand hob, sah Sandra Blut an ihren

Fingern. Amber befreite Sandra von dem Knebel, und Branson ließ sie gewähren.

Sandra schnappte nach Luft. »Wasser! Bitte, ich habe Durst.«

Aus einer Flasche schenkte Amber ein Glas Wasser ein und setzte es Sandra an die Lippen. Sie trank in kleinen Schlucken, der schlechte Geschmack in ihrem Mund verschwand.

»Danke«, röchelte Sandra. »Was ist mit meinem Kopf?«

»Es ist nur eine kleine Platzwunde, kein Grund zur Sorge.«

Amber nahm das Messer aus einem Regal und schnitt Sandras Fesseln durch. Auch daran hinderte Branson sie nicht. Als ginge ihn das alles nichts an, kauerte er auf dem Schemel und starrte vor sich hin. Sandras Finger kribbelten, als das Blut wieder in ihre Hände floss, sie streckte ihre Gliedmaßen.

»Danke«, flüsterte sie, ließ Branson aber keinen Moment aus den Augen.

Amber ging zu ihrem Vater und küsste ihn auf die bärtige Wange. »Paps, ich fürchte, es ist vorbei. Unser Plan war doch nicht so perfekt, wie wir geglaubt haben. Lass Sandra gehen.«

Er schüttelte den Kopf. »Sie ist meine Versicherung, dass ich hier rauskomme. Ich werde nach Südamerika fliegen, du kommst so schnell wie möglich nach.«

»Ach, Paps.« Amber lachte bitter. »Sie werden mich nicht gehen lassen, selbst jetzt nicht, da sie wissen, dass ich ein falsches Geständnis abgelegt habe. Auch dafür kann ich ins Gefängnis kommen. Ich glaube, man nennt es Irreführung der Polizei oder so ähnlich. Du wirst es nicht einmal bis an die Grenze von Cornwall schaffen, geschweige denn den Flieger besteigen können. Deine falschen Papiere sind nutzlos geworden.«

»Ich gebe nicht auf!«, beharrte Taylor Branson. »Sie werden das Auto und das Geld bringen ...«

»Nichts davon werden sie machen!«, rief Amber. »Die Polizei lässt sich nicht erpressen. Sogar, wenn es dir gelingt, von hier wegzukommen, werden sie dich durch das ganze Land jagen.«

»Ich nehme Sandra mit, oder ich beende es auf meine Weise ...«

Bransons Finger der rechten Hand spielten an den Ventilen der Gasflasche, in der linken hielt er immer noch das Feuerzeug. Amber schob seinen rechten Arm von der Flasche weg, setzte sich auf Bransons Schoß und legte die Arme um seinen Hals.

»Paps, ich will dich nicht erneut verlieren.« Sandra hörte, dass sie weinte. »Zwölf Jahre glaubte ich dich tot und vermisste dich jeden einzelnen Tag. Aber du lebst, und wir bleiben nun für immer zusammen.«

»Sie werden mich für den Rest meines Lebens hinter Gitter sperren, Amber.«

»Ich besorge dir die besten Anwälte und besuche dich, sooft es möglich ist, im Gefängnis. Was ist das hier denn für ein Leben?« Amber wies in den Wohnwagen. »Es ist doch nicht viel besser als eine Zelle. Wenn du wieder frei kommst, wird uns niemand mehr trennen können.«

»Ach, Amber ...« Taylor Branson legte das Feuerzeug zur Seite und strich seiner Tochter zärtlich übers Haar. »Wir hätten es so schön haben können. Du, ich und deine Mutter. Ein neues Leben im Ausland, wo es immer warm ist und die Sonne scheint ... Stattdessen ging es Sheila nur um das Geld, es ging ihr immer nur ums Geld. Als wir heirateten, habe ich das nicht gesehen. Wie auch? Sie war die Vermögende von uns, ein Model, das auf der halben Welt gefragt war und entsprechend verdiente. Als die Aufträge ausblieben, wurde sie immer unzufriedener. Mehr noch als Geld fehlte Sheila die Anerkennung. Sie fühlte sich aussortiert und nutzlos.«

»Mutter hat mir immer zu verstehen gegeben, dass meine Geburt das Ende ihrer Karriere eingeläutet hat«, erwiderte Amber. »Wenn ich wenigstens hübsch gewesen wäre, aber schon als Kind war es ersichtlich, dass ich von Mutters Attraktivität nichts geerbt habe.«

»Du kommst nach mir«, sagte Branson bitter. »Ich war nie ein schöner Mann, trotzdem hat Sheila mich geheiratet, obwohl sie Dutzende andere hätte haben können. Wir haben uns wirklich mal geliebt. Doch dann ging es ihr nur noch um ihren persönlichen Vorteil und um das Geld.«

»Den Verrat konntest du ihr nie verzeihen, Paps.« Amber schmiegte sich an seine Brust, und Branson umschlang sie mit beiden Armen.

Jede Faser von Sandras Körper war angespannt. Jetzt zwar von den Fesseln befreit, wagte sie es dennoch nicht, sich zu bewegen. Die Jahre der Einsamkeit hatten Taylor Branson unberechenbar, vielleicht sogar wahnsinnig gemacht. Würde es Amber gelingen, ihren Vater dazu zu überreden, aufzugeben? Wenn nicht – würde Christopher Bourke den Befehl zum Stürmen des Wohnwagens erteilen, Branson das Gas entzünden, und sie würden alle sterben?

Taylor Branson schob seine Tochter von seinem Schoß herunter, trat vor Sandra und sagte: »Stehen Sie auf.«

Sandra rappelte sich hoch. Branson packte sie am Arm, schob sie zur Tür, öffnete diese und rief: »Nicht schießen, meine Tochter und Sandra kommen jetzt heraus.«

»Danke, Paps«, flüsterte Amber.

Grob schubste Branson Sandra aus dem Wohnwagen. Sie stolperte und fiel auf die Knie.

»Stopp!«, schrie Branson, als Bourke einen Schritt nach vorn machte. »Sie bleiben, wo Sie sind. Verstanden?«

Nun sprang Amber heraus und half Sandra beim Aufstehen, wandte sich dann zu ihrem Vater um und streckte ihm die Hand entgegen. »Komm, Paps.«

So schnell es ihre steifen Glieder zuließen, rannte Sandra über die Lichtung. Christopher Bourke breitete die Arme aus, ließ sie aber sofort wieder sinken und wurde feuerrot. Es war Ann-Kathrin, die Sandra auffing.

»Es ist vorbei«, murmelte Ann-Kathrin und umarmte die Freundin fest.

»Kommen Sie zu uns, Amber«, rief Bourke, denn die junge Frau stand noch dicht vor dem Wohnwagen.

Branson hatte die Tür wieder zugezogen. Ein Zischen war plötzlich für alle deutlich zu vernehmen.

»Paps, nicht!«, schrie Amber und riss die Tür auf. In diesem Moment gab es einen so lauten Knall, dass Sandra befürchtete, ihr Trommelfell sei geplatzt. Das Letzte, was sie sah, war die Stichflamme, die aus dem Wohnanhänger schoss.

Drei kleine Blumensträuße in den Händen betrat Eliza Dexter das Krankenzimmer. Sie war blass, ihre Augen leuchteten jedoch auf, als sie Sandra und Ann-Kathrin aufrecht in ihren Betten sitzen sah.

»Ich bin so froh, dass Ihnen nichts geschehen ist!«, rief Eliza. »Die Ärzte erlaubten mir aber erst heute, Sie zu besuchen.« Elizas sah zu dem dritten Bett. »Wie geht es ihr?«

»Amber schläft«, antwortete Sandra leise. »Ihre äußeren Verletzungen sind nicht schwer, sie hat großes Glück gehabt, wie es jedoch in ihr aussieht ...« Sie zuckte mit den Schultern. »Ich bin froh, dass der DCI erlaubt hat, Amber in unser Zimmer zu bringen. Sie hat allerdings bisher kein Wort gesprochen.«

»Nun hat Amber ihren Vater zum zweiten Mal verloren.« Ann-Kathrin schwang die Beine aus dem Bett und schlüpfte in ihren Morgenmantel. An ihrem Hals klebte ein Verband, ihr linkes Handgelenk war bandagiert. »Danke für die schönen Blumen, Eliza, ich hole Vasen.«

»Morgen werden wir entlassen«, erklärte Sandra, richtete sich auf und stöhnte verhalten.

»Sie brauchen Ruhe«, sagte Eliza streng.

Sandra winkte ab. »Die Rippen sind nur geprellt, dort, wo das Trümmerteil mich getroffen hat, aber nicht gebrochen. Mein Oberkörper wird noch ein paar Tage in allen Farben schimmern, die Kopfwunde musste nicht einmal genäht werden. Ann-Kathrin hat auch nur ein paar Schürfwunden. Ich verstehe nicht, warum man uns überhaupt in das Hospital gebracht hat.«

»Sie dürfen den Schock nicht vergessen, Sandra«, mahnte Eliza. »Immerhin befanden Sie sich als Geisel in den Händen eines wahnsinnigen Mörders. Branson hätte sie ebenso gut töten können.«

Sandra musste ihrer Mitarbeiterin zustimmen. Auch wenn alles gut ausgegangen war, steckte ihr das Erlebte noch in den Knochen. Sie hatte nicht gedacht, dass Taylor Branson das Gas wirklich entzünden und seine Tochter der Gefahr aussetzen würde, ebenfalls zu sterben. Die Druckwelle hatte Amber einige Meter weit in dichtes Buschwerk geschleudert, und sie hatte oberflächliche Brandwunden erlitten, die, ohne Narben zu hinterlassen, abheilen würden.

»Wie steht es in Higher Barton?«, fragte Sandra. »Es tut mir so leid, Sie mit der vielen Arbeit alleingelassen zu haben.«

Mit einem verständnisvollen Lächeln erwiderte Eliza: »Vor zwei Stunden sind endlich alle abgereist. Im Moment wird im Ballsaal abgebaut, ich habe Rosa und David gebeten, ein Auge darauf zu haben. Wenn Sie morgen nach Hause kommen, wird nichts mehr an die ganze Sache erinnern.«

»Wer hat denn jetzt den Wettbewerb gewonnen?«

»Georgina aus Berkshire«, antwortete Eliza. »Mit ihr hatte niemand gerechnet, sie hat ihre Sache aber sehr gut gemacht und die Jury mit ihrer natürlichen Offenheit überzeugt. Paige konnte ihre Enttäuschung nicht verbergen, ich dachte, sie fängt noch auf der Bühne zu weinen an.«

»Sie wird es überleben«, murmelte Sandra. Es erschien ihr unwirklich, dass die Wahl zur Miss South England gestern Abend im Romantic Hotel abgelaufen war, als hätte es zuvor die schrecklichen Stunden nicht gegeben.

Als hätte Eliza Sandras Gedanken erraten, erklärte sie: »Inspector Bourke hatte uns, Ms Edmunds und Henry Jordan, am späten Nachmittag informiert. Nicole Edmunds und der Fotograf verschwiegen es jedoch den Mädchen. Diese erfuhren erst heute Morgen, wer Sheila und Grant ermordet hat und warum. Wie ausgehungerte Wölfe stürzte sich die Presse darauf, alle Sonntagszeitungen bringen es auf den Titelseiten. Das Ergebnis der Wahl wird lediglich in zwei Sätzen erwähnt. Haben Sie Ihre Eltern informiert, Sandra?«

»Noch gestern Abend.« Sandra grinste. »Ich glaube, es ist mir gelungen, meine Mutter zu überzeugen, dass ich nie in Gefahr war, es mir gut geht und es keinen Grund gibt, dass sie extra wieder nach Cornwall kommt.«

»Es ist schön, jemanden zu haben, der sich so um einen sorgt«, antwortete Eliza leise.

Ann-Kathrin kehrte zurück, in den Händen zwei mit Wasser gefüllte Vasen. Die dritte Vase trug Christopher Bourke, ihm folgte Alan Trengove.

»Guten Tag, meine Damen, ich wünsche Ihnen einen schönen Sonntag«, sagte der DCI betont heiter. Seine Augen waren aber dunkel umschattet, auch Alan sah übernächtigt aus.

Ann-Kathrin steckte die Blumensträuße in die Vasen und stellte diese auf die jeweiligen Nachttische. Dann hakte sie sich bei ihrem Mann unter und sagte: »Wir lassen euch mal allein. Eliza, wollen wir zusammen einen Tee in der Caféteria trinken?«

Eliza verstand den Wink. Sandra, Bourke und Amber blieben allein zurück.

»Wie geht es Ihnen, Sandra?«

»Sehr gut, Christopher, ich bin froh, wenn ich morgen das Krankenhaus verlassen darf«, antwortete Sandra. »Am liebsten würde ich sofort gehen, aber da meine Freundin ebenfalls noch bleiben muss, werden wir die eine Nacht auch noch durchhalten. Nur das Essen ist wirklich nicht sonderlich schmackhaft.«

»Sobald wie möglich wird Amber in das Gefängniskrankenhaus in Exeter überstellt.« Bourke trat zu dem dritten Bett und betrachtete die schlafende Amber. »Bevor Sie sich darüber wieder echauffieren, Sandra: Die junge Frau trägt eine Mitschuld, zumindest, was den Mord an Bill Grant angeht. Man wird sie anklagen und vor Gericht stellen. Auch wenn Taylor Branson tot ist, ist der Fall nicht endgültig abgeschlossen. Es gibt noch viele Fragen.«

»Die ich Ihnen jetzt beantworten werde.«

Sandra und Bourke fuhren zu Amber herum. Sie hatte die Augen geöffnet und sah den DCI fest an.

»Ich habe nicht geschlafen und alles gehört. Ja, Sie haben recht, Sir, ich hätte wissen müssen, dass mein Vater Bill Grant etwas antun könnte. Ich dachte, er würde nur mit ihm sprechen, seine Worte vielleicht mit ein paar Fausthieben unterstreichen. Als Bill dann tot war, begriff ich, dass ich meinen Vater falsch eingeschätzt habe.«

»Warum Grant, Amber?«, fragte Sandra. »Wusste er, dass Ihr Vater noch am Leben ist und seine Frau ermordet hat?«

»Bill vermutete es und zog die richtigen Schlüsse«, antwortete Amber. »Er sagte es mir auf den Kopf zu. Ich bin keine gute Schauspielerin und konnte die Wahrheit nicht verbergen. Bill meinte, einen Tag vor ihrem Tod hätte Sheila ihm erzählt, sie habe eine äußerst unerfreuliche Begegnung gehabt und müsse zusehen, wie dieses« – Amber schluckte schwer – »Problem zu lösen sei.«

»Grant hat Sie erpresst, nicht wahr?«, fragte Christopher Bourke.

Amber nickte. »Er wollte einundfünfzig Prozent der Anteile von Branson Bright. Bill meinte, ich wäre nicht in der

Lage, ein solches Unternehmen zu führen. Mit ihm als Geschäftsführer würden wir beide profitieren.«

»Sie erzählten das Ihrem Vater, woraufhin er beschloss, Bill Grant mundtot zu machen«, stellte Sandra fest.

»Ich wollte nicht, dass er stirbt!« Ambers Blicke irrten zwischen Bourke und Sandra hin und her. »Das müssen Sie mir glauben!«

»Was ist an diesem Vormittag geschehen?«, fragte Bourke und zückte sein Notizbuch. »Ihre ausführliche Aussage werden wir zu Protokoll nehmen, sobald es Ihnen besser geht, im Moment brauche ich aber die wichtigsten Fakten.«

»Als Bill beim Frühstück zum Büfett ging, schnappte ich mir die Zimmerkarte aus seiner Jacke, die er über die Stuhllehne gehängt hatte«, erklärte Amber sachlich. »Aus dem Ballsaal holte ich eine Mappe mit Unterlagen, die Bill an diesem Vormittag benötigte und am Vorabend der Einfachheit halber dort liegen lassen hatte. Die Mappe versteckte ich unter Bills Bett, damit er sie nicht gleich finden würde. Die Karte wieder unbemerkt in seine Tasche zurückzustecken war einfach. Als Bill dann später das Fehlen der Unterlagen bemerkte und meinte, er habe sie wohl in seinem Zimmer vergessen und den Saal verließ, schickte ich meinem Vater eine Nachricht per Handy. Es war vereinbart, dass er hinter dem Hotel warten und durch ein Fenster im Erdgeschoss, das ich zuvor geöffnet hatte, einsteigen würde. Dass Ihre Mitarbeiterin gerade in diesem Moment die Rezeption verließ, war Glück, so konnte er direkt durch die Halle kommen.«

»Es war ausgesprochenes Pech für Bill Grant«, sagte Bourke kühl. »Dieser Mord war von Ihnen und Taylor Branson eiskalt geplant! Ich glaube Ihnen nicht, dass Sie nicht wussten, was Ihr Vater vorhat, und werde dafür sorgen, dass Sie wegen Beihilfe zum Mord angeklagt werden.«

Als würde es sie nicht tangieren, hob Amber die Schultern und drehte den Kopf zur Seite.

Sandra setzte sich auf die Bettkante und nahm Ambers Hand. Bei dieser Berührung zuckte Amber zusammen, und Sandra fragte leise: »Hat Ihr Vater Ihnen erzählt, wie er Ihre Mutter ...?«

»Es ist alles meine Schuld!« Plötzlich begann Amber zu weinen. »Ich bin nur spazieren gegangen, da stand er auf einmal vor mir. Trotz der vielen Jahre und auch mit den grauen Haaren und dem Bart habe ich ihn sofort wiedererkannt. Er habe auf mich gewartet, sagte er und führte mich zu seinem Wohnwagen. Dort hat er mir alles erzählt. Ich wusste nicht, was ich glauben sollte, und bin völlig panisch davongerannt.«

Sandra erinnerte sich an den Nachmittag, als Amber regelrecht verstört von einem Spaziergang zurückgekehrt war.

»Was geschah an dem Abend, als Sie mir direkt vor den Wagen gelaufen sind?«, fragte Sandra. »Hatten Sie sich zuvor wieder mit Ihrem Vater getroffen?«

Amber nickte. »Nach unserer ersten Begegnung konnte ich kaum einen klaren Gedanken fassen, daher schwieg ich, auch weil ich meiner Mutter ein solches Verhalten einfach nicht zutraute. Ich begann jedoch, Sheila mit anderen Augen zu sehen. Für mich war sie immer ein Idol gewesen, zu dem ich aufgesehen habe. Wunderschön und erfolgreich, und alles, was sie anpackte, gelang ihr.«

»Sie waren nicht länger bereit, sich Sheilas Willen unterzuordnen«, warf Sandra ein und erinnerte sich an das Gespräch zwischen Mutter und Tochter.

Amber lächelte traurig und erwiderte: »Plötzlich hatte ich keine Angst mehr vor Sheila. Wenn mein Vater die Wahrheit gesagt hatte, dann war sie ein eiskaltes Luder, und ihr Geheimnis hätte ich zu meinem Vorteil ausnutzen können. Ich traf mich erneut mit meinem Vater. Er sagte, er müsse mit Sheila sprechen und er wolle Geld. Geld, um das Sheila ihn betrogen hatte. Ich bin zu ihr gegangen, habe ihr alles ins Gesicht geschleudert und gehofft, sie würde es leugnen, würde behaupten, dass Vater log, dass nicht sie, sondern er uns verlassen hat. Sie lachte aber nur zynisch und meinte, wie dumm von Taylor, sich immer noch in der Gegend aufzuhalten. Mein Vater sei aber schon immer dumm gewesen, und sie würde die Sache in Ordnung bringen. Von ihr aus solle er eben ein paar Pfund bekommen, um damit endgültig aus ihrem Leben zu verschwinden.«

»Er hat sie aber getötet«, sagte Bourke. »Warum auf diese umständliche Art?«

»Vater hat mir später gesagt, sie habe ihn ausgelacht und gemeint, er solle die Sache nicht derart aufbauschen. Als er drohte, sich zu stellen und die Wahrheit ans Licht zu bringen, meinte Sheila, sie würde jede Beteiligung leugnen, er habe keinen Beweis für seine Version der Geschichte.«

»Daraufhin beschloss Branson, Ihre Mutter zu töten«, stellte Sandra fest.

»Offiziell war Vater ertrunken«, fuhr Amber fort. »Er sagte zu mir, Sheila sollte erfahren, wie es ist, das Leben im Wasser auszuhauchen. Vom Hinterhof eines Pubs stahl er ein leeres Fass, fuhr zur Küste und füllte es mit Meerwasser. Dann rief er meine Mutter im Hotel an und bestellte sie auf den Friedhof.« Amber umklammerte Bourkes Unterarm. »Ich wusste davon wirklich nichts, Sir, das müssen Sie mir glauben! Sonst hätte ich meine Mutter nie allein gehen lassen, trotz allem, was sie mir ... uns angetan hat.«

»Taylor war so voller Hass und verbittert, dass er Rache wollte.« Seufzend fuhr sich Sandra über die Stirn. »Amber, das war nicht mehr der Vater, der Sie einst verlassen hat. Dieser Mann war ein anderer Mensch geworden, geprägt durch die Jahre der Einsamkeit und durch das Verhalten Sheilas. Ich fürchte, sein Geist hatte sich verwirrt, er war nicht mehr er selbst.«

»Er hat mich geliebt«, flüsterte Amber. »Er hat gesagt, die ganze Zeit über war es das Schlimmste für ihn, dass er mich nicht heranwachsen sehen konnte und nicht wusste, wie es mir ging. Er hat mich immer mehr geliebt als Sheila, und als er hörte, wie sie mich behandelte und für ihre Zwecke einspannte ...«

»Brannten ihm die Sicherungen durch«, vollendete Sandra Ambers Satz. »Sie sollten nicht den Fehler begehen, Taylor nachträglich zu glorifizieren! Sheila mag den Plan seines Todes vielleicht ausgeheckt haben, er aber hat diese Sache mitgemacht.«

»Ich bin müde und möchte schlafen.« Amber drehte sich auf die Seite und rollte sich zusammen.

Christopher Bourke gab Sandra einen Wink, und sie folgte ihm auf den Flur.

»Wer hätte gedacht, dass so eine verzwickte Geschichte dahintersteckt«, sagte Bourke.

»Glauben Sie, dass der Mann, der damals angeschwemmt

und von Sheila als Taylor Branson identifiziert worden war, ein zufälliges Opfer des Meeres war?«

Bourke zuckte mit den Schultern. »Wir werden Branson das Gegenteil nicht beweisen können. Die Leiche wurde verbrannt, sodass ein DNA-Abgleich nicht mehr möglich ist. Ich habe aber bereits alle Vermisstenanzeigen des betreffenden Zeitraumes angefordert, vielleicht stoßen wir dabei auf eine Spur.«

Zu Sandras Überraschung legte er einen Arm um ihre Schultern und führte sie zu einem der Fenster, von wo aus man über die Landschaft bis zum Kenwyn Tal blicken konnte. Schafe weideten auf grünen, durch Trockensteinmauern abgeteilten Wiesen. Bourke räusperte sich zweimal, dann sagte er: »Sandra, dieses Mal ist es gerade noch gut gegangen, es hätte aber nicht viel gefehlt, und Ihre Überreste würden jetzt wie die von Taylor Branson in der Leichenhalle liegen.« Es war selten, dass der DCI die Dinge derart konkret beim Namen nannte. »Sie leiten ein Hotel, und ich muss Sie eindringlich darum bitten, künftig bei dieser Arbeit zu bleiben und sich nicht in meine Arbeit einzumischen.«

»Haben Sie sich Sorgen um mich gemacht, Christopher?«, fragte Sandra leise.

»Ich mache mir um alle Menschen Sorgen, die in die Gewalt von skrupellosen Mördern geraten. Für die Aufklärung von Verbrechen bin ich ausgebildet worden und werde dafür bezahlt. Jeder Mensch sollte wissen, wo sein Platz in der Welt ist.«

Verflixt, kannst du nicht zugeben, dass du mich magst?, dachte Sandra, biss sich aber schnell auf die Unterlippe, um ihre Gedanken nicht zu Worten werden zu lassen.

»Wenn Sie mir gleich geglaubt hätten, dass Sheilas Ermordung mit dem Tod ihres Mannes in Verbindung stehen muss, wäre der Mord an Bill Grant vielleicht zu verhindern gewesen.« Diesen Hinweis konnte Sandra sich nicht verkneifen.

Christopher Bourke zuckte zusammen, nahm seinen Arm von Sandras Schulter und trat zwei Schritte zurück. Sein Gesichtsausdruck verschloss sich.

»Reiben Sie mir meine Unfähigkeit nur schön unter die Nase, Ms Flemming. Was hat Higher Barton eigentlich an sich, dass dessen Eigentümer nicht nur ständig in Verbrechen verwickelt werden, sondern sich noch dazu berufen fühlen, selbst Ermittler zu spielen? Steckt in den alten Mauern etwa eine geheimnisvolle Substanz, die von den Menschen Besitz ergreift?«

»Sie können ja wieder scherzen«, sagte Sandra lächelnd.

»Das war nicht als Scherz gemeint.« Ernst sah er Sandra in die Augen. »Sollte erneut etwas geschehen, halten Sie sich heraus! Vielleicht wäre es besser, Ihre Vorgesetzten zu bitten, Sie an einen ruhigeren Ort zu versetzen.«

Für Sandra waren diese Worte wie eine Ohrfeige. Christopher Bourke wusste nicht, wie nahe er Sandras Befürchtungen kam. Er wollte sie offensichtlich loswerden, dabei hatte sie gedacht ... Fahrig wischte sich Sandra über die plötzlich schweißnasse Stirn.

»Ich glaube, ich muss mich wieder hinlegen«, murmelte sie. »Es hat ja schließlich einen Grund, warum ich im Krankenhaus bin.«

Detective Chief Inspector Bourke begleitete sie nicht zurück ins Zimmer.

ACHTZEHN

Sandra und Eliza standen Seite an Seite vor dem Portal, als der Polizeiwagen davonfuhr. Vor einer halben Stunde war Constable Greenbow gekommen, um Ambers Sachen abzuholen. Die junge Frau war bereits in das Gefängnishospital nach Exeter gebracht worden. Der Fall ging jetzt in die Zuständigkeit des Crown Prosecution Service über, damit war die Angelegenheit für Bourke und Lower Barton abgeschlossen.

»Ich kann mir nicht helfen, aber irgendwie tut Amber mir leid«, sagte Eliza. »Dabei ist sie mitschuldig, dass Sie, Sandra, und andere beinahe ums Leben gekommen wären.«

»Mir geht es ähnlich«, antwortete Sandra. »Es ist zwar vorbei, und doch weiß niemand, was für mich jetzt folgen wird.«

Mitfühlend drückte Eliza Sandras Arm. Etwas Besonderes, denn Eliza neigte nicht dazu, andere Menschen zu berühren. »Es ist wegen Henderson, nicht wahr?«, fragte sie.

Sandra nickte. »Der Vorstand macht mir die Hölle heiß. Gestern habe ich ein langes Telefonat mit Alistair Henderson geführt, in dem er mir durch die Blume zu verstehen gab, es würde demnächst eine Stelle als Rezeptionistin in einem Hotel in London frei. Ich fürchte, der Vorstand von SSG plant, mich dorthin zu versetzen. Sie denken, dass ich in der Großstadt wohl keinen großen Schaden anrichten kann.«

»Sie können doch nichts für die Morde!«, rief Eliza verärgert. »Was in diesem Hotel geschieht, geht uns alle etwas an. Wenn der Vorstand Konsequenzen gegen Sie ziehen will, dann stehe ich ... stehen wir hinter Ihnen, Sandra. Wir sind schließlich ein Team.«

»Danke, Eliza, das haben Sie schön gesagt.« Mit einem warmen Lächeln sah Sandra ihre Mitarbeiterin an. »In den nächsten Tagen hat Alistair Henderson seinen Besuch angekündigt. Ich fürchte, in seiner Tasche wird sich ein Versetzungsschreiben für mich befinden und, sollte ich dieses nicht akzeptieren, vorsorglich auch gleich meine Kündigung.«

»So ein Bullshit!«

Trotz ihrer Anspannung grinste Sandra, denn Eliza drückte sich normalerweise gewählter aus.

»Bis das geschieht, erledige ich wie gewohnt meine Arbeit«, fuhr Sandra fort. »In zwei Tagen erwarten wir neue Gäste, und um die ersten Vorbereitungen für die Weihnachtsparty müssen wir uns jetzt auch schon kümmern.«

Ein dunkler Wagen der gehobenen Mittelklasse rollte auf das Haus zu. Der Fahrer war den Frauen unbekannt, und Sandra sagte bedauernd: »Sollte es sich um einen unangemeldeten Gast handeln, müssen wir ihn fortschicken. Vor morgen Nachmittag ist kein Zimmer bezugsbereit.«

Ein Mann mittleren Alters, mit grauen Schläfen und in einem dreiteiligen Anzug und mit einer dezent gestreiften Krawatte sehr förmlich gekleidet, stieg aus. Er kam näher, sah von einer zu anderen und fragte: »Ms Flemming? Ms Sandra Flemming?«

»Das bin ich.«

Er lächelte und reichte ihr die Hand, die Sandra zögernd ergriff. Sein Händedruck war kräftig.

»Richard Tomlinson«, stellte er sich vor. »Ich würde Sie gern ein paar Minuten sprechen.«

»Worum handelt es sich, Mr Tomlinson?«

»Am besten unterhalten wir uns unter vier Augen.« Er sah zu Eliza und deutete eine Verbeugung an. »Ich möchte Ihnen gegenüber nicht unhöflich sein, aber was ich Ms Flemming mitzuteilen habe, ist privater Natur.«

»Kein Problem, ich habe ohnehin viel Arbeit«, sagte Eliza. »Wenn allerdings der Vorstand Sie geschickt hat, um Sandra rauszuwerfen, dann lassen Sie sich gesagt sein, dass alle Angestellten mit ihr gehen werden! Und dann können Sie zusehen, woher Sie neues Personal bekommen.«

Er lächelte nachsichtig. »Ich weiß nicht, was Sie andeuten möchten, aber mich schickt kein Vorstand, und mit der Arbeit von Ms Flemming hat mein Besuch nichts zu tun.«

»Wir gehen am besten in mein Büro«, sagte Sandra. »Darf ich Ihnen eine Tasse Tee anbieten?«

»Sehr gern, Kaffee wäre mir jedoch lieber, wenn es keine Umstände bereitet, Ms Flemming.«

Eliza widerstand der Versuchung zu lauschen, obwohl es sie brennend interessierte, was dieser elegante Herr mit Sandra zu besprechen hatte. Wenn es sich um einen neuen Lieferanten oder ein anderes geschäftliches Angebot handelte, dann würde Sandra das später ohnehin mit ihr besprechen. Er hatte zwar gesagt, es wäre privat, da Sandra aber kaum jemanden außerhalb des Hotels in Cornwall kannte, abgesehen von dem Ehepaar Trengove, konnte sich

Eliza darauf keinen Reim machen. Nach einer Stunde, die Eliza viel länger vorgekommen war, begleitete Sandra den Besucher zur Tür und verabschiedete ihn mit einem festen Händedruck. Als sie sich Eliza zuwandte, war ihr Gesicht kalkweiß, in ihren Augen stand jedoch ein Glanz, den Eliza nicht zu deuten wusste.

»Eliza, ist es für Sie in Ordnung, wenn ich gegen Abend nach Lower Barton fahre?«, fragte sie.

Eliza erwiderte, sie hätte nichts dagegen, da sie heute ohnehin für den Spätdienst bis zweiundzwanzig Uhr eingeteilt war.

Sandra nahm das Telefon zur Hand. Als Ann-Kathrin sich meldete, fragte sie: »Darf ich dich und deinen Mann heute Abend zu einem Drink einladen?«

»Gern, Alan wollte heute eh früher Feierabend machen«, erwiderte die Freundin. »Sollen wir nach Higher Barton kommen?«

»Nein, nicht hier im Hotel, treffen wir uns gegen acht im Pub«, bat Sandra und legte auf.

Das *Sailor's Rest* war nur zur Hälfte besetzt, so fanden sie einen ruhigen Tisch in der hinteren Ecke, die mit Holzbalken vom Gastraum abgetrennt war. Da die Herbstabende bereits empfindlich kühl waren, brannte in dem offenen Kamin ein heimeliges Feuer. Sandra holte die Getränke von der Bar: für Alan ein Pint Tribute, sein Lieblingsbier, für Ann-Kathrin und für sich je ein Glas mit einem leichten französischen Weißwein. Sie prosteten sich zu, und Alan sagte: »Ich glaube, es ist an der Zeit, dass wir uns zu duzen. Sandra – ich bin Alan.«

Sandra zögerte und erwiderte: »Ich denke, damit sollten

wir noch etwas warten, denn ich benötige Ihre anwaltliche Hilfe, Mr Trengove.«

»Oje!« Ann-Kathrin rollte mit den Augen. »Du willst jetzt aber nicht andeuten, dass schon wieder ein Mord oder sonst etwas Furchtbares auf Higher Barton passiert ist? Binnen zwei Tagen kannst du unmöglich über die nächste Leiche gestolpert sein. Allerdings trau ich dir inzwischen alles zu.«

»Es ist alles völlig in Ordnung.« Sandra lachte und warf ihr lockiges Haar über die Schultern zurück. »Heute erhielt ich allerdings einen für mich sehr überraschenden Besuch. Was der Herr mir mitzuteilen hatte, veranlasst mich, die Hilfe eines Anwalts in Anspruch zu nehmen.«

»Sprich doch nicht so geschwollen und sag, was los ist!« Erwartungsvoll beugte Ann-Kathrin sich vor. »Hat es mit deinem Job zu tun?«

»Ja und nein.«

Alan glaubte zu verstehen, er nickte. »Wenn man Sie entlassen hat, denn setze ich mich selbstverständlich für Sie ein. Zumindest eine großzügige Abfindung muss Ihnen bezahlt werden, Ms Flemming, obwohl eine Kündigung an sich jeder rechtlichen Grundlage entbehrt. Eine entsprechende Klage gegen das Unternehmen wäre auf jeden Fall erfolgreich.«

»Über eine Kündigung mache ich mir nicht länger Gedanken«, erwiderte Sandra und trank in aller Ruhe einen Schluck Wein. Es bereitete ihr eine diebische Freude, die Freunde auf die Folter zu spannen; länger konnte sie mit der Nachricht aber nicht mehr hinterm Berg halten. »Der Mann, sein Name lautet übrigens Richard Tomlinson, ist ein Angestellter des Büros der staatlichen Lotteriegesellschaft.« Wegen der verständnislosen Blicke der Freunde erklärte

Sandra: »Seit Jahren tippe ich hin und wieder übers Internet, nicht regelmäßig, nur dann, wenn ich gerade mal Zeit dafür finde. Bisher habe ich auch nur ein Mal eine kleine Summe gewonnen. Letzte Woche habe ich also mal wieder ein paar Zahlen getippt, aber nicht mehr daran gedacht, die Ziehung zu verfolgen, weil dann ja so viel passiert ist.«

»Du hast gewonnen?« Ann-Kathrin klappte der Unterkiefer herunter. »Wenn jemand von der Lottogesellschaft einen persönlich aufsucht, dann bedeutet das, dass du einen größeren Betrag gewonnen haben musst«, kombinierte sie richtig.

Sandra nannte ihr die Summe, und die Freundin kippte beinahe vom Stuhl und stieß dabei ihr Glas um. Der Wein lief über die Tischplatte und tropfte zu Boden. Keiner der drei schenkte dem Beachtung.

»Was wirst du jetzt machen, Sandra?«, flüsterte Ann-Kathrin derart ergriffen, als würden sie sich in einer Kirche befinden. »Reisen? Dir ein Haus auf einer karibischen Insel kaufen, um bis an dein Lebensende Sonne und Wärme zu genießen?«

»Du kennst mich, das ist nicht mein Ding.« Sandra lachte unbeschwert. »Ich bin erst Mitte dreißig und habe keinesfalls vor, mich zur Ruhe zu setzen. Sonne, Strand, Meer und tropische Temperaturen mögen vielleicht ein paar Wochen schön sein, so ganz ohne Arbeit kann ich mir mein Leben aber nicht vorstellen. Außerdem habe ich mich in Cornwall und ganz besonders in Higher Barton verliebt. Ich liebe jeden Mauerstein des alten Gemäuers, jeden noch so alten Balken, jede Ecke, jeden Winkel, in denen Geschichte geschrieben wurde, und ja, sogar jede Leiche, die Higher Barton bisher gesehen hat.« Sandra setzte sich aufrecht hin und blickte Alan fest an. »Daher benötige ich Ihre Hilfe, Mr Trengove. Ich möchte das Hotel kaufen und Sie bitten, alles dafür Notwendige in die Wege zu leiten. Allerdings darf mein Name gegenüber der Firma nicht erwähnt werden, bis die Konditionen eines Verkaufs unter Dach und Fach sind.«

»Sie befürchten, die Kette könnte den Preis in die Höhe treiben, wenn sie wissen, wer der Kaufinteressent ist.« Einer von Alans Pluspunkten war seine schnelle Auffassungsgabe.

»Eine wundervolle Idee!«, rief Ann-Kathrin. »Gerade jetzt, wo sie dich rauswerfen wollen, obwohl du nichts getan hast, kannst du dieser dummen Geschäftsleitung ein Schnippchen schlagen.«

»Ich möchte nichts anderes, als das Haus in gewohnter Weise weiterführen, und zwar in eigener Regie«, antwortete Sandra. »Mir wäre es recht, wenn vorerst niemand etwas davon erfährt. Keiner in Lower Barton und auch niemand vom Personal. Nennt mich abergläubisch, aber ich werde mich erst richtig freuen, wenn ich den Kaufvertrag unterschrieben habe.«

Alan stand auf und sagte: »Jetzt ist wohl Champagner angebracht.«

Während er am Tresen stand, fragte Ann-Kathrin: »Was ist mit Christopher Bourke? Ihn kannst du doch in deine Pläne einweihen, als Polizist wird er diese Neuigkeit ohnehin für sich behalten.«

Ein Schatten fiel über Sandras Gesicht. Sie hatte sich aber gleich wieder im Griff und antwortete: »Im Moment möchte ich nicht, dass außer euch irgendjemand ein Sterbenswörtchen erfährt, auch nicht der Inspector.«

Ann-Kathrin spürte, dass sie diesen Punkt nicht weiter vertiefen sollte. Da Alan mit einer Flasche Champagner und drei Gläsern an den Tisch zurückkam, ließ sie das Thema ruhen.

Als sie miteinander anstießen, schlug Alan vor: »Auch wenn ich als dein Anwalt tätig werde, können wir ruhig du zueinander sagen, Sandra. Respekt zeigt sich nicht in der Anrede, sondern darin, wie man miteinander umgeht.«

»Dann sehr gern, Alan.« Sie nippte am Champagner, dann fügte Sandra entschlossen hinzu: »Ihr werdet mich hier also nicht los. Ihr nicht und nicht die Mörder, sofern die meinen, auch künftig in Lower oder Higher Barton ihr Unwesen treiben zu können!«

»Ohne Verbrechen könnten wir zwar ruhiger leben, es wäre aber auch irgendwie langweilig.« Alan zwinkerte ihr zu. »In zwei, spätestens drei Monaten wirst du die alleinige Chefin sein, das verspreche ich dir.«

»Alan ... Ann-Kathrin ...« Sandra sah von einem zum anderen und flüsterte: »Ihr seid die besten Freunde, die sich ein Mensch wünschen kann. Ich danke euch.«

Eine große und bestimmt nicht einfache Aufgabe lag vor Sandra, der sie gespannt entgegensah. Nie zuvor war sie so bar jeglicher Zukunftsängste gewesen.